여인들의
행복 백화점 2

세계문학의 숲 018

Au Bonheur des Dames

여인들의
행복 백화점 2

에밀 졸라 지음
박명숙 옮김

시공사

일러두기

1. 이 책은 1883년 출간된 에밀 졸라의 《여인들의 행복 백화점(Au Bonheur des Dames)》을 우리말로 옮긴 것이다.
2. 번역 대본으로는 Collection Folio Classique 판(Henri Mitterand 편집, Gallimard, 2010)을 사용했다.
3. 주는 모두 옮긴이 주이며, 옮긴이 주를 달고 해설을 쓰는 데에는 갈리마르(Gallimard)와 라루스(Larousse), 플라마리옹(Flammarion) 출판사에서 펴낸 2009년 판 《Au Bonheur des Dames》과, 《Dream Worlds : Mass Consumption in Late Nineteenth-Century France》(Rosalind H. Williams, University of California Press, 1991), 《The Bon Marché: Bourgeois Culture and the Department Store, 1869~1920》(Michael B. Miller, Princeton University Press, 1981), 《아케이드 프로젝트 1 : 파리의 원풍경》(발터 벤야민, 새물결, 2008), 《백화점의 탄생》(가시마 시게루, 뿌리와 이파리, 2006) 등을 참조했다.
4. 소설에 나오는 백화점 이름은 본래의 명칭에 따라 음역하는 것을 원칙으로 했지만, 소설의 제목으로 사용된 백화점 '오 보뇌르 데 담(Au Bonheur des Dames)'은 그 의미를 살리기 위해 우리말로 옮겨 사용했다. 또한 백화점 관련 사실 중 소설 속 이야기와 실제의 사실이 시기적으로 차이가 나는 것은, 소설적 필요에 의한 작가의 의도적인 '아나크로니즘(시대착오적 표기)'임을 밝혀둔다.

차례

제9장   7

제10장   66

제11장   119

제12장   161

제13장   217

제14장   263

해설 여인들의 욕망과 판타지가   333
넘실대는 곳에서 꽃핀 동화 같은 사랑

에밀 졸라 연보   359

부록   369

제9장

3월 14일 월요일, '여인들의 행복 백화점'은 그간의 확장 공사를 마치고 새롭게 문을 연 백화점에서 여름 신제품들을 대대적으로 선보였다. 행사는 사흘간 이어질 예정이었다. 밖에는 매서운 바람이 불고 있었다. 다시 겨울이 된 것 같은 날씨에 놀란 행인들은 외투의 단추를 채우며 걸음을 재촉했다. 그러는 동안, 인접한 상점들은 온통 술렁이고 있었다. 창문들마다 상인들이 창백한 얼굴을 기댄 채, 뇌브생토귀스탱 가에 새로 난 정문 앞에 처음으로 도착한 마차들의 수를 세는 게 보였다. 교회의 현관처럼 높고 깊은 정문 위에는 산업과 상업의 신상(神像)이 다양한 상징물 가운데서 서로 악수를 하고 있었다. 그 위로는 유리로 된 거대한 현관 지붕이 그 모두를 보호해주고 있었다. 새롭게 입힌 지붕의 금박이 환한 햇살처럼 거리를 밝혀주는 듯했다. 한층 더 선명해진 흰색이 돋보이는 건물은 오른쪽과 왼쪽으로 길게 뻗어나가다가 몽시니 가와 미쇼디에르 가 쪽으로 각각 꺾어지면서 섬처럼 보이는 거대한 블록을 이루었다. 크레디 이모빌리에의 건물이 들어설, 디스 데상브르 가에 면한

쪽만이 빠져 있을 뿐이었다. 상인들이 고개를 들어 병영처럼 길게 이어져 있는 건물 위쪽을 쳐다보자, 1층에서 3층까지 건물을 대낮처럼 밝혀주는 판유리 창문 너머로 산더미처럼 쌓여 있는 상품들이 눈에 들어왔다. 그 거대한 정육면체 모양의 백화점이 그들의 하늘을 가로막아 그들은 냉기가 감도는 조그만 상점 안쪽에서 추위로 오들오들 떨어야 했다.

그사이 무레는 아침 6시부터 나와 점검하며 직원들에게 마지막 지시를 내리고 있었다. 백화점 중앙으로는 정문의 축을 따라 널찍한 갤러리가 건물 끝에서 끝으로 이어져 있고, 그 양쪽으로 그보다 폭이 좁은 몽시니 갤러리와 미쇼디에르 갤러리가 나 있었다. 건물의 안뜰은 유리를 둘러 홀로 변모시켰다. 또한 철로 만든 계단이 아래층부터 위로 뻗어 있었고, 2층과 3층에는 역시 철로 만든 다리가 건물 양끝을 이어주고 있었다. 새로운 시대에 심취한 젊은 건축가는 똑똑하기까지 해서, 지하층과 모서리의 기둥에만 돌을 사용했고, 들보와 장선(長線)*을 지지해주는 기둥을 포함한 골조 모두를 철로 세웠다. 그리고 둥근 천장의 모서리와 내부를 나누는 벽에만 벽돌이 사용되었다. 그리하여 사방으로 확보된 너른 공간은 공기와 빛을 여유롭게 통과시켰고, 고객들은 대담하게 쭉 뻗은 트러스 아치형의 지붕 아래에서 여유롭게 오갈 수 있었다.** 마치 여성 고객이라는 신자들을 위한 경쾌하면서도 견고한 현대 상업의 대성당에 와 있는 듯했다. 아래층의 중앙 갤러리에서, 특별 세일 행사를 하는 정문 입구를 지나면, 넥타이, 장갑, 실크를 파는 매장이 차례로 나왔다. 몽시니 갤러리에는 리넨 매장과 면직물 매장이,

*천장을 지탱하기 위해 벽이나 들보 위를 수평으로 가로지르며 지지대 역할을 하는 골조의 한 형태.

미쇼디에르 갤러리에는 바느질 도구와 편물, 나사와 모직물 매장이 포진하고 있었다. 2층으로 올라가면, 여성 기성복 매장과 란제리 매장, 숄 매장, 레이스 매장과 그 밖의 새로운 매장들이 자리 잡고 있었다. 한편, 침구류와 카펫, 실내장식용 천들을 파는 매장과 부피가 크고 다루기 힘든 상품들은 3층으로 올려 보냈다. 이 시각 현재 백화점 매장의 수는 39개에 달했으며, 200명의 여성 판매원을 포함한 1800명의 직원이 일하고 있었다. 높다란 금속 천장 아래 낭랑한 소리가 울려 퍼지는 경쾌한 일상 속에서 새로운 세상이 움트고 있었던 것이다.

무레의 궁극적이고 유일한 야심은 여성을 정복하는 것이었다. 그는 여성이 자신이 이룩한 백화점의 왕국에서 여왕으로 군림할 수 있기를 바랐다. 여성을 위한 신전을 지어 바친 다음, 그곳에서 그녀를 자신의 뜻대로 좌지우지하기 위해서였다. 그것이 그의 전략이었다. 정중하고 세심한 배려로 여성을 취하게 한 다음, 그녀의 욕구를 부추겨 달아오른 욕망을 충족하게 만들었던 것이다. 그를 위해 그는 밤낮으로 새로운 전략을 구상하기 위해 머리를 짜내야 했다. 이미, 몸이 약한 여성들에게 계단을 오르락내리락하는 수고를 면해주기 위해, 벨벳으로 쿠션을 두른 엘리베이터*** 두 대를 설치했다. 그뿐 아니라, 무료로

**파리 지사 오스만에 의한 대대적인 도시 정비 사업이 진행되던 1882년 3월, 젊은 건축가 프란츠 주르댕은 졸라에게 편지를 보내, '돌을 아주 적게 씀으로써 더 많은 공간과 공기와 빛을 확보할 수 있는 건축'에 대해 강조한 바 있다. 하지만 실제로 이런 아이디어를 적극 반영한 건축물이 지어진 것은 이 소설의 시대 배경인 1860년대 후반이 아니라, 파리 만국박람회가 열린 1900년경이었다. 그 대표적인 예로는, 몽파르나스 기차역(지금의 오르세 박물관)이 있다.

***1867년 파리 만국박람회에서 최초로 수압식 엘리베이터를 선보인 것은 레옹 에두였다. 그가 고안해낸 엘리베이터는 1983년까지 에펠탑 3층에서 꼭대기 층까지 운행되었다.

시럽 음료와 비스킷을 제공하는 카페테리아와 독서실을 열었고, 지나치게 화려하고 거대한 화랑을 열어 그림 작품을 전시하기도 했다. 하지만 그의 아이디어 중에 가장 획기적인 것은, 구매 욕구가 별로 없는 여성들을 공략하는 방법이었다. 그는 아이를 통해 모성을 자극했다. 또한 넘치는 활력으로 모든 고객의 욕구를 분석해 어린 고객들을 위한 매장을 신설했다. 그리고 아기들에게 그림과 풍선을 나눠 줌으로써 지나가던 엄마들의 발길을 멈추게 했다. 물건을 산 고객들 모두에게 풍선을 제공하기로 한 것은 실로 기막힌 발상이 아닐 수 없었다! 이 빨간 풍선은 질 좋은 고무로 만들어졌으며, 표면엔 백화점 이름이 커다란 글씨로 적혀 있었다. 사람들이 저마다 풍선을 들고 파리의 거리를 활보하면서 생생한 광고를 하는 셈이었다.

그들이 내세우는 무엇보다 가장 강력한 무기는 광고였다. 무레는 카탈로그와 신문 광고, 포스터 등에만 연간 30만 프랑을 쏟아부었다. 여름 신제품의 판매를 위해 20만 부에 이르는 카탈로그를 제작해 그중 5만 부는 각 나라 언어로 번역해 외국으로 보냈다. 이젠 카탈로그에 삽화까지 곁들였고, 심지어 종이에 샘플을 붙여 함께 보내기도 했다. 여기저기서 넘쳐나는 광고는 온 세상 사람들에게 '여인들의 행복 백화점'의 존재를 각인시켰다. 건물들 담벼락이나 신문, 심지어 극장의 커튼에서까지도 그 이름을 만날 수 있었다. 무레는 여성은 본래 광고에 약한 존재이므로, 필연적으로 소문의 진원지로 향하게 되어 있다고 공언했다. 게다가 이제 그는 인간의 본성을 세심하게 분석하는 학자처럼, 여성에게 좀 더 높은 차원의 덫을 놓았다. 여성이 값싼 물건의 유혹을 이기지 못하고, 그것이 자신에게 이득이 된다고 스스로를 설득시키면서 필요 없는 상품을 구매한다는 사실을 간파해냈던 것이다. 그리하여 그러한 관찰에 근거해 가격 인하 시스템을 도입했다. 상품을 신속하게 회전시킨다는 원칙을 고수하기 위해, 팔리지 않은 물건들의 가격을 점차 낮추다가 손해를 보고서라도 팔아치우는 쪽을 택했던 것이다. 그는 여성의 심리를 한층 더 깊숙이 꿰뚫어 봄으로써, 위선적인 유혹의 최고봉이라고 불러도 손색이 없을 만한 '반품' 조치를 고안해냈다. "망설이지 말고 가져가세요, 부인. 그랬다가 혹시라도 마음에 들지 않으면 우리에게 다시 돌려주시면 된답니다." 그러자, 그때까지 마음을 정하지 못하고 있던 여성은 거기서 마지막 변명거리를 발견했다. 자신의 미친 짓을 번복할 수 있는 기회가 주어진 셈이었다. 따라서 이젠 아무런 거리낌 없이 물건을 구매할 수 있었다. 그렇게 해서, 반품 제도와 가격 인하 시스템은 새로운 상업이 추구하는 판매 방식의 전형으로 자리 잡게 되었다.

무엇보다 백화점 내부 배치에 관한 무레의 안목은 타의 추종을 불허했다. 그는 '여인들의 행복 백화점'의 어느 한 구석도 한가하게 보여서는 안 된다는 것을 천명했다. 어느 한군데도 빠짐없이 모든 곳에서, 북적거림과 몰려드는 사람들, 그리고 삶이 존재한다는 것을 보여주어야만 했다. 삶은 또 다른 삶을 끌어당기고, 새로운 욕구를 잉태하며, 그 욕구를 빠르게 전파시키기 때문이다. 무레는 그러한 법칙에 근거해 온갖 종류의 아이디어를 이끌어냈다. 우선, 사람들이 서로 떼밀듯이 힘들게 백화점 안으로 들어오게 해야 했다. 밖에서 보면 마치 무슨 소요라도 난 것처럼 보이게 해야 하는 것이다. 그러기 위해서 그는 정문 바로 아래에 세일 상품과 값싼 물건들로 넘쳐나는 상자와 바구니를 배치했다. 그리하여 얼마 되지 않는 사람들이 한데 몰려 입구를 가로막음으로써 백화점이 인산인해를 이룬 것처럼 보이게 했다. 실상은 기껏해야 반 정도밖에 차지 않았음에도 불구하고. 그런 다음, 갤러리를 따라 위치한 매장 중에서 한산한 매장을 눈에 잘 띄지 않게 하는 방법도 생각해냈다. 여름엔 숄 매장, 겨울엔 날염 사라사 매장이 대표적이었다. 그런 곳들을 붐비는 매장들 안쪽으로 배치해 언제나 시끌벅적해 보이게 했던 것이다. 또한 카펫이나 가구를 파는 매장처럼 고객이 비교적 드문 곳들을 3층으로 올려 보낸 것도 무레 단독으로 생각해낸 것이었다. 그런 매장들을 1층에 두었더라면 텅 비고 썰렁한 공간이 되었을 터였다. 할 수만 있다면, 그는 도로를 자신의 백화점 한가운데로 통과하게 하는 것도 마다하지 않았을 것이다.

이제 무레는 더 이상 영감이 떠오르지 않아 머리를 쥐어짜야 하는 지경에 이르렀다. 어느 토요일 저녁, 한 달 전부터 준비해온 월요일의 대대적인 세일 준비 작업을 마지막으로 점검하던 중, 그는 자신이 생각해낸 매장 배치가 적절하지 않다는 것을 순간적으로 깨닫게 되었다. 하지만 그것은 완벽한 논리에 따른 배치였다. 한쪽으로는 천들을, 다른 한쪽에는 기성복들을 배치해놓아 고객들로 하여금 혼자서도 얼마든지 찾아갈 수 있도록 해놓았던 것이다. 그는 오래전 에두앵 부인이 운영하던 조그만 상점의 무질서함 속에서부터 이런 식의 매장 배치를 꿈꾸어왔다. 그런데 막상 그렇게 하자 불안감이 그를 엄습했다. 그리고 느닷없이 직원들에게 외쳤다. "모든 것을 뒤집어엎으시오." 그리하여 그들은 남은 48시간 동안 매장 전체를 옮기다시피 했다. 놀라고 당황한 직원들은 이틀 밤과 일요일 하루 온종일을 엄청난 혼란 속에서 보내야 했다. 심지어 월요일 아침, 백화점 개장 한 시간 전까지도 상품들은 아직 제자리를 다 찾지 못하고 있었다. 사장이 정신이 나간 게 분명했다. 다들 그의 속내를 도무지 짐작할 수 없다는 듯 어이없다는 표정을 지어 보였다.

"자자, 서두르자고!" 무레는 자신의 기발한 생각에 만족해하는 듯한 차분한 표정으로 소리쳤다.

"저기 정장들은 위쪽으로 옮기고…… 중앙 계단 층계참의 일본 매장*은 진열이 마무리된 건가? ……조금만 더 애씁시다, 여러분, 잠시 후에 모두가 깜짝 놀랄 만한 매상고를 올리는 걸 보게 될 테니!"

부르동클도 이른 새벽부터 자리를 지키고 있었다. 그 역시 다른 직원들과 마찬가지로 주인이 무슨 생각을 하고 있는지 이해가 되지 않았다. 하지만 감히 물어볼 엄두를 내지 못한 채 불안한 눈빛으로 무레의 일거수일투족을 지켜보았다. 흥분 상태의 그를 건드렸다가는 어떤 일이 일어날지 잘 알기 때문이었다. 망설이던 부르동클은 마침내 결심을 한 듯 조심스럽게 물었다.

"세일 직전에 굳이 이렇게 모두 뒤집어엎을 필요가 있을까요?"

무레는 처음엔 아무런 대꾸 없이 어깨를 으쓱해 보이기만 했다. 그러다 부르동클이 재차 묻자, 답답하다는 듯 한꺼번에 쏟아내듯 말했다.

---

*19세기 중후반, 일본이 서구에 문호를 개방하면서 런던 만국박람회(1862년)와 파리 만국박람회(1867, 1878, 1889년), 그리고 개인 컬렉터들이 소장한 작품들을 통해 일본의 도자기와 부채, 우키요에 등이 유럽에 소개되었다. 이를 계기로 일본의 문화 및 예술에 대한 관심이 증대되었으며, 미술 작품뿐 아니라 일상 공예품에서도 일본 스타일이 크게 유행했다. 1872년, 프랑스의 미술 비평가 필리프 뷔르티는 이를 '자포니즘(Japonisme)'이라는 용어로 정의했다.

"그럼, 고객들이 모두 한군데만 들렀다 가도록 내버려두란 말인가, 지금? 내가 어리석었던 거야, 마치 수학자처럼 꽉 막힌 생각을 하고 있었던 거라고! 난 그로 인한 결과를 감당할 수 없었을 거네, 절대로……. 고객들을 한군데로만 몰아넣을 뻔했던 거라고. 안으로 들어온 고객이 곧장 자신이 원하는 매장으로 갈 수 있도록, 페티코트에서 드레스로, 드레스에서 외투로, 그렇게 정해진 순서대로 자신이 원하는 것만 살 수 있도록 말일세. 그러고는 곧바로 가버리는 거지, 다른 곳에서 헤맬 기회조차 주어지지 않은 채! ……우리가 애써 꾸며놓은 다른 매장들에는 눈길조차 주지 않고 말이지!"

"하지만," 부르동클은 자신의 생각을 얘기했다.

"이렇게 사방으로 매장을 흩어놓았으니, 고객을 매장마다 안내하려면 직원들이 꽤나 피곤하게 생겼네요."

무레는 그의 말을 무시하듯 또다시 어깨를 으쓱했다.

"그게 뭐 어쨌다는 거지? 그들은 아직 젊지 않나, 오히려 운동도 되고 좋지 뭘 그래……. 그리고 여기저기 많이 돌아다닐수록 좋은 거라고! 그럼 직원도 더 많아 보일 거고, 따라서 사람들도 더 몰려들게 될 테니까."

그러면서 자신만만한 웃음을 지어 보이던 그는 목소리를 낮추어 자신이 생각하는 바를 설명했다.

"내 말 잘 듣게, 부르동클! 내가 왜 이러는지 설명해줄 테니까. ……첫째는, 고객들을 사방으로 정신없이 오가게 만들면, 사람이 더 많아 보이게 하는 효과와 함께 그들의 판단력을 흐려놓을 수 있다는 거야. 두 번째는, 예를 들어 드레스를 사고 난 후 안감을 사고 싶어 하는 고객의 경우, 백화점 끝에서 끝으로 이끌려 다니다 보면 우리 백화점이 세 배는 더 큰 것 같은 착각이 들지 않겠나. 셋째는, 그런 와중에 고객들은 스스로는 발을 들여놓지 않았을 매장들을 어쩔 수 없이 통과하게 되면서 충동적인 구매 유혹에 무너지고 말 거라는 얘기지. 네 번째 이유는……"

그의 얘기에 귀를 기울이던 부르동클의 얼굴에도 미소가 번졌다. 그러자 무레는 흡족한 표정을 지으면서 하던 말을 멈추고 직원들을 향해 소리쳤다.

"수고했소, 여러분! 이제 재빨리 비로 한 번만 쓸어내면 모든 게 완벽해지는 거라고!"

그는 뒤를 돌아보다가 드니즈를 발견했다. 그때 마침 그와 부르동클은 기성복 매장 앞에 와 있었다. 매장을 둘로 나누어 드레스와 정장을 멀찌감치 3층으로 올려 보낸 참이었다. 매장에 제일 먼저 내려와 있던 드니즈는 새롭게 바뀐 매장 모습에 눈을 동그랗게 뜨면서 중얼거렸다.

"무슨 일이지? 매장을 옮기는 건가?"

무레는 그녀의 놀라는 모습을 즐기는 듯 보였다. 그는 이런 식의 극적인 효과를 야기하는 일들을 몹시 사랑했다. 드니즈는 2월 초부터 '여인들의 행복 백화점'에서 다시 일하기 시작했다. 놀랍게도 직원들은 친절하다 못해 정중하기까지 했다. 무엇보다 오렐리 부인은 그녀에게 무척 호의적인 태도를 보였다. 이제 마르그리트와 클라라는 체념한 듯했다. 심지어 주브 감독관마저도 예전의 좋지 못한 기억을 지우고 싶어 하는 것처럼 당혹스러운 얼굴로 연방 머리를 조아렸다. 무레가 뭐라고 한마디만 할라치면, 모두들 수군대면서 드니즈의 일거수일투족을 눈으로 좇았다. 모두가 대체로 친절한 가운데, 들로슈의 이상하게 슬퍼 보이는 얼굴과 그녀를 바라보는 폴린의 야릇한 미소만이 드니즈의 마음을 불편하게 했을 뿐이었다.

　그사이, 무레는 여전히 환한 얼굴로 그녀를 주시하고 있었다.

　"뭘 찾고 있는 건가요, 마드무아젤?" 마침내 그가 물었다.

　미처 무레를 보지 못했던 드니즈는 얼굴을 살짝 붉혔다. 그녀는 이곳으로 다시 돌아온 이후, 그의 각별한 배려에 무척 고마워하고 있던 터였다. 왜 그러는지는 모르지만, 폴린은 그녀에게 사장과 클라라의 연애에 관한 얘기를 미주알고주알 들려주었다. 그가 클라라를 어디서 만난다는 둥 그녀에게 그 대가로 얼마를 주었다는 둥 수시로 되풀이해 얘기하면서, 무레에게 또 다른 애인이 있다는 말을 덧붙였다. 백화점에서는 이미 공공연하게 알려져 있는 데포르주 부인이 바로 그 여자였다. 폴린이 들려준 이야기들은 드니즈를 혼란스럽게 했다. 무레를 보자 다시금 예전에 느꼈던 두려움에 사로잡히면서, 그를 향한 고마움과 분노가 서로 충돌하는 데서 비롯되는 불편한 감정이 함께 느껴졌다.

　"갑작스레 옮기니까 좀 정신이 없어서요." 그녀는 조그맣게 대답했다.

　그러자 그녀에게 가까이 다가간 무레가 속삭이듯 말했다.

　"오늘 저녁에 일이 끝나는 대로 내 사무실로 와요. 할 얘기가 있으니까."

　당황한 드니즈는 아무런 대꾸도 하지 못하고 고개를 끄덕였다. 게다가 매장에 다른 판매원들이 출근해 있어 빨리 들어가봐야 했다. 무레의 말을 엿들은 부르동클은 웃으면서 그를 바라보았다. 하지만 두 사람만 있게 되자, 부르동클은 용기를 내어 무레에게 충고를 시도했다.

　"또 저 여잡니까! 조심하십시오, 그러다 정말 심각해질 수가 있으니까요!"

그러자 무레는 자신의 감정을 데면데면해 보이는 외양 속에 감추면서 적극 변명을 했다.

"뭘 그렇게 예민하게 반응하고 그러나, 장난 좀 하는 걸 가지고! 나를 정복할 여자는 아직 태어나지도 않았다니까!"

마침내 백화점 개장 시각이 가까워오자 그는 서둘러 달려가 여러 매장들을 마지막으로 둘러보았다. 부르동클은 고개를 가로저었다. 순박하고 온순해 보이는 저 드니즈란 여자는 왠지 그를 불안하게 했다. 첫 번째는, 그녀를 갑작스레 해고함으로써 그의 승리로 끝났다. 하지만 그녀가 다시 나타나자, 부르동클은 그녀를 진정한 적으로 규정하고 또다시 묵묵히 그녀를 내칠 수 있을 때를 기다렸다.

무레를 뒤쫓아 간 부르동클은 아래층 생토귀스탱 홀의 정문 맞은편에서 소리치고 있는 그를 발견했다.

"다들 내 말을 뭘로 들은 거야! 내가 분명 파란색 양산들을 가장자리로 배치하라고 지시했을 텐데……. 이것들을 당장 다시 제자리로 갖다 놓지 못하겠나!"

그는 누구의 말도 들으려고 하지 않았다. 그리하여 점원 여럿이 달려들어 양산 배치를 다시 해야 했다. 고객들이 나타나기 시작하자, 그는 잠시 문을 닫도록 조치하기까지 했다. 그러면서 파란색 양산을 가운데 놔두고서는 백화점 문을 열지 않을 것이라고 엄포를 놓았다. 그는 자신이 생각한 그림을 망치는 것을 용납할 수 없었다. 진열에는 일가견이 있기로 정평이 난 위탱과 미뇨를 포함한 몇몇 판매원들이 달려와 그 광경을 지켜보면서 한숨을 내쉬었다. 하지만 그들은 서로 취향이 달라 사장의 뜻을 이해하지 못하는 척했다.

마침내 문이 다시 열리자 군중이 몰려들기 시작했다. 그러자 이른 시각부터 백화점이 가득 차기도 전에 입구에 사람들이 한꺼번에 몰려 난장판이 되는 바람에, 보도의 통행을 정리하기 위해 경관까지 등장하는 사태가 발생했다. 무레의 예상이 정확하게 맞아떨어졌던 것이다. 수많은 주부들과 **빽빽**하게 들어찬 프티부르주아 계층의 여성들*, 그리고 보닛을 쓴 여인네들** 이 길가에까지 수북이 쌓여 있는 특선 상품과 세일 상품, 자투리 천 들을 먼저 차지하려고 서로 몸싸움을 벌였다. 여인네들은 너 나 할 것 없이 손을 위로 뻗은 채 입구에 매달려 진열돼 있는 천들을 앞다투어 만져보았다. 그중에서도 7수짜리 캘리코, 9수짜리 그리자유***, 그리고 특별히 38상팀짜리 오를레앙스****는 가난한 이들의 지갑을 더욱더 얄팍하게 만들었다. 여인네들은 세일 상품들이 가득 들어 있는 상자와 바구니 주위에서 서로 가차 없이 떼밀고 몸을 마구 부딪치기를 서슴지 않았다. 10상팀짜리 레이스, 5수짜리 리본, 3수짜리 가터, 장갑, 페티코트, 넥타이, 양말과 면 스타킹 들이 게걸스러운 군중에게 먹혀버린 듯 차츰 줄어들더니 모두 어디론가 사라져버렸다. 추운 날씨에도 불구하고 길가에서 물건을 파는 판매원들은 숨 돌릴 시간조차 없었다. 한 임산부는 비명을 질렀고, 어린 두 소녀는 하마터면 숨이 막힐 뻔했다.

---

*서민 계층에 속하는 노동자의 아내보다는 상대적으로 좀 더 나은 삶을 살았던 이들로, 상점 주인의 아내와 같은 여성들을 가리킨다.
**당시 서민 계층에 속한 여성들은 주로 천으로 만든 머리쓰개 형태의 모자를 쓰거나 맨머리로 다녔다.
***그리자유는 '회색빛'을 뜻하는 말로, 양모와 면사를 섞어 짠 흰색과 검은색의 체크무늬 천을 가리킨다.
****면사(또는 견사)와 양모를 섞어 짠 영국산 직물을 가리킨다.

오전 내내, 아수라장 같은 풍경은 점차 그 도를 더해갔다. 오후 1시경에는 길게 늘어선 줄 때문에 도로가 막혀 마치 무슨 소요라도 일어난 것처럼 보였다. 그 무렵, 맞은편 보도에 서서 머뭇거리던 드 보브 부인과 딸 블랑슈를 본 마르티 부인이 자신의 딸과 함께 다가가 아는 체를 했다.

"맙소사, 저 사람들이 다 뭐람!" 드 보브 부인이 놀란 얼굴로 중얼거렸다.

"저 안에 들어갔다가는 깔려 죽기 딱 좋겠네. ……여기 오질 말았어야 하는데. 누워서 쉬다가 잠깐 바람이나 쐴까 하고 왔거든요."

"나도 그래요." 마르티 부인도 맞장구를 쳤다.

"남편한테 몽마르트르에 사는 그이 누나를 보러 가겠다고 약속했거든요. ……그런데, 지나던 길에 코르셋 끈이 필요한 게 생각나더라고요. 기왕이면 다른 데보다는 여기서 사는 게 낫지 않겠어요? 오! 난 한 푼도 허투루 쓰지 않을 거예요! 어차피 다른 건 필요한 것도 없고 말이죠."

하지만 그들의 눈길은 백화점 정문을 떠나질 못하고 있었다. 마치 군중이 일으키는 돌풍에 휘말려 휩쓸려버린 듯했다.

"아니, 아뇨, 난 안 들어갈 거예요. 무서워서요." 드 보브 부인이 중얼거렸다.

"블랑슈, 그냥 가자, 자칫하다 정말 깔려 죽을지도 몰라."

하지만 그녀는 목소리가 점점 작아지면서, 모두가 들어가는 그곳으로 자신도 가고 싶다는 욕망에 조금씩 굴복했다. 조금 전에 느꼈던 두려움마저 인산인해를 이루는 광경에 합류하고 픈 갈망 속으로 어느새 녹아 없어져 버렸다. 마르티 부인 역시 저항하기를 포기하고 딸에게 거듭 말했다.

"엄마 옷을 꼭 잡으렴, 발랑틴……. 오! 정말 이런 건 처음 봐요. 가만있어도 저절로 밀려 들어가잖아요. 저 안에 대체 뭐가 있길래 저러는지 궁금해서 견딜 수가 없네요!"

사람들의 물결에 휩쓸린 여자들은 더 이상 뒤로 물러설 수 없었다. 강물이 계곡의 지류들을 끌어당기듯, 백화점 입구를 가득 메운 인파는 거리를 지나는 행인들과 파리의 사방 곳곳의 주민들을 빨아들였다. 줄을 선 여인네들은 숨이 막힐 정도로 바짝 붙어 선 채 아주 느리게 조금씩 앞으로 나아갔다. 그러는 동안, 서로를 지탱해주는 어깨와 배에서 부드러운 온기가 느껴졌다. 그녀들의 충족된 욕망은 그러한 힘겨운 전진마저도 기꺼이 즐길 수 있게 해주었다. 그런 상황은 오히려 여인네들의 호기심을 한층 더 자극했다. 실크로 우아하게 차려입은 여인들과 소박한 옷차림의 프티부르주아 여성들, 맨머리 차림의 여자들까지 뒤죽박죽으로 뒤섞인 채 모두가 그 열기에 들뜨고 흥분돼 있었다. 넘쳐나는 여인들의 가슴 아래 파묻힌 몇몇 남자들은 불안한 눈빛으로 주위를 두리번거렸다. 인파 속에 푹 파묻힌 한 유모가 데리고 있던 아기를 위로 번쩍 들어 올리자 편안해진 아이는 웃음을 터뜨렸다. 오직 마른 체격의 한 여성만이 옆의 여자가 팔꿈치로 자신을 찔렀다며 욕설을 퍼부어댔다.

"이러다 내 드레스가 남아날까 모르겠네." 드 보브 부인이 중얼거렸다.

차가운 공기로 인해 발갛게 된 얼굴로 말없이 기다리고 있던 마르티 부인은 백화점이 얼마나 더 커졌는지 보기 위해 발돋움을 한 채 다른 사람들 어깨 너머를 기웃거렸다. 그녀의 회색빛 눈동자는 환한 빛을 쏘인 고양이의 눈동자처럼 가늘어져 있었다. 얼굴은 충분히 휴식을 취한 것처럼 생기가 감돌고, 눈빛은 잠에서 막 깨어난 사람처럼 맑았다.

"휴! 드디어!" 마르티 부인은 한숨을 내쉬었다.

비로소 긴 대열에서 벗어난 그녀들이 들어간 곳은 생토귀스탱 홀이었다. 그곳이 텅 비어 있다시피 한 것을 본 그녀들은 무척 의아해하는 표정을 지었다. 이내, 거리의 겨울을 벗어나 봄 속으로 들어온 것처럼 안락한 느낌이 여인들을 감쌌다. 바깥에는 곧 소나기라도 쏟아질 듯 차가운 바람이 부는 반면, '여인들의 행복 백화점'의 갤러리에서는 벌써부터 화창한 계절이 그녀들을 반겨주었다. 얇은 천과 화사한 파스텔 톤 색조, 여름 신제품과 양산 들이 자아내는 전원 같은 경쾌한 분위기가 여인들의 몸을 따뜻하게 덥혀주었다.

"저기 좀 봐요!" 위쪽을 쳐다보던 드 보브 부인이 그 자리에 얼어붙은 듯 서서 외쳤다.

그녀의 눈길을 사로잡은 것은 무수한 양산들이 펼치는 향연이었다. 둥근 방패처럼 활짝 펼쳐놓은 양산들이 유리 천장에서부터 반짝반짝 윤이 나는 떡갈나무 쇠시리*에 이르기까지 홀을 온통 뒤덮고 있었다. 위층의 아치형 통로 주위에 매달린 양산들은 꽃줄 장식을, 기둥을 따라 길게 장식된 양산들은 화환을 떠올리게 했다. 갤러리의 난간과 계단 난간에는 촘촘하게 붙어 있는 양산들이 길게 이어진 띠처럼 보였다. 백화점 곳곳에 대칭을 이루며 정렬된 양산들은 붉은색, 초록색, 노란색으로 벽들을 알록달록하게 장식하고 있었다. 마치 커다란 베네치아식 초롱들이 거대한 규모의 축제를 위해 불을 밝히고 있는 것처럼 보였다. 홀의 사방 모서리에서는, 복잡한 무늬가 그려진 양산

---

*나무의 모서리나 표면을 도드라지거나 오목하게 깎아 모양을 낸 것.

들이 마치 39수짜리 별들처럼 담청색, 유백색, 연분홍색 등의 밝은 색조로 야등처럼 은은하게 빛나고 있었다. 그들의 머리 위로는, 자줏빛 하늘을 날아다니는 금빛 학들이 새겨진 거대한 일본풍 양산이 마치 불이라도 난 것처럼 불타오르고 있었다.

놀랍고 황홀한 느낌을 어떻게 표현해야 할지 몰라 잠시 머뭇거리던 마르티 부인은 짧은 탄성을 질렀다.

"마치 요정의 나라에라도 와 있는 것 같군요!"

그런 다음 이제 어디로 가야 할지 따져보았다.

"그러니까, 끈을 사려면 바느질 도구 매장으로 가야겠지…… . 난 끈만 사고 바로 갈 거예요."

"나랑 같이 가요." 드 보브 부인이 말했다.

"그럼 되겠지, 블랑슈, 우린 여길 그냥 지나가기만 하는 거야, 그렇지?"

하지만 그녀들은 입구에서부터 길을 잃고 헤매기 시작했다. 왼쪽으로 꺾어지자, 예전에 바느질 도구 매장이 있었던 자리에 들어선 주름 장식과 장신구를 파는 매장과 맞닥뜨렸다. 지붕 덮인 갤러리 아래에서는 후덥지근한 열기가 느껴졌다. 군중의 발소리마저 빨아들이는 듯한 천들의 퀴퀴한 냄새가 가득 밴 공기로 인해 마치 온실에라도 들어와 있는 것처럼 끈적거리고 숨이 막혀왔다. 그러자 그들은 다시 정문 앞으로 되돌아갔다. 어느새, 여인과 아이 들이 또다시 끝이 보이지 않는 긴 행렬을 이루면서 차례로 백화점을 나서고 있었고, 그 위로 붉은색 풍선들이 구름처럼 떠다녔다. 대대적인 홍보를 위해 4만여 개의 풍선을 준비해 특별히 그것만을 나누어 주는 직원들을 배치해놓은 터였다. 풍선을 하나씩 받아들고 그곳을 나서는 사람들을 보고 있노라면, 보이지 않는 끈에 매달린 거대한 비누 거품이 공중에 둥둥 떠 있으면서 거기에 양산들의 강렬한 색깔이 반사되는 듯했다. 그로 인해 백화점 전체가 환히 빛났다.

"정말 엄청나군." 드 보브 부인은 감탄사를 연발했다.

"도무지 길을 찾을 수가 없으니 원."

하지만 사람들이 끊임없이 들락거리는 문 앞에서 정신없이 떼밀리며 마냥 서 있을 수는 없는 노릇이었다. 다행히 주브 감독관이 그들을 곤경에서 구해주었다. 그는 정문 앞에 버티고 서서 엄격하고 날카로운 눈빛으로 그곳을 통과하는 여자들을 주의 깊게 살폈다. 특별히 내부 치안을 담당하는 그는 물건을 훔치는 여자들을 기막히게 찾아내곤 했다. 특히 눈빛이 불안해 보이는 임산부를 계속 주시했다.

"바느질 도구 매장을 찾으시나요?" 그는 상냥하게 되물었다.

"왼쪽으로 가시면 됩니다! 편물 매장 뒤쪽입니다."

드 보브 부인은 그에게 인사를 했다. 뒤를 돌아본 마르티 부인은 딸 발랑틴이 온데간데없이 사라진 걸 알게 되었다. 그러다 한참 떨어진 생토귀스탱 홀 끝 쪽에서 딸을 발견하고는 질겁을 했다. 발랑틴이 19수짜리 여성용 크라바트가 산더미처럼 쌓여 있는 호객꾼의 매대 앞에서 넋을 잃고 있었던 것이다. 무레는 이처럼 외부 판매원의 직접 판매를 허용하고 있었다. 판매원은 큰 소리로 물건 값을 외치면서 고객을 유혹해 지갑을 비워냈다. 무레는 자신의 백화점을 홍보할 수만 있다면 수단과 방법을 가리지 않았다. 그러면서 상품은 품질로만 승부해야 한다고 믿는 일부 경쟁자들의 신중함을 비웃었다. 할 일 없고 입담 좋은 파리 사람으로 구성된 이런 특별 판매원들은 이런 식으로 조그맣고 값싼 물건들을 얼마든지 팔아치울 수 있었다.

"세상에! 엄마, 이 크라바트 좀 보세요. ······구석에 새가 수

놓아져 있어요." 발랑틴이 중얼거렸다.

제품 선전에 열을 올리던 판매원은 100프로 실크로 된 제품이라고 맹세하면서, 제조업자가 파산하는 바람에 싸게 처분하는 것이며, 이런 물건을 살 수 있는 기회는 결코 다시 오지 않을 거라고 설명했다.

"이런 게 19수밖에 안 된다니, 말도 안 돼!" 딸과 마찬가지로 매료된 마르티 부인이 말했다.

"까짓것! 두 개 정돈 사도 괜찮겠지. 그런다고 설마 죽기야 하겠어."

드 보브 부인은 경멸이 가득한 얼굴로 그녀들을 흘겨보았다. 호객 행위라면 딱 질색인 그녀는 누군가가 말이라도 걸라치면 재빨리 그 자리를 피했다. 그러자 마르티 부인은 몹시 놀라면서, 장사꾼의 허풍 섞인 사설을 그토록 싫어하는 것을 이해하지 못하겠다는 표정을 지어 보였다. 그녀는 드 보브 부인과는 전혀 다른 유형의 여자였다. 마르티 부인은 누군가에게 강요당하듯 공공연한 제안의 유혹 속으로 빠져드는 것을 좋아했다. 이것저것 뒤적거리면서 쓸데없는 말로 시간을 낭비하는 것은 그녀에겐 포기할 수 없는 즐거움이었다.

"이제 얼른 끈을 사러 가자꾸나. ……더 이상 여기서 얼쩡거리면 안 될 것 같아."

하지만 마르티 부인은 스카프와 장갑 매장을 통과하는 동안 또다시 마음이 약해지는 것을 느꼈다. 은은한 불빛 아래, 시선을 잡아끄는 발랄하고 경쾌한 진열대가 지나가는 이들의 발길을 멈추게 하고 있었다. 대칭으로 배치된 판매대는 마치 화단처럼, 홀 전체를 온갖 종류의 꽃들이 화사하게 피어 있는 정통 프랑스식 정원으로 변모시켜 놓았다. 나무로 된 매대 위에 그대로 놓이거나, 상자와 칸막이 선반에서 쏟아져 내릴 것처럼 넘쳐나는 스카프들은 제라늄의 강렬한 붉은색, 피튜니아의 유백색, 국화의 황금빛 노란색, 버베나의 밝은 청색을 떠올리게 했다. 좀 더 위쪽으로는, 구리로 된 줄기 위에 또 다른 꽃들이 활짝 피어 있었다. 아무렇게나 내던져진 것 같은 숄, 펼쳐진 리본 등이 화려한 장식 띠처럼 길게 이어져 기둥 주위를 감고 올라가며 거울 속에서 무한 반복되면서 보는 이들의 눈을 어지럽게 했다. 하지만 그보다 더 사람들의 시선을 사로잡은 것은 오직 장갑으로만 이루어진 스위스풍 오두막집이었다. 그것은 장갑 매장의 미뇨가 이틀이나 걸려 완성한 걸작이었다. 우선, 검은색 장갑들로 아래층을 꾸미고, 담황색과 회녹색, 진한 붉은색 장갑들로 각각 창틀과 발코니와 지붕의 기와를 표현했다.

"부인께 어울리는 장갑을 좀 보여드릴까요?" 미뇨는 오두막집 앞에 꼼짝 않고 서 있는 마르티 부인을 향해 물었다.

"여기 1프랑 75상팀짜리 스웨덴산 장갑 좀 보시겠어요? 이 가격에 절대 만날 수 없는 기막힌 거랍니다."

그는 판매대 안쪽에 서서 끈질기고 공손한 호객 행위로 지나가는 여인네들을 성가시게 했다. 마르티 부인의 사양에도 아랑곳없이 떠벌리는 것을 멈추지 않았다.

"티롤산 장갑은 단돈 1프랑 25상팀이고요, 토리노산 아동용 장갑이랑 다양한 색깔로 수놓아진 것들도 있답니다."

"아뇨, 됐어요, 필요한 게 없어서요." 마르티 부인은 단호하게 말했다.

하지만 미뇨는 그녀의 목소리가 점점 작아지는 것을 느끼고는, 더 공격적인 방식으로 그녀의 눈앞에 수가 놓인 장갑을 들이밀었다. 그러자 마르티 부인은 더 이상 버티지 못하고 한 켤

레를 사고 말았다. 그리고 드 보브 부인이 미소를 지으며 바라
보자 얼굴을 붉히면서 말했다.

"그렇죠? 내가 좀 어린애 같죠? ……얼른 가서 코르셋 끈을
사고 여기서 나가지 않으면 정말 큰일 날 것 같아요."

하지만 불행히도 바느질 도구 매장에는 사람들이 잔뜩 몰려
있어서 도무지 차례가 오지 않았다. 10분 전부터 기다리고 있
던 두 여자가 짜증이 나기 시작할 무렵, 부르들레 부인이 아이
셋을 데리고 나타나 그들의 지루함을 덜어주었다. 부르들레 부
인은 예의 실용적이고 차분한 태도로 아이들에게 백화점을 보
여주기 위해서 왔다고 해명했다. 마들렌은 열 살, 에드몽은 여
덟 살, 뤼시앵은 네 살이었다. 아이들은 즐거운 듯 함박웃음을
터뜨렸다. 이거야말로 돈 안 드는 공짜 놀이라, 부르들레 부인
은 오래전에 아이들에게 백화점에 데려가 주겠다고 약속을 한
터였다.

"양산들이 정말 예쁘네요. 아무래도 붉은색으로 하나 사야
겠어요." 아무것도 하지 않고 한군데 머물러 있는 것을 견디지
못한 마르티 부인이 불쑥 말했다.

그녀는 14프랑 50상팀짜리 양산을 하나 골랐다. 그러자 나
무라는 듯한 눈길로 그녀를 지켜보던 부르들레 부인이 친구로
서 충고를 했다.

"그렇게 서둘러 살 필요가 있나요. 한 달만 기다리면 10프랑
에도 살 수 있을 텐데……. 난 그런 상술에 절대 넘어가지 않
을 거예요!"

그녀는 알뜰한 주부로서 자신이 아는 생활의 지혜를 줄줄이
늘어놓았다. 시간이 지나면 그들은 제품의 가격을 낮추게 되어
있으므로, 자신들은 기다리기만 하면 되는 것이다. 그녀는 절

대로 그들에게 이용당하지 않을 것이며, 오히려 그들의 파격적인 세일을 이용하는 것은 그녀 자신이었다. 그녀는 심지어 백화점에 무슨 대단한 유감이라도 있는 사람처럼, 그들에게 한 푼의 이익도 남겨주지 않을 거라고 자랑처럼 얘기하기까지 했다.

"그런데, 아이들에게 위층 독서실에서 그림책을 보여주기로 약속했거든요. ……시간이 괜찮으면 같이 안 가실래요?"

그러자 마르티 부인은 끈을 사는 것을 잊어버린 채 즉시 그러마고 했다. 드 보브 부인은 아래층을 더 돌아보기를 원했다. 그들은 위층에서 다시 만날 수 있기를 바랐다. 그리고 계단을 찾던 부르들레 부인은 엘리베이터를 발견하고는 재미 삼아 아이들을 안으로 밀어 넣었다. 마르티 부인과 발랑틴도 사람들이 꽉 들어찬 비좁은 안쪽으로 들어섰다. 그들은 벨벳을 두른 긴 의자와 거울, 그리고 세공된 청동 문에 정신이 팔려 엘리베이터가 부드럽게 움직이는 것조차 느끼지 못한 채 이층으로 올라갈 수 있었다. 게다가 레이스 갤러리에서는 또 다른 즐거움이 그들을 기다리고 있었다. 부르들레 부인은 카페테리아 앞을 지나면서 시럽 음료로 아이들의 목을 축이게 하는 것을 잊지 않았다. 카페테리아는 너르고 긴 대리석 테이블이 설치된 사각형의 방이었다. 양끝에는 가느다란 물줄기가 졸졸 흘러나오는 은빛 분수가 설치돼 있었다. 그 뒤쪽으로, 조그만 선반 위에 병들이 나란히 놓여 있었다. 세 명의 사환은 쉴 새 없이 컵들을 닦아 시럽 음료를 채워 넣었다. 그들은 목마른 고객들을 통제하기 위해, 극장 문 앞에서 그러하듯 벨벳이 씌워진 로프를 써서 사람들을 줄 세웠다. 카페테리아는 사람들로 미어터졌고, 줄을 선 고객들은 공짜 음료 앞에서 이성을 잃은 채 발을 동동 굴렸다.

"그런데, 다들 어디 있는 거지?" 마침내 혼잡함을 벗어난 부르들레 부인은 손수건으로 아이들을 닦아준 다음 큰 소리로 외쳤다.

그녀는 멀찌감치 떨어진 또 다른 갤러리 끝에 있는 마르티 부인과 발랑틴을 알아볼 수 있었다. 두 모녀는 페티코트 더미 속에 파묻힌 채 여전히 물건을 사들이고 있었다. 이젠 끝이었다. 엄마와 딸은 소비의 광적인 열기 속으로 휩쓸린 채 사라져버렸다.

무언가를 읽거나 쓸 수 있도록 한 독서실에 마침내 도착한 부르들레 부인은 마들렌과 에드몽, 뤼시앵을 커다란 테이블 앞에 앉혔다. 그리고 직접 서가에서 사진 앨범을 골라 아이들에게 갖다 주었다. 기다란 방의 둥근 천장은 번쩍이는 금박 도금으로 사람들의 눈길을 사로잡았다. 방의 양끝에는 거대한 벽난로가 서로 마주보고 있고, 화려한 액자 속에 담긴 보잘것없는 그림들이 벽을 빙 둘러 장식하고 있었다. 기둥들 사이로는 백화점 쪽으로 난 아치형 내닫이창*들이 보였고, 그 앞에는 마욜리카 도자기에 심긴 높다란 초록색 화초가 놓여 있었다. 잡지와 신문 들이 수북이 쌓여 있고, 문구류와 잉크병이 놓여 있는 테이블 주위로 사람들이 말없이 둘러앉아 있었다. 여자들은 장갑을 벗고, 종이를 집어 윗부분에 새겨진 백화점 이름과 주소를 지우고는 편지를 썼다. 몇몇 남자들은 소파에 엉덩이를 깊숙이 파묻고 몸을 뒤로 젖힌 채 신문을 읽었다. 하지만 아무것도 하지 않고 가만히 앉아 시간을 때우는 사람들이 대부분이었다. 매장들 속으로 사라진 아내를 기다리는 남편, 남몰래 연인을 기다리는 젊은 여성, 휴대품 보관소에 맡긴 짐처럼 나갈 때

*실내에 구석진 부분을 만들기 위해 벽면의 일부분을 내밀어 만든 창. 베이 윈도우라고도 한다.

찾아가기 위해 데려다 놓은 노부모 등 다양한 사연을 가진 사람들이 그곳에 모여 있었다. 그들은 소파에 앉아 나른한 모습으로 휴식을 취하면서 열린 창문과 갤러리 그리고 홀 안쪽을 흘끗거렸다. 멀리서 들려오는 웅성거림이, 펜이 사각거리는 소리와 신문이 바스락거리는 소리 속으로 잦아들었다.

"어머나! 이게 누구예요! 하마터면 몰라볼 뻔했네요!" 부르들레 부인이 반색하며 말했다.

아이들 근처의 한 여성이 잡지로 몸을 가리고 있었다. 기발 부인이었다. 그녀는 부르들레 부인을 만난 것을 별로 달가워하지 않는 듯했다. 하지만 이내 정색을 하고는, 아래층의 혼잡을 피해 잠시 쉬러 올라왔다고 설명했다. 부르들레 부인이 쇼핑을 하러 왔는지 묻자, 기발 부인은 철저한 이기주의가 번득이는 눈빛을 눈꺼풀 아래로 감추면서 심드렁한 얼굴로 대답했다.

"오! 아니에요. ……난 그 반대로 돌려주려고 왔답니다. 그래요, 포르티에르 말이에요. 지난번에 샀던 건데 마음에 안 들어서요. 그런데 사람이 너무 많아서 매장이 좀 한산해질 때까지 기다리는 중이랍니다."

그러면서 반품 제도의 편리함에 대해 입에 침이 마르도록 찬사를 늘어놓았다. 예전에는 물건을 사는 법이라곤 결코 없었던 그녀는 이젠 가끔씩 그 유혹에 넘어가기도 했다. 사실인즉슨, 그녀는 다섯 개 중에 네 개를 반품하곤 했고, 그런 그녀의 별스러운 구매 습관은 전 매장에 널리 알려져 있었다. 늘 못마땅해하면서, 산 물건을 며칠간 가지고 있다가는 하나씩 차례로 되돌려 주곤 했기 때문이다. 기발 부인은 얘기하는 중에도 독서실 입구에서 눈을 떼지 못했다. 그러다 부르들레 부인이 아이들에게 사진을 설명해주기 위해 자리로 돌아가자 비로소 안도하는 듯 보였다. 그와 동시에 무슈 드 보브와 폴 드 발라뇨스가 안으로 들어왔다. 자신의 예비 사위에게 백화점을 구경시켜주는 척했던 백작은 기발 부인과 재빨리 눈빛을 나누었다. 그리고 그녀는 그를 못 본 것처럼 다시 잡지를 읽는 척했다.

"아니! 폴 자네가 여길 어떻게!" 두 남자들 뒤에서 누군가가 소리쳤다.

무레였다. 그는 여기저기 매장들을 둘러보는 길이었다. 서로 악수를 한 다음 그가 즉시 물었다.

"드 보브 부인께서도 방문을 해주셨나요?"

"오! 아닙니다. 그러잖아도 아내도 무척 유감스럽게 생각하고 있습니다. 몸이 좀 안 좋거든요. 오! 걱정할 정도는 아닙니다."

그는 그제야 기발 부인을 알아본 것처럼 놀란 얼굴을 했다. 그리고 일행에서 벗어나 모자도 쓰지 않은 채 그녀에게로 다가갔다. 다른 두 남자는 멀리서 고갯짓으로 그녀에게 인사를 했다. 기발 부인 역시 놀라는 시늉을 했다. 그 모습을 지켜보던 폴의 입가에 야릇한 미소가 번졌다. 그는 마침내 모든 것을 이해할 수 있었다. 그리고 조그만 소리로 무레에게 설명했다. 리슐리외 가에서 우연히 그를 만난 백작은 그에게서 빠져나오려고 애쓰다가는, 마침내는 그를 '여인들의 행복 백화점'으로 데리고 오기로 마음먹었다. 이 모든 것을 반드시 봐야 한다는 핑계를 대고서였다. 기발 부인은 1년 전부터 백작에게서 돈과 쾌락을 동시에 취하고 있었다. 하지만 그에게 편지로 연락하는 일은 결코 없었으며, 언제나 교회나 박물관, 백화점 같은 공공장소에서 만나서 약속을 잡곤 했다.

"두 사람은 매번 만날 때마다 호텔 방을 바꾸는 것 같더군."

발라뇨스가 조그만 소리로 말했다.

"요전 달에는, 감독 업무차 지방을 순회하던 백작이 하루걸러 부인에게 편지를 보냈지. 블루아, 리부른, 타르브 등지에서. 하지만 난 바티뇰에 있는 그럴듯한 호텔로 들어가는 그를 똑똑히 본 것 같거든. ……저기 백작을 좀 보라고! 관직에 있는 사람답게 여자 앞에서 정중하고 깍듯하게 구는 모습이 멋지지 않나! 저게 바로 옛 프랑스의 모습이라고! 옛 프랑스 말일세, 친구!"

"그런데 자네 결혼은 어떻게 된 건가?" 무레가 물었다.

폴은 백작에게서 눈을 떼지 않은 채, 여전히 돈 많은 숙모의 죽음을 기다리고 있다고 대답했다. 그리고 의기양양한 표정으로 말했다.

"내 말이 맞지? 자네도 봤지? 백작이 고개를 숙여서는 주소가 적힌 종이를 건네준 거. 게다가 저 여잔 세상에서 가장 고고한 것 같은 얼굴로 응하고 있군. 겉으론 무심한 척하면서 여우처럼 굴다니, 저 붉은 머리 여인은 정말 무서운 여잔 것 같아. ……재미있군! 자네 백화점에서는 참으로 흥미로운 일들이 많이 일어나는 것 같네!"

"그렇지!" 무레는 빙그레 미소를 지었다.

"그런데 말이지, 저 여인들은 지금 내 집에 와 있는 게 아니라네. 자기 집에 있는 거나 마찬가지라고."

그리고 내친김에 농을 늘어놓았다. 사랑은 제비와 같아서 백화점에 행운을 가져다준다. 그는 물론 물건을 사지 않고 매장을 어슬렁거리기만 하는 젊은 여성들이나, 그곳에서 남자를 우연히 만난 척하는 여인네들이 있다는 사실을 잘 알고 있다. 하지만 그런 여자들이 매상을 올려주진 않더라도, 매장 곳곳을 어슬렁거리면서 고객이 많아 보이게 함으로써 백화점에 활기를 더해주는 역할을 하는 것이다. 무레는 얘기하는 동안 자신의 친구를 독서실 입구로 데리고 갔다. 그들 맞은편으로는 거대한 중앙 갤러리가, 그리고 그들이 서 있는 곳의 아래쪽으로는 여러 개의 홀이 사방으로 나 있는 게 보였다. 그들이 등지고 있는 독서실에서는 차분한 분위기 속에 사각거리며 신경질적으로 펜을 놀리는 소리와 신문을 접는 소리가 들려왔다. 한 노신사는 '르 모니퇴르'*를 읽다가 잠이 든 듯했다. 무슈 드 보브는 예비 사위를 떼어내고 싶어 하는 명백한 의도로 그림 앞에서 마냥 시간을 끌고 있었다. 그렇게 정적이 흐르는 가운데 부르들레 부인만이 자기 집인 양 큰 소리로 아이들과 웃고 떠들었다.

"보라고, 여긴 저 여인들의 집이나 마찬가지라네." 무레는 매장마다 미어터지도록 몰려드는 여인들을 향해 팔을 크게 휘두르며 거듭 말했다.

바로 그 무렵, 군중 틈에서 외투가 벗겨질 뻔했다가 간신히 안으로 들어온 데포르주 부인이 첫 번째 홀을 가로지르고 있었다. 중앙 갤러리로 접어든 그녀는 눈을 들어 위를 쳐다보았다. 기차역의 중앙 홀을 연상시키는 너른 공간은 위쪽 두 개 층에 걸쳐 난간으로 빙 둘러져 있었다. 공중에 매달린 듯한 계단들이 공간을 가로질렀고, 허공에 떠 있는 다리들이 그것들을 이어주었다. 철제로 만든 이중 나선 계단은 대담한 곡선의 형태로 뻗어나가 수많은 층계참을 만들었다. 계단과 마찬가지로 철제로 만든 다리들은 허공에 높이 직선으로 곧게 뻗어 있었다. 이처럼 금속을 사용한 건축은 유리로 된 천장에서 비치는 새하얀 빛 아래 경쾌한 느낌이 강조되면서, 올이 성긴 레이스처럼

---

* '모니터'라는 의미로, 프랑스대혁명(1789년) 당시 창간된 신문이다. 1868년까지 제2제정의 관보로서 독점적인 지위를 누렸다.

빛이 자유롭게 통과할 수 있도록 설계돼 있었다. 마치 꿈속의 궁전을 현대식으로 실현해놓은 듯했다. 층을 쌓아가고, 매장을 늘리고, 다른 층과 다른 매장으로 통하는 출구를 무한히 늘려가는 현대판 바벨탑인 셈이었다. 게다가 철은 백화점 곳곳을 지배하고 있었다. 정직함과 용기를 지닌 젊은 건축가는 구태여 철에 도료를 칠해 돌이나 나무인 양 눈가림하려고 하지도 않았다. 아래층은, 상품을 돋보이게 하기 위해 장식은 최대한 간결하게 하고, 대부분을 통일시켜 중성적인 색깔로 마무리했다. 그리고 철근 골조가 위로 올라감에 따라 더 화려해진 기둥머리 장식과 꽃 모양 리벳, 조각 장식이 된 소용돌이 모양의 까치발*과 초엽(蕉葉)**이 눈에 띄었다. 마지막으로 맨 꼭대기에는, 금빛 물결과 금빛 수확물처럼 보이는 풍성한 금빛 가운데 초록색과 붉은색이 선명하게 두드러졌다. 심지어 천장의 유리까지도 온통 금으로 된 칠보 세공과 니엘로*** 상감으로 장식돼 있었다. 지붕 덮인 갤러리 아래, 둥근 천장의 모서리를 이루는 벽돌에도 밝은 색깔의 유약이 칠해져 있었다. 모자이크와 자기(磁器)도 장식의 한몫을 담당하면서 프리즈****의 분위기를 밝게 만들었고, 경쾌한 색조로 전반적으로 절제된 분위기에 흥을 돋우었다. 붉은색 벨벳으로 난간을 감싼 계단에는 갑옷의 강철처럼 윤이 나는 매끄러운 쇳조각을 띠 모양으로 장식해놓았다.

데포르주 부인은 새로 단장한 백화점에 이미 와본 적이 있었음에도 불구하고, 그날 중앙 홀을 뜨겁게 달구고 있는 엄청

---

*건축물의 한 부분을 지탱하기 위해 수직면에 대는 직각삼각형 모양의 나무나 돌 또는 금속으로 만든 것을 가리킨다. 브래킷이라고도 한다.
**들보나 코니스의 양끝을 지탱하기 위해 커다란 돌로 튀어나오게 만들어진 부분.
***은이나 동 따위를 용해해서 얻는 흑색의 물질. 금은 세공품의 상감에 쓰임.
****건축물의 외면이나 내면, 기구의 외면에 붙인 띠 모양의 장식물을 가리킨다.

난 인파에 놀라 걸음을 멈췄다. 아래층의 그녀 주위로 수많은 사람들이 밀물과 썰물처럼 끊임없이 오가면서, 그 엄청난 물살을 실크 매장에서도 느낄 수 있을 정도였다. 오후가 되자, 여전히 다양한 종류의 사람들이 뒤섞여 있는 가운데, 차츰 프티 부르주아 계층의 여성들과 주부들 사이로 점점 더 많은 상류층 여성들이 보이기 시작했다. 그중에서 상중에 있어 커다란 베일로 얼굴을 가린 여인네들과, 길을 잃은 유모들이 아이를 보호하기 위해 팔꿈치를 너르게 휘저으며 앞으로 나아가는 모습이 자주 눈에 띄었다. 진열된 천들이 저마다 화려한 빛을 발하는 가운데, 얼룩덜룩한 모자를 썼거나, 금발 또는 검은 머리를 그대로 드러낸 여자들이 모두가 한데 뒤섞인 채 빛바랜 모습으로 거대한 바다를 이루며 갤러리의 끝에서 끝으로 떼밀리듯 나아갔다. 주위를 두리번거리는 데포르주 부인의 눈에 가장 먼저 들어온 것은 사방에 걸려 있는 커다란 현수막과 그 위에 쓰인 거대한 숫자들이었다. 현수막의 선명한 빛깔은 밝은 색상의 인도 사라사와 반짝이는 실크, 어두운 색의 모직 천 들을 배경으로 또렷하게 돋보였다. 리본 더미는 사람들의 얼굴을 가려버리고, 플란넬 벽은 갑(岬)처럼 툭 튀어나와 통행을 방해했다. 사방에 설치된 거울들은 백화점 내부를 더 넓어 보이게 하면서, 좌우가 바뀌어 보이는 얼굴과 어깨와 팔의 반쪽 등 군중의 일부와 진열대를 함께 비춰주었다. 한편, 왼쪽과 오른쪽 양옆으로 난 갤러리의 길게 뻗은 통로는 비로소 숨통을 틔워주는 듯했다. 새하얀 눈이 소복이 내려앉은 것 같은 리넨 매장, 안쪽으로 깊숙이 보이는 얼룩덜룩한 편물 매장 등이 몇몇 유리창에서 반사되는 빛 아래 아득하게 느껴지면서, 그곳을 오가는 사람들이 마치 인간 먼지처럼 느껴졌다. 이제 데포르주 부인이 눈을 들어 위쪽을 바라보자, 계단을 따라 올라가거나, 허공에 떠 있는 다리 위와 각 층의 난간 주위로 끊임없이 오가는 사람들의 모습과 함께 웅성거림이 전해져 왔다. 공중에 떠 있는 듯한 거대한 철골 사이의 공간으로 이동하는 사람들이 채색 유리 사이로 스며드는 희부연 빛 속을 움직이는 검은 그림자 무리처럼 보였다. 천장에는 금박을 입힌 거대한 샹들리에들이 매달려 있고, 수가 놓인 실크, 금실로 자수가 놓인 천과 카펫 들이 번쩍이는 깃발들처럼 난간을 뒤덮고 있었다. 또한, 난간의 한쪽 끝에서 다른 쪽 끝까지, 날아오를 것처럼 얇디얇은 레이스, 가느다란 떨림이 느껴지는 모슬린*, 승리의 기념품인 양 화려함을 과시하는 실크, 그리고 피날레를 장식하듯 반쯤 벌거벗은 마네킹의 우아함이 보는 이들의 눈을 현혹했다. 이러한 현란함에서 눈길을 돌려 더 높이 위쪽을 쳐다보면 마치 허공에 떠 있는 것 같은 침구류 매장이 보였다. 매트리스를 곁들인 조그만 철제 침대에 새하얀 커튼을 드리운 모습은, 위층으로 올라갈수록 점점 더 뜸해지는 고객들의 발소리를 들으며 잠들어 있는 기숙생들의 침실을 연상케 했다.

"아주 싸고 좋은 가터가 있는데 좀 보여드릴까요?" 데포르주 부인이 한군데 가만히 서 있는 것을 본 한 판매원이 물었다.

"100프로 실크로 된 건데 29수밖에 안 한답니다."

그녀는 감히 대답할 엄두가 나지 않았다. 그녀 주위로 호객꾼들이 큰 소리로 외쳐대면서 분위기를 점점 더 돋우고 있었다. 하지만 데포르주 부인은 길을 찾아가고자 했다. 알베르 롬

---

*평직으로 짠 무명은 면모슬린이라고도 한다. 고급 모슬린은 염색하거나 무늬를 찍어 블라우스·드레스 등에 사용하고, 흰 천 그대로는 속옷·시트·베갯잇·앞치마 등에 사용한다.

므의 계산대가 바로 왼쪽에 있었다. 예전에 그녀를 본 적이 있는 알베르는 반가운 웃음을 지어 보였지만 밀려드는 청구서에 파묻혀 자리를 떠날 수 없었다. 그의 뒤쪽에서는 조제프가 혼자서 물건을 포장하는 것에 힘이 부쳐하며 끈 통과 씨름을 하고 있었다. 그러자 데포르주 부인은 자신이 어디쯤 있는지 알 것 같았다. 실크 매장이 바로 앞에 있는 게 분명했다. 하지만 사람들이 급속도로 늘어나는 바람에 10분이나 걸려서 간신히 그곳으로 갈 수 있었다. 그사이 공중에는 실에 매달린 붉은색 풍선이 점점 더 많아졌다. 자줏빛 구름처럼 한데 모여든 풍선들은 서서히 문 쪽으로 날아가 계속해서 도시 곳곳으로 퍼져 나갔다. 어린아이들이 조그만 손으로 실을 꼭 감아쥔 채 지나가는 바람에 데포르주 부인은 풍선과 부딪히지 않기 위해 고개를 숙여야 했다.

"아니! 이렇게 정신없는 데를 다 방문해주시다니요!" 데포르주 부인을 알아본 부트몽이 반갑게 소리쳤다.

이제, 매장 책임자인 부트몽은 가끔씩 차를 마시러 데포르주 부인의 집에 들르곤 했다. 무레가 그를 그녀의 집으로 데리고 가서 소개를 시켰던 것이다. 데포르주 부인은 그가 평범하지만 무척 사근사근하고 쾌활한 다혈질의 청년인 것을 알고는 반색하며 즐거워했다. 그런데 그저께 그는 무레가 클라라와 만나고 다닌다는 얘기를 아무런 뒷생각 없이 떠벌렸다. 그건 그저 웃고 떠들기를 좋아하는 젊은이의 객기에서 비롯된 행동일 뿐이었다. 그러자 끓어오르는 질투심으로 괴로워하던 데포르주 부인은 상한 자존심을 무심함으로 가장한 채 문제의 여자가 누군지를 알아내기 위해 이곳엘 왔던 것이다. 부트몽은 이름을 말하길 꺼려하면서 단지 기성복 매장의 판매원이라고만 밝혔다.

"혹시 뭐 필요하신 게 있나요?" 부트몽이 물었다.

"물론이죠. 안 그러면 여길 왜 왔겠어요. ……마티네*용 풀라르를 좀 볼 수 있을까요?"

문제의 여자를 꼭 보고 싶었던 데포르주 부인은 그에게서 판매원의 이름을 알아낼 수 있기를 바랐다. 부트몽은 즉시 파비에를 불렀다. 그리고 다시 그녀와 얘기했다. 파비에가 다른 고객을 응대하고 있었기 때문이다. 다름 아닌, 그녀의 삶에 관해서는 아무것도 알려진 것 없이, 그들 사이에서 단지 '어여쁜 부인'이라고만 불리며 가끔씩 화제에 오르는 미모의 금발 여성 고객이었다. 어여쁜 부인은 상중이었다. 저런! 대체 누가 죽은 거지? 남편, 아니면 아버지? 아버지는 아닌 듯했다. 그랬다면 지금보다 더 슬퍼 보였을 터였다. 그렇다면, 그녀는 화류계 여자가 아니라는 말이었다. 만약, 자신의 어머니를 애도하는 게 아니라면, 그녀에게는 진짜 남편이 있었던 것이다. 과중한 업무에도 불구하고 몇 분간 매장의 판매원들 사이에는 온갖 억측들이 난무했다.

"얼른얼른 서두르지 못하겠나, 정말 못 봐주겠군!" 고객을 계산대로 안내하고 돌아오던 위탱이 소리쳤다.

"저 부인만 나타났다 하면 정신들을 못 차리고 떠들어대니……. 저 부인은 자네 같은 사람은 안중에도 없다는 걸 알아야지!"

"관심 없기로 말하면 내가 더할 겁니다." 기분이 상한 판매원이 쏘아붙였다.

그러자 위탱은 고객을 더 존중하는 태도를 보이지 않으면

---

*프랑스어로 '아침나절'이라는 말뜻 그대로, 여자들이 아침에 입는 실내복을 일컫는다.

경영진에 그 사실을 알리겠다고 으름장을 놓았다. 온 매장이 똘똘 뭉쳐서 위탱이 로비노의 자리를 차지할 수 있게 해준 후부터, 그는 그 사실을 까맣게 잊어버린 듯 판매원들에게 까다롭고 엄격하게 굴기 시작했다. 호의적인 동료애를 내세워 그들을 선동했던 것과는 달리 참아줄 수 없을 정도로 위세를 부리는 위탱을 보면서 매장의 판매원들은 그에 맞설 인물로 파비에를 은밀하게 밀고 있었다.

"명심해, 앞으론 내게 말대꾸 같은 건 하지 않는 게 좋을 거야." 위탱은 단호하게 내뱉었다.

"무슈 부트몽이 풀라르를 보고 싶어 하시네, 경쾌한 디자인으로."

매장 한가운데에 전시된 여름용 실크 제품들은 은은한 빛속에서 별이 떠오르듯, 밝아오는 새벽빛으로 홀을 밝혀주고 있었다. 연분홍, 은은한 노랑, 투명한 파랑 등은 이리스 여신*의 하늘하늘한 베일을 떠올리게 했다. 구름처럼 부드러운 풀라르, 나무에서 날아온 새의 솜털보다 더 가벼운 슈라, 중국인 처녀의 고운 살결보다 더 윤기가 흐르는 페킨. 일본에서 온 폰지, 인도산 터서와 코라.** 그리고 그에 뒤질세라, 줄무늬와 작은 체크무늬, 꽃무늬의 경쾌함을 뽐내는 프랑스산 실크 제품들. 보는 이들을 꿈꾸게 하는 다양한 문양과 색색의 실크 천들은, 5

---

*그리스신화에 나오는 무지개의 여신으로 신의 뜻을 인간에게 전달하는 사자로 여겨졌다.
**슈라는 가볍고 하늘하늘한 인도산 견직물이다. 페킨은 세로줄 무늬로 짠 베이징산 견직물로, 바탕과 줄무늬와의 색과 조직을 바꿔가며 대조를 강조하는 게 특징이다. 이와 같은 줄무늬를 '페킨 스트라이프'라고 한다. 폰지는 얇은 평직 견직물인 태피터의 한 종류이다. 터서는 인도가 원산지인, 작잠사로 짠 폴라르의 일종이고, 코라는 인도가 원산지인 순수한 견직물로, 천연 상태이거나 날염이 된 폴라르를 일컫는다.

월의 어느 날 아침, 화려한 주름 장식이 달린 드레스 차림으로 공원의 아름드리나무 아래를 거니는 여인들을 바라보고 있는 듯한 착각에 빠지게 했다.

"이걸로 할게요. 장미 꽃다발이 그려진 루이 14세로요." 마침내 데포르주 부인이 말했다.

그녀는 파비에가 천을 자르는 동안, 여전히 옆을 지키고 있는 부트몽에게 정보를 알아내기 위한 마지막 시도를 했다.

"여행용 외투를 보러 기성복 매장으로 올라갈 생각이에요. ……그런데, 그 여자가 금발이라고 했나요? 지난번에 얘기했던 그 여자 말이에요."

데포르주 부인의 집요한 관심에 불안해지기 시작한 매장 책임자는 미소를 지어 보이는 것으로 대답을 대신했다. 그런데 바로 그 순간 드니즈가 그들 앞을 지나쳐 갔다. 그녀는 메리노 양모 매장의 리에나르에게로 부타렐 부인을 안내하고 돌아오던 참이었다. 지방에 사는 부타렐 부인은 1년에 두 번씩 파리로 올라와, 생활비를 아껴 모아두었던 돈을 '여인들의 행복 백화점' 곳곳에 뿌리곤 했다. 위탱은 이미 데포르주 부인의 풀라르를 맡고 있는 파비에가 건수를 더 올리지 못하도록 그를 가로막고 나섰다.

"자넨 나설 필요 없어. 마드무아젤이 부인을 잘 안내해줄 거야."

드니즈는 당혹감을 감춘 채 물건과 매출 전표를 기꺼이 떠맡겠노라고 했다. 그녀는 위탱을 마주할 때마다 수치심이 느껴져 그를 똑바로 쳐다볼 수가 없었다. 그의 얼굴을 보면, 자신이 저지른 과거의 잘못이 떠오르는 것 같았기 때문이다. 오직 꿈속에서만 잘못을 저질렀을 뿐인데도.

"혹시, 저 아가씨, 일을 잘 못하던 그 아가씨 아닌가요? 그런데 그 사람이 다시 고용한 건가요?" 데포르주 부인이 부트몽에게 조그맣게 속삭이며 물었다.

"그럼 바로 저 여자겠네요, 그 이야기 속의 여자가!"

"그럴지도요." 매장 책임자는 사실대로 말하지 않기로 마음먹고 여전히 미소를 지으며 대답을 얼버무렸다.

그러자 데포르주 부인은 드니즈를 앞세워 천천히 계단을 올라갔다. 올라가는 동안 위에서 내려오는 인파에 휩쓸리지 않기 위해 3초마다 멈춰 서야 했다. 백화점 전체가 살아 움직이듯 요동치는 가운데, 계단을 지탱하는 철제 받침대가 군중의 숨결에 반응하듯 발밑에서 들썩거리는 게 느껴졌다. 계단을 하나씩 디딜 때마다, 바닥에 견고하게 고정된 채 정장, 짧은 외투, 실내복 등의 의상을 걸치고 있는 마네킹을 만날 수 있었다. 마치 승리의 행진을 위해 군인들이 양 옆으로 늘어서 있는 것처럼 보였다. 마네킹마다 단검 자루처럼 보이는 조그만 나무 팔이 붉은색 멜텐에 박혀 있어, 마치 방금 벤 목의 상처에서 피가 흐르는 것 같은 광경을 연상시켰다.

마침내 2층에 도착한 데포르주 부인은 조금 전보다 더 많은 사람들이 한꺼번에 앞을 가로막는 바람에 한동안 오도 가도 못하고 서 있어야 했다. 그녀의 발밑으로는, 1층의 매장들과 곳곳에 넓게 퍼져 있는 수많은 인파가 보였다. 이제 아까와는 다른 광경이 눈앞에 펼쳐졌다. 개미 떼가 우글거리는 것 같은 부산스러움 속에서 코르사주마저 가려진 모습들이 조그만 얼굴들로 이루어진 바다를 연상시켰다. 흰색 현수막은 가느다란 선으로밖에 보이지 않았고, 리본 더미는 찌그러져 보였으며, 플란넬은 갤러리를 가로막고 있는 얇은 벽처럼 보였다. 난간을 뒤덮고 있는 카펫과 자수가 놓인 실크는 이제 그녀의 발밑에서 교회의 루드 스크린*에 매달려 있는 종교 행렬의 깃발처럼 느껴졌다. 시선을 좀 더 멀리 양쪽 측면 갤러리의 모퉁이로 향하자, 교회의 종탑에서 내려다보는 것처럼 이웃한 거리의 한 구석에서 검은 점처럼 움직이는 행인들이 언뜻언뜻 보였다. 하지만 무엇보다 그녀를 놀라게 한 것은, 정신없이 뒤섞인 화려한 색들의 향연으로 인해 눈이 부시고 피곤한 와중에 눈을 감으면, 밀물처럼 몰려오는 둔탁한 웅성거림과 그들이 몸에서 내뿜는 열기로 인해 군중이 더 잘 느껴진다는 사실이었다. 백화점 바닥으로부터 속옷, 목덜미, 스커트 그리고 머리카락에서 뿜어져 나오는 향기가 가득 밴 미세한 먼지와 여인의 체취가 위로 올라왔다. 여인의 육체를 숭배하기 위해 세워진 신전에서 피우는 향처럼 강렬하면서도 온몸을 휘감는 듯한 향기였다.

그사이, 무레는 여전히 발라뇨스와 함께 독서실 앞에 버티고 선 채 그 향기를 호흡하며 그에 취한 듯 거듭 강조했다.

"보게나, 여자들은 자기 집에 있는 거나 마찬가지라네. 난 여기서 케이크를 먹고 편지를 쓰면서 하루해를 다 보내는 여자들을 알고 있지. ……이제 그들을 재워주는 일만 남은 거라고."

그런 농담은 폴을 미소 짓게 했다. 그는 여전히 염세주의적인 권태로움 속에서, 하찮은 천 쪼가리 때문에 북새통을 이루며 법석을 떠는 여자들을 어리석은 존재로 치부했다. 심지어 자신의 동창생에게 안부 인사를 하러 왔다가, 교태를 부리는 여인들 무리에 둘러싸인 채 삶의 활기로 넘치는 그를 보고 기분이 상해서는 그대로 가버릴 뻔했다. 머리와 가슴이 텅 빈 수

---

*교회의 제단 부분과 중앙 홀을 분리하는 높은 주랑이나 칸막이를 가리킨다.

많은 여자들 중에서 그에게 존재의 어리석음과 허무함을 깨닫게 해줄 여인이 단 한 명도 없는 것일까? 그런데 바로 그날, 무레에게서는 평소의 당당함과 냉철함을 찾아볼 수 없었다. 평소에는 거대한 기계의 조종자와 같은 노련함과 침착성으로 여성 고객들에게 뜨거운 열기를 불어넣던 그였다. 그런데 이번에는 그 자신이 백화점을 뜨겁게 달구는 열정의 폭발 속으로 휩쓸려 들어간 듯 보였다. 그는 드니즈와 데포르주 부인이 함께 중앙계단을 올라오는 것을 본 순간부터 자신도 모르게 자꾸만 손짓을 해대면서 큰 소리로 떠들기 시작했다. 그녀들이 점점 더 가까이 다가오는 것을 느낄수록, 그쪽으로 고개를 돌리지 않으려고 애쓰면서 더욱더 흥분하는 빛을 역력히 드러냈다. 그의 얼굴은 벌겋게 달아올랐고, 황홀경에 빠진 눈빛은 구매 유혹에 마침내 굴복하고 마는 여인네들의 눈빛을 닮아 있었다.

"이 정도면 도난 사고도 꽤 자주 일어나겠는걸." 인파 속에서 수상쩍은 낌새를 발견한 발라뇨스가 중얼거렸다.

그러자 무레는 두 팔을 크게 벌려 보이면서 말했다.

"자넨 아마 상상도 못할 걸세, 친구."

그는 얘기할 거리가 생긴 것에 반색하면서, 그간 일어났던 일들을 유형별로 상세하게 늘어놓기 시작했다. 우선, 상습적으로 물건을 훔치는 여자들이 있었다. 하지만 그런 여자들은 사실 별로 문제될 게 없었다. 이미 경찰에게 얼굴이 팔릴 대로 팔린 사람들이었기 때문이다. 그다음으로는, 병적인 도벽이 있는 여자들이 있었다. 백화점의 출현이 야기한 유혹의 극단적 결과물로, 정신병 전문의에 의해 새로운 신경증으로 분류된 욕망 도착증의 일종이었다. 게다가 임산부들에 의해 저질러지는 절도는 어느 한 물품에만 집중된다는 특징을 지니고 있었다. 언젠가는 경찰이 한 임산부의 집에서, 파리의 전 매장을 돌며 훔친 분홍색 장갑 248켤레를 찾아낸 적도 있었다.

"그래서 여기 있는 여자들이 그런 이상한 눈빛들을 하고 있는 거였군!" 발라뇨스가 혼잣말처럼 말했다.

"정신 나간 사람들처럼 탐욕스럽고 야릇한 얼굴을 하고 있는 여자들을 봤지. ……자네 백화점에선 참으로 좋은 걸 가르치고 있군그래!"

"말도 말게!" 무레가 대꾸했다.

"여길 아무리 자기 집처럼 느끼게 해준다고 해도, 물건들을 외투 아래 슬쩍 감춘 채 가버리는 걸 허용할 수는 없지 않겠나. ……그런 사람들 중에는 상류층에 속하는 여인들도 종종 있다니까. 지난주에는, 한 약사의 누이와 판사의 아내가 적발되었지. 지금 그 문제를 두고 원만히 해결을 보도록 애쓰고 있는 중이라네."

그는 잠시 얘기를 멈추고 주브 감독관을 가리켰다. 마침 주브는 아래층의 리본 매장에서 임산부를 몰래 뒤쫓고 있는 중이었다. 배가 잔뜩 부풀어 올라 마구 떼미는 사람들로 인해 힘들어하는 여자 옆에는 친구로 보이는 또 다른 여자가 바짝 붙어서 가고 있었다. 아마도 거센 충격으로부터 임산부를 보호하기 위해서인 듯했다. 임산부가 매장 앞에 멈춰 설 때마다 주브는 그녀에게서 눈을 떼지 않았다. 그사이, 그녀의 친구는 바로 옆에서 물건이 쌓여 있는 상자를 여유롭게 뒤졌다.

"오! 그는 어떻게든 잡아내고 말 거야." 그 광경을 지켜보던 무레가 다시 얘기했다.

"절도 수법을 모두 훤히 꿰고 있거든."

하지만 그는 떨리는 목소리로 억지웃음을 짓고 있었다. 바로 그때, 그가 몰래 계속 지켜보고 있던 드니즈와 데포르주 부인이 간신히 사람들 틈을 헤치고 나와 그의 바로 뒤를 지나갔다. 무레는 뒤로 돌아 자신의 고객에게 친구로서 조심스러운 인사를 건넸다. 모두가 보는 앞에서 여자를 멈춰 서게 해서 그녀의 평판을 위태롭게 할 수는 없었기 때문이다. 다만, 경계 상태에 있던 데포르주 부인은 드니즈를 흘끗 쳐다보던 그의 눈빛의 의미를 재빨리 감지할 수 있었다. 그러니까 이 젊은 여자가 그녀가 직접 확인하고자 했던 연적임이 분명했던 것이다.

그날, 기성복 매장의 판매원들은 우왕좌왕하며 정신을 차리지 못하고 있었다. 판매원 둘은 아파서 나오지 못했고, 부수석 구매상인 프레데릭 부인은 바로 전날 회계 창구로 가서 급여 정산을 요구하며 조용히 그곳을 그만두었다. '여인들의 행복 백화점'이 직원들을 단칼에 잘라내듯, 그녀 역시 한순간에 그들을 떠났던 것이다. 아침부터 매장에서는 정신없는 판매 열기 속에서도 그 일을 두고 내내 입방아를 찧었다. 무레의 일시적인 관심 덕분에 매장에 계속 남게 된 클라라는 프레데릭 부인의 행동이 '아주 멋지다'고 생각했다. 마르그리트는 부르동클이 몹시 화가 났음을 전했다. 한편, 오렐리 부인은 역정을 내면서, 적어도 자신에게는 미리 알려주었어야 하는 게 아니냐며 씩씩거렸다. 그녀로서는 대체 왜 그렇게까지 아무 말도 하지 않고 모든 걸 숨기는지 도무지 이해가 되지 않았다. 프레데릭 부인은 그 누구에게도 속내를 털어놓은 적이 없었지만, 다들 그녀가 레 알 부근에 있는 공중목욕탕의 주인과 결혼하기 위해 백화점을 그만둔 거라고 수군거렸다.

"부인께서는 여행용 외투가 필요하다고 하셨지요?" 드니즈는 데포르주 부인에게 의자를 권하면서 물었다.

"그래요." 데포르주 부인은 그녀에게 무례하게 대하기로 마음먹고 퉁명스럽게 대답했다.

매장의 새로운 실내장식은 호화로우면서도 엄격함을 느끼게 했다. 조각 장식이 된 높다란 떡갈나무 옷장과, 벽면 전체를 덮을 정도로 커다란 거울이 놓여 있었으며, 바닥에는 고객들의 끊임없는 발소리를 잦아들게 하는 붉은색 양탄자가 깔려 있었다. 드니즈가 여행용 외투를 찾으러 간 사이, 주변을 둘러보던 데포르주 부인은 거울에 비친 자신의 모습을 보게 되었다. 그리고 한동안 거울 속을 응시했다. 자신이 이제 늙어가는 것일까? 별 볼 일 없는 하찮은 여자 때문에 남자에게 배신을 당할 만큼? 거울은 부산스러움이 가득한 매장 전체를 비추고 있었다. 하지만 데포르주 부인의 눈에는 창백한 자신의 얼굴밖엔 보이지 않았다. 그녀는 바로 뒤에서, 클라라가 마르그리트에게 프레데릭 부인의 비밀스러운 행각에 대해 얘기하는 것도 듣지 못했다. 프레데릭 부인이 센 강 좌안에 사는 것처럼 보이게 하기 위해 아침저녁으로 일부러 파사주 슈아죌을 지나 멀리 돌아서 다녔다는 얘기였다.

"이게 우리가 가진 최신 모델들이랍니다." 드니즈가 말했다. "색상은 다양하게 있고요."

드니즈가 네다섯 개의 외투를 펼쳐 보이자, 데포르주 부인은 경멸적인 표정으로 그것들을 쳐다보았다. 그리고 하나씩 살펴보면서 그때마다 점점 더 심한 말들을 쏟아냈다. 뭣 때문에 이런 주름을 잡아서 옷을 꼭 끼게 만든단 말인가? 그리고 이건, 어깨가 사각으로 재단된 본새가 마치 도끼로 잘라낸 것 같지 않은가? 아무리 여행을 떠난다고 해도 무슨 막사를 연상시키는 꼴로 옷을 입을 수는 없지 않은가?

"다른 걸 가져와 보세요, 마드무아젤."

드니즈는 전혀 언짢은 기색 없이 옷들을 펼쳤다가 다시 접기를 반복했다. 그런 그녀의 인내심과 차분함이 더욱더 데포르주 부인의 분노를 돋우었다. 그러면서 데포르주 부인의 시선은 계속해서 맞은편에 있는 거울로 향했다. 이제 그녀는 드니즈 가까이에 있는 자신의 모습을 보면서 비교를 하고 있었다. 자신을 두고 이런 하찮고 보잘것없는 여자를 좋아한다는 게 말이 되는가? 그러면서 처음 이 여자를 봤을 때의 기억이 떠올랐다. 마치 시골에서 거위를 치다 온 것처럼, 바보 같고 서툴기 짝이 없던 신참 판매원이었을 때였다. 물론 지금은, 실크 드레스를 단정하게 차려입고 새침한 모습을 하고 있는 게 그때보다는 나아지긴 했다. 하지만 자신에 비하면 여전히 초라하고 평범하기 그지없지 않은가!

"곧 다른 모델들을 보여드릴게요." 드니즈는 침착하게 말했다.

그녀가 돌아오자, 조금 전과 똑같은 장면이 반복되었다. 데포르주 부인은 이번에는, 천이 지나치게 무겁다거나 싸구려 같다는 이유를 들먹거렸다. 그러면서 몸을 돌려 오렐리 부인의 주의를 끌기 위해 언성을 높였다. 판매원이 질책을 당하게 하기 위해서였다. 하지만 드니즈는 매장에 다시 나온 이후 점차 모두의 신임을 얻어갔다. 이제 그녀에겐 이곳이 자기 집이나 마찬가지였으며, 심지어 수석 구매상은 그녀가 온화하면서도 단호한 성품과 상냥함과 자신감을 두루 갖춘 훌륭한 판매원임을 인정하기에 이르렀다. 따라서 오렐리 부인은 끼어들 생각이 없다는 듯 어깨를 으쓱해 보였을 뿐 아무 말도 하지 않았다.

"구체적으로 어떤 종류의 외투를 원하시는지 얘기해주시겠어요?" 드니즈는 그 어떤 것으로도 좌절시킬 수 없을 것 같은, 변함없이 공손한 태도로 다시 물었다.

"하지만 마음에 드는 게 아무것도 없잖아요!" 데포르주 부인은 역정을 내며 소리쳤다.

그러다 어깨에 누군가의 손길을 느끼고는 깜짝 놀라 얘기를 멈추었다. 마르티 부인이었다. 그녀는 낭비벽이 도져 온 매장을 훑고 다니던 참이었다. 크라바트, 수놓인 장갑, 붉은색 양산부터 시작해서 사들인 쇼핑 품목이 점차 늘어나자, 마지막으로 그녀를 응대한 판매원은 의자 위에 짐 꾸러미를 올려놓기로 마음 먹었다. 그러지 않으면 팔이 남아날 것 같지 않았기 때문이다. 판매원은 페티코트, 냅킨, 커튼, 램프, 바닥 깔개 등이 차곡차곡 쌓인 의자를 질질 끌면서 마르티 부인보다 앞서서 걸어갔다.

"어머나! 여행용 외투를 사려고요?" 마르티 부인이 물었다.

"오, 아니에요! 여긴 아주 끔찍한 것들밖에 없어서요." 데포르주 부인이 대답했다.

하지만 마르티 부인은 우연히 눈에 띈 줄무늬 외투를 마음에 들어 하는 눈치였다. 딸 발랑틴은 이미 그것을 자세히 들여다보고 있었다. 그러자 드니즈는 작년 모델인 그 외투를 팔아 치워버리기 위해 마르그리트를 불렀다. 동료의 눈짓에 마르그리트는 특별 세일 품목으로 그것을 소개했다. 150프랑에서 130프랑으로, 그리고 이젠 110프랑으로 두 번이나 가격 인하가 되었음을 강조하자, 마르티 부인은 더 이상 버티지 못하고 싼 가격의 유혹에 굴복하고 말았다. 그러자 그녀를 안내했던 판매원은 의자와 구매한 상품들의 매출 전표들을 그곳에 남겨두고 떠났다.

그사이, 부인네들 뒤쪽에서는 어수선한 분위기 가운데서도 프레데릭 부인에 관한 쑥덕공론이 계속되고 있었다.

"정말이에요? 프레데릭 부인한테 남자가 있다는 게?" 매장에 새로 들어온 조그만 체격의 판매원이 소곤거리며 물었다.

"남자가 목욕탕 주인이래잖아요, 맙소사!" 클라라가 흥분하며 대답했다.

"그래서 겉으로 조신한 척하는 과부들을 믿으면 안 되는 거라니까."

마르그리트가 외투의 매출 전표를 작성하는 동안, 마르티 부인은 뒤를 돌아보았다. 그리고 클라라를 향해 재빨리 눈을 찡긋하면서 데포르주 부인에게 나지막이 속삭였다.

"아세요? 무슈 무레의 새 애인이 바로 저 여자잖아요."

그러자 데포르주 부인은 깜짝 놀라는 얼굴로 클라라를 쳐다보다가 다시 시선을 드니즈에게로 향했다.

"아니, 그럴 리가요. 키 큰 여자가 아니라 작은 여자라고요!"

마르티 부인이 더 이상 자신의 말에 확신하지 못하는 듯하자, 데포르주 부인은 마치 하녀를 두고 경멸조로 얘기하는 상류층 여인처럼 더 큰 목소리로 덧붙였다.

"어쩌면 작은 여자랑 큰 여자 둘 다인지도 모르죠. 헤픈 여자들이 어디 한둘이어야 말이죠!"

그녀의 말은 드니즈의 귀에까지 들려왔다. 드니즈는 자신에게 이처럼 상처를 주는 낯선 여인을 순수하고 커다란 눈으로 올려다보았다. 그러면서 아마도 사람들이 종종 얘기하던, 사장이 밖에서 만난다는 그 여자 친구인 모양이라고 생각했다. 두 여자가 서로 마주보는 중에 드니즈의 눈빛에서 몹시 슬퍼 보이는 위엄과 순수한 솔직함이 느껴지자, 데포르주 부인은 당혹스러워하면서 서둘러 말했다.

"이제 더 이상 나한테 보여줄 게 없는 것 같으니 드레스하고 정장을 파는 데로 안내해주세요."

"좋은 생각이에요!" 마르티 부인이 외쳤다.

"나도 같이 갈게요. ……그러잖아도 발랑틴에게 필요한 정장을 하나 사야 하거든요."

마르그리트는 의자 등받이를 잡고 뒤로 젖힌 채 끌고 갔다. 계속 끌고 다닌 탓에 의자 뒷다리가 닳아 있었다. 드니즈는 데포르주 부인이 산 풀라르 몇 미터만을 들고 갔다. 드레스와 정장 매장이 백화점 반대편의 3층에 위치하고 있어 긴 여정이 그들을 기다리고 있었다.

그리하여 사람들로 붐비는 갤러리를 따라 기나긴 걷기 여행이 시작되었다. 맨 앞에 선 마르그리트는 의자를 작은 자동차처럼 끌면서 조금씩 길을 열어나갔다. 데포르주 부인은 란제리 매장에서부터 불평을 늘어놓기 시작했다. 고작 물건 하나를 사기 위해 10마일씩이나 걸어가야 하는 백화점이라니, 이 얼마나 우스꽝스러운 일인가! 마르티 부인 역시 피곤해죽겠다면서 투덜거렸다. 그러면서 한편으로는, 앞에 끝없이 펼쳐지는 상품들 속에서 서서히 기력이 소진돼가는 듯한 피곤함을 은밀히 즐기고 있었다. 무레의 기발한 전략이 그녀에게 완벽하게 먹혀들었던 것이다. 마르티 부인은 지나는 길에 있는 매장마다 발걸음을 멈췄다. 첫 번째로 걸음을 멈춰 선 곳은 신부 혼수를 파는 매장 앞이었다. 폴린이 내미는 슈미즈에 혹했던 때문이다. 그러자 마르그리트는 의자를 폴린에게 넘겨주었다. 데포르주 부인은 가던 길을 계속 감으로써 드니즈의 짐을 좀 더 빨리 덜어줄 수도 있었다. 하지만 그녀는 자신의 친구에게 조언을 하면서 일부러 시간을 지체했고, 그동안 드니즈가 바로 뒤에서 말

없이 인내하고 있다는 사실을 내심 즐기는 듯했다. 유아용품 매장에서는 모두들 감탄사를 쏟아냈지만 아무것도 사지는 않았다. 그러고 나자, 마르티 부인의 고질병이 다시 고개를 들기 시작했다. 그리하여, 검은색 새틴으로 된 코르셋, 철이 지나 할인된 가격으로 파는 장식용 모피 소맷부리, 그 당시 유행처럼 식탁보를 장식하는 데 쓰였던 러시아산 레이스를 차례로 사들였다. 그 모든 것들이 의자 위로 점점 더 높이 쌓여가자 의자에서 삐걱거리는 소리가 들려왔다. 짐 꾸러미가 갈수록 더 무거워짐에 따라 계속 바뀌면서 따라오는 판매원들도 점점 더 힘겨워했다.

"이쪽입니다, 부인." 드니즈는 매번 멈춰 설 때마다 한마디 불평 없이 친절하게 설명했다.

"이런 멍청한 짓이 또 어디 있담!" 데포르주 부인이 역정을 내며 소리쳤다.

"이런 식으로 대체 얼마나 더 가야 하는 거냐고. 왜 드레스하고 정장을 다른 기성복들하고 같이 팔지 않는 거지? 이게 무슨 낭비인지, 원!"

마르티 부인은 자신 앞에 늘어선 채 춤을 추고 있는 듯한 화려한 것들에 도취돼 눈이 풀려버린 모습으로 혼잣말처럼 중얼거렸다.

"맙소사! 이번에는 남편이 또 뭐라고 할까? ……부인 말이 맞아요, 이 백화점엔 질서라는 게 없어요. 길을 잃고 헤매다가 나처럼 바보짓을 하기 딱 좋게 돼 있잖아요."

널찍한 중앙 계단의 층계참에 이르러서는 의자를 통과시키는 데 무진 애를 먹어야 했다. 무레는 층계참에, 금빛 함석 받침대와 술잔, 반짇고리, 리큐어* 진열장 등 각종 잡화들을 잔뜩 늘어놓았다. 층계참의 공간이 넓어 사람들이 지나치게 여유롭게 지나다닌다는 게 그 이유였다. 그는 자신이 부리는 한 판매원에게 조그만 테이블 위에 중국과 일본에서 온 진기한 물건과 자질구레한 값싼 실내장식품 등을 진열해놓고 팔 수 있도록 허가했다. 그러자 여인네들은 마음에 드는 물건을 서로 먼저 차지하기 위해 북새통을 이루었다. 자신의 시도가 예상외로 대성공으로 이어지자, 무레는 벌써부터 그런 방식의 판매를 늘릴 것을 꿈꾸고 있었다. 남성 판매원 둘이 의자를 3층으로 올리고 있는 틈을 이용해 마르티 부인은 그곳에서 상아로 된 단추 여섯 개와 실크로 된 장식용 생쥐, 유선칠보(有線七寶)** 장식이 된 성냥 케이스를 서둘러 샀다.

3층으로 올라간 일행은 또다시 마냥 걸어갔다. 아침부터 이런 식으로 계속 고객들을 따라다녀야 했던 드니즈는 온몸이 축축 늘어지는 것 같았다. 하지만 여전히 단정한 모습을 잃지 않은 채 공손하고 상냥한 태도로 그들을 대했다. 그녀는 실내장식용 천을 파는 매장에서 또다시 고객들을 기다려야만 했다. 근사한 크레톤***이 마르티 부인의 눈길을 사로잡았기 때문이다. 그런 다음, 가구 매장에 이르러서는 자수용 작업대가 그녀의 구매욕을 부추겼다. 그러자 마르티 부인은 손을 떨면서 데포르주 부인한테, 자신이 더 이상 돈을 쓰지 못하도록 말려달라고 웃는 얼굴로 애원하다시피 했다. 그런데 그 순간 우연히 만난 기발 부인이 그녀에게 좋은 핑곗거리를 만들어주었다. 그

*알코올에 설탕과 식물성 향료 따위를 섞어서 만든 혼성주의 하나.
**바탕 표면에 가는 금속조각으로 문양을 만들고, 그 사이에 유약을 발라 구운 것을 가리킨다.
***두툼하고 질긴 면직물로 의자 덮개, 커튼, 벽걸이 등의 실내장식용으로 주로 쓰인다.

들이 기발 부인을 만난 것은 카펫 매장에서였다. 그녀는 그곳에서 산 동양풍 포르티에르들을 모두 돌려주려고 온 참이었다, 5일 전에 사 갔던 것들을! 그녀는 키가 크고 건장한 판매원과 선 채로 얘기를 하고 있었다. 싸움꾼 같은 팔뚝을 지닌 청년은 아침부터 저녁까지 황소를 때려눕힐 정도로 무거운 물건들을 다루고 있었다. 그는 물론, 자신의 수당을 도로 거두어 가는 반품이 전혀 반갑지 않았다. 따라서 뭔가 수상쩍은 기미를 감지하고는 고객을 난처하게 만들려고 애썼다. 어쩌면 비밀스러운 무도회를 위해 카펫 상점에서 포르티에르를 대여하는 대신, '여인들의 행복 백화점'에서 산 것을 사용한 다음 다시 돌려보내는 게 아닌가 하는 의심이 들었기 때문이다. 알뜰한 부르주아 여인네들 사이에서 가끔씩 그런 일이 있다는 것은 익히 알려진 사실이었다. 만약 무늬나 색상이 마음에 들지 않아서 그러는 거라면 다른 것들을 보여줄 수도 있을 터였다. 그들은 입맛대로 고를 수 있는 다양한 종류를 구비해놓고 있었다. 하지만 판매원의 온갖 제안에도 기발 부인은 여왕 같은 당당한 태도와 물건들이 마음에 들지 않는다는 조용한 한마디로 그의 말을 일축했다. 그녀가 더 이상 다른 것을 보려고도 하지 않자, 판매원은 어쩔 수 없이 그녀의 요구를 들어주어야 했다. 물건을 이미 사용했음을 알게 되더라도 반품을 해주라는 지시를 받았기 때문이다.

그런 다음 세 여자가 함께 다른 데로 이동하는 중에, 마르티 부인이 전혀 필요하지도 않은 자수용 작업대를 다시 언급하며 못내 아쉬워하자 기발 부인은 차분하게 조언을 했다.

"그럼 이렇게 하면 되죠! 일단 샀다가 다시 돌려주는 거예요. ……아까 보셨잖아요? 그렇게 어려운 일이 아니라니까요.

……일단 부인 집으로 배달시키는 거예요. 그리고 거실에 놔두고 보는 거죠. 그러다 싫증이 나면 돌려주면 되는 거라고요."

"정말 그러면 되겠네요!" 마르티 부인은 반색하며 소리쳤다.

"남편이 화를 심하게 내면, 몽땅 돌려주면 되고요."

그것은 그녀에겐 최상의 핑곗거리였다. 그녀는 이제 더 이상 따지거나 망설이는 일 없이, 모든 걸 그대로 간직하려는 은밀한 욕망과 함께 사들이고 또 사들였다. 마르티 부인은 한 번 산 물건을 되돌려주는 여자가 아니었다.

마침내 일행은 드레스와 정장 매장에 도착했다. 드니즈가 그곳 판매원에게 데포르주 부인이 산 풀라르를 전해 주려고 하자, 데포르주 부인은 생각이 바뀐 듯 밝은 회색의 여행용 외투를 사기로 했음을 알렸다. 그리하여 드니즈는 그녀를 다시 기성복 매장으로 안내하기 위해 웃는 낯으로 기다려야 했다. 드니즈는 데포르주 부인이 오만한 고객의 변덕스러움을 과시하며 자신을 하녀처럼 부리고 싶어 한다는 것을 느낄 수 있었다. 하지만 어떤 일이 있어도 자신의 의무를 충실하게 이행하기로 스스로에게 다짐한 터라, 가슴이 쿵쿵 뛰고 다친 자존심으로 인해 분노하면서도 여전히 차분함을 잃지 않고 기다렸다. 데포르주 부인은 드레스와 정장 매장에서는 아무것도 사지 않았다.

"오! 엄마, 이 조그만 정장 좀 보세요. 치수만 맞으면 정말 사고 싶네요."

그러자 기발 부인은 마르티 부인에게 자신만의 노하우를 귀띔해주었다. 백화점에서 파는 드레스가 마음에 들 경우에는, 일단 배달을 시켜 그 본을 뜬 다음 다시 반품시키는 것이 그녀의 전략이었다. 그 말을 들은 마르티 부인은 기막힌 방법에 감탄하면서 딸을 위해 정장을 샀다.

"정말 좋은 생각이에요! 부인은 정말 현명한 것 같아요."

그들은 의자를 그곳에 놔두고 가야 했다. 의자는 가구 매장의 자수 작업대 옆에 조난당한 배처럼 버려졌다. 짐의 무게가 너무 무겁다 보니 뒷다리들이 부러질 위기에 처했던 것이다. 그리하여 구매한 물건들을 모두 한군데의 계산대로 모아 발송 부서로 내려보내기로 얘기가 되었다.

그런 다음, 여자들은 여전히 드니즈의 안내를 받으면서 여기저기를 누비고 다녔다. 그리하여 모든 매장에서 그녀들을 다시 볼 수 있었다. 이제 계단과 갤러리에서는 그녀들의 모습밖엔 보이지 않았다. 그러면서 가는 곳마다 아는 얼굴들이 그녀들의 발길을 멈추게 했다. 그러다 독서실 부근에서 부르들레 부인과 그녀의 세 아이를 다시 만났다. 아이들의 팔에는 상자가 하나씩 들려 있었다. 마들렌은 그녀를 위한 드레스를 겨드랑이에 끼고 있었고, 에드몽은 새로 나온 모델의 신발을 들고 있었으며, 가장 어린 뤼시엥은 군모처럼 생긴 새 모자를 쓰고 있었다.

"너도 결국!" 데포르주 부인이 자신의 기숙학교 친구에게 웃으면서 말했다.

"아휴, 말도 마!" 부르들레 부인이 짜증이 묻어나는 목소리로 말했다.

"화가 나 죽겠다니까……. 이젠 아이들 장사까지 하다니 말이 되냐고! 내가 날 위해서는 아무것도 사지 않는다는 건 너도 잘 알 거야! 하지만 뭐든지 갖고 싶어 하는 아이들을 당해낼 재간이 있어야지. 난 그냥 아이들에게 구경이나 시켜주려고 왔던 건데, 아주 백화점을 다 거덜 내게 생겼지 뭐야!"

그때 마침, 여전히 그곳에서 발라뇨스, 무슈 드 보브와 얘기를 나누고 있던 무레는 그녀의 말을 들으면서 흐뭇한 미소를 지어 보였다. 그를 알아본 부르들레 부인은 몹시 언짢은 마음을 감춘 채, 모성애를 이용하는 상술에 관해 웃으면서 불평을 늘어놓았다. 사람의 정신을 쏙 빼놓는 듯한 판매 전략에 넘어가고 말았다는 생각이 그녀를 화나게 했던 것이다. 반면에, 무레는 여전히 만면에 미소를 띤 채 정중하게 인사를 하면서 그러한 승리를 음미했다. 무슈 드 보브는 또다시 발라뇨스를 떼어놓으려고 애쓰면서, 기발 부인에게 다가가고자 그녀의 뒤를 따라갔다. 하지만 우글거리는 사람들에 진저리가 난 발라뇨스는 서둘러 백작 옆으로 다시 돌아왔다. 드니즈는 또다시 데포르주 부인 일행을 기다리기 위해 멈춰 서야 했다. 무레는 등을 돌리고 서 있는 그녀를 못 본 척했다. 그 순간, 데포르주 부인은 질투심 강한 여인의 민감한 직감으로 확신할 수 있었다. 무레가 백화점의 주인으로서 그녀에게 다가가 정중하게 의례적인 인사를 하는 동안, 데포르주 부인은 그의 배신의 증거를 어떻게 잡아낼 수 있을지를 궁리하고 있었다.

그사이, 앞쪽에서 기발 부인과 함께 걸어가던 무슈 드 보브와 발라뇨스가 멈춰 선 곳은 레이스 매장이었다. 그곳은 기성복 매장 가까이에 화려하게 꾸며놓은 공간으로, 조각 장식이 되어 있고 여닫이 서랍이 달린 떡갈나무 진열장이 설치돼 있었다. 붉은색 벨벳으로 감싼 기둥들 위로는 새하얀 레이스가 나선형으로 휘감겨 있었다. 그리고 길게 펼쳐진 기퓌르 레이스가 매장의 한쪽 끝에서 다른 쪽 끝까지를 장식하고 있었다. 판매대 위에는 발랑시엔, 말린, 니들 포인트 레이스* 등이 커다란

*통 모양의 실패인 보빈을 쓰지 않고, 그려진 무늬 위에 바늘로 수놓는 레이스를 일컫는다.

판지에 둥글게 감긴 채 진열돼 있었다. 매장 안쪽으로는 두 여성 고객이 연보랏빛 실크가 덮인 투명 진열판 앞에 앉아 있었다. 들로슈는 그 위로 샹티이 레이스로 된 삼각 숄을 펼쳐 보였다. 두 여자는 마음을 정하지 못한 채 아무 말 없이 숄을 구경하고 있었다.

"아니, 어떻게!" 발라뇨스는 몹시 놀라며 말했다.

"드 보브 부인께서 몸이 안 좋다고 하시지 않았나요. ……그런데 저기 멀쩡하게 계시네요, 마드무아젤 블랑슈하고 함께 말이죠."

백작은 소스라치게 놀라며 기발 부인을 흘끗거리면서 말했다.

"맙소사, 정말 그렇군."

매장은 몹시 더웠다. 고객들은 숨 막힌 것 같은 창백한 얼굴이었지만 눈빛만은 반짝거렸다. 백화점의 모든 유혹적인 기운들이 이곳으로 한데 모여든 듯했다. 이곳은 여인들을 추락하게 만드는 외진 규방이자, 어떤 유혹에도 쉽게 무너지지 않는 여자들까지도 끝내 파멸시키고 마는 은밀한 장소였다. 여인네들은 넘쳐나는 레이스들 사이로 손을 찔러 넣은 채 황홀경에 빠져 몸을 떨고 있었다.

"아무래도 두 여성 분께서 공작님을 거덜 낼 것 같은데요." 발라뇨스는 그들의 만남을 무척 흥미롭게 지켜보며 말했다.

드 보브는 아내에게 한 푼도 주지 않는 만큼, 그녀의 양식을 믿어 의심치 않는 남편인 양 행세했다. 드 보브 부인은 딸과 함께 아무것도 사지 않으면서 온 매장을 훑고 다닌 끝에, 충족되지 못한 욕망으로 끓어오르는 상태로 이곳 레이스 매장에 이르렀다. 그러느라 진이 다 빠져버렸지만, 판매대 앞에서는 여전히 꼿꼿한 자세를 유지하고 있었다. 레이스 더미를 뒤지는 동안, 손에서는 힘이 빠져나가고 어깨까지 후덥지근한 열기가 올라왔다. 그러다 그녀의 딸이 고개를 돌리고 판매원이 잠시 멀어지는 순간, 순간적으로 그녀는 입고 있던 외투 아래로 알랑송 레이스 하나를 슬쩍 집어넣으려고 했다. 하지만 뒤쪽에서 경쾌하게 얘기하는 발라뇨스의 목소리가 들려오자 소스라치면서 레이스를 놓치고 말았다.

"우리한테 딱 걸리셨군요, 부인."

드 보브 부인은 잠시 동안 얼굴이 새하얗게 질린 채 아무런 대꾸도 하지 못했다. 그러다 이내 몸이 한결 나아져서 바람을 좀 쐬러 나왔다고 둘러댔다. 그녀는 자신의 남편이 기발 부인과 함께 있는 것을 보고는 정신이 번쩍 들어서는 매서운 눈초리로 그들을 쏘아봤다. 기발 부인은 서둘러 해명을 했다.

"데포르주 부인과 함께 있었는데, 이분들이 우연히 우리를 발견했지 뭐예요."

마침, 바로 그 순간 다른 여자들이 그곳에 도착했다. 무레는 그녀들과 담소를 나누면서, 일행이 그곳에 좀 더 머물도록 시간을 끌었다. 주브 감독관이 여전히 임산부와 그 친구를 몰래 뒤쫓아 가고 있는 광경을 보여주기 위함이었다. 레이스 매장에서 물건을 몰래 훔치다 적발되는 여자들이 얼마나 많은지 알면 놀라움을 금치 못할 터였다. 그의 말을 유심히 듣고 있던 드 보브 부인의 머릿속에 두 명의 경관이 양쪽에서 자신을 붙들고 가는 모습이 떠올랐다. 화려한 옷차림을 하고, 지위가 높은 남편을 둔 마흔다섯 살의 중년 부인. 하지만 아무런 회한도 느껴지지 않았다. 다만, 레이스 조각을 잽싸게 소맷자락에 집어넣었어야 했다는 생각이 들었을 뿐이다. 그사이 주브는 임산부를 체포하기로 결심했다. 현행범으로 잡지는 못했지만, 그가 못 보는 새에 재빨리 손을 놀려 주머니를 가득 채웠을 것으로 의심했기 때문이었다. 하지만 여자를 다른 곳으로 데려가 뒤지자 그녀의 몸에서는 아무것도 나오지 않았다. 크라바트나 단추 하나도 발견되지 않았다. 그러는 동안, 그녀의 친구는 사라지고 보이지 않았다. 그제야 그는 불현듯 깨달았다. 임산부는 그의 주의를 끌기 위한 미끼였을 뿐이며, 물건을 훔친 사람은 그녀의 친구였던 것이다.

여자들은 그 얘기가 재미있다는 듯 웃음을 터뜨렸다. 그러자 다소 자존심이 상한 무레는 서둘러 덧붙였다.

"이번에는 주브 감독관이 실수를 했지만, 다음번에는 이 치욕을 반드시 되갚아줄 겁니다."

"오! 내가 보기엔 그 사람은 그럴 위인이 못 되는 거 같던데." 발라뇨스는 결론짓듯 말했다.

"게다가, 왜 그렇게 많은 물건들을 진열해놓는 거지? 그러니까 도둑질을 당해도 싼 거야. 그런 식으로, 무방비 상태인 불쌍한 여자들 마음을 흔들어놓으면 안 되는 거라고."

그것은 백화점의 점점 더 뜨거워지는 열기 속에서 그날의 하이라이트처럼 울려 퍼지는 결정적인 한마디였다. 이제 여자들은 헤어져서, 또다시 복잡한 매장들을 통과해 각자의 길을 갔다. 시각은 오후 4시를 가리켰고, 백화점 정면에 난 커다란 내닫이창을 통해 비스듬하게 비치는 석양의 햇살이 홀의 유리창을 비스듬하게 밝혀주었다. 불타오르는 듯한 붉은색 빛 속에서, 아침부터 군중의 발걸음이 일으킨 자욱한 먼지가 금빛 안개처럼 위로 올라왔다. 불그레한 빛이 거대한 중앙 갤러리로 너르게 퍼져 나가자, 계단과 공중에 매달린 다리와 기퓌르 레이스를 연상시키는 철제 구조물들이 마치 불길 속에서 보이듯 더욱더 또렷하게 부각되었다. 프리즈의 모자이크와 자기 역시 반짝거렸고, 도료의 초록색과 붉은색은 풍성한 금빛에 반사돼 한층 더 밝게 빛났다. 장갑과 크라바트로 만든 궁전, 리본과 레이스 화환, 모직물과 캘리코의 높다란 더미, 경쾌한 실크와 풀라르들로 활짝 피어난 알록달록한 화단, 이 모든 것이 불타오르는 살아 있는 잉걸불을 연상케 했다. 거울들도 반짝거리며 빛났다. 방패를 떠올리게 하는 둥근 양산들은 금속의 광택을 거울 속에 비추고 있었다. 점차 길게 내리는 그림자들 너머로 저 멀리 보이는 매장들 역시 햇빛을 받아 하얗게 보이는 군중들로 붐비며 환하게 빛나고 있었다.

이제 파장이 가까워오자, 달아오를 대로 달아오른 분위기 속에서 여인들은 백화점의 주인으로 군림했다. 떼를 지어 몰려온 무리가 그들이 정복한 영토에서 진을 치듯, 그녀들은 백화점을 공격해 점령한 다음 상품들의 잔해 속에 자리를 잡았다. 귀가 먹먹해지고 지칠 대로 지친 판매원들은 이제 그녀들의 소유물에 지나지 않았다. 여인들은 자신의 소유물에 군주의 절대 권력을 휘둘렀다. 뚱뚱한 여자들은 사람들을 거칠게 떼밀었다. 호리한 여자들은 자리를 차지하고 앉아 오만하게 굴었다. 모두들 자기 집인 양, 다른 이들에 대한 예의마저 잊은 채 고개를 높이 쳐들고 마구잡이로 백화점을 거덜 냈다. 심지어 벽의 먼지까지도 남김없이 탈탈 털어 갈 듯 보였다. 부르들레 부인은 자신이 쓴 돈을 만회하기 위해 세 아이를 다시 카페테리아로 데리고 갔다. 아직 백화점에 남아 있던 고객들은 미친 듯한 식욕을 보이며 그곳으로 몰려들었다. 엄마들은 말라가*로 마른 목을 마음껏 축였다. 카페테리아가 문을 연 이후, 80리터의 시럽과 70병의 와인이 소비되었다. 데포르주 부인은 여행용 외투를 사고 난 후, 계산대에서 무료로 나누어 주는 그림을 받았다. 그런 다음 백화점을 떠나면서, 어떻게 하면 드니즈를 자기 집으로 불러서 무레가 보는 앞에서 그녀에게 모욕을 줄 수 있을지를 궁리했다. 그때 두 사람이 어떤 얼굴을 하는지를 봄으로써 그들의 관계에 대한 확실한 증거를 포착하기 위해서였다. 한편, 무슈 드 보브는 끝내 기발 부인과 함께 인파 속으로 사라지는 데 성공했다. 그사이 드 보브 부인은 블랑슈와 발라뇨스가 뒤따르는 가운데 문득, 아무것도 사진 않았지만 붉은색 풍선을 받아 가야겠다는 생각을 했다. 그녀는 늘 그랬다. 결코 빈손으로 돌아가는 법이 없었다. 풍선으로 그녀의 건물 관리인의 어린 딸과 친해질 수도 있지 않겠는가. 풍선을 배포하는 곳에서는 4만 번째 풍선을 나누어 주었다. 이미 4만 개의 풍선이 백화점의 더운 공기 속으로 날아올라 거대한 붉은색 풍선 구름을 이루면서, 이 시각, '여인들의 행복 백화점'의 이름을 하늘 높이까지 전파시키며 파리의 끝에서 끝까지를 떠다니고 있었던 것이다!

이제 시각은 오후 5시를 가리켰다. 일행 중에서 마르티 부인만이 딸과 함께 유일하게 판매의 마지막 열기 속에 남아 있었다. 그녀는 피곤해서 죽을 것 같으면서도, 너무나 강력한 끈으로 묶여 있는 것처럼 그곳을 벗어날 수가 없었다. 언제나 다시 제자리로 돌아오면서, 결코 충족되지 않는 호기심으로 아무런 목적 없이 이 매장에서 저 매장으로 곳곳을 누비고 다녔다. 이 시각은 광고에 현혹된 이들이 마침내 정신을 놓아버리고 마

---

*에스파냐 안달루시아의 말라가 주 일대에서 생산하는 달콤하고 부드러운 맛이 특징인 와인.

60

는 순간이었다. 6만 프랑을 투자한 신문 광고, 1만 프랑어치의 포스터, 시중에 배포된 20만 프랑어치의 카탈로그 들은 여인들의 지갑을 몽땅 비워낸 후에도 여진처럼 그녀들로 하여금 쉽사리 도취 상태에서 헤어나지 못하게 했다. 무레의 온갖 전략에 차례로 걸려든 여인들은 그 여파를 아직 떨쳐내지 못하고 있었다. 목이 쉬어버린 판매원들의 외침과 계산대에서 돈이 부딪치는 소리, 지하로 떨어져 내리는 짐 꾸러미 소리가 정신없이 들려오는 가운데, 마르티 부인은 호객꾼의 매대 앞에서 서성거리고 있었다. 그러다 또다시 아래층의 리넨과 실크, 장갑과 모직물 매장을 차례로 가로질러 갔다. 그런 다음, 공중에 떠 있는 듯한 계단과 철제 다리의 떨림에 몸을 내맡기면서 다시 위층으로 올라가, 기성복과 란제리, 레이스 매장으로 되돌아갔다. 그러고 나서 3층의 침구류 매장과 가구 매장을 다시 한 번 더 돌아보는 것도 거르지 않았다. 매장 곳곳에서, 위탱과 파비에, 미뇽, 리에나르, 들로슈, 폴린 그리고 드니즈를 비롯한 판매원들은 진이 다 빠져버려 다리가 후들거리는 데도 불구하고, 마지막 열기로 들뜬 여인들에게 최후의 일격을 가해 그녀들로부터 승리를 이끌어냈다. 아침부터 일기 시작한 고객들의 열기도 점점 더 뜨거워졌다. 사람들이 들었다 놓기를 반복한 천들로부터 여인들을 취하게 하는 향기가 퍼져 나가는 듯했다. 군중은 오후 5시의 불그레한 석양빛 아래 불타오르고 있었다. 이제 마르티 부인은 순수한 포도주를 마신 아이처럼 달아오르고 흥분된 얼굴을 하고 있었다. 아침에 그녀는 바깥의 차가운 공기로 인해 상큼하고 초롱초롱한 피부와 눈빛을 한 채 백화점으로 들어섰다. 하지만 끊임없이 요동치며 욕망을 자극하는 온갖 화려한 것들과 강렬한 색깔들로 인해 이제 그녀의 얼굴은 벌겋게 달아

올라 있었고 눈빛은 초점을 잃고 있었다. 마침내, 계산서의 숫자에 질겁한 마르티 부인이 집에 가서 대금을 치르겠다고 말하고 그곳을 나설 무렵에는 환자처럼 초췌한 얼굴에 퀭한 눈을 하고 있었다. 게다가, 여전히 미어터지는 입구를 통과하기 위해서는 또다시 한참을 씨름해야 했다. 여자들은 바겐세일 상품을 서로 먼저 차지하기 위해 무서운 기세로 달려들었다. 마침내 거리로 나선 마르티 부인은 잃어버렸던 딸을 다시 만나자 차가운 공기에 몸을 떨었다. 그리고 불안스러운 신경증을 유발하는 거대한 백화점의 모습에 두려움을 느끼며 한동안 그 자리를 떠나지 못했다.

저녁에 드니즈가 식사를 하고 돌아오자 사환 하나가 그녀에게 얘기를 전했다.

"마드무아젤, 사장님이 좀 보자고 하시는데요."

드니즈는 아침에 무레가 일이 끝나면 자신의 사무실로 오라고 했던 얘기를 깜빡 잊고 있었다. 그는 선 채로 그녀를 기다리고 있었다. 문이 열려 있어서 밀고 들어갈 필요도 없었다.

"우린 당신에 대해 만족하고 있소, 마드무아젤. 그래서 우리 나름대로 그에 대한 표현을 하고 싶어서 당신을 부른 거요. ……프레데릭 부인이 불미스러운 방식으로 우리를 떠났다는 것을 당신도 잘 알고 있을 거요. 당신은 내일부터 그 여자를 대신해서 부수석 구매상 자리를 맡게 될 거요."

드니즈는 그의 말에 깜짝 놀라며 그 자리에 얼어붙은 듯 서 있었다. 그리고 떨리는 목소리로 조그맣게 말했다.

"하지만, 사장님, 매장에는 저보다 먼저 온 동료들도 있는데요."

"그래서요? 그게 뭐 어쨌다는 거요?" 무레가 되물었다.

"당신은 그 누구보다 유능하고 성실한 사람이오. 그래서 난 당신을 선택했고, 그건 지극히 당연한 거요. ……그런데, 당신은 기쁘지 않은 거요?"

그러자 드니즈는 얼굴을 붉혔다. 처음에 느꼈던 두려움이 어느새 사라져버리면서, 행복한 느낌과 감미로운 당혹감이 동시에 몰려왔다. 그녀는 왜 이러한 뜻밖의 호의가 불러일으킬 구구한 억측에 먼저 신경을 쓰는 것일까? 드니즈는 그에게 감사하는 마음이 샘솟으면서도 당혹스러운 마음에 아무런 대답도 하지 못했다. 무레는 그런 그녀를 웃으면서 바라보았다. 실크 드레스 유니폼을 입고 있는 드니즈는 보석 하나 없는 소박하기 그지없는 차림새였다. 기품이 느껴지는 금발만이 그녀가 과시할 수 있는 유일한 화려함이었다. 드니즈는 그사이 더 세련되어지고, 피부는 더 뽀얘졌으며, 예전보다 더 섬세하면서도 진중해 보였다. 허약하고 하찮아 보였던 예전과는 달리 은밀하면서도 강렬한 매력을 풍기고 있었다.

"정말 고맙습니다, 사장님." 드니즈는 더듬거리며 말했다.

"어떻게 감사를 드려야 할지……"

하지만 그녀는 얘기를 계속할 수 없었다. 문간에 롬므가 서 있었던 것이다. 그는 건강한 손으로는 커다란 가죽 가방을 들고, 절단된 팔로는 커다란 서류 가방을 가슴에 꼭 껴안고 있었다. 그의 뒤에는, 아들 알베르가 팔이 떨어져 나갈 것처럼 무거운 돈 자루들을 들고 서 있었다.

"58만 7천 210프랑 30상팀입니다!" 순간, 힘없고 초췌해 보이던 그의 얼굴이 엄청난 돈에서 뿜어져 나오는 광채로 인해 햇살이 비추는 것처럼 환히 빛났다.

그것은 '여인들의 행복 백화점' 역사상 하루 매출액으로서는 유례가 없는 엄청난 금액이었다. 저 멀리, 롬므가 지나치게 무거운 짐이 실린 소처럼 힘겨운 걸음으로 천천히 거쳐 온 매장들로부터, 조금 전 자신들 앞을 지나쳐 간 최종 매출액의 엄청난 액수를 듣고서 놀라고 또 기뻐하는 사람들의 웅성거림이 들려왔다.

"정말 수고했소!" 무레는 환히 웃으면서 말했다.

"친애하는 무슈 롬므, 여기다 놓고 가서 푹 쉬도록 하시오. 몹시 피곤해 보이는군요. 이 돈을 중앙 회계 창구로 올려 보내리다. ……그래요, 그래, 몽땅 다 여기 내 책상 위에 놓고 가시오. 얼마나 많은지 쌓아놓고 감상할 수 있도록 말이오."

무레는 어린아이처럼 즐거워했다. 수석 계산원과 그의 아들은 책상 위에 돈 꾸러미를 내려놓았다. 가방에서는 낭랑한 금화 소리가 났고, 자루 두 개는 은화와 동화를 한참 동안 뱉어냈다. 서류 가방에서는 어음 귀퉁이가 삐져나왔다. 널찍한 책상의 한쪽이 온통 돈으로 뒤덮였다. 10시간 만에 거두어들인 엄청난 돈이 거대한 산을 이루고 있는 듯했다.

롬므와 알베르가 얼굴의 땀을 닦으면서 물러나자 무레는 잠시 동안 꼼짝 않고 선 채 멍하니 돈을 응시했다. 그러다 고개를 들자, 뒤로 물러나 있던 드니즈가 보였다. 그러자 그는 다시 미소를 지으면서 그녀에게 가까이 오도록 했다. 그리고 그녀가 한 주먹으로 쥘 수 있는 만큼의 돈을 주겠다고 말했다. 그의 농담 속에 담긴 것은 사랑의 거래였다.

"자 얼른! 가방 속에서 돈을 꺼내가 보란 말이오. 내가 장담하건대, 그렇게 작은 손으로는 기껏해야 1천 프랑도 못 가져갈 거요!"

하지만 드니즈는 또다시 뒤로 물러섰다. 그러니까, 그가 자신을 좋아한다는 말인가? 그 순간 드니즈는 비로소 깨달았다. 기성복 매장으로 다시 돌아온 이후부터, 그가 욕망으로 인해 점점 더 뜨거워지는 눈길로 자신을 바라보는 것이 그제야 생각 났다. 드니즈를 더욱더 당혹스럽게 한 것은, 자신의 가슴이 미 친 듯이 뛰고 있다는 사실이었다. 그는 왜 자신이 고마운 마음 으로 넘쳐나는 순간에, 그리하여 다정한 말 한마디만으로도 마 음을 흔들리게 할 수 있는 순간에 돈을 들먹이며 자신의 자존 심을 다치게 하는 것일까? 무레는 농담을 계속하면서 그녀에 게로 점점 더 가까이 다가갔다. 그때, 무레에게는 불청객과도 같은 부르동클이 나타났다. 그날 하루 동안의 입장객 숫자를 알려주기 위해서였다. 그날, '여인들의 행복 백화점'을 찾아온 고객의 수는 무려 7만 명에 달했다. 드니즈는 또다시 무레에게 고맙다는 인사를 한 다음 서둘러 그곳을 나섰다.

제10장

8월의 첫 번째 일요일은 '여인들의 행복 백화점'의 재고 조사를 실시하는 날이었다. 작업은 그날 저녁까지 모두 마치기로 돼 있었다. 모든 직원들이 평상시처럼 출근해 문을 닫아놓은 채 텅 빈 백화점에서 아침부터 작업을 시작했다.

드니즈는 다른 판매원들처럼 8시에 매장으로 내려가지 않았다. 위층의 수선실로 올라가다가 발을 삐는 바람에 목요일부터 방에서 꼼짝도 하지 못하다가 이제야 좀 움직일 만했던 것이다. 오렐리 부인이 그녀를 지나치게 배려하는 탓에 서두르지는 않았지만, 드니즈는 매장에 내려가 보기로 마음먹고 힘겹게 신발을 신었다. 이제 여성 판매원들의 숙소는 몽시니 가에 면해 있는 새 건물의 6층에 자리 잡고 있었다. 복도 양쪽으로 난 60개의 방은 여전히 철제 침대와 커다란 옷장, 그리고 호두나무로 된 조그만 화장대만 갖추고 있었지만 예전보다 지내기에 훨씬 안락했다. 이제 여성 판매원들은 청결과 우아함에 좀 더 많은 신경을 쓰면서, 비싼 비누와 고급스러운 리넨 제품을 사용했다. 그녀들의 상황이 점차 나아짐에 따라, 부르주아적 삶으로 자연스럽게 상승해갔던 것이다. 비록 하숙집에서처럼, 아침저녁의 부산함 속에서 여전히 시끄럽게 문을 여닫는 소리나 욕설이 들려오긴 했지만. 드니즈는 이제 부수석 구매상의 자격으로 좀 더 너른 방들 중 하나에 머물렀다. 망사르드 지붕에 난 두 개의 창문이 거리에 면해 있는 방이었다. 이제 경제적인 여유가 생긴 그녀는 자신을 위한 호사를 허락하면서, 기퓌르 레이스 커버를 씌운 붉은색 솜털 이불을 덮고, 옷장 앞에는 작은 카펫을 깔아놓았다. 화장대 위에 놓인 두 개의 푸른색 유리 화병에서는 장미꽃이 시들어가고 있었다.

드니즈는 신발을 신고 방에서 걷는 연습을 했다. 아직 다리를 절뚝거리는 탓에 가구에 기댄 채 걸어야 했지만 다리의 근육을 풀어줄 수는 있을 터였다. 어쨌거나 저녁을 먹으러 오라는 보뒤 큰아버지의 초대를 사양한 것은 잘한 일이었다. 또한 다시 그라 부인에게 맡긴 페페를 큰어머니에게 데리고 와달라고 부탁하기를 잘했다는 생각이 들었다. 전날 그녀를 보러 왔던 장 역시 보뒤 큰아버지 집에서 저녁을 먹기로 돼 있었다. 드니즈는 다리를 쉬게 하기 위해 일찍 잠자리에 들 것을 다짐하면서 조심스럽게 걸음을 옮겼다. 그때, 관리인인 카뱅 부인이 노크를 하고는 야릇한 표정을 지으며 그녀에게 편지 한 통을 전해주었다.

관리인의 의미심장해 보이는 미소에 놀란 드니즈는 문이 다시 닫히자 서둘러 편지를 열어보았다. 그리고 의자 위에 털썩 주저앉았다. 그것은 무레의 편지였다. 그녀가 회복된 것을 기뻐하며, 저녁에 아래층으로 내려와 자신과 함께 식사할 것을 청하는 내용이었다. 외출하는 것은 드니즈에게는 아직 무리였기 때문이다. 편지의 어투는 친근하고 다정했으며 조금도 모욕적으로 느껴지지 않았다. 하지만 드니즈는 그 의미를 충분히 알고도 남음이 있었다. '여인들의 행복 백화점'의 직원이라면 누구나 다 그 초대의 진정한 의미를 잘 알고 있었다. 그에 관해서 전설처럼 떠도는 얘기가 있었던 것이다. 클라라도 사장과 함께 저녁 식사를 했으며, 그의 눈에 띈 모든 여자들이 다 그런 과정을 거쳐갔다. 저녁 식사 후에는, 익살맞은 점원들이 하는 말처럼 디저트가 기다리고 있었다. 그런 얘기들이 떠오르자, 드니즈의 새하얀 얼굴이 점차 발갛게 달아올랐다.

드니즈는 가슴이 쿵쿵거려와 두 무릎 사이로 편지를 떨어뜨리고는, 한쪽 창문에서 들어오는 눈부신 빛을 한동안 응시했다. 그녀는 잠이 오지 않는 밤에 바로 이 방에서 스스로에게 고백을 하곤 했다. 이제 그녀는 알고 있었다. 그가 지나갈 때 그녀의 가슴이 여전히 떨리는 것은 그를 두려워해서가 아니라는 사실을. 그녀가 예전에 그의 앞에서 느꼈던 거북함과 두려움은 사랑에 대한 무지에서 비롯된 것이었다. 어린아이 같은 순진함 때문에, 처음 느끼는 사랑의 감정을 혼란스럽게 받아들였기 때문인 것이다. 그녀는 이성적으로 따지려 들지 않았다. 다만, 그의 앞에서 처음 몸을 떨면서 말을 더듬었던 순간부터 지금까지 내내 그를 사랑해왔다는 사실을 느낄 뿐이었다. 그녀는 냉혹한 주인인 그를 두려워하던 순간에조차도 그를 사랑했다. 혼란스러운 마음으로 애정을 갈구하며 무의식적으로 위탱을 꿈꾸었을 때조차도 그녀가 사랑한 사람은 무레였던 것이다. 어쩌면 그가 아닌 다른 사람에게 자신을 내줄 수도 있었을 것이다. 하지만 그녀가 사랑한 단 한 사람은, 쳐다보는 것만으로도 그녀를 두렵게 했던 그 남자 무레였다. 이제 지나간 과거의 모든 일들이 창문을 비추는 환한 빛 속에서 차례차례 그녀의 눈앞을 지나갔다. 힘겨웠던 신입 시절, 어둠이 내린 튈르리 정원에서 함께 나무 아래를 여유롭게 거닐던 일, 그리고 그녀가 다시 돌아온 이후, 그녀를 바라보던 무레의 욕망 어린 눈빛. 그의 편지는 바닥에 떨어져 있었고, 드니즈는 여전히 햇빛이 가득 비치는 창문을 응시하고 있었다.

그러다 갑자기 누군가가 문을 두드리자, 그녀는 서둘러 편지를 주워 주머니 속에 집어넣었다. 폴린이었다. 핑계를 대고 매장을 빠져나와 잠시 얘기를 하기 위해 찾아온 것이었다.

"좀 괜찮은 거야? 요즘은 서로 얼굴 보기도 힘드네."

하지만 낮에 방에 올라오는 것과 다른 사람과 방에 함께 있는 것이 금지돼 있는 터라, 드니즈는 복도 끝에 있는 휴게실로 그녀를 데리고 갔다. 백화점 경영진은 여성 판매원들을 배려해, 그들이 밤 11시 취침 시간이 될 때까지 얘기를 하거나 일을 할 수 있도록 휴게실을 마련했다. 흰색과 금색으로 꾸며진 공간은 마치 호텔 로비처럼 정갈한 분위기였다. 중앙에는 조그만 원탁이 배치되어 있었고, 피아노와 새하얀 덮개가 씌워진 안락의자와 소파가 놓여 있었다. 처음에는 새로운 것에 대한 기대에 들떠 저녁 시간을 함께 보냈던 여자들은 이제는 서로 마주치기만 하면 즉시 거친 말들을 내뱉었다. 그녀들은 함께 살아가는 법을 배워야 했다. 그녀들이 꾸려나가는 조그만 공동체적인 삶에는 아직 조화가 부족했다. 그리하여 그곳에서는 더 이상 여자들의 모습을 찾아보기 힘들었고, 저녁마다 코르셋 매장의 부수석 구매상인 미스 파웰이 피아노로 쇼팽을 무미건조하게 연주할 뿐이었다. 그리고 시기심을 불러일으키는 그녀의 재능은 그나마 있던 여자들마저 쫓아버리는 결과를 초래했다.

"보다시피 많이 나아졌어. 안 그래도 매장에 가보려던 참이었거든." 드니즈가 말했다.

"아, 잘됐네!" 폴린이 대답했다.

"아무튼 자긴 참 대단한 것 같아! ……난 그럴 듯한 핑계만 있다면, 어떻게든 조금이라도 더 쉬려고 할 것 같은데!"

두 여자는 소파 위에 자리를 잡고 앉았다. 폴린은 자신의 친구가 기성복 매장의 부수석 구매상이 된 이후 다소 달라진 태도로 그녀를 대했다. 호의적인 우정을 넘어, 예전의 허약하고 존재감 없던 판매원이 성공을 향해 달려가는 모습에 놀라움과 존경심마저 느끼게 된 것이다. 하지만 폴린을 각별하게 생각하는 드니즈는 이제 200명에 달하는 여성 판매원들이 치열한 경쟁을 벌이는 속에서 오직 그녀에게만 속내를 털어놓았다.

"그런데 무슨 일 있는 거야?" 드니즈의 안색이 좋지 않은 것을 본 폴린이 활기찬 목소리로 물었다.

"아니, 아무 일 없어." 드니즈는 어색한 미소를 지으며 친구를 안심시켰다.

"아니, 있잖아, 분명 무슨 일이 있는 것 같은데……. 이제 날 못 믿는 거야? 그래서 더 이상 나한테 고민을 털어놓지 않기로 한 거야?"

그러자 터져버릴 것 같은 가슴을 진정시킬 수 없었던 드니즈는 마침내 그녀에게 솔직하게 털어놓기로 했다. 그리고 말을 더듬거리면서 그녀에게 편지를 내밀었다.

"이거 봐! 조금 전에 사장님이 나한테 보낸 편지야."

지금까지 그들은 서로 무례에 관해 터놓고 얘기한 적이 한 번도 없었다. 하지만 그 침묵은 그들이 비밀스럽게 그 생각을 공유하고 있음을 고백하는 것이나 다름없었다. 모든 것을 알고 있던 폴린은 편지를 읽고 난 후, 드니즈 옆으로 바짝 다가가 한 팔로 그녀의 허리를 감싼 채 부드럽게 속삭였다.

"드니즈, 우린 친구니까 솔직히 말해도 되겠지. 난 이미 예전에 그렇게 된 줄로 믿고 있었거든. ……내 말에 언짢아하진 마. 온 백화점 사람들이 다들 나처럼 믿고 있으니까. 생각해봐! 자길 그렇게 빨리 부수석 구매상 자리에 앉혀놓고는, 지금도 계속 자길 쫓아다니잖아. 그건 누구라도 알 수 있는 거라고!"

그리고 폴린은 드니즈의 뺨에 다정하게 입맞춤을 하고는 물었다.

"오늘 저녁에 갈 거지, 당연히?"

드니즈는 아무 말 없이 그녀를 바라보았다. 그리고 느닷없이 친구의 어깨에 머리를 기댄 채 울음을 터뜨렸다. 폴린은 깜짝 놀라며 말했다.

"이런, 진정해. 그렇게까지 민감하게 굴 필욘 없잖아."

"아냐, 아냐, 날 그냥 내버려둬." 드니즈는 더듬더듬 말했다.

"내가 지금 얼마나 불행한지 자긴 모를 거야! 이 편지를 받고 난 후부터, 난 아무 생각도 할 수 없어. ……날 그냥 울게 내버려둬, 그럼 좀 나아질 거야."

폴린은 드니즈가 왜 그러는지 이해할 수 없었지만, 몹시 측은한 생각에 그녀를 위로하고자 애썼다. 우선, 그는 이제 더 이상 클라라를 만나지 않았다. 밖에서 다른 여자의 집에 드나든다는 얘기가 있었지만, 그건 확실한 것도 아니었다. 게다가 그런 지위에 있는 남자를 질투해서는 안 되는 법이다. 그는 돈도 엄청나게 많고, 어쨌거나 사장이 아닌가.

드니즈는 폴린의 말에 귀를 기울이고 있었다. 지금까지 자신이 사랑에 빠졌다는 것을 알지 못하고 있었다 하더라도, 클라라의 이름과 데포르주 부인에 대한 언급이 자신의 심장을 쥐

어쨌든 고통스럽게 하는 것을 느끼는 지금에 와서는 더 이상 그 사실을 의심할 여지가 없었다. 또다시 클라라의 악의적인 목소리와, 데포르주 부인이 부유한 여성의 경멸 가득한 몸짓으로 자신을 우습게 여기며 백화점 곳곳으로 끌고 다니던 기억이 생생하게 떠올랐다.

"그럼, 자기라면 갈 것 같아?" 드니즈가 물었다.

폴린은 조금도 생각지 않고 외쳤다.

"물론이지. 어떻게 안 갈 수가 있겠어!"

그리고 잠시 생각하더니 서둘러 덧붙였다.

"물론, 예전이라면 그랬을 거란 얘기야. 왜냐하면 난 이제 곧 보제랑 결혼할 거니까. 그러니까 그러면 안 되는 거잖아."

그녀의 말대로, 얼마 전에 '봉 마르셰'를 떠나 '여인들의 행복 백화점'으로 옮겨 온 보제는 이달 중순에 그녀와 결혼할 예정이었다. 부르동클은 사내 결혼을 전혀 반기지 않았다. 하지만 그들은 허가를 받아냈고, 보름간의 휴가도 요청할 생각이었다.

"그것 봐. 남자가 여자를 사랑하면 결혼해야 하는 거야. ……보제는 자기랑 결혼하잖아."

그러자 폴린은 웃음을 터뜨렸다.

"하지만, 자기랑 나랑은 경우가 다르지. 보제가 나랑 결혼하는 건, 그 사람이 보제이기 때문이야. 그는 나하고 수준이 같으니까. 그러니까 그건 자연스러운 거라고……. 하지만, 무슈 무레는 다르잖아! 무슈 무레가 어떻게 자기가 데리고 있는 판매원이랑 결혼할 수 있을 거라고 생각해?"

"오, 물론 안 되지! 물론 안 되겠지!" 드니즈는 질문의 불합리함에 발끈하며 외쳤다.

"그러니까 나한테 이런 편지를 보내면 안 되는 거였다고."

드니즈의 그런 주장은 결정적으로 폴린을 놀라게 했다. 다정함이 깃든 조그만 눈과 선이 굵은 얼굴에 모성적인 연민이 스쳐 갔다. 자리에서 일어난 폴린은 가라앉은 분위기를 띄우려는 듯 피아노 뚜껑을 열고는 한 손가락으로 '선한 왕 다고베르'*를 부드럽게 연주했다. 새하얀 덮개로 인해 한층 더 텅 비어 보이는 정갈한 공간으로 거리의 소음이 전해져 왔다. 멀리서, 완두콩을 사라고 외치는 행상의 단조로운 노랫가락이 들려왔다. 드니즈는 소파 깊숙이 몸을 파묻고 나무 받침대에 머리를 기댄 채 또다시 울음을 터뜨리면서 손수건으로 입을 가렸다.

　"또!" 폴린이 뒤를 돌아보며 소리쳤다.

　"자기 오늘 정말 자기답지 않게 왜 그러는 거야. ……그럴 거면 왜 날 여기로 데리고 온 거야? 방에 그냥 있는 게 나을 뻔했잖아."

　폴린은 드니즈 앞에 꿇어앉아 그녀에게 훈계를 하기 시작했다. 지금 그녀의 처지를 부러워하는 여자들이 얼마나 많은 줄 아는가! 게다가 정 마음이 내키지 않는다면 그렇게까지 힘들게 고민할 필요도 없다. 그저 한마디로 싫다고 하면 그만인 것이다. 하지만 어떤 특별한 이유도 없이 일자리를 위태롭게 하면서까지 거절의 말을 하기 전에 다시 한 번 더 생각해보는 게 현명할 터였다. 그녀는 어차피 앞날을 함께하기로 약속한 남자도 없지 않은가. 게다가 그게 그렇게까지 끔찍한 일인가? 그러다 폴린이 설교를 멈추고 다시 쾌활하게 속삭이며 우스갯소리를 시도하는 순간 복도에서 발소리가 들려왔다.

　폴린은 재빨리 문으로 달려가 바깥을 흘끗 보았다.

*19세기 당시 유행했던 풍자적인 노래로 프랑스대혁명 직전에 만들어졌으며, 실제로는 루이 16세를 패러디한 것이다.

"쉿! 오렐리 부인이야!" 그녀는 나지막이 말했다.

"난 이만 가봐야겠어. ……그리고 자긴 눈부터 좀 닦는 게 좋겠어. 다른 사람들까지 알게 할 필욘 없잖아."

혼자 남은 드니즈는 자리에서 일어나 남아 있던 눈물을 훔쳐냈다. 그리고 이런 모습으로 다른 사람의 눈에 띄게 될 것을 두려워하며, 여전히 떨리는 손으로 친구가 열어놓은 피아노 뚜껑을 닫았다. 그때, 오렐리 부인이 그녀의 방문을 노크하는 소리가 들리자 드니즈는 서둘러 휴게실을 나왔다.

"아니! 벌써 일어나다니!" 수석 구매상이 놀라며 소리쳤다.

"아직 이렇게 돌아다니면 안 돼요. 난 단지 마드무아젤이 좀 어떤지 보고, 매장에 내려오지 않아도 된다고 말해주려고 온 것뿐이라고요."

드니즈는 자신의 상태가 이제 많이 좋아졌으며, 무언가 하면서 다른 데 신경을 쓰는 게 자신한테도 더 좋을 거라는 말로 오렐리 부인을 안심시켰다.

"절대 무리하진 않을게요, 부인. 의자에 앉혀주시면 장부에 기재하는 일을 하도록 할게요."

두 사람은 함께 아래층으로 내려갔다. 오렐리 부인은 지극히 자상하게 드니즈를 자신의 어깨에 기대게 했다. 계속해서 흘끗거리는 걸로 봐서, 수석 구매상은 드니즈의 눈이 붉게 충혈된 것을 알아차린 게 분명했다. 그녀는 아마도 많은 것을 알고 있을 터였다.

그것은 누구도 예상치 못했던 승리였다. 드니즈는 마침내 매장 사람들의 마음을 사로잡는 데 성공했다. 10개월 가까이 동료들의 놀림감이 되어, 그들의 악의적 행동을 견뎌내며 살아남기 위해 발버둥 쳐야 했던 고통스러운 순간들이 지나고 난 후, 단 몇 주 만에 그들을 지배하면서 그들로 하여금 자신에게 복종하고 경의를 표하게 만들었던 것이다. 그녀를 향한 오렐리 부인의 급작스러운 호의와 배려는 드니즈가 동료들과 화해하는 데 큰 힘이 되어주었다. 모두들 수석 구매상이 사장의 심복처럼 그를 위해 미묘한 서비스를 제공하는 거라고 수군거렸다. 그녀가 드니즈를 유난히 각별하게 보살피는 것은, 그에게서 특별한 방식으로 부탁을 받았기 때문일 거라는 추측도 나돌았다. 하지만 그런 와중에서도 드니즈는 시기심 많은 동료들의 마음을 누그러뜨리기 위해 그녀만의 장점을 한껏 발휘하며 열심히 일했다. 갑작스레 부수석 구매상으로 임명된 것에 대해 뒷말이 나오지 않게 하기 위해서는 더 많은 노력을 해야만 했다. 매장의 여자들은 부당함을 외치며, 그것은 사장과의 디저트에서 얻어낸 것이라며 맹렬한 비난을 퍼부었다. 심지어 입에 담기 힘든 세세한 내용을 덧붙이기까지 했다. 하지만 마음속으로는 반감을 품고 있더라도, 드니즈에게 부여된 부수석 구매상의 지위를 무시할 수는 없었다. 드니즈는 가장 적대적인 사람들까지도 놀라 고개 숙이게 만드는 권위를 보여주었다. 그러자 이내, 새로 들어온 판매원 중에서는 그녀를 추종하는 이들까지 생겨났다. 그리고 마침내 그녀의 변함없는 온화한 품성과 겸손함은 모두의 마음을 움직였다. 마르그리트도 그녀의 편에 섰다. 클라라만이 드니즈를 가리켜 예전처럼 '머리도 안 빗는 여자'라는 말로 계속 비아냥거렸다. 클라라는 무레가 잠깐 동안 그녀에게 관심을 보이는 틈을 이용해, 일도 내팽개치고 거드름을 부리며 험담과 수다로 시간을 보냈다. 그러다 금세 싫증을 낸 무레가 더 이상 그녀를 찾지 않게 됐을 때에도 아무런 불평조차 하지 않았다. 자유분방하게 살아가는 삶에서는 질투라는 건 존재하지 않았다. 다만, 아무것도 하지 않을 수 있는 혜택을 누리는 것만으로도 만족해했다. 클라라는 사실 그런 골치 아픈 자리는 결코 받아들일 생각이 없었음에도 불구하고, 자신이 이 어받을 프레데릭 부인의 자리를 드니즈가 훔쳐 간 것으로 여기고 있었다. 그러면서도 이건 부적당한 처사라며 분개했다. 자신이 드니즈와 동등한 자격을 갖추고 있을 뿐만 아니라, 경력도 더 위라는 이유에서였다.

"저런! 꼭 애라도 낳은 것 같네." 드니즈를 부축하고 있는 오렐리 부인을 본 클라라가 중얼거렸다.

그러자 마르그리트가 어깨를 으쓱해 보이면서 말했다.

"그쪽한테는 이게 지금 웃음거리로 보이나 봐!"

시각은 9시를 가리키고 있었다. 밖에서는, 뜨거운 푸른 하늘이 거리를 달구는 가운데 삯마차들이 기차역을 향해 달려갔다. 나들이옷을 차려입고 긴 행렬을 이루며 교외의 숲으로 향하는 사람들도 보였다. 백화점에서는, 창문이 열려 있는 커다란 내닫이창을 통해 햇빛이 가득 비치는 실내에 갇힌 직원들이 막 재고 조사를 시작한 참이었다. 그들은 문손잡이를 모두 빼놓았고, 백화점 문이 닫힌 것에 놀란 행인들은 걸음을 멈추고 유리창으로 안을 들여다보았다. 무언가 굉장한 일이 일어나고 있는 듯했다. 갤러리들의 끝에서 끝으로, 각 층의 위에서 아래로, 직원들의 쿵쾅거리는 발소리가 들리면서 두 팔을 위로 치켜든 직원들이 보이고 그 머리 위로 물건 꾸러미들이 날아다녔다. 그러는 동안, 요란한 외침과 난무하는 숫자가 뒤섞인 소리가 거센 파도처럼 한꺼번에 일어났다가는 귀를 먹먹하게 하면서 잦아들곤 했다. 39개의 매장은 이웃한 매장들과는 상관없이 별도로 작업을 진행했다. 게다가 이제 겨우 선반에 있는 물건들에 관한 것만을 시작했을 뿐이다. 작업을 마치고 바닥에 내려놓은 천들은 아직 얼마 되지 않았다. 저녁까지 마치려면 기계가 더 뜨겁게 달아올라야 했다.

"좀 더 쉬지 않고 왜 내려왔어요?" 마르그리트가 드니즈를 보며 상냥하게 물었다.

"그러다 아픈 데가 도지면 어쩌려고요. 여긴 일할 사람이 충분한데."

"안 그래도 내가 그렇게 말했어." 오렐리 부인이 거들었다.

"그런데도 굳이 내려와서 우리를 돕겠다고 하지 뭐야."

그러자 여자들이 드니즈 주위로 모여드는 바람에 작업이 잠시 중단되었다. 그들은 그녀를 치켜세우면서, 그녀가 발목을 삔 얘기를 흥미롭게 들으며 감탄사를 연발했다. 오렐리 부인은 그녀를 테이블 앞에 앉게 했다. 드니즈는 다른 사람들이 불러주는 품목들에 관한 것을 기록하는 일만을 맡기로 했다. 게다가 재고 조사를 하는 일요일에는 글을 쓸 수 있는 사람이라면 누구나 소집되었다. 감독관, 계산원, 서기, 그리고 사환까지도 모두 동원했다. 작업을 서둘러 마치기 위해 여러 매장에서 하루 동안 그러한 도움을 공유했다. 드니즈는 앞에 놓인 커다란 기록장을 들여다보고 있는 계산원 롬므와 사환인 조제프 가까이 자리를 잡고 앉았다.

"외투 다섯 벌, 나사, 모피 장식, 사이즈 3, 240프랑!" 마르그리트가 외쳤다.

"상동(上同) 넷, 사이즈 1, 220프랑!"

그들은 다시 작업을 시작했다. 마르그리트 뒤쪽에서는 판매원 세 사람이 옷장들을 비워낸 다음, 옷들을 분류해 한 무더기씩 그녀에게 건네주었다. 그리고 명세를 하나씩 불러주고는 테이블 위로 모두 던졌다. 그렇게 차곡차곡 쌓여가는 옷들은 거대한 더미를 이루었다. 롬므는 불러주는 것들을 기록하고, 조제프는 감사를 위한 또 다른 목록을 작성했다. 오렐리 부인은 판매원 세 사람의 도움을 받으며 실크로 된 옷들의 재고를 조사하고, 드니즈는 그것을 받아 적었다. 클라라는 재고 조사가 끝난 옷들을 잘 살펴, 가능한 한 자리를 적게 차지하도록 정돈해서 테이블 한쪽으로 쌓아 올리는 일을 맡았다. 하지만 그녀는 다른 데 정신이 팔려 있어 벌써부터 옷 더미를 무너져 내리게 했다.

"그런데 말이야, 그사이에 연봉은 좀 올랐어?" 클라라는 지난겨울에 새로 들어온 조그만 판매원에게 물었다.

"부수석 구매상 연봉이 2천 프랑이나 되는 거 알아? 수당까지 합치면 무려 7천 프랑 가까이 된다니까."

조그만 판매원은 로통드 코트를 계속 넘겨주면서, 연봉을 800프랑으로 올려주지 않으면 백화점을 그만둘 거라고 말했다. 임금 인상은 재고 조사가 끝난 다음 날 일제히 시행되었다. 지난 1년 동안의 총매출액 통계가 나오면, 각 매장의 책임자들은 전년도에 비해 늘어난 매출액에 대한 수당을 받게 돼 있었다. 재고 조사로 인해 시끌벅적한 가운데서도 쉬지 않고 열띤 뒷담화가 오갔다. 제품에 대한 사항을 하나씩 열거하는 사이사이에는 서로 돈에 관한 얘기만을 주고받았다. 들리는 말에 의하면, 오렐리 부인은 연수입이 2만 5천 프랑을 넘어섰다. 그런 액수의 돈은 판매원들을 흥분시키기에 충분했다. 드니즈 다음으로 인정받는 마르그리트는 연수입이 4500프랑에 달했다. 1500프랑의 고정급에 3천 프랑의 수당을 합친 액수였다. 반면, 클라라는 모두 합쳐도 2500프랑밖에 되지 않았다.

"난 연봉 인상 따위는 신경 안 써!" 클라라는 다시 조그만 판매원에게 말했다.

"우리 아버지가 돌아가셔서 유산을 물려받기만 하면, 다들 내 앞에서 끽소리도 못하게 될 테니까! ……하지만 딱 한 가지 날 짜증나게 하는 건, 저 보잘것없는 여자가 7천 프랑이나 받는다는 거야. 이게 말이나 되냐고! 안 그래?"

오렐리 부인은 위압적인 몸짓으로 뒤를 돌아보며 그들의 대화를 거칠게 중단시켰다.

"당장 조용히들 못하겠나, 아가씨들! 도무지 집중할 수가 없잖아!"

그리고 다시 소리치기 시작했다.

"복고풍 외투 일곱 벌, 시실리엔*, 사이즈 1, 130프랑! ……펠리스 세 벌, 슈라, 사이즈 2, 150프랑! ……잘 받아 적고 있나요, 마드무아젤 보뒤?"

"네, 부인."

그사이 클라라는 테이블들 위에 쌓여가는 한 아름의 옷들을 도맡아 정리해야 했다. 그녀는 옷들을 한쪽으로 밀어놓으면서 빈자리를 만들었다. 하지만 이내 그녀를 찾아온 한 남성 판매원 때문에 옷들을 다시 내팽개쳤다. 그는 장갑 매장의 판매원인 미뇨였다. 매장을 몰래 빠져나온 그는 클라라에게 20프랑을 빌려달라고 귓속말로 속삭였다. 그는 그녀에게 이미 30프랑을 빚지고 있었다. 경마에서 주급을 몽땅 날려버린 다음 날 빌린 돈이었다. 이번에는, 전날 받은 수당을 모두 탕진해버려 일요일에 쓸 돈이 단 10수도 남아 있지 않았다. 클라라는 10프랑

*올이 굵은 시칠리아산 실크.

밖에 가지고 있지 않았지만 기꺼이 빌려주었다. 그들은 잡담을 나누면서, 지난번에 부지발의 한 레스토랑에서 여섯 명이 함께 놀았던 얘기를 했다. 그때 참석한 여자들은 각자 자기 몫을 지불했다. 그 편이 더 나았다. 그러면 모두가 마음이 편했기 때문이다. 20프랑을 마저 채우기를 원한 미뇨는 롬므의 귀에 대고 무언가를 속삭였다. 기록하는 것을 잠시 멈춘 나이 든 계산원은 몹시 곤혹스러운 듯 보였다. 하지만 감히 거절할 생각을 하지 못하고 동전 지갑에서 10프랑짜리 동전을 찾았다. 그 바람에 마르그리트는 외치는 것을 중단해야 했고, 이에 놀란 오렐리 부인이 미뇨를 알아보고는 즉각 상황을 파악했다. 그리고 그를 호되게 꾸짖은 다음 매장으로 돌려보냈다. 그 누구도 자신의 판매원들이 일하는 것을 방해해서는 안 되었다. 사실, 오렐리 부인은 미뇨를 내심 두려워하고 있었다. 그는 그녀의 아들 알베르와 막역한 친구였다. 그녀는 그들이 함께하고 다니는 수상쩍은 짓거리들이 언젠가는 안 좋게 끝나게 될 것이라는 두려움을 갖고 있었다. 따라서 미뇨가 롬므에게서 10프랑을 받아 들고 가버리자 남편에게 한마디 하지 않을 수 없었다.

"난 도무지 당신을 이해할 수가 없어요! 어떻게 저런 놈한테 매번 당하고만 있는 거냐고요!"

"하지만, 여보, 저 젊은이의 청을 어떻게 거절할 수 있겠소……."

그러자 오렐리 부인은 격렬하게 어깨를 으쓱해 보이면서 그의 말을 가로막았다. 그리고 판매원들이 그녀의 가족 간 다툼을 지켜보며 은근히 즐거워하자 다시 엄격한 모습으로 되돌아와 소리쳤다.

"이봐, 마드무아젤 바동, 지금 그렇게 한가하게 여유 부릴 때가 아닐 텐데."

"팔토 스무 벌, 이중 캐시미어, 사이즈 4, 18프랑 50상팀!" 마르그리트는 노래하는 듯한 목소리로 외쳤다.

롬므는 고개를 숙인 채 다시 기록을 해나갔다. 그는 차츰 연봉이 올라 이제 9천 프랑을 받고 있었지만, 여전히 자신의 세 배 가까운 돈을 버는 아내를 향한 존중심을 잃지 않았다.

한동안 일이 잘 진행되었다. 숫자들이 공중을 날아다니고, 테이블 위에는 옷들이 수북하게 쌓여갔다. 하지만 클라라는 또 다른 소일거리를 찾아냈다. 그녀는 샘플 발송 부서에서 일하는 젊은 여성을 좋아하는 사환 조제프를 짓궂게 놀려먹었다. 나이를 스물여덟 살이나 먹고, 마르고 얼굴빛이 창백한 그 여성은 데포르주 부인의 피후견인이었다. 데포르주 부인은 무레에게 감동적인 이야기를 늘어놓으면서 자신의 피후견인을 '여인들의 행복 백화점'의 판매인으로 취직시키고자 했다. 어머니를 잃은 젊은 여성은 푸아투의 오래된 귀족 가문인 퐁트나유 가의 마지막 후손으로, 아무것도 가진 것 없이 술주정뱅이 아버지와 파리에 오게 되었다. 그녀는 어려운 환경 속에서도 바르게 살아가는 여성이었지만, 불행하게도 배움이 부족해 가정교사나 피아노 선생 같은 직업을 구할 수가 없었다. 무레는 평소 누군가가 가난한 상류 계층 출신의 여자들을 추천하면 불같이 화를 내곤 했다. 그의 지론에 의하면, 그런 이들보다 더 무능력하고, 봐주기 힘들며, 불성실한 부류의 사람들은 없었다. 게다가 판매원은 원한다고 아무나 할 수 있는 일이 아니었다. 그것은 오랫동안 익히고 배워나가야 하는 복잡하고 섬세한 일인 것이다. 그러면서도 그는 데포르주 부인의 피후견인을 거두어, 판매 대신 샘플 발송 부서의 일을 하게 했다. 예전에도 이미 친구들의 청을 거절하지 못하고, 백작 부인 두 명과 남작 부인 한 명을 홍보 부서에 채용한 적이 있었다. 그들은 그곳에서 발송 물품에 띠를 두르고 봉투에 주소를 적는 일을 했다. 마드무아젤 드 퐁트나유는 하루에 3프랑을 받았고, 그 돈으로는 아르장퇴유가의 조그만 방에서 겨우 살아갈 수 있을 뿐이었다. 퇴역 군인인 조제프는 무뚝뚝하고 말없는 겉모습 뒤로 따뜻한 마음을 지닌 청년이었다. 그는 초라한 차림새로 슬픈 얼굴을 하고 있는 마드무아젤 드 퐁트나유에게 연민을 느꼈다. 그러면서, 겉으로 드러내지는 않았지만, 기성복 매장의 판매원들이 그를 놀릴 때마다 얼굴을 붉혔다. 샘플 발송 부서는 기성복 매장 바로 옆방에 있어서, 그녀들은 종종 문 앞에서 계속 서성거리는 그를 발견할 수 있었다.

"조제프는 지금 마음이 콩밭에 가 있다니까." 클라라가 조그맣게 말했다.

"계속 란제리 매장 쪽만 쳐다보고 있잖아."

마드무아젤 드 퐁트나유는 혼수품 매장의 재고 조사를 돕기 위해 차출돼 와 있었다. 그러자 그 매장 쪽을 끊임없이 흘끔거리는 조제프의 모습에 판매원들은 웃음을 터뜨렸다. 그는 당황하면서 다시 기록장에 얼굴을 파묻었다. 마르그리트는 목을 간질이는 흥겨움을 애써 참느라 더욱더 크게 소리를 질렀다.

"재킷 열네 벌, 영국산 나사, 사이즈 2, 15프랑!"

로통드에 관한 내역을 소리쳐 불러주던 오렐리 부인은 목이 쉬어 있었다. 그녀는 못마땅한 표정을 지으며 위엄이 느껴지는 어조로 느릿하게 말했다.

"목소리 좀 낮추는 게 좋겠어, 마드무아젤. 여긴 시장이 아니라고……. 그리고 여러분들 모두 제정신이 아닌 것 같군. 열심히 일해도 시간이 부족할 판에 그런 유치한 짓거리로 시간을 낭비하고 있다니."

　바로 그때, 옷 꾸러미에 제대로 신경을 쓰지 않고 있던 클라라 때문에 문제가 발생하고 말았다. 테이블 위에 쌓아둔 외투 더미가 무너져 내리는 바람에 다른 옷들까지 차례로 모두 바닥으로 떨어졌던 것이다. 카펫 위에는 떨어져 내린 옷들이 즐비하게 널려 있었다.

　"꼴좋게 됐군, 그러게 내가 뭐랬어!" 수석 구매상은 잔뜩 열이 뻗쳐 소리쳤다.

　"제발 정신 차리지 못하겠나, 마드무아젤 프뤼네르, 정말 더는 봐줄 수가 없군!"

　그 순간 매장 전체에서 싸늘한 전율이 느껴졌다. 시찰을 돌고 있는 무레와 부르동클이 막 모습을 드러냈기 때문이다. 그러자 또다시 여기저기서 외쳐대는 목소리와 펜이 사각거리는 소리가 들려왔고, 클라라는 바닥에 널려 있던 옷들을 서둘러 주웠다. 사장은 직원들이 일하는 것을 방해하지 않았다. 단지, 그곳에 몇 분간 머무르면서 말없이 미소를 지어 보이기만 했다. 그러면서 승리자 같은 유쾌한 얼굴로 재고 조사를 지켜보는 그의 입술이 열에 들뜬 듯 가볍게 떨렸다. 그러다 드니즈를 알아보고는 하마터면 모두가 지켜보는 앞에서 놀라는 모습을 보일 뻔했다. 그새 벌써 다 나아서 내려온 건가? 오렐리 부인과 눈이 마주친 그는 잠시 머뭇거리다가 그곳을 떠나 혼수품 매장으로 향했다.

　그사이 드니즈는 가벼운 웅성거림에 고개를 들었다. 그리고 무레를 알아보고는 다시 고개를 숙여 기록을 해나갔다. 판매원들이 규칙적으로 외치는 소리를 들으며 기계적으로 기록을 해나가는 동안 그녀의 마음속에는 다시 평온함이 찾아왔다. 그녀는 늘 처음에는 격한 감정에 자신을 내맡겼다. 그러면 주체할 수 없이 눈물이 쏟아지고 감상에 젖으면서 고통이 배가되었다. 그러다 차츰 다시 이성을 되찾으면서, 차분하고 아름다운 용기와 부드러우면서도 강인한 의지를 보여주었다. 이제 투명한 눈빛에 파리한 안색을 띤 그녀는 속마음을 꼭꼭 숨긴 채 오직 자신의 의지만을 따르기로 마음먹고 지극히 차분하게 일에 몰두했다.

시각은 10시를 가리켰고, 각 매장의 번잡스러움 속에서 재고 조사로 인한 소음이 점점 더 커져 갔다. 사방에서 끊임없이 들려오는 외침이 서로 교차하는 가운데 새로운 소식이 순식간에 놀라운 속도로 퍼져 나갔다. 아침에 무레가 드니즈를 저녁 식사에 초대하는 편지를 보냈다는 사실을 판매원 모두가 알게 되었던 것이다. 그것은 폴린의 경솔함이 초래한 결과였다. 그녀는 혼란스러운 상태로 위층에서 내려오다가 레이스 매장의 들로슈와 맞닥뜨렸다. 그리고 그가 리에나르하고 얘기하던 중인 걸 미처 알지 못한 채 그에게 자신의 속내를 털어놓았다.

"결국 올 것이 오고 말았어요, 무슈 들로슈……. 막 편지를 받았대요. 사장님이 오늘 저녁 식사에 초대를 했다는군요."

폴린의 말에 들로슈의 얼굴에서 핏기가 가셨다. 그 편지가 무엇을 의미하는지 잘 알고 있기 때문이었다. 그는 평소에도 종종 폴린에게 드니즈의 소식을 묻곤 했다. 두 사람은 매일같이 자신들의 친구인 드니즈에 관해 얘기할 때마다, 무레가 그녀에게 보이는 지극한 관심, 그리고 이 모든 것의 귀착점이 될 예의 저녁 식사 초대에 관한 얘기를 빼놓지 않았다. 게다가 폴린은 남몰래 드니즈를 좋아하고 있는 들로슈를 꾸짖었다. 그는 결코 그녀의 마음을 얻을 수 없을 것이기 때문이었다. 들로 슈가 사장의 유혹에 넘어가지 않는 드니즈를 지지하는 말을 하자, 폴린은 어깨를 으쓱해 보이고는 말했다.

"다리가 많이 나아서 곧 내려올 거예요. 그러니까 그렇게 장례식에 온 것 같은 얼굴을 하고 있지 말라고요. 이 모든 건 그 애에게는 다시없을 행운이니까."

그리고 서둘러 자신의 매장으로 되돌아갔다.

"오라, 이제 알겠군!" 그들의 대화를 엿들은 리에나르가 혼잣말로 중얼거렸다.

"그러니까 다리를 삔 그 아가씨를 두고 하는 얘기겠다. ……자네가 엊저녁에 카페에서 서둘러 그 여자를 옹호하기를 잘한 것 같군!"

그러면서 그 역시 자기 매장으로 되돌아갔다. 그는 모직물 매장으로 가는 동안, 도중에 만난 네다섯 명의 판매원에게 편지 얘기를 전했다. 그리고 그로부터 10분이 채 안 되어, 그 소식은 백화점 전체로 퍼져 나갔다.

리에나르가 들로슈에게 마지막으로 한 말은 전날 저녁 생로크 카페에서 있었던 일을 언급한 것이었다. 이제 두 사람은 늘 꼭 붙어 다니는 사이가 되어 있었다. 부수석 구매상이 된 위탱이 방 세 개짜리 거처로 옮기자, 들로슈는 그가 살던 스미른 여관의 방으로 이사했다. 그리하여 이제 들로슈와 리에나르는 아침마다 '여인들의 행복 백화점'으로 출근을 함께하는 것은 물론, 저녁에도 서로를 기다렸다가 함께 돌아왔다. 나란히 붙어 있는 그들의 방은 똑같이 여관의 어두컴컴한 뜰 쪽에 면해 있었다. 마치 갱도처럼 좁은 그곳 뜰에서 올라오는 악취는 여관 전체를 오염시켰다. 그들은 서로의 차이점에도 불구하고 함께 잘 어울렸다. 한 사람은 자기 아버지에게서 받는 돈으로 아무런 걱정 없이 지냈고, 가난한 다른 한 사람은 어떻게 하면 돈을 아낄 수 있을까 늘 머리를 쥐어짜야 했다. 하지만 두 사람 다 판매원으로서 자질이 부족한 탓에 매장에서 빈둥거리며 시간을 보내는 일이 잦았고, 그 때문에 연봉 인상에서도 제외되었다는 공통점을 지니고 있었다. 두 사람은 백화점 일이 끝난 후에는 대부분의 시간을 생로크 카페에서 함께 보냈다. 낮 시간에는 텅 비어 있던 카페는 8시 반경부터는 가이용 광장에 면한 높다란 문에서 거리로 쏟아져 나온 판매원들의 물결로 넘쳐났다. 그때부터는, 파이프 담배의 짙은 연기 속에서 도미노 게임을 하는 이들의 웅성거림과 웃음소리, 시끄럽게 외쳐대는 소리가 여기저기서 터져 나왔다. 그러는 동안, 사방에서 맥주와 커피가 넘쳐흘렀다. 왼쪽 구석에 자리 잡은 리에나르는 비싼 걸 주문했고, 들로슈는 맥주 한 잔을 시켜놓고 네 시간을 보냈다. 들로슈는 바로 그곳에서 옆 테이블에 앉은 파비에가 드니즈에 관해 끔찍한 험담을 하는 것을 듣게 되었다. 그녀가 사장보다 앞서 계단을 올라가면서 치마를 걷어 올려 사장을 유혹했다는 얘기였다. 들로슈는 파비에의 뺨이라도 한 대 갈기고 싶은 마음을 간신히 억눌러야 했다. 그러다 드니즈가 밤마다 연인을 만나러 내려온다는 파비에의 주장에 분노가 폭발해 그를 거짓말쟁이라고 쏘아붙였다.

"이 더러운 인간 같으니라고! ……모두 거짓말이야, 저치는 지금 터무니없는 거짓말을 하고 있는 거란 말이야!"

그리고 흥분을 억누르지 못한 채 더듬거리는 목소리로 마음속에 감추고 있던 것들을 쏟아냈다.

"난 그녀를 잘 알아, 모든 걸 다 알고 있다고……. 그녀의 마음속에는 오직 한 남자밖엔 없었어. 그래, 무슈 위탱 말이야. 그리고 그는 아직 그 사실을 알아차리지도 못하고 있어. 그러니까 그녀의 손끝 하나라도 건드렸다고 자랑할 수조차 없다고."

그리하여 무레의 편지 얘기가 나돌 무렵에, 그들의 언쟁에 관해 과장되고 변질된 얘기는 이미 온 백화점 직원들을 즐겁게 해주고 있었다. 리에나르는 바로 실크 매장의 한 판매원에게 그 소식을 처음으로 전했다. 실크 매장에서는 재고 조사가 순조롭게 진행되고 있었다. 파비에와 또 다른 두 명의 판매원은 사닥다리 발판 위에 올라가 칸막이 선반을 비워내면서 제품을 하나씩 위탱에게 넘겨주었다. 테이블 위에 올라가 서 있던 위탱은 라벨을 확인하고 숫자를 외친 다음 천들을 바닥으로 던졌다. 바닥에는 마치 가을날의 밀물처럼 천들이 차곡차곡 쌓여갔다. 다른 판매원들은 기록을 하고, 알베르 롬므가 그들을 도왔다. 그는 간밤에 샤펠*의 한 싸구려 댄스홀에서 밤을 꼬박 새운 탓에 안색이 좋지 않았다. 뜨거운 푸른 하늘이 언뜻 보이는 홀의 유리 천장으로부터 한 무더기의 햇살이 쏟아져 들어오고 있었다.

"누가 블라인드를 좀 내리지 못하겠나!" 작업을 지켜보느라 정신없이 바쁜 부트몽이 소리쳤다.

"이러다 저놈의 햇빛 때문에 푹 익어버리고 말겠군!"

천을 꺼내기 위해 발돋움을 하던 파비에는 조용한 소리로 투덜거렸다.

"이렇게 화창한 날씨에 사람들을 가둬두다니 이래도 되는 거냐고! 게다가, 재고 조사 날에는 절대 비가 오는 법이 없더군!

*파리 북동쪽에 위치한 서민 구역으로, 졸라의 대표작 《목로주점》의 배경이 되었던 곳이다.

······온 파리 사람들이 나들이를 간다고 난리법석인 판에, 갤리선의 노예처럼 빗장을 건 감옥에 갇혀 있는 이 꼴이 뭐냐고!"

그는 천을 위탱에게 넘겨주었다. 라벨에는 제품이 판매될 때마다 줄어든 천의 길이가 표기돼 있었다. 그럼으로써 불필요한 작업을 줄일 수 있었다. 부수석 구매상은 큰 소리로 외쳤다.

"팬시 실크, 작은 체크무늬, 21미터, 6프랑 50상팀!"

위탱은 천을 바닥에 쌓여 있는 더미 위로 던지고는 파비에와 하던 얘기를 계속했다.

"그래서, 그 친구가 자네를 한 대 칠 뻔했다는 거야?"

"그렇다니까. 난 조용히 맥주를 마시고 있었을 뿐인데······. 그런데 나보고 거짓말쟁이라고 소리쳤던 그 친구만 우스운 꼴이 된 셈이지. 그 여자가 오늘 아침 드디어, 저녁 식사를 같이 하자는 사장의 편지를 받았다고 하더라고······ 벌써 백화점 전체에 그 소문이 좍 퍼졌어."

"뭐라고! 그럼 두 사람 사이에 아직 아무 일이 없었다는 건가!"

파비에는 그에게 또 다른 천을 건넸다.

"그러게, 그거 이상하게 생각되지 않나? 난 그 두 사람이 이미 한참 전부터 그렇고 그런 사이였을 거라고 굳게 믿고 있었거든. 맹세라도 할 수 있다니까."

"상동, 25미터!" 위탱이 소리쳤다.

바닥으로 천이 떨어지는 소리가 둔탁하게 들려오는 가운데 파비에는 목소리를 낮추며 덧붙였다.

"그 여잔 그 미치광이 부라 영감 집에서 살 때도 흥청망청 돈을 잘만 쓰고 다녔다고 하더라고."

이제 백화점 전체가 작업을 계속하면서 그 일을 도마 위에 올려놓고 즐기고 있었다. 판매원들은 흥미로운 가십거리를 놓칠세라 뒤돌아선 채 귓속말로 젊은 여성의 이름을 수군거렸다. 외설적인 얘기에 자극받은 부트몽 역시 거기에 맞장구를 치고는, 자신의 농담에서 느껴지는 저질스러운 취향에 무안해하며 멋쩍은 웃음을 터뜨렸다. 그때 졸음에서 깨어난 알베르는 그로카유*에서 기성복 매장의 부수석 구매상이 두 군인 사이에서 걸어가는 것을 보았다고 주장했다. 그때 막 미뇨가 클라라에게서 빌린 20프랑을 가지고 내려왔다. 그는 잠시 걸음을 멈추고 알베르의 손에 10프랑을 쥐여 주었다. 그리고 돈이 없어서 잠시 미루었던 그들만의 파티를 그날 저녁에 하기로 하고 약속 시간을 다시 정했다. 부족하긴 하지만 자금이 마련되었던 것이다. 그리고 예의 그 편지에 대한 얘기를 전해들은 미뇨가 지나치게 음란한 코멘트를 하는 바람에 부트몽은 그들을 자제시키지 않을 수 없었다.

"이제 다들 그만들 하라고. 그런 건 우리가 상관할 바가 아니잖나…… . 자, 얼른 계속하게, 무슈 위탱."

"팬시 실크, 작은 체크무늬, 32미터, 6프랑 50상팀!" 위탱이 다시 소리치기 시작했다.

다시 사각거리며 기록을 해나가는 펜 소리가 들리면서 천들이 규칙적으로 바닥으로 던져졌고, 강물이 그곳으로 흘러들어가기라도 하는 것처럼 천으로 이루어진 못의 수위가 계속해서 높아졌다. 그리고 팬시 실크를 외치는 소리가 계속해서 들려왔다. 그러자 파비에는 조그만 소리로 팬시 실크의 재고가 엄청날 것이라고 얘기했다. 경영진이 어떤 얼굴을 할지는 불 보듯

*당시 앵발리드와 에콜 밀리테르(군사학교) 사이에 있었던 마을 이름.

뻔한 일이었다. 저 멍청한 부트몽은 파리에서 제일가는 구매상일지는 몰라도 판매에 있어서는 무능력하기 짝이 없었다. 그 말에 기분이 좋아진 위탱은 우호적인 눈빛으로 파비에의 말에 동의를 표하며 의미심장한 미소를 지어 보였다. 예전에 로비노를 내쫓기 위해 '여인들의 행복 백화점'에 부트몽을 끌어들였던 장본인인 위탱은 이젠 그의 자리를 차지하려는 목적으로 끈질기게 그의 입지를 약화시키는 공작을 펴나갔다. 그는 예전과 똑같은 싸움을 전개해나가는 중이었다. 매장 책임자들의 귀에 허위 비방을 슬쩍슬쩍 흘리는가 하면, 자신을 돋보이게 하기 위해 지나친 열정을 과시하면서, 엉큼한 마음을 상냥함으로 포장한 채 전쟁에서 승리하기 위한 온갖 전략을 펼쳐나갔다. 그러는 동안, 위탱은 파비에에게 다시 예전처럼 관대하게 대하면서 그의 지지를 얻고자 했다. 하지만 마르고 차가워 보이는 파비에는 어두운 얼굴로 부수석 구매상을 흘끗거리며 지켜보았다. 마치 작달막한 그를 몇 입에 집어삼킬 수 있을지 세고 있는 듯했다. 그의 얼굴에서는, 자신의 동료가 부트몽을 먹어치우기를 기다린 다음 자신이 그를 먹어치우고자 하는 속셈이 엿보였다. 위탱이 매장 책임자가 될 수 있다면, 자신 또한 부수석 구매상이 되지 못하란 법이 없지 않은가. 그다음에는, 두고 보면 알 터였다. 그리고 백화점 전체를 들썩거리게 하는 열기에 휘말린 두 사람은 팬시 실크의 재고를 계속 외치는 사이에 연봉이 얼마나 될지 따져보았다. 부트몽은 올해 3만 프랑 정도를 받게 될 것이었다. 위탱은 1만 프랑을 넘어설 것이며, 파비에는 고정급과 수당을 합쳐 5500프랑 정도를 받을 것으로 예상되었다. 매년 매장의 총매출액이 증가함에 따라, 마치 전쟁 중인 장교들처럼 판매원들의 호봉도 올라가고, 그와 더불어 그들의 급여도 늘어났다.

"젠장맞을, 아직도 안 끝난 건가, 이 망할 놈의 실크는?" 부트몽이 불쑥 짜증 가득한 얼굴로 말했다.

"올해는 더러운 봄 날씨 때문에 쫄딱 망한 거야, 허구한 날 비만 내릴 게 뭐냐고! 그러니까 다들 검정 실크만 찾았던 거라고."

경쾌해 보이는 그의 커다란 얼굴이 다시 어두워졌다. 그는 바닥에 점점 더 높이 쌓여가는 실크 더미를 물끄러미 바라보았다. 위탱은 승리가 느껴지는 더 크고 낭랑한 목소리로 소리쳤다.

"팬시 실크, 작은 체크무늬, 28미터, 6프랑 50상팀!"

팬시 실크는 아직도 칸막이 선반 한 가득 남아 있었다. 파비에는 팔이 떨어져 나갈 듯 아파와 아까보다 속도를 늦추었다. 그는 마지막으로 남아 있는 천들을 위탱에게로 넘겨주면서 조그맣게 말했다.

"그런데 참, 얘기해준다는 걸 깜빡 잊고 있었네…… 문제의 기성복 매장 부수석 구매상이 한때 자네를 좋아했었다는 거 아나?"

그러자 위탱은 몹시 놀라는 듯 보였다.

"뭐라고! 그게 무슨 말이야?"

"그렇다니까, 그 덩치만 크고 멍청한 들로슈가 우리한테 직접 얘기해준 거라고……. 하긴 생각해보니까, 예전에 그 여자가 자넬 흘끗거리던 눈빛이 심상치 않긴 했어."

위탱은 부수석 구매상이 된 이후로 카페콩세르의 가수들 대신 가정교사들과 보란 듯이 어울려 다녔다. 그는 우쭐한 마음을 안으로 감춘 채 경멸적인 표정으로 대답했다.

"그렇게 깡마른 여자는 내 취향이 아니야, 친구. 그리고 사장처럼 아무 여자하고나 어울릴 순 없잖나."

그리고 잠시 얘기를 멈춘 다음 다시 외쳤다.

"흰색 푸드수아*, 35미터, 8프랑 75상팀!"

"아! 이제야!" 부트몽은 비로소 안도하면서 중얼거렸다.

하지만 어느새 두 번째 테이블이 차려졌음을 알리는 종이 울렸다. 자기 차례가 된 파비에가 발판에서 내려오자 다른 판매원이 그 자리를 대신했다. 파비에는 그사이에 바닥에 더 높게 쌓인 넘실대는 천들의 물결을 뛰어넘어야 했다. 이제, 각 매장마다 무너져 내린 건물의 잔해 같은 물건 더미들이 통로를 가로막고 있었다. 칸막이 선반, 상자, 옷장 등이 차례로 비워짐에 따라, 제품들이 다리 아래와 테이블 사이에 어지럽게 널린 채 점점 더 높이 쌓여갔다. 리넨 매장에서는 둔탁한 소리와 함께 캘리코 더미가 떨어져 내리는 소리가 들려왔다. 바느질 도구 매장으로부터는 상자들이 서로 가볍게 부딪치면서 나는 찰칵거리는 소리가 전해져 왔다. 멀리서 무언가 우르릉거리며 굴러가는 듯한 소리는 가구 매장에서 나는 소리였다. 날카로운 고음과 걸걸한 저음의 목소리가 뒤섞여 합창을 하는 가운데, 공중으로 흩어지는 숫자들은 휙휙 휘파람 소리를 냈다. 마치 1월의 겨울날 숲 속에서 나뭇가지들 사이로 바람이 불 때처럼 딱딱거리는 소음들이 거대한 중앙 홀 전체로 울려 퍼졌다.

파비에는 마침내 물건 더미들 사이를 빠져나와 구내식당으로 향하는 계단을 올라갔다. 백화점을 확장하면서 구내식당은 새 건물의 5층으로 옮겨졌다. 서둘러 올라간 파비에는 그보다 먼저 올라간 들로슈와 리에나르를 만날 수 있었다. 그는 자기 바로 뒤에 서 있는 미뇨를 돌아보며 말했다.

*골이 지게 짠 견직물의 일종.

"굉장한데! 오늘이 재고 조사 날이 맞긴 맞나 보군. 마치 축제 음식처럼 푸짐한걸!" 주방 복도에서 메뉴가 적힌 칠판 앞에 서 있던 파비에가 소리쳤다.

"닭고기하고 얇게 저민 양 다리 고기라, 거기다가 기름에 익힌 아티초크라니! ……양 다리 고기는 별로 인기가 없게 생겼군!"

그러자 미뇨가 히죽거리면서 조그맣게 말했다.

"그럼 오늘은 닭고기가 대세인 건가?"

그사이 들로슈와 리에나르는 각자의 몫을 받아 들고 자리로 향했다. 파비에도 창구로 고개를 숙이며 큰 소리로 외쳤다.

"닭고기로 주세요."

하지만 그는 좀 더 기다려야 했다. 고기를 자르는 일을 맡은 사환 하나가 손가락을 베는 바람에 주방에 혼란이 일었기 때문이다. 파비에는 창구에 얼굴을 가까이 갖다 댄 채 주방 안쪽을 기웃거렸다. 주방에는 중앙에 놓인 화덕을 포함한 거대한 주방 기구들이 설치돼 있었다. 천장에는 레일이 두 줄로 고정돼 있어서 도르래와 체인을 이용해 장정 네 사람도 들어 올리지 못할 거대한 솥을 운반했다. 무쇠로 된 화덕의 검붉은 색과 대조되는 새하얀 유니폼을 입은 요리사들은 철제 사다리 위에 올라선 채 기다란 나무 손잡이가 달린 거품 걷기용 국자로 저녁 식사용 포토푀*를 살피고 있었다. 벽 쪽으로는, 순교자의 화형대를 연상시키는 거대한 그릴과 양고기 프리카세**용 냄비들, 접시를 데우는 거대한 기구, 그리고 끊임없이 흘러내리는 물로 채워지는 대리석 급수대가 설치돼 있었다. 그 왼편으로는, 수

---

*고기와 몇 가지 야채로 만든 프랑스식의 진한 수프.
**닭고기, 송아지, 양고기 등을 잘게 썰어 버터에 살짝 볶은 다음 야채와 크림소스를 넣어 끓인 것.

영장처럼 너른, 돌로 만든 개수대와 세척장이 보였다. 오른쪽으로는 쇠꼬챙이에 낀 붉은색 고기가 언뜻 보이는 식료품 저장고와, 제분기처럼 똑딱 소리를 내며 작동하는 감자 껍질 깎는 기계가 보였다. 몇몇 주방 보조원들이 깨끗이 다듬은 샐러드를 조그만 카트 두 대에 가득 나눠 담은 채 급수장 아래 서늘한 곳으로 옮기고 있었다.

"닭고기 주세요." 기다리는 데 짜증이 난 파비에가 다시 소리쳤다.

그리고 뒤를 돌아보며 조그맣게 덧붙였다.

"사환 하나가 손가락을 베었나봐, 재수 없게시리……. 피가 음식으로 들어가게 생겼잖아."

그러자 미뇨도 그 광경을 보고 싶어 했다. 기다리는 판매원의 줄이 점점 더 길어지면서, 서로 떼밀거나 여기저기서 웃음소리가 터져 나왔다. 창구에 고개를 내민 채 기다리던 두 젊은이는, 고기 굽는 쇠꼬챙이와 비계를 끼우는 꼬챙이를 포함해서 아주 사소한 용구까지도 그 규모가 거대해진 팔랑스테르적 주방 앞에서 서로의 생각을 주고받았다. 그곳에서는 매일 2천 명분의 점심과 저녁 식사를 준비했다. 게다가 직원들의 숫자는 매주 증가 추세에 있었다. 주방은 마치 블랙홀처럼 하루 동안에 1600리터의 감자와, 120파운드의 버터, 600킬로그램의 고기를 집어삼켰다. 그리고 매 식사 때마다, 바의 긴 테이블 위에 놓아둔 세 개의 커다란 술통으로부터 700리터 가까운 포도주가 쏟아져 내렸다.

"아! 이제야 나타나셨군!" 음식을 나눠주는 요리사가 커다란 냄비를 가지고 나타나 파비에한테 닭다리 하나를 건넸다.

"닭고기요." 파비에의 뒤에 서 있던 미뇨가 말했다.

두 사람은 간이 바에서 각자 자기 몫의 포도주 병을 집어 접시에 올려놓고 구내식당으로 향했다. 그사이 그들 등 뒤에서는 '닭고기'라는 말이 쉴 새 없이 규칙적으로 들려왔다. 그 사이사이 요리사가 포크로 고깃덩어리를 찍어 올릴 때마다 나는 짧은 소리가 리듬을 부여해주었다.

직원용 구내식당은 점심과 저녁으로 세 번씩 테이블이 차려질 때마다 매번 500명분의 식기를 여유롭게 놓을 수 있을 정도의 거대한 공간이었다. 마호가니 식탁들이 방의 가로로 나란히 길게 놓여 있었고, 방의 양끝으로는 감독관과 매장의 책임자들을 위한 똑같은 모양의 식탁이 마련돼 있었다. 방의 중앙에는 추가 주문을 위해 카운터가 설치돼 있었다. 식당의 오른편과 왼편으로 난 커다란 창문에서는 새하얀 빛이 들어와 너른 공간을 환히 비추었다. 천장은 높이가 4미터나 되었지만, 다른 것들의 과도한 규모로 인해 상대적으로 짓눌려 보였다. 밝은 노란색의 유광 도료로 칠해진 벽에는 냅킨을 정돈해 두는 선반만이 유일한 장식처럼 붙어 있었다. 이 첫 번째 구내식당 옆에는 백화점의 사환과 마차꾼 들을 위한 식당이 마련돼 있었다. 그곳에서는 정해진 시간이 아니라 필요할 때마다 불규칙적으로 식사를 제공했다.

"이런! 미뇨 자네도 닭다리군." 미뇨와 같은 식탁에 마주앉은 파비에가 말했다.

다른 판매원들도 그들 주위에 자리를 잡았다. 마호가니 식탁에는 예전과 달리 방수천이 깔려 있지 않아, 접시들을 내려놓을 때마다 갈라지는 듯한 소리가 났다. 파비에와 미뇨 주위에서는 연신 탄성이 터져 나왔다. 닭다리의 수가 실로 엄청났기 때문이다.

"다리밖에 없는 닭들이 이렇게 많다니!" 미뇨가 재치 있는 한마디를 했다.

그러자 몸통 부위만을 받은 사람들은 운이 없다면서 투덜댔다. 하지만 식당을 새로 꾸민 이후로 식사의 질은 예전에 비해 현저하게 개선되었다. 무레는 이제 더 이상 정해진 가격에 음식을 제공하는 도급업자에게 식당 운영을 맡기지 않았다. 그는 직접 식당을 운영하면서, 다른 매장들처럼 주방장과 부주방장, 그리고 감독관을 두어 하나의 조직화된 부서로 만들어나갔다. 직원들의 식사에 더 많은 투자를 할수록, 양질의 식사를 제공받은 직원들로부터 더 효율적인 노동을 이끌어낼 수 있음을 깨달았기 때문이었다. 그의 실용적인 인도주의적 발상은 오랫동안 부르동클을 당혹스럽게 했다.

"자, 어디 한번 맛 좀 볼까. 그래도 내 건 고기가 제법 연한걸." 미뇨가 만족스러운 표정으로 말했다.

"빵 좀 이리로 줘봐!"

그러자 커다란 빵 덩어리가 식탁을 한 바퀴 돌았고, 마지막으로 빵을 자른 사람은 빵 껍질에 나이프를 꽂았다. 시간에 늦은 이들은 허겁지겁 서둘러 달려왔고, 아침나절의 고된 작업으로 인해 배가된 맹렬한 식욕이 구내식당의 끝에서 끝까지 기다란 식탁 위를 사정없이 휩쓸고 지나갔다. 포크가 접시에 부딪혀 달그락거리는 소리와 병이 비워질 때 나는 꾸르륵 소리, 컵을 급하게 식탁에 내려놓으면서 내는 쨍그랑 소리, 맷돌을 가는 듯 500개의 턱이 힘차게 음식을 씹는 소리 등이 모두 뒤섞여 점점 그 강도를 더해갔다. 그사이 몇몇 사람들이 간간이 시도하는 말소리는 음식으로 가득 찬 입 속에 그대로 파묻혀 버렸다.

보제와 리에나르 사이에 앉은 들로슈는, 파비에가 몇 자리

건너 자신과 거의 마주보는 자리에 앉아 있음을 발견했다. 두 사람은 서로에 대한 반감이 가득한 눈빛으로 서로를 노려보았다. 그들이 전날 다투었던 일에 대한 얘기를 들어 알고 있는 주변 사람들은 조그만 소리로 무슨 말인가를 숙덕거렸다. 그러다 들로슈의 불운에 대해 얘기하며 킥킥거리고 웃었다. 늘 배가 고픈 들로슈는 저주받은 운명의 장난인 양 언제나 가장 변변찮은 음식이 얻어걸리곤 했다. 이번에는 닭의 목과 몸통 찌꺼기가 그의 차지였다. 그는 다른 동료들이 자신에 대해 농을 하는 것을 묵묵히 듣고만 있었다. 그러면서 고기를 존중할 줄 아는 사람처럼 몹시 정교한 솜씨로 목의 껍질을 벗겨내며 커다랗게 자른 빵 덩어리를 삼켰다.

"왜 항의를 하지 않나?" 보제가 물었다.

하지만 들로슈는 어깨를 으쓱해 보이기만 했다. 그런 게 다 무슨 소용이란 말인가? 여태 그렇게 해서 잘된 적이 한 번도 없었다. 체념하고 순순히 받아들이지 않으면 상황이 더 나빠질 뿐이었다.

"혹시 실쟁이들이 이젠 자기들 클럽까지 만들어서 논다는 걸 알고 있나?" 미뇨가 뜬금없이 얘기를 꺼냈다.

"그래, 그렇다니까, 보빈* 클럽이라나 뭐라나…… 토요일마다 생토노레 가에 있는 한 술집에서 방을 하나 빌려서 어울려 논다고 하더라고."

그는 바느질 도구 매장의 판매원들에 관한 얘기를 하고 있었다. 그러자 그 식탁에 앉아 있던 모두가 즐거워했다. 모두들 음식을 먹는 사이사이, 우물거리는 목소리로 저마다 한마디씩

*프랑스어로 '실패'를 의미한다.

상세한 내용을 보냈다. 몇몇 열렬한 독서꾼들만이 신문에 코를 박은 채 말없이 읽기에 몰두하고 있었다. 판매원들 모두가 다음과 같은 사실을 인정하는 분위기였다. 해가 갈수록, 판매원들의 수준이 높아졌다. 이젠 절반에 가까운 이들이 독어나 영어를 구사할 줄 알았다.* 이제 멋을 아는 사람들은 더 이상 예전처럼 불리에**에 가서 소란을 피우며 놀거나, 카페콩세르를 전전하며 못생긴 여가수에게 야유하며 휘파람을 불어대는 일 같은 건 하지 않았다. 그 대신, 스무 명가량이 모여서 클럽을 만들었다.

"그치들도 리넨쟁이들처럼 피아노를 치고 논대?" 리에나르가 물었다.

"보빈 클럽에 피아노가 있냐고? 당연한 얘기 아닌가!" 미뇨가 큰 소리로 대꾸했다.

"그래서 연주도 하고 노래도 하면서 시간을 보내는 거지! …… 심지어, 바부라는 조그만 친구는 시까지 낭송한다고 하더군."

그러자 다들 화기애애한 분위기 속에서 바부라는 청년을 두고 우스갯소리를 해댔다. 하지만 요란한 웃음소리 뒤에는 그를 향한 존경심이 느껴졌다. 다음에는 화제가 보드빌 극장에서 상연 중인 연극으로 옮아갔다. 일부는 그 속에서 캘리코 판매원이 하찮은 역할을 맡은 사실에 대해 분개했다. 한편 품위 있는 집안의 가족에게 저녁 초대를 받은 일부는 저녁 몇 시에 일이 끝날 것인지를 걱정했다. 거대한 식당의 사방 곳곳에서 달그락

*1872년, 봉 마르셰 백화점에서는 점점 늘어나는 외국인 고객의 요구에 부응하기 위해, 직원들을 대상으로 영어와 독일어 무료 저녁 강좌를 개설했다.
**1847년, 롭세르바투아르 로에 있던 무도장을 사들인 프랑수아 불리에가 1천 그루의 라일락을 심어 클로즈리 데 릴라라는 이름으로 문을 연 무도회 공원. 그의 이름을 딴 불리에로 더 많이 알려져 있다.

거리는 그릇 소리가 점점 더 크게 들려오는 가운데 비슷한 대화들이 오갔다. 이제 그들은 식탁 위에 어지럽게 널려 있는 500여벌의 식기에서 올라오는 뜨거운 김과 음식 냄새를 밖으로 내보내기 위해 창문을 활짝 열어젖혀야 했다. 창문에 쳐놓았던 블라인드는 묵직한 8월의 햇볕을 받아 뜨겁게 달아올라 있었다. 거리로부터 뜨거운 바람이 불어왔고, 식당 천장을 노랗게 물들이는 금빛 반사광이 땀에 흠뻑 젖은 채 식사를 하는 이들을 불그레하게 물들였다.

"일요일에, 그것도 이런 날씨에 사람을 이렇게 가둬두어도 되는 거냐고!" 파비에가 또다시 투덜거렸다.

그의 발언은 그들의 관심을 다시 재고 조사로 향하게 했다. 판매원들은 그들 모두를 흥분시키는 영원한 주제인 연봉 인상 문제에 관해 너도나도 한마디씩 뱉어냈다. 닭고기가 나오는 날은 늘 이런 식이었다. 과도하게 흥분한 그들이 열띤 언쟁을 벌이는 탓에 소음이 견딜 수 없을 지경에 이르렀다. 사환들이 기름에 익힌 아티초크를 가지고 왔을 때는 자신이 하는 말조차 들리지 않을 정도였다. 해당 부서의 감독관은 매사에 관대하게 대처하라는 지시를 받은 터였다.

"그런데 참, 자네 그 얘기 들었나?" 파비에가 소리쳤다.

하지만 그의 목소리는 이내 소음에 파묻혀 버리고 말았다. 미뇨가 좌중을 향해 큰 소리로 물었다.

"혹시 아티초크 안 좋아하는 사람 있나? 내 디저트하고 아티초크를 바꿀 사람?"

그러자 잠시 침묵이 흘렀다. 모두들 아티초크를 좋아했다. 그날 점심은 다른 날에 비해 훌륭한 편이었다. 디저트로는 복숭아가 기다리고 있었다.

"사장이 오늘 저녁 식사에 그 여자를 초대했다네." 파비에는 오른쪽 옆자리에 앉은 동료에게 아까 하려던 얘기를 마저 했다.

"아니! 그걸 아직 몰랐단 말인가?"

그 얘기라면 그 식탁에 앉아 있는 사람들 모두가 익히 알고 있는 터였다. 심지어 아침부터 그 얘기만을 하느라 지친 기색이었다. 또다시 조금 전과 같은 우스갯소리들이 입에서 입으로 전해졌다. 들로슈는 몸을 파르르 떨면서, 똑같은 얘기를 계속 지껄여대는 파비에를 매섭게 쏘아보았다.

"사장이 아직 그 여자를 자기 걸로 만들지 못했다면, 이제 곧 그렇게 되겠지……. 하지만 그 여자한테는 그가 첫 남자는 아닐 거라고. 아! 물론 절대 아니지, 내가 100프로 장담한다니까."

"깡마른 여자를 좋아하는 남자들은 100수만 주면 그 여자랑 한 번 잘 수 있을 거야."

그러다 파비에는 갑자기 고개를 숙였다. 도저히 분을 참지 못한 들로슈가 자신의 마지막 포도주를 그의 얼굴에 뿌렸기 때문이었다. 들로슈는 벌게진 얼굴로 더듬더듬 말했다.

"이거나 받아라, 나쁜 놈! 이 비열한 거짓말쟁이 같으니라고! 어제 진작 네놈한테 이렇게 했어야 하는 건데!"

그러자 한바탕 소동이 일었다. 파비에 부근에 있던 사람들에게 포도주 몇 방울이 튀었고 파비에는 머리가 살짝 젖었을 뿐이었다. 들로슈가 포도주를 너무 세차게 뿌리는 바람에 포도주는 테이블 반대편으로 떨어졌다. 그러자 판매원들은 더욱더 흥분하며 막말들을 쏟아냈다. 저렇게까지 그 여자를 두둔하는 걸 보니, 그 여자랑 같이 잔 게 아닌가? 몹쓸 인간 같으니라고! 따귀라도 한 대 맞아야 정신 차리고 행실을 바르게 할 모양이군. 그러다 갑자기 누군가가 목소리를 낮추면서 감독관이 오고 있음을 알렸다. 자기들끼리의 싸움에 경영진을 끌어들일 필요는 없었다. 파비에는 이렇게 말하는 것으로 소란을 마무리했다.

"저치가 날 제대로 맞혔더라면, 내가 절대 가만두지 않았을 거야!"

그러자 여기저기서 들로슈를 놀려대는 소리가 들려왔다. 그러다, 여전히 몸을 부르르 떨고 있던 그가 당혹스러움을 감추기 위해 떨리는 손으로 빈 잔을 집어 들자 모두들 웃음을 터뜨렸다. 그는 서툰 몸짓으로 잔을 다시 내려놓고는 이미 먹어치운 아티초크의 잎을 빨기 시작했다.

"저 친구한테 물병을 좀 넘겨주게. 목이 타는 것 같으니까." 미뇨가 태연하게 말했다.

그러자 다들 더 큰 소리로 웃어젖혔다. 이제 모두들 식탁 위에 띄엄띄엄 쌓여 있는 접시 더미에서 깨끗한 접시를 가지고 왔다. 그러는 동안 사환은 바구니에 든 복숭아를 디저트로 나누어 주었다. 다들 배꼽을 잡고 웃고 있을 때 미뇨가 차분히 덧붙였다.

"각자 취향이 다른 것 아니겠나. 우리 친구 들로슈는 포도주에 절인 복숭아만을 먹는다네."

들로슈는 대꾸할 생각조차 하지 않은 채, 그들의 비아냥거림을 듣지 못한 것처럼 고개를 푹 숙이고 있었다. 그는 방금 자신이 한 행동에 대해 절망적이리만큼 후회하고 있었다. 그들의 말이 옳았다. 그가 무슨 자격으로 그녀를 두둔한단 말인가? 이제 그들은 온갖 추잡한 이야기들을 진실인 양 믿게 될 터였다. 그는 드니즈의 억울함을 증명하려고 하다가 오히려 그녀의 평판을 더 위태롭게 한 자신이 죽도록 미웠다. 늘 이런 식이었다.

이렇게 사느니 차라리 당장 죽어버리는 게 나을 것 같았다. 순간적인 충동에 이끌렸다가는 늘 바보 같은 짓을 저지르곤 했기 때문이다. 눈물이 왈칵 솟구쳤다. 온 백화점 사람들이 사장이 보낸 편지 얘기로 수군거리는 것도 따지고 보면 결국 그의 잘못 때문이 아니던가? 그들이 문제의 초대에 대해 추잡한 말들을 서슴지 않고 내뱉으면서 낄낄거리는 소리가 들려왔다. 들로슈는 오직 리에나르에게만 그 얘기를 전했을 뿐이다. 이제 그는 리에나르 앞에서 폴린이 얘기 하도록 내버려두었던 자신을 책망했다. 이 모두가 그의 경솔함에서 비롯된 것이었다.

"왜 그 얘기를 다른 사람들한테 전한 거지?" 마침내 그는 고통이 가득 묻어나는 목소리로 리에나르를 향해 중얼거렸다.

"그러면 안 되는 거잖나."

"난 아무 잘못 없다고!" 리에나르는 정색을 하며 말했다.

"난 한두 사람한테 말한 게 다라니까, 그것도 비밀을 꼭 지켜야 한다고 신신당부하면서……. 누가 이렇게 순식간에 소문이 퍼질 줄 알았냐고!"

그리고 들로슈가 물을 한 잔 마시려고 하자, 식탁에 앉아 있던 이들 모두가 또다시 웃음을 터뜨렸다. 이제 대부분 식사를 끝낸 판매원들은 식사 시간이 끝났음을 알리는 종이 울리기를 기다렸다. 일부는 나른하게 식곤증이 몰려오는 것을 느끼며 의자 뒤로 몸을 젖힌 채 멀리 떨어져 있는 동료의 이름을 부르기도 했다. 식당 중앙에 있는 커다란 카운터에서는 추가분을 주문하는 사람이 거의 없었다. 그날은 백화점에서 커피를 제공하는 터라 더 그랬다. 찻잔에서는 김이 모락모락 올라왔고, 푸르스름한 담배 연기처럼 떠다니는 아련한 증기 아래 땀에 젖은 얼굴들이 번들거렸다. 창문에 내려져 있는 블라인드에서는 일말의 미동조차 느껴지지 않았다. 그중의 하나를 다시 올리자, 한꺼번에 쏟아져 들어온 햇빛이 식당을 가로지르며 천장을 불타오르게 했다. 수많은 목소리들이 한꺼번에 벽에 부딪히면서 소란스러움을 더하는 바람에, 처음에는 문 가까이 있는 식탁에서만 종소리를 들을 수 있었다. 모두들 자리에서 일어나 밖으로 나가자, 마치 패주하는 군인들처럼 긴 행렬이 오랫동안 복도를 가득 메웠다.

그사이 들로슈는 여전히 계속되는 동료들의 농지거리를 피하기 위해 줄 맨 뒤쪽으로 처졌다. 보제는 그보다 앞서 식당을 나섰다. 보제는 대개 가장 마지막까지 남아 있다가 일부러 길을 돌아가 여성용 식당으로 향하는 폴린을 만나곤 했다. 그것은 업무 시간 중에 잠시라도 얼굴을 볼 수 있도록 그들이 생각해낸 방법이었다. 그날은, 두 사람이 통로 구석에서 진한 키스를 하고 있을 때 식사를 하러 올라온 드니즈가 그 광경을 목격하게 되었다. 그녀는 다리 때문에 아직 걷는 게 힘겨웠다.

"오, 이런!" 당황한 폴린은 얼굴이 벌겋게 달아오른 채 더듬거리며 말했다.

"우릴 봤다는 얘기 아무한테도 안 할 거지?"

커다란 팔다리와 우람한 체격의 보제는 조그만 어린아이처럼 떨면서 조그맣게 말했다.

"그랬다가는 우리 둘 다 당장 쫓겨나고 말 겁니다. ……그 꽉 막힌 사람들은 우리가 결혼하는 걸 알고 있으면서도 여기서 키스하는 걸 용납하지 않을 거라고요, 절대로!"

드니즈는 몹시 당혹스러웠지만 그들을 못 본 척했다. 보제가 서둘러 가버리자 이번에는 가장 늦게 자리를 뜬 들로슈가 나타났다. 그는 우물거리면서 변명을 늘어놓았지만, 드니즈는 처음에는 무슨 말인지 알아들을 수가 없었다. 들로슈는 폴린이 리에나르 앞에서 얘기를 했던 것을 언급하며 그녀를 원망했다. 그러자 폴린이 당황하는 것을 본 드니즈는 비로소 아침부터 사람들이 자기 뒤에서 수군거렸던 이유를 알 수 있었다. 편지 얘기가 나돌고 있었던 것이다. 그 사실을 알게 되자 처음 편지를 읽었을 때처럼 몸이 떨려왔다. 수많은 남자들이 벌거벗은 자신을 쳐다보고 있는 것 같았다.

"누가 그 사람이 거기 있는 줄 알았나 뭐." 폴린이 항변했다.

"게다가 그 편지가 뭐가 잘못됐다고……. 맘대로들 떠들라고 해요, 다들 배가 아파서 그런 거니까!"

"폴린, 난 자길 조금도 원망하지 않아……." 마침내 드니즈는 차분한 표정으로 말했다.

"자긴 사실대로 말한 것뿐인데 뭐. 난 편지를 받았고, 거기에 대답하는 건 내가 해야 할 일이니까."

그러자 들로슈는 상심한 얼굴로 자리를 떠났다. 그는 드니즈가 상황을 받아들여 결국은 저녁 초대에 응하고 말 것이라고 믿었다. 두 여자는 큰 식당 옆에 마련된 조그만 여성용 식당에서 식사를 했다. 여자들은 좀 더 좋은 서비스를 받으며 편안하게 식사를 할 수 있었다. 그런 다음 폴린은 아직 불편한 다리 때문에 힘들어하는 드니즈가 매장으로 내려가는 것을 도와야 했다.

아래층에서는 한껏 달아오른 오후의 열기 속에서 재고 조사가 더욱더 빠른 속도로 진행되었다. 아침에 작업이 조금밖에 진전되지 못했으므로 이제 박차를 가할 순간이 되었던 것이다. 저녁까지 일을 다 끝내기 위해서는 전력투구해야만 했다. 목소리가 더욱더 높아지면서, 선반을 비워내고 물건들을 아래로 던지는 팔의 움직임밖에는 보이지 않았다. 바닥에 차곡차곡 쌓여 카운터 높이까지 올라온 제품 더미와 꾸러미들 때문에 걷기조차 힘들 지경이었다. 물결처럼 보이는 머리와 휘두르는 주먹, 공중을 날아다니는 듯한 팔 들이 연출하는 광경이 안쪽 깊숙이 있는 매장들에까지 이어지면서 마치 엄청난 소요라도 일어난 듯 보였다. 폭발하기 직전의 기계처럼 마지막 열기가 온 매장을 뜨겁게 달구고 있었다. 문이 굳게 닫혀 있는 백화점 주위로는, 일요일의 숨 막히는 지루함 때문에 파리해진 낯빛의 산보객들이 길게 이어지는 쇼윈도를 따라 드문드문 지나갔다. 뇌브생토귀스탱 가의 보도에는, 맨머리에 남루한 옷차림을 한 키 큰 젊은 여성 셋이 멈춰 서서 안에서 무슨 일이 일어나고 있는지 보기 위해 쇼윈도에 얼굴을 바짝 갖다 대고 있었다.

드니즈가 기성복 매장으로 돌아오자 오렐리 부인은 마르그리트에게 옷의 명세를 호명하는 일을 일임했다. 이제 경영진의 감사를 받기 위한 준비 작업을 해야 했다. 그 작업은 조용한 곳에서 해야 했기에, 오렐리 부인은 드니즈를 데리고 샘플 발송 부서로 들어갔다.

"따라와요, 목록이 맞는지 대조해봐야 하니까……. 그리고 마드무아젤이 그 모두를 더하는 작업을 해줘요."

하지만 판매원들을 지켜보기 위해 문을 열어두어야 해서, 방 안쪽에서도 소음으로 인해 자기 말소리가 잘 들리지 않기는 마찬가지였다. 그곳은 의자 몇 개와 기다란 테이블 세 개가 달랑 놓여 있는 널찍한 사각의 방이었다. 구석에는 샘플을 자르기 위한 커다란 기계 칼들이 놓여 있었다. 모든 천들이 그곳을 거쳐 갔는데, 가는 끈 모양으로 잘려 프랑스 전역으로 보내지는 천들이 1년에 6만 프랑어치를 넘어섰다. 아침부터 저녁까지 기계 칼들이 작두 같은 소리를 내며 실크와 모직, 리넨 들을 조그맣게 잘라냈다. 그런 다음에는 잘라낸 천들을 샘플북에 붙이거나 꿰맸다. 두 개의 창문 사이에는 라벨을 만들기 위한 조그만 인쇄기까지 갖추어져 있었다.

"목소리 좀 낮추지 못하겠어요!" 품목을 읽어내려 가는 드니즈의 목소리가 제대로 들리지 않자 오렐리 부인이 가끔씩 바깥을 향해 소리쳤다.

첫 번째 목록의 대조 작업이 끝나자, 그녀는 드니즈로 하여금 테이블에 앉아 합산 작업에 몰두하도록 했다. 그리고 잠시 자리를 비웠다가는 곧 마드무아젤 드 퐁트나유를 데리고 돌아왔다. 혼수품 매장에서는 더 이상 그녀를 필요로 하지 않아 그들이 데려올 수 있었던 것이다. 그녀도 함께 합산 작업을 함으로써 시간을 절약할 수 있을 터였다. 하지만 클라라가 비아냥거리면서 후작 부인이라고 이름 붙인 마드무아젤 드 퐁트나유가 나타나자 매장이 갑자기 시끌벅적해졌다. 모두들 킥킥대고 웃으면서 조제프를 놀려댔고, 고약한 말들이 문 사이로 전해져 왔다.

"다시 가지 않아도 돼요, 난 괜찮으니까요." 그녀를 측은하게 여긴 드니즈가 다정하게 말했다.

"여기 앉아요. 잉크는 내 걸 같이 쓰면 돼요. 둘이서 한 병이면 충분할 거예요."

마드무아젤 드 퐁트나유는 삶의 신산함에 찌들려 감사하다는 말조차 제대로 할 줄 몰랐다. 평소 술을 마시는 습관 탓인지 수척한 얼굴은 납빛을 띠고 있었다. 오직 새하얗고 섬세한 손만이 그녀가 고귀한 집안의 후손임을 말해주고 있었다.

그사이, 웃음소리가 갑자기 잦아들면서 우르릉거리는 엔진

소리처럼 작업이 재개되는 소리가 들려왔다. 무레가 다시 매장 순시를 나섰던 것이다. 매장 앞에 멈춰 선 그는 드니즈가 보이지 않자 깜짝 놀라며 눈으로 그녀를 찾았다. 그리고 몸짓으로 오렐리 부인을 불렀다. 두 사람은 함께 구석으로 가서는 잠시 동안 나지막한 소리로 무슨 얘긴가를 주고받았다. 무레는 드니즈에 관해 물어본 게 분명했다. 오렐리 부인이 눈짓으로 샘플 발송 부서를 가리키면서 그에게 무언가를 설명했다. 아마도 드니즈가 아침에 울었던 일을 보고하는 듯했다.

"수고했소!" 무레는 샘플 발송 부서에 더 가까이 다가가면서 큰 소리로 말했다.

"이제 목록을 보여주시오."

"이쪽으로 오시죠, 사장님. 소음을 피해 저기서 작업하고 있었거든요." 수석 구매상이 말했다.

무레는 그녀를 따라 옆방으로 들어갔다. 그들의 꿍꿍이속이 뭔지 금세 알아차린 클라라는 당장 침대를 가져다 대령하는 게 나을 거라며 혼잣말처럼 중얼거렸다. 그러자 마르그리트는 그녀의 정신을 다른 데로 돌려 입막음을 하기 위해 옷들을 더 빨리 그녀에게로 던졌다. 부수석 구매상이 동료로서 무슨 흠 잡힐 일이라도 했단 말인가? 그녀가 뭘 하든 다른 사람들이 이러쿵저러쿵 관여할 바가 아닌 것이다. 그러면서 매장 전체가 한마음이 되어 드니즈의 편을 들었다. 판매원들은 더 분주하게 움직였으며, 롬므와 조제프는 아무것도 못 들은 척 몸을 숙이고 작업에 몰두했다. 멀찌감치 떨어진 채 오렐리 부인의 술책을 주시하고 있던 주브 감독관은 상관의 즐거움을 존중하고자 하는 보초병처럼 규칙적인 발걸음으로 샘플 발송 부서 앞을 오갔다.

"사장님께 재고품 목록을 보여드리세요." 수석 구매상은 안으로 들어서며 말했다.

드니즈는 목록을 건네주고는 계속 무레에게 시선을 고정시키고 있었다. 그녀는 잠시 소스라치며 놀라는 듯 보였지만, 자신의 감정을 다스리며 창백한 낯빛으로 놀라우리만치 차분함을 유지했다. 무레는 잠시 동안 그녀에게 눈길조차 주지 않은 채 재고품 목록을 유심히 살피는 듯 보였다. 방 안에는 정적이 감돌았다. 그러자 오렐리 부인은 고개를 돌릴 생각조차 하지 않는 마드무아젤 드 퐁트나유에게로 다가가 그녀의 합산 작업이 불만스러운 듯 나직한 소리로 말했다.

"마드무아젤은 매장으로 가서 물건 정리하는 거나 도와주도록 해요. ……숫자하곤 별로 친하지 않은 것 같군요."

마드무아젤 드 퐁트나유가 자리에서 일어나 매장으로 되돌아가자 또다시 그녀를 두고 수군거리는 소리가 들려왔다. 조제프는 자신을 놀리는 듯한 여자들의 시선을 느끼면서, 비뚤어진 글씨로 목록을 적어나갔다. 클라라는 자신을 도와줄 사람이 생긴 것에 반색하면서도, 평소 백화점의 모든 여자들에 대해 갖고 있던 증오심으로 인해 그녀에게 빈정거렸다. 명색이 후작 부인이면서 저렇게 하찮은 남자의 사랑에 넘어가다니 그 얼마나 어리석은가! 그러면서 클라라는 그들의 사랑을 시샘했다.

"좋아요! 아주 좋군요!" 무레는 여전히 목록을 읽는 척하면서 거듭 말했다.

그사이 오렐리 부인은 이번에는 어떤 명목으로 자신이 그 방에서 나갈 수 있을지를 궁리하고 있었다. 방 안을 서성이던 그녀는 남편이 무슨 핑계라도 만들어 자신을 불러내지 않는 것에 분개하며 기계 칼 쪽으로 시선을 돌렸다. 그녀의 남편은 중요한 일에는 결코 도움이 되질 못했다. 연못을 옆에 놔두고도 목이 말라 죽을 정도로 융통성이라곤 없는 위인인 것이다. 물어볼 게 있다면서 총기 있게 그녀를 불러낸 것은 마르그리트였다.

"알았어요, 바로 가죠." 오렐리 부인이 대답했다.

이제 그녀를 지켜보던 판매원들에게 정당한 핑계가 생김으로써 체면을 지킬 수 있게 된 수석 구매상은 마침내 무레와 드니즈를 홀로 남겨둔 채 밖으로 나올 수 있었다. 지극히 위엄 있는 얼굴로 당당하게 걷는 그녀 앞에서 여자들은 감히 웃을 엄두를 내지 못했다.

무레는 재고 목록을 천천히 테이블 위에 내려놓았다. 그리고 펜을 손에 든 채 가만히 앉아 있는 드니즈를 바라보았다. 그녀는 무레의 시선을 피하지 않았다. 다만 얼굴빛이 더 하얘졌을 뿐이었다.

"오늘 저녁에 와줄 거라고 믿어도 되겠소?" 그가 속삭이듯 물었다.

"아뇨, 사장님, 전 못 갈 것 같아요." 드니즈가 대답했다.

"동생들이 큰아버지 댁으로 오기로 했거든요. 함께 저녁을 먹기로 약속했답니다."

"하지만 당신 다리는 어쩌고! 아직 잘 걷지도 못하잖소."

"아니에요, 그 정돈 걸어갈 수 있답니다. 오늘 아침부터 많이 좋아졌거든요."

그녀의 차분한 거절 앞에서 이번에는 무레의 얼굴이 새하얗게 변했다. 마음속에서 끓어오르는 분노로 인해 입술이 씰룩거리며 일그러졌다. 하지만 그는 애써 감정을 숨기면서, 단지 자신이 부리는 판매원에게 관심을 보이는 자상한 주인으로서 애기하는 척했다.

"내가 당신한테 간곡히 부탁한다면……. 내가 당신을 얼마나 각별하게 생각하는지 잘 알고 있잖소."

드니즈는 사장을 향한 공손한 태도를 잃지 않았다.

"사장님께서 제게 베풀어주신 호의에 늘 감사하고 있습니다. 그리고 저를 초대해주신 것에도 감사드립니다. 하지만 다시 말씀드리지만, 전 그 자리엔 갈 수 없을 것 같습니다. 오늘 저녁엔 동생들이 절 기다리고 있거든요."

그녀는 짐짓 그의 속내를 모르는 척했다. 하지만 열려 있는 문 사이로 백화점 전체가 자신을 밀어붙이고 있음을 느낄 수 있었다. 폴린은 친구끼리 하는 말로, 그녀에게 바보라고 했다. 만약 사장의 초대를 거절한다면 다른 사람들은 모두 그녀를 비웃을 게 뻔했다. 두 사람을 홀로 놔두고 가버린 오렐리 부인, 점점 더 목소리를 높이고 있는 마르그리트, 언뜻 보이는 미동도 없는 신중한 롬므의 등, 그 모두가 그녀의 타락을 부추기고 있었다. 모두가 가세하여 그녀를 사장에게로 떠밀고 있었던 것이다. 열띤 재고 조사가 진행되는 동안 우르릉거리듯 아득하게 들려오는 소음들, 수많은 팔들이 이리저리 휘저은 수백만 개의 제품을 외치는 목소리들은 그녀에게 뜨거운 열정을 불어넣는 더운 바람처럼 느껴졌다.

그들 사이에 잠시 침묵이 흘렀다. 때로 무레의 목소리는 소음들로 뒤덮여 잘 들리지 않았다. 그 속에서 마치 전투에서 승리한 왕의 행운을 찬양하는 민중의 엄청난 환호가 들려오는 듯했다.

"그럼, 언제 올 수 있는 거요?" 그는 다시 물었다.

"내일?"

무레의 단순한 질문은 드니즈를 당혹스럽게 했다. 순간, 평정을 잃은 그녀는 더듬더듬 대답했다.

"잘 모르겠어요. ……아니, 전 갈 수 없습니다."

그러자 무레는 미소를 지으며 그녀의 손을 잡으려고 했다. 드니즈는 재빨리 손을 거두었다.

"대체 뭐가 그렇게 두려운 거요?"

다시 고개를 든 드니즈는 무레의 얼굴을 똑바로 응시하면서 예의 온화하고 당당한 표정으로 미소를 띤 채 말했다.

"전 아무것도 두렵지 않습니다, 사장님. ……다만, 제 마음이 시키는 대로 할 뿐입니다. 전, 사장님의 초대를 받아들일 수가 없습니다, 그뿐입니다!"

얘기를 마친 드니즈는 삐걱거리는 소리에 화들짝 놀랐다. 뒤를 돌아보자 서서히 문이 닫히는 게 보였다. 주브 감독관이 나서서 문을 닫았던 것이다. 문단속 역시 그의 임무에 속하는 것이었다. 그 어떤 문도 열린 채로 두어서는 안 되었다. 그런 다음 그는 또다시 엄숙한 얼굴로 망을 보기 시작했다. 그 누구도 무심하게 닫혀 있는 문에 신경 쓰지 않는 듯했다. 오직 클라라만이 마드무아젤 드 퐁트나유의 귀에 외설스러운 말을 속삭였다. 그러자 마드무아젤 드 퐁트나유의 얼굴이 시체처럼 새하얗게 변했다.

그사이 드니즈는 자리에서 일어났다. 무레는 떨리는 목소리로 나지막이 말했다.

"내 말 좀 들어봐요, 난 당신을 좋아하오. ……당신도 그 사실을 이미 오래전부터 알고 있었을 거라 믿소. 그러니까 나한테 아무것도 모르는 척하는 잔인한 장난 같은 것은 하지 마시오. ……그리고 나 때문에 겁먹을 것도, 아무것도 두려워할 필요도 없소. 난 이미 당신을 수없이 내 사무실로 부르고 싶었소.

그리고 내가 문만 잠그면 우린 단 둘이 있을 수 있었을 거요. 하지만 난 그러고 싶지 않았소. 그 대신, 당신도 보다시피 여기, 누구라도 들어올 수 있는 곳에서 당신하고 얘기하고 있는 거요. ……당신을 사랑하오, 드니즈."

드니즈는 그 자리에 선 채 창백한 얼굴로 무레를 응시하면서 그의 말을 듣고 있었다.

"말해보시오, 왜 내 초대를 거절하는 거요? ……당신은 필요한 게 없소? 당신한테는 동생들이 큰 부담이 될 텐데. 당신이 뭐든지 요청하거나 원하는 게 있다면……."

드니즈는 한마디로 그의 제안을 일축했다.

"아뇨, 말씀은 고맙지만 전 지금도 필요 이상으로 벌고 있습니다."

"하지만 나는 당신에게 자유를 선사해줄 수 있소. 즐겁고 화려한 삶을 살 수 있도록 말이오. ……당신이 살 집을 마련해주고, 당신이 얼마든지 쓸 수 있는 돈도 줄 거요."

"아뇨, 고맙지만 사양하겠습니다. 아무것도 하지 않고 사는 건 너무 지루한 삶이 될 것 같거든요. ……전 열 살도 되기 전부터 스스로 생계를 꾸려왔답니다."

이제 무레는 제정신이 아니었다. 그의 유혹에 넘어오지 않은 여자는 그녀가 처음이었다. 그동안 그는 몸을 숙여 여자를 줍기만 하면 되었다. 주변의 모든 여자들이 순종적인 하녀처럼 그의 입에서 나오는 변덕스러운 말 한마디를 기다렸던 것이다. 그런데 이 여자는 그럴 듯한 핑계조차 대지 않으면서 단번에 그를 거절했다. 오랫동안 억눌렸던 그의 욕망은 그녀의 저항에 더욱더 자극받아 이젠 달아오를 대로 달아올라 있었다. 어쩌면 그의 제안이 충분치 않아서인지도 몰랐다. 무레는 제안을 더 추가하면서 드니즈를 한층 더 몰아붙였다.

"아뇨, 안 되겠어요, 말씀은 감사하지만요." 그녀는 매번 조금도 흔들림이 없이 침착하게 대꾸했다.

그러자 무레는 더 이상 참지 못하고 고통스럽게 외쳤다.

"당신 눈에는 내가 고통받고 있는 게 보이지도 않소! …… 그렇소, 이러는 내가 바보 같아 보이겠지만, 난 지금 어린아이처럼 사랑의 열병을 앓고 있는 중이란 말이오!"

눈물이 그의 눈가를 촉촉하게 적셨다. 두 사람 사이에는 또다시 침묵이 흘렀다. 닫혀 있는 문 뒤에서 재고 조사의 소음이 약화된 채 여전히 들려왔다. 주인의 패배 앞에서 승리의 환호마저 잦아들고 조심스러워지는 듯했다.

"하지만 그래도 난 당신을 원하오!" 무레는 드니즈의 두 손을 덥석 잡으며 열정적인 목소리로 외쳤다.

드니즈는 그에게 손을 내맡긴 채 한동안 움직이지 않았다. 눈빛이 흐려지면서, 온몸에서 힘이 쭉 빠져나가는 것 같았다. 이 남자의 따뜻한 손으로부터 온기가 전해져 오면서 달콤한 나른함이 그녀의 온몸을 가득 채웠다. 오, 맙소사! 그녀는 그를 진정으로 사랑하고 있었던 것이다. 두 팔로 그의 목에 매달린 채 그의 가슴에 얼굴을 파묻을 수만 있다면 얼마나 행복할까!

"난 정말 당신을 원하오, 이렇게 간절히." 그는 정신 나간 사람처럼 외쳤다.

"오늘 저녁 당신을 기다리고 있겠소. 만약 당신이 오지 않으면 조치를 취해……"

그러면서 그는 과격한 모습을 드러냈다. 드니즈는 조그맣게 소리를 질렀다. 손목에서 느껴지는 아픔이 그녀에게 다시 용기를 되돌려주었다. 그녀는 몸을 떨면서 그에게서 벗어났다. 그리고 잠시 흔들렸던 자신을 추스른 다음 더 강인해진 모습으로 그의 앞에 꼿꼿이 선 채 말했다.

"아뇨, 절 그냥 내버려두세요. ……전 클라라 같은 하룻밤 상대가 될 생각이 없어요. 그리고 사장님한테는 이미 좋아하는 여자가 있지 않나요? 그래요, 가끔씩 이곳에 오는 그 여자 분 말예요. ……그러니까 그분과 함께하세요. 전, 사장님을 다른 사람하고 나눠 가질 수 없으니까요."

그녀의 말에 무레는 충격을 받은 듯 잠시 아무런 대꾸도 하지 못했다. 지금 이 여자가 무슨 말을 하고 있는 건가? 대체 이 여자가 원하는 게 뭐란 말인가? 지금까지 그가 매장에서 고른 여자들 중에서 그에게 사랑받기를 기대했던 여자는 단 한 사람도 없었다. 평소의 그였다면 어이없어하며 코웃음을 치고 말았을 것이다. 하지만 부드러우면서도 당당한 그녀의 태도는 그의 마음을 결정적으로 흔들어놓고 말았다.

"사장님, 저 문을 다시 열어주세요. 이렇게 사장님과 단 둘이서만 있는 것은 옳지 못한 것 같습니다."

무레는 순순히 그녀의 말을 따랐다. 머릿속에서 윙윙거리는 소리가 들려오는 가운데, 혼란스러운 그의 마음을 내색하지 않기 위해 오렐리 부인을 불러 로통드의 재고가 많이 남은 것에 대해 역정을 냈다. 마지막 한 벌마저 모두 처분할 때까지 가격을 내려야 할 터였다. 그것은 백화점의 영업 규정에 속하는 것이었다. 예전 모델이나 빛이 바랜 천을 가지고 있으니 60프로의 손해를 감수하고라도 그 해에 모두 팔아치워야 했다. 그때 마침, 사장을 찾아다니던 부르동클은 닫힌 문 앞에서 그를 기다리고 있었다. 주브 감독관은 그의 귀에 대고 진지한 얼굴로 무슨 말인가를 속삭였다. 그러자 부르동클은 감히 안으로 들어가 두 사람의 대면을 방해할 용기는 내지 못한 채 초조하게 무레를 기다렸다. 이게 말이나 될 법한 일인가? 하필 이런 날에 그런 하찮은 말라깽이 여자랑 이 무슨 짓이란 말인가! 그리고 마침내 문이 다시 열리고 무레가 나타나자, 부르동클은 재고가 엄청날 것으로 예상되는 팬시 실크에 관해 보고했다. 그것은 무레에게는 차라리 잘된 일인 것처럼 느껴졌다. 마음 놓고 화를 내며 소리칠 수 있었기 때문이다. 부트몽은 대체 뭐하는 사람인가? 그는 구매 수요보다 더 많이 사들이는 어리석음을 저지르는, 직감이 결여된 구매상을 결코 용납할 수 없다고 하며 매장에서 멀어져 갔다.

"사장님이 대체 왜 저러시는 거지?" 오렐리 부인은 그의 질책에 당황하며 중얼거렸다.

매장의 판매원들 또한 놀란 얼굴로 서로를 바라보았다. 6시가 되자 재고 조사가 마무리되었다. 밖에는 아직 해가 빛나고 있었다. 여름날의 금빛 햇살이 홀의 유리창들을 통해 비스듬하게 비쳤다. 무겁게 내려앉은 공기 속에서, 교외로 나갔던 가족들이 벌써부터 피곤해 보이는 기색으로 저마다 꽃다발을 손에 든 채 아이들 손을 잡고 하나둘씩 돌아오고 있었다. 이제 매장들은 차례차례 침묵 속으로 빠져들었다. 갤러리 안쪽에서 마지막 선반을 비워내는 몇몇 판매원들의 뒤처진 외침이 들려올 뿐이었다. 그리고 그 목소리들마저 잦아들면서 백화점은 완전한 침묵 속으로 가라앉았다. 이젠 낮 동안의 요란한 소리 대신, 무너진 건물의 잔해처럼 곳곳에 널브러져 있는 제품들 위로 엄청난 전율이 느껴질 뿐이었다. 이제 칸막이 선반과 옷장, 큰 상자, 조그만 상자 들이 깨끗이 모두 비워져 있었다. 단 1미터의 천도, 조그만 물건 하나도 제자리에 남아 있지 않았다. 거대한 백화점은 처음 내부 공사를 할 때처럼, 설비의 뼈대와 완벽하게 비워진 가구들만이 남아 휑한 모습을 드러내고 있었다. 이처럼 아무런 꾸밈없는 적나라한 매장의 모습은 바로 재고 조사가 완벽하고 정확하게 이루어졌음을 보여주는 증거였다. 바닥에는 1600만 프랑어치의 제품들이 차곡차곡 쌓여 밀물처럼 테이블과 판매대마저 집어삼키고 있었다. 그 속에 어깨까지 파묻힌 판매원들은 제품들을 다시 본래대로 진열하기 시작했다. 밤 10시까지 끝내는 것이 목표였다.

첫 번째 테이블에서 저녁 식사를 마치고 내려온 오렐리 부인은 각 매장들에서 방금 합산을 끝낸 한 해 동안의 총매출액이 얼마인지를 발표했다. 모두 합쳐 그 전해보다 1천만 프랑이 늘어난 8천만 프랑이었다. 팬시 실크만을 제외하고는 실질적으로 매출이 감소한 품목은 없었다.

"이런데도 사장님이 만족하지 못한다면, 대체 뭘 더 원하시는 건지 도무지 알 수가 없군." 오렐리 부인은 그렇게 덧붙였다.

"저길 보라고! 중앙 계단 위쪽에 혼자 서 있으시잖아, 화가 잔뜩 난 얼굴로."

판매원들은 그를 보기 위해 가까이 갔다. 무레는 어두운 얼굴로 자신의 발밑에 어지럽게 흩어져 있는 수백만 개의 제품을 내려다보고 있었다.

"부인, 전 이제 그만 가봐도 될까요?" 그때 드니즈가 다가와 물었다.

"다리 때문에 더 이상 할 수 있는 게 없을 것 같아서요. 오늘 저녁 동생들하고 큰아버님 댁에서 식사를 하기로 했거든요."

그러자 오렐리 부인은 놀란 얼굴로 그녀를 쳐다보았다. 그러니까 그녀는 사장의 제안을 거절했다는 얘긴가? 잠시 머뭇거리던 오렐리 부인은 드니즈에게 외출을 허락하지 않을 것처럼 퉁명스럽고 불만스러운 목소리로 대꾸했다. 클라라는 그럴 줄 알았다는 듯 어깨를 으쓱해 보였다. 그런 일에 신경 쓸 게 뭐 있겠는가! 뻔한 얘기가 아닌가, 그는 이제 더 이상 그녀를 원하지 않는 것뿐이다! 폴린은 들로슈와 함께 유아용품 매장 앞에 있을 때 그 일이 그렇게 끝났음을 알게 되었다. 그리고 들로슈가 기쁨을 감추지 못하는 것을 보자 벌컥 화를 냈다. 그런다고 해서 그에게 득이 될 게 뭐가 있단 말인가, 안 그런가? 자신의 친구가 어리석게도 굴러 들어온 복을 차버리는 것을 보는 게 그렇게도 좋단 말인가? 부르동클은 건드리면 폭발할 것처럼 잔뜩 역정이 난 얼굴로 홀로 서 있는 무례에게 감히 말을 걸 엄두조차 내지 못했다. 그리고 왠지 모를 불안감에 사로잡힌 채 그 역시 못마땅한 얼굴로 어수선한 매장들 사이를 서성였다.

그사이 드니즈는 계단을 내려가고 있었다. 난간에 기대어 천천히 왼쪽의 작은 계단 아래쪽에 이르렀을 때 킬킬거리며 떠들고 있는 한 무리의 판매원들이 그녀의 눈에 들어왔다. 자신의 이름을 들먹거리는 그들을 보며 드니즈는 그들이 아직도 자신의 일을 입방아에 올리고 있음을 알 수 있었다. 그들은 그녀를 미처 알아보지 못했다.

"참내! 그렇게까지 뺄 게 뭐가 있다고!" 파비에가 말했다.

"아주 지저분한 계집이라니까……. 난 심지어 그 여자가 어떤 사내를 강제로 덮치려고 했던 것까지 알고 있단 말이지."

그러면서 그는 위탱을 바라보았다. 그때까지 위탱은 부수석 구매상으로서의 위엄을 지키기 위해 그들의 농지거리에 끼어들지 않은 채 그들에게서 떨어져 있었다. 하지만 다른 판매원들이 부럽다는 듯이 자신을 바라보는 것에 우쭐해져서는 중얼거리듯 한마디를 내뱉었다.

"말도 마, 그 여자가 얼마나 날 성가시게 했는지 자네들은 모를 거야!"

그 말에 엄청난 충격을 받은 드니즈는 난간을 꼭 붙잡고 서 있어야 했다. 그들은 비로소 그녀를 알아보고는 키득거리면서 각자 자기 자리로 돌아갔다. 그의 말이 옳았다. 그녀는 예전에 그를 마음에 두었을 때 자신이 얼마나 무지했었는지를 자책했다. 하지만 그가 어떻게 이렇게 비열하게, 자신에게 이런 모멸감을 안겨 줄 수 있단 말인가! 드니즈는 극심한 혼란에 휩싸였다. 예전에는 이 하찮은 남자의 사랑을 갈구하며 그 앞에서 나약한 모습을 보였던 자신이, 조금 전엔 사랑하는 남자를 매몰차게 거부해버리다니, 어떻게 그런 일이 가능한 것일까? 그녀가 평소에 지녔던 분별력과 당당함은 자신조차 명확하게 이해할 수 없는 존재의 모순 속으로 가라앉고 말았다. 그녀는 서둘러 홀을 가로질러 갔다.

감독관 하나가 아침부터 굳게 닫혀 있던 문을 여는 동안 드니즈는 본능적으로 고개를 들어 위를 쳐다보았다. 그곳에 무레가 서 있었다. 그는 여전히 중앙의 너른 층계참에 버티고 선 채 갤러리를 굽어보고 있었다. 하지만 그는 재고 조사 따위는 이미 까맣게 잊은 지 오래였다. 그의 왕국도, 엄청난 재물로 터져나갈 것 같은 백화점도 안중에 없었다. 어제의 요란한 승리도, 내일의 거대한 부도 모두 사라져버렸다. 그는 절망적인 눈빛으로 드니즈를 좇고 있었다. 그러다 그녀가 백화점 문을 넘어서자 모든 것은 사라져버렸고, 사방은 캄캄한 암흑으로 변했다.

제11장

그날, 부트몽은 데포르주 부인 집에서 있을 오후 4시의 티타임에 제일 먼저 도착했다. 금박을 입힌 청동 장식과 화려한 실크천들이 밝은 빛깔의 경쾌함을 느끼게 해주는 루이 16세풍의 커다란 응접실에는 아직 데포르주 부인만이 홀로 자리를 지키고 있었다. 초조한 얼굴을 하고 있던 그녀는 부트몽을 보자마자 자리에서 벌떡 일어나면서 물었다.

"어떻게 됐어요?"

"어떻게 됐냐고요! 어쩌면 부인께 인사차 들를지도 모른다고 했더니 사장님도 꼭 오시겠다고 약속했습니다."

"오늘 남작님이 오실지도 모른다는 얘기도 빼놓지 않고 전했나요?"

"물론이죠. ······그러잖아도 사장님도 그것 때문에 오시려고 하는 것 같던데요."

그들은 무레에 관한 얘기를 하고 있었다. 지난해 무레는 부트몽에게 갑작스럽게 친근감을 표시하더니 그와 함께 여가 시간을 보내기에 이르렀다. 그러면서 슬슬 싫증이 나기 시작한 데포르주 부인과의 관계에 약간의 신선함을 불어넣을 수 있는 충실한 자기편이 생긴 것에 만족감을 드러냈다. 그렇게 해서 실크 매장의 수석 구매상은 그의 주인과 아름다운 과부와 동시에 가까이 지내는 존재가 되었다. 그는 그들의 자잘한 청을 들어주기도 하고, 어느 한쪽과 다른 사람에 관한 얘기도 하면서 때로는 서로를 화해시키기도 했다. 데포르주 부인은 질투로 인해 이성을 잃은 나머지 부트몽이 당혹스러워할 정도로 그에게 자신의 속내를 고스란히 드러내 보였다. 평소 체면을 유지하는 데 뛰어난 기술을 보여주었던 사교계 여인의 신중함마저 내던진 듯 보였다.

데포르주 부인은 신경질적으로 소리쳤다.

"그를 데려왔어야죠. 그러다 내 계획에 차질이 생기면 어떡하려고 그래요."

"맙소사!" 부트몽은 사람 좋아 보이는 웃음을 지으면서 말했다.

"사장님이 요즘 계속 요리조리 빠져나가시는 걸 제가 무슨 수로 막을 수 있겠습니까. ……오! 하지만 사장님이 절 아주 많이 좋아하는 건 사실입니다. 그렇지 않다면 전 벌써 백화점에서 쫓겨났을지도 모르거든요."

그의 말대로, 마지막 재고 조사 이후 '여인들의 행복 백화점'에서의 그의 입지는 심각하게 흔들리고 있었다. 비가 많이 왔기 때문이라는 그의 항변에도 불구하고, 경영진은 그가 팬시 실크를 터무니없이 과도하게 사들인 것을 결코 용서하려 들지 않았다. 게다가 위탱마저 이 일을 빌미 삼아 매장 책임자들을 은밀하게 선동해 그를 몰아내려는 책략을 꾸미고 있어, 부트몽은 자신이 딛고 선 땅이 아래로 무너져 내리고 있음을 느끼고 있는 터였다. 무레는 이제 데포르주 부인과의 관계를 끝내는 데 방해가 되는 그를 거추장스러워하는 듯 보였다. 게다가 더 이상 아무런 이용 가치도 없는 부트몽과의 친근한 관계에도 싫증이 난 듯했다. 하지만 전략상 으레 그랬듯이, 그는 자신이 직접 나서는 대신 부르동클을 앞에 내세우는 방법을 택했다. 무레의 설명에 의하면, 이사회를 개최할 때마다 매번 부르동클과 다른 동업자들이 나서서 부트몽을 내보낼 것을 주장했고, 그럴 때마다 무레는 스스로 곤경에 처하면서까지 자신의 친구를 열렬히 감싸고돌았다.

"어쨌거나, 그가 오기를 기다려보는 수밖에요." 데포르주 부인이 말했다.

"이제 5시면 그 계집이 여기로 올 거예요. 그 두 사람을 내 앞에서 대면시킬 참이에요. 그들이 서로 꽁꽁 감추고 있는 속마음을 알아내고 말 거라고요."

그녀는 열띤 목소리로 자신이 미리 짜놓은 계획에 대해 설명했다. 그녀는 몸에 잘 맞지 않는 코트를 핑계 삼아 오렐리 부인에게 드니즈를 집으로 보내달라고 요청해놓은 터였다. 드니즈가 오면 그녀를 방 안쪽에서 기다리게 해놓고는 무레를 그곳으로 불러낼 생각이었다. 그런 다음 상황을 봐서 그다음 순서로 넘어갈 것이었다.

칠흑같이 새까만 턱수염이 난 귀염성 있는 얼굴에, 가스코뉴 지방의 뜨거운 피가 얼굴을 달아오르게 만드는, 놀기 좋아하고 말 많은 청년 부트몽은 데포르주 부인의 맞은편에 앉아 사교계 여자들은 별로 자신의 취향이 아니라는 생각을 하고 있었다. 그런 여자들은 한번 속내를 털어놓기로 작정하면 아무것도 거리낄 게 없는 듯했다. 물론, 그의 친구들의 애인이나 백화점에서 일하는 여자들은 그렇게까지 남에게 속사정을 얘기하는 법이 없었다.

"고정하세요, 부인." 그는 망설이던 끝에 마침내 솔직하게 말했다.

"대체 왜 그렇게 신경을 쓰고 그러세요? 두 사람 사이엔 정말 아무 일도 없었다니까요."

"내 말이 바로 그거라니까요!" 데포르주 부인은 더욱더 흥분하면서 소리쳤다.

"그 사람은 그 여자를 좋아하는 게 분명해요, 그 하찮은 계집을……. 난 다른 여자들 따윈 신경 쓰지 않아요. 오면가면 만나는 놀이 상대나 하룻밤 상대 같은 건 아무래도 상관없다고요!"

무레와 클라라와의 관계를 언급하는 그녀의 목소리에는 경멸이 가득 묻어났다. 누군가가 그녀에게 무레가 드니즈에게 거절을 당한 후 그 말상의 키다리 적갈색 머리 여자를 다시 찾기 시작했다고 일러주었던 것이다. 아마도 전략상의 이유인 듯했다. 그는 일부러 보란 듯이 그녀를 매장에서 계속 근무하게 하면서 그녀에게 선물 공세를 폈다. 게다가 그는 벌써 거의 석 달째 돈을 흥청망청 뿌려대면서, 오직 쾌락만을 추구하는 듯한 방탕한 생활을 이어가고 있었다. 그리하여 주위 사람들 모두가 그런 그를 두고 수군거렸다. 심지어 한 삼류 연극배우에게 저택을 사주기도 했으며, 동시에 변덕과 허영기가 심한 두세 명의 여자들에게 돈을 마구 퍼주기도 했다.

"이 모든 게 다 그 계집애 때문이라고요." 데포르주 부인은 흥분을 가라앉히지 못하고 외쳤다.

"그 계집이 자기를 안 받아주니까 다른 여자들하고 흥청망청 놀아나면서 자신을 망치고 있는 거란 말이에요. ……난, 그의 돈 같은 건 필요 없어요! 그를 사랑할 수만 있다면 차라리 그가 가난한 게 더 좋다고요. 내가 그 사람을 얼마나 사랑하는지 당신도 잘 알잖아요. 당신은 이제 그 사람 친구나 다름없으니까요."

데포르주 부인은 곧 울음을 터뜨릴 것처럼 목이 멘 채 걸음을 멈춰 섰다. 그리고 위로를 구하는 듯한 몸짓으로 부트몽에게로 두 손을 내밀었다. 그건 사실이었다. 그녀는 무레의 젊음과 그의 승리를 사랑했다. 지금까지 그 어떤 남자도 그녀의 육체와 자존심을 동시에 전율케 할 정도로 그녀의 모든 것을 사로잡았던 적은 없었다. 하지만 이제 와서 그를 잃을지도 모른다는 생각이 들자, 마흔 살이 다가옴을 알리는 조종(弔鐘) 소리가 들려오는 것 같았다. 앞으로 이처럼 대단한 사랑을 무엇으로 대체할 수 있을 것인지를 생각하니 두려움이 몰려왔다.

"오! 난 복수하고 말 거예요. 그가 만약 나를 버린다면 절대 가만있지 않을 거라고요!" 그녀는 혼잣말처럼 중얼거렸다.

부트몽은 여전히 그녀의 손을 잡고 있었다. 데포르주 부인은 아직 아름다웠다. 하지만 애인으로서는 몹시 성가신 존재일 것 같았다. 그는 이런 부류의 여자를 별로 좋아하지 않았다. 하지만 그런 식으로 단순하게만 생각할 문제는 아니었다. 어쩌면 다소 성가신 것을 감수할 만한 가치가 있을지도 모르기 때문이었다.

"그런데 혹시 독립할 생각을 해본 적은 없나요?" 데포르주 부인은 그에게서 손을 거두면서 불쑥 물었다.

부트몽은 잠시 놀란 표정을 지어 보이다가 대답했다.

"하지만 그러려면 엄청난 돈이 필요할 테니까요. ……그러잖아도 작년에 그런 생각이 머리를 떠나지 않았었죠. 파리에는 한두 개 정도의 백화점을 더 채울 만큼의 고객들이 아직 존재한다고 확신하거든요. 다만, 지역을 신중하게 잘 선택하는 게 관건이 될 겁니다. '봉 마르셰'는 파리 좌안을, '루브르'는 중앙을 차지하고 있고, 우리 '여인들의 행복 백화점'은 서쪽의 부유한 구역에 들어서 있고요. 따라서 이제 남은 건 북쪽인데, 그곳에 '플라스 클리시'의 경쟁 상대가 될 수 있는 백화점을 세우는 겁니다. 게다가 이미 오페라 근처에 아주 근사한 곳을 봐두었고 말이죠……."

"그래서요?"

부트몽은 대답 대신 요란하게 웃기 시작했다.

"멍청하게도 글쎄 그 얘길 아버지에게 하고 말았지 뭡니까……. 이 순진한 바보가 아버지한테 툴루즈에서 투자자를 찾아달라고 부탁을 한 겁니다."

그는 지방의 조그만 상점 구석에서 파리의 거대한 백화점들을 향해 분노를 뿜어내는 노상인에 대해 경쾌한 어조로 얘기했다. 자신의 아들이 1년에 3만 프랑을 번다는 사실에 기가 죽은 아버지 부트몽은 상업의 공창(公娼)이나 다름없는 백화점들에게 단 1상팀이라도 투자하느니 차라리 자신과 친구들의 돈을 빈자를 위한 구제원에 기부하겠노라며 열을 올렸다.

"게다가 한두 푼 가지고 될 일도 아니고요. 적어도 수백만 프랑은 있어야 하니까요." 그는 결론짓듯 말했다.

"그 돈을 구할 수 있다면요?" 데포르주 부인은 단지 그렇게만 말했다.

그러자 부트몽은 갑자기 심각해진 얼굴로 그녀를 쳐다보았다. 질투심이 끓어오른 여인의 순간적인 허언에 불과한 것일까? 하지만 데포르주 부인은 그에게 미처 질문할 틈도 주지 않

124

은 채 덧붙였다.

"내가 당신한테 얼마나 관심이 많은지 잘 알잖아요. 그 문제는 나중에 다시 얘기하도록 하죠."

그때 대기실의 종이 울렸다. 데포르주 부인이 자리에서 일어나자, 부트몽은 자신들이 함께 있는 것을 누군가에게 들키기라도 한 듯 본능적인 몸짓으로 의자를 뒤로 밀었다. 두 개의 창문 사이에 매달린, 초록색 화초가 풍성하게 수놓인 벽걸이 천으로 인해 작은 숲 속을 연상시키는 응접실에는 한동안 침묵이 감돌았다. 데포르주 부인은 그 자리에 선 채로 문을 향해 귀를 기울이며 기다렸다.

"그 사람이에요." 그녀는 조그맣게 중얼거렸다.

곧이어 하인이 나타나 방문객이 왔음을 알렸다.

"무슈 무레, 무슈 드 발라뇨스 두 분이 오셨습니다."

그러자 데포르주 부인은 벌컥 화를 냈다. 그는 왜 혼자 오지 않은 건가? 자신과 단 둘이 대면하게 될 것이 두려워 친구를 불러낸 게 분명했다. 하지만 이내 만면에 미소를 띤 그녀는 두 남자에게 손을 내밀었다.

"요즘은 발길이 무척 뜸하시네요! ……무슈 드 발라뇨스도 그러시고요."

데포르주 부인의 가장 큰 고민거리는 나이가 들어가면서 살이 찌는 것이었다. 따라서 늘어나는 살집을 감추기 위해 검은색 실크 드레스로 몸을 꽉 죄고 있었다. 하지만 짙은 색 머리에 어여쁜 얼굴은 여전히 세련되고 사랑스러웠다. 무레는 그녀를 재빨리 훑어보고는 애써 친근한 어조로 말했다.

"부인의 안부를 궁금해할 필요가 없으니까요. ……부인은 언제나 생기가 넘치시는걸요."

"오! 사실 너무 건강해서 탈이긴 하죠. 하지만 그사이 내가 죽었더라도 당신은 그 사실을 알지 못했겠죠."

데포르주 부인 역시 그를 재빨리 살펴보았다. 눈가가 축 처지고 납처럼 창백한 낯빛을 띤 무레는 신경질적이고 지쳐 보였다.

"그런데 유감이군요!" 그녀 역시 애써 상냥한 척하며 얘기를 계속했다.

"난 당신의 그 찬사를 되돌려줄 수가 없을 것 같아서요. 오늘 저녁 당신은 상태가 별로 좋아 보이질 않네요."

"항상 일이 문제죠!" 발라뇨스가 옆에서 거들었다.

무레는 모호한 몸짓으로 대답을 대신했다. 그리고 부트몽을 막 알아보고는 반갑다는 듯 고개를 까딱했다. 그들이 요란한 친밀감을 과시하면서 어울려 다닐 때만 해도, 그는 일이 한창 바쁜 오후 시간에 수석 구매상을 매장에서 직접 데리고 나와 함께 데포르주 부인 집으로 향하곤 했다. 하지만 이제 그때와는 상황이 달라져 있었다. 그는 부트몽에게 나지막이 속삭였다.

"일찍부터 여길 와 있었나 보군. ……위에서 자네가 자리를 비운 걸 알고는 몹시 역정을 내는 것 같던데."

그는 마치 자신이 주인이 아닌 것처럼 부르동클과 또 다른 동업자들을 들먹였다.

"오, 이런!" 부트몽은 걱정스러운 얼굴로 중얼거렸다.

"그러게 말일세. 그리고 자네하고 할 얘기가 좀 있네. ……그러니까 내 용건이 끝날 때까지 기다리게. 그러고 나서 나하고 같이 가면 되니까."

그사이 데포르주 부인은 다시 자리에 앉았다. 그리고 드 보브 부인의 방문 소식을 전하는 발라뇨스의 얘기를 들으면서 눈으로는 계속 무레를 좇았다. 다시 입을 닫은 무레는 가구를 멍하니 바라보거나 천장을 살피는 척했다. 그러다 데포르주 부인이 오후 4시의 티타임에 남자들밖에 없다고 웃으며 투덜거리자 무심코 자신의 속내를 드러내 보였다.

"오늘 여기 오면 아르트만 남작을 만날 수 있을 줄 알았거든요."

그의 말에 데포르주 부인의 얼굴이 새하얗게 질렸다. 분명 그녀는 그가 자신의 집에 오는 유일한 이유가 남작을 만나기 위해서임을 이미 알고 있었다. 하지만 그 사실을 그렇게 노골적으로 드러낼 것까지는 없지 않은가. 그때 문이 열리더니 하인이 문 뒤에 서 있는 게 보였다. 데포르주 부인이 고갯짓으로 무슨 일인지를 묻자 그는 몸을 숙이면서 조그맣게 말했다.

"그 외투 건 때문입니다. 부인께서 그 마드무아젤이 오면 알려달라고 하셔서요. ······막 도착했습니다."

그러자 데포르주 부인은 모두에게 들리도록 목소리를 높이면서 말했다. 마치 질투로 인한 자신의 고통을 경멸적인 냉담함이 느껴지는 말 속에 담아내려는 듯했다.

"기다리라고 해요!"

"부인 방으로 안내할까요?"

"아뇨, 그럴 필요 없어요. 대기실에서 기다리라고 해요!"

그리고 하인이 물러나자, 그녀는 아무 일도 없던 것처럼 또다시 발라뇨스와 얘기를 하기 시작했다. 무슨 일인지 알지 못하는 무레는 예의 지치고 권태로운 표정으로 그들의 얘기를 무심하게 흘려들었을 뿐이다. 부트몽은 그 일에 신경이 쓰이는 듯 골똘히 생각에 잠겨 있었다. 그리고 곧 다시 문이 열리면서 두 여성이 안으로 들어섰다.

"글쎄 말예요," 마르티 부인이 수선스럽게 말했다.

"내가 마차에서 막 내리는데 마침 드 보브 부인이 아케이드*를 지나 이쪽으로 오고 있지 뭐예요."

"그게 말이죠." 드 보브 부인은 해명하듯 서둘러 말했다.

"날씨도 좋은 데다, 주치의가 산책을 자꾸만 권해서요……."

그리고 의례적인 악수가 오간 다음 데포르주 부인에게 물었다.

"혹시 하녀를 새로 채용하시는 건가요?"

"아뇨, 그런데 그런 건 왜 물으시죠?" 데포르주 부인이 놀라며 되물었다.

"아, 대기실에 웬 젊은 여성이 기다리고 있는 것 같아서요."

데포르주 부인은 웃음을 터뜨리면서 그녀의 말을 가로막고 말했다.

"부인 눈에도 그렇게 보였나요? 백화점에서 일하는 여자들은 어찌된 게 죄다 하녀처럼 생겼다니까요. ……그래요, 외투 수선 때문에 내가 부른 여자예요."

그제야 의심쩍은 생각이 든 무레는 고개를 들어 그녀를 응시했다. 데포르주 부인은 애써 경쾌한 척하면서, 지난주에 '여인들의 행복 백화점' 기성복 매장에서 산 외투에 관해 얘기했다.

"어머나!" 마르티 부인이 놀란 얼굴로 물었다.

"그럼 이젠 소뵈르 네에서 옷을 맞춰 입지 않는 건가요?"

"물론, 여전히 그곳을 애용하죠. 다만, 경험 삼아 백화점에서 한번 사본 것뿐이에요. 게다가 처음에 산 여행용 외투는 그런대로 괜찮았거든요. ……그런데 이번 것은 영 잘못 샀지 뭐예요. 아무리 그럴 듯하게 얘기해도 당신 백화점에서 산 옷은

---

*리볼리 가 쪽으로 난 지붕 덮인 통로를 가리킨다.

도통 맵시가 안 나는 게 사실이에요. 오! 난 무슈 무레 앞에서도 얼마든지 솔직하게 얘기할 수 있답니다. ……백화점에서 품위 있는 여성에게 어울리는 옷을 찾기는 힘들 거라고요."

무레는 자신의 백화점에 대한 변명 같은 건 하지 않았다. 여전히 데포르주 부인을 응시하고 있던 그는 그녀가 설마 자신이 염려하는 그런 짓까지 하지는 않을 거라고 생각하면서 마음을 놓았다. 그러자 부트몽이 나서서 '여인들의 행복 백화점'의 입장에서 얘기하기 시작했다.

"우리 백화점에서 기성복을 사 입는 사교계 여성 분들이 자랑을 하고 다니지 않아서 그렇지, 그분들이 누군지 알면 놀라실걸요. ……우리에게 옷을 한번 주문해보시죠. 소뵈르에게 결코 밀리지 않는 솜씨와 절반밖에 안 되는 가격으로 부인을 만족시켜드릴 테니까요. 그런데 가격이 싸다고 해서 품질이 나쁠 거라고 단정하시다니요."

"그래서 거기서 산 옷이 별로던가요?" 드 보브 부인이 다시 물었다.

"그러고 보니 그 여자가 누군지 이제야 알 것 같아요. ……대기실이 좀 어두웠거든요."

"그래요, 나도 그 얼굴을 어디서 봤나 궁금했어요." 마르티 부인도 말을 거들었다.

"그럼 얼른 가보세요, 부인. 우리 때문에 볼일을 못 보시면 안 되잖아요."

그러자 데포르주 부인은 경멸적인 무관심을 드러내는 몸짓으로 심드렁하게 말했다.

"아뇨! 천천히 가봐도 돼요. 급할 거 없거든요."

여자들은 백화점에서 파는 옷들에 관한 수다를 계속했다.

그러다 드 보브 부인은 자신의 남편이 생로의 종마 사육장을 시찰하러 떠났다는 얘기를 전했다. 그러자 바로 뒤이어 데포르주 부인은 그 전날 기발 부인이 백모의 병환 때문에 프랑슈 콩테로 떠났다는 얘기를 전했다. 부르들레 부인은 그날 티타임에 참석할 수 없음을 알려왔다. 월말이면 항상 재봉사와 집에 틀어박힌 채 온 가족의 옷가지들을 손보느라 바쁘기 때문이었다. 얘기하는 내내 마르티 부인은 수심이 가득한 얼굴로 불안감을 감추지 못했다. 보나파르트 리세에서 남편의 지위가 심각하게 위협받고 있기 때문이었다. 바칼로레아 합격증을 돈으로 사고파는 수상쩍은 기관들에서 강의를 했다는 이유에서였다. 그는 집안을 망치는 아내의 낭비벽을 충족시키기 위해 이것저것 가리지 않고 닥치는 대로 돈을 벌어왔다. 그러던 어느 날 저녁, 학교에서 쫓겨날 것을 염려한 남편이 울고 있는 것을 본 마르티 부인은 교육부의 국장과 친분이 있는 친구 데포르주 부인에게 부탁을 하기로 마음먹었다. 얘기를 전해들은 데포르주 부인은 한마디 말로 그녀를 안심시켰다. 자신의 운명이 어찌될 것인지 불안해하는 무슈 마르티도 직접 찾아와 그 일로 데포르주 부인에게 감사 인사를 할 참이었다.

"오늘은 안색이 별로 안 좋아 보이시네요, 무슈 무레." 드 보브 부인이 무레를 보며 말했다.

"일 때문이죠, 뭐!" 발라뇨스는 아이러니가 느껴지는 무심한 태도로 반복해 말했다.

그러자 무레는 그때까지 멍하니 앉아 있던 것에 유감을 표하면서 자리에서 벌떡 일어났다. 그리고 평소처럼 여인들 가운데 자리를 잡고는 다시 예의 세련되고 활기찬 모습으로 되돌아갔다. 요즘 그의 주된 관심사는 겨울을 겨냥해서 출시된 신상품들이었다. 무레는 새로운 레이스 제품들이 대거 확보되었음을 알렸다. 그러자 드 보브 부인은 그에게 알랑송 레이스의 가격에 대해 물었다. 어쩌면 나중에 사게 될 수 있을지도 모르기 때문이었다. 지금으로서는, 마차 삯 30수도 아껴야 할 판이었다. 그녀는 백화점 쇼윈도 앞에서 한참을 서성이다가는 쓰린 가슴을 안고 집으로 돌아가야만 했다. 그곳에서 벌써 2년도 더 된 낡은 외투를 걸친 채, 눈앞에 있는 화려한 천들을 마치 여왕이라도 된 듯 자신의 몸에 걸쳐보는 상상을 했던 것이다. 그러다 문득 다시 정신을 차려 수선한 옷을 입고 있는 자신을 바라보면, 자신의 욕망을 결코 충족시킬 수 없으리라는 절망감이 들었고, 자신의 살갗에서 그 천들을 떼어내기라도 한 것처럼 속이 쓰려왔다.

"아르트만 남작께서 오셨습니다." 하인이 남작의 방문을 알렸다.

데포르주 부인은 무레가 그를 얼마나 반갑게 맞이하는지를 주목했다. 남작은 여인들에게 인사를 하고는 예사롭지 않은 눈빛으로 무레를 바라보았다. 그를 바라보는 알자스 출신 은행가의 커다란 얼굴에 간간이 환한 미소가 번졌다.

"여전히 천들 속에 푹 파묻혀 있으시군요!" 그는 미소를 띤 채 나직이 말했다.

그리고 그 집에 자주 찾아오는 손님으로서 거리낌 없이 물었다.

"대기실에 아주 매력적인 아가씨가 기다리고 있던데…… 누군가요?"

"오! 아무도 아니에요." 데포르주 부인은 통명스럽게 답했다. "백화점 점원이에요."

그때 반쯤 열려 있는 문으로 하인이 차를 내왔다. 그는 나갔다가 다시 들어와서는 조그만 원탁에 자기 찻잔과 샌드위치와 비스킷이 담긴 접시들을 내려놓았다. 초록색 화초들로 인해 한층 누그러진 밝은 빛이 가구의 청동 장식들과 실크 천을 경쾌하고 부드럽게 비추고 있었다. 그리고 문이 열릴 때마다 대기실의 어두컴컴한 구석이 언뜻언뜻 보였다. 오직 반투명 유리창으로 들어오는 빛만이 그곳을 비추고 있었다. 그곳의 어둠 속에서, 미동도 없이 인내하고 있는 누군가의 모습이 어렴풋이 보였다. 드니즈는 선 채로 기다리고 있었다. 가죽 커버가 씌워진 긴 의자가 놓여 있었지만 그녀는 여전히 선 채로 기다렸다. 자존심이 의자에 앉는 것을 허락지 않았기 때문이다. 드니즈는 모욕감을 느끼고 있었다. 그녀는 이미 30분 전부터 그곳에서 말 한마디 하지 않고 꼼짝 않고 서 있었다. 여인네들과 남작은 호기심 어린 눈으로 그녀를 뚫어지게 쳐다보면서 지나갔다. 응접실로부터 목소리들이 경쾌한 바람 소리처럼 전해져 왔다. 즐겁고 호사스러운 분위기 속에서 느껴지는 무심함이 그녀의 뺨을 후려갈기는 듯했다. 하지만 드니즈는 여전히 그 자리에서 한 발도 움직이지 않았다. 그러다 어느 순간, 열려 있는 문틈으로 무레를 보게 되었다. 그 역시 마침내 그녀가 거기 있다는 것을 알게 되었다.

"그대가 데리고 있는 판매원이오?" 아르트만 남작이 물었다.

무레는 당혹감을 애써 감추었다. 하지만 목소리가 떨리는 것을 어찌할 수는 없었다.

"그런 것 같군요. 하지만 누군지는 잘 모르겠습니다."

"기성복 매장에 있는 조그만 금발 아가씨예요." 마르티 부인이 서둘러 말했다.

"거기 부수석 구매상인 걸로 알고 있어요."

이번에는 데포르주 부인이 무레를 쳐다보았다.

"아!" 그는 그렇게만 대꾸했을 뿐이다.

그리고 프로이센 왕의 방문*으로 전날부터 파리에서 열리고 있는 축제 얘기로 화제를 돌리고자 했다. 하지만 남작은 영악하게도 백화점의 판매원 여자들 얘기로 다시 돌아갔다. 그는 단순한 궁금증을 핑계 삼아 무레에게 이것저것 질문을 해댔다. 그 여자들은 대체로 어디 출신들인가? 소문처럼 행실이 방탕한 게 사실인가? 그런 식의 얘기들이 줄줄이 이어졌다.

"정말로 그 여자들이 그렇게 조신한 편이라고 믿는 거요?" 남작이 반신반의하며 물었다.

무레가 판매원 여성들의 바른 몸가짐을 극구 강조하며 그녀들을 두둔하고 나서자 발라뇨스는 의미심장한 웃음을 지어 보였다. 그러자 부트몽이 주인의 구원병을 자청하고 나섰다. 맙소사! 판매원들 중에는 이런 사람도 있고 저런 사람도 있는 법이다. 행실이 난잡한 여자와 정숙한 여자가 섞여 있는 게 당연하지 않은가. 게다가 과거에 비해 그녀들의 도덕성 수준 또한 한층 높아졌다. 예전에는 대부분 가난하고 출신이 불분명한 여자들이 신상품점의 판매원으로 나서는 경향이 있었던 것도 사실이다. 하지만 지금은, 가령 세브르 가에 거주하는 상당수의 가정에서 '봉 마르셰 백화점'에서 일할 수 있도록 딸에게 필요한 교육을 시키는 실정이다. 한마디로, 자신이 마음먹기에 따라서 얼마든지 올바르게 처신하면서 살아갈 수 있는 상황이 된

*1867년, 프로이센의 왕 빌헬름 1세(재위 1861~1888년)가 파리에서 열린 만국 박람회를 위해 파리를 방문한 일을 가리킨다.

것이다. 그녀들은 이제 더 이상 파리의 거리를 전전하는 일용직 노동자들처럼 먹는 것과 잠자리를 스스로 해결할 필요가 없다. 매일 식사와 잠자리를 제공받는 안정된 삶을 꾸려갈 수 있게 된 것이다. 물론, 그럼에도 불구하고 그녀들의 삶이 여전히 힘든 것도 사실이다. 그녀들에게 무엇보다 힘든 것은, 판매원과 품위를 갖춘 여성 사이에서 이도 저도 아닌 모호한 정체성으로 인한 혼란을 겪는 것이다. 그녀들은 종종 필요한 기본적인 교육조차 받지 못한 채 갑자기 화려한 삶 속으로 내던져지면서 이름조차 없는 별도의 계층을 이루게 된다. 그녀들의 비참함과 악덕은 바로 그런 상황에서 비롯되는 것이다.

"난 그 여자들이 정말 불쾌하고 맘에 안 들어……." 드 보브 부인이 열을 올리며 말했다.

"마음 같아서는 따귀라도 한 대 갈겨주고 싶을 때가 많다니까."

그러자 여인네들은 이구동성으로 그동안 쌓인 분노를 쏟아냈다. 고객과 판매원 들은 매장 앞에서 서로를 못 잡아먹어서 안달이었다. 그녀들은 돈과 미모를 사이에 두고 서로 치열한 경쟁을 벌였다. 판매원들은 잘 차려입은 여인네들의 몸가짐을 따라 하고자 애쓰면서 그네들에 대한 질투를 퉁명스럽게 표출했다. 행색이 초라한 프티부르주아 계층 여인네들의 판매원들에 대한 질투는 그 정도가 더 심했다. 가난한 고객들은 고작 10수짜리 물건을 사면서도, 자기 옷보다 더 화려한 실크 유니폼을 입고 있는 판매원들에게 하녀 같은 모멸감을 주고 싶어 했다.

"그런 얘긴 이제 그만해요!" 데포르주 부인이 마무리하듯 말했다.

"자기들이 파는 상품하고 다를 바 없는 하찮은 여자들 얘긴

그만두자고요!"

무레는 속마음을 감춘 채 억지로 웃어 보였다. 그를 계속 살
피고 있던 남작은 그의 엄청난 자제력에 감명을 받은 듯했다.
그리하여 그는 다시 화제를 바꾸어 프로이센 왕을 위해 열리는
축제에 관해 얘기하기 시작했다. 이는 근사한 축제가 될 것이
며, 이번 기회를 이용해 파리의 모든 상인들이 그 혜택을 볼 수
있을 것이었다. 그사이 데포르주 부인은 입을 다문 채 곰곰 생
각에 잠겼다. 드니즈를 대기실에서 더 기다리게 하고 싶은 마
음과, 이제 그 사실을 알게 된 무레가 그대로 가버릴 것을 두려
워하는 마음 사이에서 갈등하는 듯 보였다. 그리고 마침내 자
리에서 일어나며 말했다.

"잠깐 실례 좀 해도 될까요?"

"물론이죠!" 마르티 부인이 말했다.

"자, 보세요! 제가 부인 대신 이렇게 손님들을 대접하고 있
을게요."

그러면서 그녀는 자리에서 일어나 찻주전자를 들어 빈 찻잔들
을 채웠다. 데포르주 부인은 아르트만 남작을 돌아보며 물었다.

"여기 좀 더 계실 수 있나요?"

"물론입니다, 무슈 무레하고 할 얘기가 좀 있어서요. 아마
부인의 작은 응접실이 다소 시끄러워질지도 모르겠군요."

그러자 데포르주 부인은 응접실을 나섰다. 그녀의 검정 실
크 드레스가 문을 스치고 지나가자 가시덤불을 헤치고 나아가
는 뱀처럼 사각거리는 소리가 났다.

남작은 부트몽과 발라뇨스에게 여인네들을 맡겨둔 채 즉시
무레를 다른 곳으로 데리고 갔다. 두 사람은 옆 응접실의 창가
에 선 채 목소리를 낮추어 얘기했다. 새로운 사업에 관한 얘기

였다. 무레는 오래전부터 그의 오래된 야망을 실현시키는 날을 꿈꾸어왔다. 몽시니 가에서 미쇼디에르 가, 뇌브생토귀스탱 가에서 디스 데상브르 가에 이르기까지 마치 작은 섬처럼 보이는 구역 모두를 그의 '여인들의 행복 백화점'으로 가득 채우는 게 그가 바라는 것이었다. 하나의 거대한 블록을 이루는 이 구역에서, 디스 데상브르 가의 가장자리에는 그가 아직 소유하지 못한 너른 땅이 남아 있었다. 그 사실은 그의 완벽한 승리에 흠집을 내기에 충분했다. 그는 그곳에 거대한 건물을 세워 자신의 정복을 마무리하고 승리를 기념하는 피날레를 울리고 말겠다는 강박관념에 시달렸다. 그의 백화점 정문이 구 파리에 속하는 어두운 거리의 뇌브생토귀스탱 가에 위치하고 있는 한 그의 작품은 무언가가 빠진 듯 불완전해 보이기 때문이었다. 그는 환한 햇살을 받으며 세기말의 군중이 분주하게 오가는, 새로운 파리의 새 도로 위에 자신의 백화점 정문이 당당하게 위치하기를 바랐다. 자신의 작품이 상업의 거대한 궁전처럼 도시를 지배하고 압도하면서, 오래된 루브르 궁보다 더 크고 짙은 그림자를 멀리까지 드리울 수 있기를 원했다. 하지만 지금까지는 가장자리 땅을 따라 그랑 호텔과 경쟁할 호사스러운 호텔을 짓겠다는 애초의 계획에 집착하는 크레디 이모빌리에의 고집을 꺾지 못하고 있었다. 계획은 모두 세워져 있었고, 그들은 기초 공사를 하기 위해 디스 데상브르 가의 철거 작업이 끝나기만을 기다리고 있는 실정이었다. 마침내, 무레는 부단히 애를 쓴 끝에 아르트만 남작을 거의 설득할 수 있었다.

"그게 말이오. 그러잖아도 어제 이사회가 다시 열렸는데, 그 일로 당신한테 그 결과를 알려주려고 온 거요. ……그들은 아직 선뜻 결정을 내리지 못하고 있어요."

무레는 남작의 말에 신경질적인 반응을 보였다.

"정말 이해할 수가 없군요. ……대체 뭐라고들 하던가요?"

"맙소사! 내가 이미 당신한테 얘기했던 것과 똑같은 말들을 하더군요. 나 역시 아직 그런 생각을 하고 있고 말이오. …… 당신이 새로 짓고자 하는 건물은 하나의 장식에 지나지 않아요. 당신이 기존에 소유하고 있는 백화점 건물의 10분의 1정도만을 더 늘리는 것에 불과하잖소. 그렇게 단순한 광고판에 지나지 않는 것에 그런 막대한 돈을 투자할 수는 없다는 얘기요."

그러자 무레는 벌컥 화를 내며 외쳤다.

"광고판이라고요! 단순한 광고판이라니! 적어도 이런 광고판은 돌로 만들어진 것이니, 우리 모두보다 더 오래 살아남을 건 확실하군요. 이 확장 공사로 인해 백화점의 총매출이 적어도 열 배는 늘어날 거라는 걸 왜 생각 못하시나요! 앞으로 2년 후면 투자액을 모두 만회할 수 있습니다. 지금은 비어 있는 땅에 불과한 곳이 앞으로 엄청난 수익을 안겨줄 수 있다면 그곳에 뭐가 들어서건 그런 게 뭐가 중요하냔 말입니다! ……우리 고객들이 더 이상 뇌브생토귀스탱 가의 비좁은 정문 앞에서 서로에게 떼밀리지 않고, 마차 여섯 대가 여유롭게 오가는 널따란 대로로 마음 놓고 몰려드는 광경을 목도하게 될 날이 머지 않았다는 얘깁니다."

"그럴지도 모르지요." 남작은 미소를 띠면서 대꾸했다.

"하지만 전에도 말했던 것처럼, 내가 보기에 당신은 사업가라기보다는 몽상가에 가까운 것 같소. 크레디 이모빌리에의 이사진은 그대가 사업 영역을 지나치게 확장하려는 것에 위험 부담이 따른다고 판단하고 있어요. 따라서 당신 제안을 좀 더 신중하게 숙고하려는 것뿐이오."

"지금, 신중하게 숙고한다고 하셨습니까? 정말 이해할 수가 없군요. ……우리 백화점의 총매출액이 꾸준히 증가하고 있다는 것을 숫자가 충분히 보여주고 있지 않습니까? 무엇보다, 저는 50만 프랑의 자본금으로 출발해서 200만 프랑의 총매출을 이루어냈습니다. 자본금이 네 배나 회전을 한 것이지요. 그런 다음에는 매출이 400만 프랑으로 늘어났고, 그다음엔 무려 열 배나 늘어난 4천만 프랑의 총매출액을 기록했지요. 그런 식으로 점차 늘어난 총매출은 지난번 재고 조사 때는 무려 8천만 프랑에 달하는 것으로 확인되었습니다. 그에 비해, 600만 프랑에 불과한 자본금은 처음과 비교해볼 때 거의 늘지 않았다고 볼 수 있지요. 하지만 그 돈이 우리 매장에서는 열두 번도 더 상품으로 회전되었다는 건 놀라운 일이 아닌가요?"

그는 마치 호두 껍데기를 깨부수는 것처럼, 손바닥 위에 수백만 프랑을 올려놓은 양 오른손으로 왼손 손바닥을 치면서 목소리를 높였다. 그러자 남작이 그의 말을 가로막으며 말했다.

"알아요, 그건 나도 잘 알고 있소. ……하지만 언제까지나 그렇게 증가세가 지속될 거라고 생각하진 않겠지요?"

"왜 그럴 수 없다는 거죠?" 무레는 천진해 보이는 표정으로 되물었다.

"이런 추세가 멈출 만한 특별한 이유가 없지 않습니까? 자본금은 15배까지도 굴릴 수 있습니다, 이미 오래전에 제가 예고한 대로요. 심지어 어떤 매장에서는 25배, 30배까지도 가능합니다. ……그런 다음에는, 그래요! 그런 다음에는 그보다 더 많이 회전시킬 수 있는 방법을 찾아볼 수도 있습니다."

"그럼, 파리의 돈을 모두 다 마셔버릴 작정이오? 꿀꺽꿀꺽 물을 들이켜듯?"

"그럴지도 모르지요. 어차피 파리는 여인들의 것이 아닙니까? 그리고 여인들은 우리 발밑에 있다는 걸 이미 직접 확인하셨잖습니까."

남작은 무레의 어깨에 두 손을 올려놓으면서 아버지처럼 다정한 눈빛으로 그를 바라보았다.

"잘 알겠소! 당신은 정말 매력적인 친구요. 그래서 난 당신을 좋아하오. ……당신은 정말 사람 마음을 움직이는 대단한 재주를 지닌 것 같소. 곧 다시 이 문제에 관해 진지하게 논의해 보도록 합시다. 나 역시 그들을 설득시킬 수 있기를 바라니까. 어쨌거나 우린 지금까지 그대가 이룬 업적에 감탄을 금치 못하고 있는 게 사실이오. 그대가 투자자들에게 나누어 준 이익배당금은 증권거래소마저 경악게 했으니까……. 그러니까 어쩌면 당신 말이 맞을지도 모르겠다는 생각이 들어요. 그랑 호텔과 맞서고자 하는 위험스러운 생각보다는 효율적인 기계처럼 굴러가는 그대의 백화점에 돈을 더 투자하는 게 나을 거라는 생각 말이오."

그러자 무레는 다시 차분함을 되찾으면서 남작에게 감사 인사를 했다. 하지만 그의 태도에서 예전과 같은 열정을 찾아보기는 힘들었다. 남작은 그가 다시 은밀한 두려움에 사로잡히면서 대기실의 문 쪽으로 시선을 돌리는 것을 눈여겨보았다. 그 사이 발라뇨스는 두 사람이 더 이상 사업 얘기를 하지 않는 것을 알아차리고는 그들에게로 다가갔다. 그리고 그들 옆에 선 채, 남작이 과거 바람둥이의 기질을 드러내는 능글맞은 태도로 조그맣게 말하는 소리에 귀를 기울였다.

"그런데 말이오, 이제 그녀들이 반격에 나선 것 같소만?"

"그녀들이라뇨, 누굴 얘기하시는 건가요?" 무레가 당황한 기색을 보이며 물었다.

"물론 여자들을 말하는 것 아니겠소. ……여인들이 그대 발밑에 있는 게 지겨워진 모양이오. 이제 그대가 여자들 발밑에 있는 것 같으니까, 친구. 이런 게 바로 자업자득 아니겠소!"

남작은 무레에게 짓궂은 농담을 던지며 즐거워했다. 그는 이미 젊은 사업가의 요란한 애정 행각에 대해 소문을 들어 익히 알고 있던 터였다. 무레가 삼류 연극배우에게 저택을 사준 일과, 개인 룸이 딸린 레스토랑에서 만난 하룻밤 상대 여자들에게 엄청난 돈을 뿌려댄 일 등은 남작에게는 무레의 방탕한 과거의 삶에 대한 속죄처럼 여겨졌다. 거기에 남작 자신의 오래전 경험이 떠오르면서 그를 한층 더 즐겁게 했다.

"전 정말 남작님이 무슨 말씀을 하시는 건지 잘 모르겠습니다." 무레는 진지한 얼굴로 같은 말을 반복했다.

"이런! 다 알면서 왜 그러시오. 언제나 마지막에 가서 회심의 미소를 짓는 건 여자들이란 것을 명심하시오. ……그래서 난 당신 얘기를 들으면서 이런 생각이 들었더랬소. 과연 언제까지 저렇게 자신만만할 수 있을까? 겉으로는 큰소리를 치고 다니지만, 사실 그대는 여자라는 존재를 아직 잘 모르는 것 같았기 때문이오. 그런데 아니나 다를까, 결국 이렇게 되고 말았군요! 그러니까, 할 수 있을 때 여자들로부터 가능한 한 많은 것을 끌어내도록 하시오. 탄광에서 석탄을 캐내듯이. 그런 다음에는, 여자들이 당신을 이용하면서, 그동안 당신이 그녀들에게서 취했던 것을 모두 다시 토해내게 만들 테니까! ……하지만 조심하는 게 좋을 거요. 여자들은 당신이 그랬던 것보다 훨씬 더 많은 피와 돈을 당신한테서 앗아갈 테니까."

그러면서 남작은 더 큰 소리로 웃어젖혔다. 그의 옆에 서 있던 발라뇨스는 아무 말 없이 히죽거릴 뿐이었다.

"그렇고말고요! 할 수 있을 때 뭐든 즐겨야지요." 남작의 얘기를 말없이 듣고 있던 무레는 애써 유쾌한 척하면서 자신의 속내를 털어놓았다.

"자고로 돈이란 건 쓰지 않으면 무용지물이니까요."

"아, 그 점에 관해서는 나도 전적으로 동감이오." 남작은 그의 말에 맞장구를 쳤다.

"할 수 있을 때 실컷 즐기길 바라오, 친구. 난 그대에게 훈계를 하거나, 우리가 그대에게 투자한 돈 때문에 염려하는 일 같은 건 하고 싶지 않소. 젊었을 때 마음껏 객기를 부리고 나면 스스로에게서 좀 더 자유로워질 수 있을 거요. ……다시 일어설 자신만 있다면, 한 번쯤 자신의 모든 것을 걸어보는 것도 나쁘진 않을 거라고 생각하오. ……하지만 돈이야 문제될 게 없다고 쳐도, 그보다 더한 마음의 고통이 따를 수도 있다는 게 문제라면 문제일 것이오."

잠시 얘기를 멈춘 그는 씁쓸한 웃음을 지어 보였다. 회의주의가 느껴지는 빈정거림 속에서 그가 오래전에 겪었을 마음의 고통이 묻어나는 듯했다. 남작은 두 남녀의 팽팽한 신경전이 어떻게 결론이 날지 몹시 궁금해하면서 무레와 데포르주 부인을 주시하고 있었다. 그는 두 사람이 위기 국면에 접어들었음을 느끼고 있었다. 아까 대기실에서 본 드니즈라는 여자에 관해 이미 얘기를 들어 알고 있던 터라, 앞으로 무슨 일이 일어날지 대략 짐작할 수 있었기 때문이다.

"오! 고통받는 건 제 전공이 아닙니다." 무레는 허세가 느껴지는 어조로 대꾸했다.

"돈으로 그 대가를 치른 것만 해도 이미 충분하니까요."

아르트만 남작은 잠시 아무 말 없이 그를 응시했다. 그리고 느릿한 말투로 덧붙였다.

"애써 나쁜 남자인 척할 필욘 없어요. ……그러다 돈보다 더한 것을 걸어야 할지도 모르니까. 어쩌면, 당신이 가진 가장 소중한 것을 걸게 될지도 모른다오, 친구."

남작은 발라뇨스를 향해 또다시 농담조로 말했다.

"그렇지 않소? 무슈 드 발라뇨스, 그럴 수도 있지 않겠소?"

"그렇다고들 하더군요, 남작님." 발라뇨스는 간결하게 대답했다.

바로 그때, 그들이 있던 응접실의 문이 열렸다. 무슨 말인가를 하려던 무레는 소스라치듯 가볍게 몸을 떨었다. 세 남자가 동시에 뒤를 돌아보자, 기분이 몹시 좋아 보이는 데포르주 부인이 문틈으로 고개를 내민 채 다급한 목소리로 외치는 게 보였다.

"무슈 무레! 무슈 무레!"

그러다 다른 사람들을 알아보고는 말했다.

"아! 여기들 모여 계셨군요. 괜찮으시면 무슈 무레를 잠시 모셔 갈게요. 조언이 좀 필요하거든요. 저한테 아주 끔찍한 외투를 파신 죄로 그 정도는 해주셔야 할 것 같아서요. 판매원이 너무 멍청해서 말이죠. ……뭐하시나요, 이렇게 기다리고 있잖아요."

그는 어떤 일이 일어날지 짐작이 가는 상황 앞에서 몸을 사리며 머뭇거렸다. 하지만 빠져나갈 구멍을 찾을 수가 없었다. 아르트만 남작은 친근하면서도 놀리는 것 같은 태도로 그를 채근했다.

"뭐하시오, 얼른 가보지 않고. 부인이 그대를 필요로 하고

142

있잖소."

무레는 어쩔 수 없이 데포르주 부인을 따라갔다. 문이 다시 닫혔고, 장식 천으로 인해 잦아들긴 했지만 발라뇨스의 킥킥거리는 웃음소리가 들리는 것 같았다. 무레는 온몸의 기운이 빠져나간 듯 다리가 후들거려왔다. 데포르주 부인이 응접실을 뜬 이후, 그리고 드니즈가 대기실 한구석에서 질투에 사로잡힌 여인네의 손아귀에 들어가 있음을 알게 된 후부터 점점 커지는 불안감에 피가 마를 지경이었다. 그리하여 신경이 곤두선 채 초조해하다가는 멀리 어딘가에서 들려오는 울음소리 비슷한 소리에 몸을 떨기도 했다. 이 여자는 대체 무슨 말도 안 되는 짓거리로 그녀를 괴롭히려는 것일까? 여전히 그 자신을 놀라게 하는 그의 모든 사랑은 드니즈를 지지하고 위로하고자 하는 마음과 더불어 온통 그녀에게로 향하고 있었다. 그는 지금까지 이런 식으로, 고통 속에서 느껴지는 강렬한 마력에 이끌리듯 누군가를 사랑한 적이 없었다. 분주한 사업가로서의 사랑은, 기분 좋은 시간 때우기이거나 때로는 단지 자신에게 유익한 쾌락만을 추구하려는 계산적인 몸짓에 지나지 않았다. 남자의 정복욕을 불러일으키는 사근사근하고 아름다운 데포르주 부인조차 예외는 아니었다. 그는 대개 여자를 만날 때는 담담한 마음으로 그 집을 나와 독신으로서의 자유로운 삶에 만족해하며 아무런 회한이나 그리움 없이 편안하게 잠들곤 했다. 그런데 이젠 불안감에 사로잡힌 채 가슴이 뛰고, 마치 자신의 삶이 다른 누군가에게 속한 것처럼 더 이상 널찍하고 고독한 잠자리에서 모든 것을 잊고 편안하게 잠들 수가 없었다. 드니즈가 언제나 그를 따라다녔기 때문이다. 심지어 이 순간에도 그녀는 그를 온통 차지하고 있었다. 어떤 일이 일어날지 두려워하며 데포르주 부인을 뒤따라가는 무레의 머릿속은 드니즈를 곁에서 지켜주고 싶다는 생각으로 가득 차 있었다.

그들은 적막이 감도는 텅 빈 침실을 통과해 대기실로 향했다. 데포르주 부인이 먼저 문을 밀고 들어가자 무레도 뒤따라 안으로 들어갔다. 붉은색 실크로 장식된 꽤 널찍한 방에는 대리석으로 된 화장대와 커다란 거울이 달린 세 쪽짜리 옷장이 놓여 있었다. 창문이 뜰로 난 탓에 방 안은 이미 어둑했다. 옷장의 양 옆으로 니켈 도금 받침대가 뻗어 있는 두 개의 가스등에 불이 켜졌다.

"어디 이번에는 좀 나은지 보자고요." 데포르주 부인이 말했다.

방 안으로 들어서던 무레의 눈에 환한 불빛 아래 똑바로 서 있는 드니즈가 보였다. 그녀는 몸에 꼭 끼는 수수한 캐시미어 재킷에 검은색 모자를 쓴 차림으로 창백한 낯빛을 한 채 서 있었다. 한쪽 팔에는 데포르주 부인이 '여인들의 행복 백화점'에서 산 외투가 들려 있었다. 무레를 알아본 드니즈의 손이 파르르 떨려왔다.

"무슈 무레가 뭐가 잘못됐는지 얘기해주실 거예요." 데포르주 부인이 차갑게 말했다.

"자, 다시 해보죠, 마드무아젤."

드니즈는 데포르주 부인에게 다시 외투를 입혔다. 처음에는 외투의 어깨 부분에 핀을 꽂았지만 모양이 제대로 잡히지 않았다. 데포르주 부인은 몸을 돌려 옷장의 거울 앞에서 자신의 모습을 살피며 말했다.

"이게 괜찮다고 생각하세요? 솔직히 말해보세요."

"부인 말대로 정말 문제가 있는 것 같군요." 무레는 사태를 빨리 마무리 짓기 위해 서둘러 말했다.

"하지만 아주 간단하게 해결해드릴 수 있습니다. 마드무아 젤이 부인의 치수를 재서 곧 새로 만들어드리도록 하지요."

"아뇨, 난 이걸로 하겠어요. 당장 필요하거든요." 데포르주 부인은 날카롭게 쏘아붙였다.

"그런데, 보다시피 가슴은 꽉 죄고 양 어깨에는 주름이 잡혀 있잖아요."

그리고 퉁명스럽게 덧붙였다.

"마드무아젤이 날 그렇게 쳐다본다고 해서 문제가 해결될 게 아니지 않나요! ……머리를 굴려서 해결책을 찾아내란 말이에요. 그게 당신이 할 일 아닌가요?"

드니즈는 아무런 대꾸 없이 다시 핀을 꽂기 시작했다. 양쪽 어깨를 오가느라 한참 동안 옷과 실랑이를 벌여야 했다. 심지어 외투 앞자락을 잡아당기느라 잠깐 몸을 낮추어 무릎을 꿇다시피 하기도 했다. 드니즈에게 자신을 내맡긴 채 위에서 그녀를 굽어보던 데포르주 부인은 성미가 까다로운 여주인 같은 얼굴을 하고 있었다. 그녀는 드니즈를 하녀처럼 부려먹을 수 있는 것에 만족해하면서 퉁명스러운 어조로 계속 지적을 해댔다. 그러는 동안 무레의 얼굴에 조금이라도 표정의 변화가 있는지를 곁눈질로 흘끔거리며 살폈다.

"이쪽에 핀을 꽂아야죠. 아니! 거기가 아니라 여기, 소매 옆에 말예요. 정말 무슨 말인지 못 알아들어서 이러는 거예요? ……아니, 그게 아니라니까요, 여기 다시 주름이 잡혔잖아요. ……제발 조심 좀 할 수 없어요? 이젠 핀으로 날 찔러 죽일 작정이에요?"

무레는 이 소란을 멈추게 하기 위해 두 번이나 개입하고자 했지만 헛수고였다. 자신이 사랑하는 여인이 모욕을 당하는 광경을 지켜보는 내내 그의 심장이 쿵쾅거리며 빠르게 뛰었다. 데포르주 부인의 생트집에도 불구하고 시종일관 침묵을 지키고 있는 드니즈를 보고 감동한 무레는 그녀를 향한 애정이 더욱더 깊어지는 것을 느꼈다. 드니즈는 그의 앞에서 이런 취급을 받는 것으로 인해 여전히 손이 떨렸지만, 용기 있는 여성으로서의 당당함을 잃지 않고 자신이 할 일을 묵묵히 해나갔다. 데포르주 부인은 자기 앞에서 두 사람이 서로의 감정을 드러내지 않으리라는 것을 깨닫자 다른 방법을 사용하기로 마음먹었다. 그리하여 무레가 자신의 연인임을 과시하기 위해 그에게 다정하게 미소를 지어 보였다. 그리고 핀이 다 떨어지자 보란 듯이 그를 향해 말했다.

"수고스럽지만 당신이 좀 가져다주시겠어요? 내 화장대 위의 상아로 된 상자 안에 보면 있을 거예요. ……그래요? 거기 없다고요? ……그럼 침실 벽난로 위에 보면 있을 거예요. 당신도 알잖아요, 거울 옆쪽으로 놓여 있는 상자 말예요."

그러면서 그녀는 무레가 그곳에 익숙하다는 사실을 과시하고자 했다. 그곳에서 밤을 보낸 남자로서, 빗과 솔이 어디 있는지도 그가 모두 알고 있음을 드니즈에게 보여주고자 했던 것이다. 무레가 핀을 한줌 가져다주자, 데포르주 부인은 그를 자기 곁에 계속 머무르게 하기 위해 핀을 하나씩 집으면서 그에게 다정하게 속삭였다.

"설마 내 등이 굽어서 그런 건 아니겠죠? ……당신이 내 어깨 좀 만져보실래요, 어떤지 보게요. 내 등이 정말 굽었나요?"

드니즈는 더욱더 창백해진 얼굴로 서서히 시선을 위로 향하더니 말없이 다시 핀을 꽂기 시작했다. 무레는 그녀의 여린 목덜미 위로 물결치듯 흘러내린 빽빽한 금빛 머리만을 볼 수 있을 뿐이었다. 하지만 가끔씩 머리가 들썩거릴 때마다 그녀의 불편한 심경과 수치심이 그에게까지 전해지는 듯했다. 이제 드니즈는 그를 더더욱 밀어낼 게 분명했다. 낯선 사람들 앞에서조차 자신들의 관계를 숨기려 하지 않는 그 여자에게로 그를 다시 되돌려 보내고 말 것이었다. 그런 생각이 들자, 무레는 손에 힘이 들어가면서 데포르주 부인을 한 대 치고 싶다는 생각이 들었다. 저 여자의 입을 어떻게 다물게 할 수 있을까? 그가 사랑하는 사람은 드니즈이며 이 순간에도 그에게는 오직 그녀만이 존재한다는 것을, 그녀를 위해서라면 과거의 하룻밤 사랑 같은 것은 모두 포기할 수 있음을 그녀에게 어떻게 전할 수 있을까? 거리의 여자라 할지라도 데포르주 부인처럼 함부로 친근함을 드러내며 천박하게 굴진 않을 터였다. 무레는 손을 거두면서 거듭 말했다.

"계속 이렇게 고집을 부리실 필요가 없을 것 같군요, 부인. 제가 보기에도 이 옷은 문제가 있는 게 분명하니까요."

숨 막힐 것 같은 눅눅한 공기 속에서 가스등 하나에서 나오는 쉭쉭거리는 소리만이 뜨거운 숨결처럼 무겁게 가라앉은 정적을 깨뜨리고 있었다. 옷장의 거울들에 빛이 반사돼 붉은색 실크 벽걸이 위로 환하게 비쳤고, 그 위로 두 여인의 그림자가 너울거렸다. 누군가가 뚜껑 닫는 것을 잊어버린 버베나 향수병으로부터 시들어가는 꽃처럼 어렴풋하고 아득한 향기가 풍겨 나왔다.

"이게 제가 할 수 있는 전부입니다, 부인." 마침내 드니즈는 다시 몸을 일으키며 말했다.

그녀는 완전히 진이 빠져 있었다. 마치 시야가 가린 것처럼 눈앞이 흐려져 두 번이나 핀으로 자신의 손을 찌르기까지 했다. 그도 혹시 데포르주 부인과 한편인 것은 아닐까? 자신에게 거부당한 데 대한 앙갚음으로, 다른 여자들이 그를 사랑한다는 걸 보여주기 위해 여기로 자신을 오게 한 것은 아닐까? 그런 생각이 들자 온몸의 피가 얼어붙는 것 같았다. 지금까지 살아오면서 이 순간처럼 엄청난 용기를 필요로 한 적은 없었던 듯했다. 먹을 빵조차 없었던 곤궁한 시절에도 이보다 더 가혹한 경험을 한 기억은 없었다. 이처럼 모욕을 당하는 것은 그래도 참을 수 있었다. 하지만 그가 다른 여자의 품에 안겨 있다시피 하는 모습을 지켜봐야 하는 것은 참으로 견디기 힘들었다. 마치 자신이 그 자리에 없는 것처럼!

데포르주 부인은 거울 앞에 서서 자신의 모습을 살펴보았다. 그리고 또다시 모욕적인 말들을 마구 뱉어냈다.

"마드무아젤, 지금 나하고 농담하자는 거예요? 아까보다 더 이상하잖아요. ……여기, 가슴이 꽉 눌린 게 안 보여요? 내가 무슨 유모도 아니고."

그러자 인내의 한계에 다다른 드니즈는 언짢은 기색으로 대꾸했다.

"그건 부인께서 다소 살집이 있으신 편이라 그런 겁니다. ……그렇다고 제가 부인 체격까지 바꿔드릴 수는 없지 않겠어요."

"살집이 있다, 살집이 있다." 이번에는 데포르주 부인이 새하얘진 얼굴로 드니즈의 말을 되씹었다.

"이 아가씨가 이젠 무례하기까지 하네. ……충고하건대, 다른 사람에 대해 이러쿵저러쿵하는 것은 하지 않는 게 좋을 거예요!"

두 여자는 똑바로 마주하고 선 채 부들부들 떨면서 서로를 뚫어질 듯 바라보았다. 이제 그들 사이에는 우아한 귀부인도, 백화점의 판매원도 더 이상 존재하지 않았다. 경쟁심으로 불타오르는 대등한 연적 관계의 두 여자가 있을 뿐이었다. 한 여자는 신경질적으로 외투를 벗어 의자 위로 던져버렸다. 다른 한 여자는 손에 쥐고 있던 핀들을 화장대 위로 아무렇게나 던져놓았다.

"놀라운 건, 무슈 무레가 이런 무례함을 용납한다는 사실이에요. ……난 당신이 직원들을 좀 더 까다롭게 교육시키는 줄 알았거든요."

예의 당당한 차분함을 되찾은 드니즈는 부드러운 어조로 데포르주 부인의 비아냥거림을 맞받아쳤다.

"사장님이 저를 계속 일하게 하는 건 제게 아무런 문제가 없기 때문입니다. ……전 사장님이 요구하신다면 부인께 사과할 용의가 있습니다."

무레는 무슨 말로 두 여자의 반목 상태를 끝낼 수 있을지 몰라 망연한 표정으로 그녀들의 얘기를 듣고만 있었다. 여자들의 끊임없는 애정과 따뜻한 보살핌을 필요로 하는 그는 자신의 삶에 혼란을 가져오는 여자들끼리의 다툼을 끔찍하게 싫어했다. 데포르주 부인은 드니즈를 결정적으로 망가뜨릴 수 있는 한마디를 그로부터 끌어낼 수 있기를 바랐다. 하지만 그가 계속 머뭇거리면서 아무 말도 하지 않자, 그녀는 결정적인 말로 그를 모욕했다.

"어쩔 수 없군요, 내 집에서 당신이 데리고 놀던 여자들이 날 모욕하는 것을 참아야 한다면 그래야 할 밖에요! ……그것도 거리의 시궁창에서 주워 온 하찮은 계집 하나 때문에 말이죠."

그러자 드니즈의 눈에서 솟구친 굵은 눈물방울이 양 볼을 타고 흘러내렸다. 그녀는 한참 전부터 간신히 울음을 억누르고 있었다. 하지만 참기 어려운 모욕 앞에서 더 이상 자신을 가눌 수가 없었다. 절망적인 가운데서도 무례하게 굴거나 의연함을 잃지 않고 말없이 울고 있는 그녀 앞에서 무레는 더 이상 머뭇거리지 않았다. 그의 마음은 한없는 애정과 함께 온통 드니즈에게로 향하고 있었다. 무레는 그녀의 두 손을 덥석 움켜쥐면서 떨리는 목소리로 말했다.

　　"얼른 여길 떠나시오, 내 사랑, 이 집을 잊어버려요."

　　그의 태도에 아연실색한 데포르주 부인은 분노로 목이 멘 채 그들을 노려보았다.

　　"잠깐만 기다려요." 무레는 손수 외투를 접으면서 말했다.

　　"이 옷을 도로 가져가요. 부인은 다른 데서 옷을 다시 사면 될 테니까. 그리고 부디 울지 마시오. 내가 당신을 얼마나 아끼는지 잘 알지 않소."

　　그는 드니즈를 문까지 배웅하고는 다시 문을 닫았다. 그녀는 한마디도 하지 않았다. 다만, 두 뺨이 발그레하게 달아올랐고, 동시에 감미로움과 달콤함의 눈물이 또다시 두 눈을 촉촉하게 적셨다.

　　분해서 씩씩거리며 어쩔 줄 몰라 하던 데포르주 부인은 손수건을 꺼내 입술을 세게 눌렀다. 그것은 상황의 역전이었다. 자신이 내민 덫에 스스로 걸려든 꼴이 되었던 것이다. 데포르주 부인은 질투심 때문에 괴로워하다가 상황을 너무 극단으로 몰고 간 것을 후회했다. 그런 하찮은 여자 때문에 남자에게 버림을 받다니! 그리고 그것도 모자라 그 여자 앞에서 무시당하기까지 하다니! 데포르주 부인은 빼앗긴 사랑보다는 다친 자존심으로 인해 더욱더 고통받았다.

"그러니까, 당신이 사랑에 빠졌다는 여자가 바로 저 여잔가요?" 두 사람만 남게 되자 그녀는 힘겹게 물었다.

무레는 즉시 대답하지 않았다. 그는 끓어오르는 분노를 가라앉히느라 창가와 문 사이를 계속 오갔다. 마침내 걸음을 멈춘 그는 아주 공손하게, 하지만 애써 냉담한 목소리로 간결하게 대답했다.

"그렇습니다, 부인."

대기실의 숨 막힐 것 같은 공기 속에서 가스등은 여전히 쉭쉭거리는 소리를 뱉어내고 있었다. 이제, 거울이 반사시킨 빛 속에는 춤추듯 너울거리는 그림자들은 더 이상 보이지 않았다. 텅 비어버린 것 같은 방은 무거운 슬픔 속으로 잠겨 들었다. 의자 위로 털썩 주저앉은 데포르주 부인은 가늘게 떨리는 손으로 손수건을 비틀면서 흐느끼는 중에 탄식을 뱉어냈다.

"맙소사! 난 왜 이다지도 박복할까!"

무레는 꼼짝 않고 선 채로 잠시 그녀를 응시했다. 그리고 말없이 그 자리를 떠났다. 그녀는 화장대 위와 마룻바닥에 흩어져 있는 핀 앞에서 홀로 조용히 흐느꼈다.

그가 작은 응접실로 되돌아가자 그곳에는 발라뇨스가 홀로 자리를 지키고 있었다. 아르트만 남작은 여자들 곁으로 돌아가 있었다. 아직 혼란스러운 감정을 떨쳐버리지 못한 무레는 응접실 안쪽에 있는 소파 위에 털썩 주저앉았다. 기진맥진한 그를 본 발라뇨스는 다른 이들의 호기심으로부터 친구를 보호하고자 그의 앞으로 와서 버티고 섰다. 처음에는 두 사람은 아무 말 없이 서로를 응시했다. 그러다 무레가 동요하는 모습을 보는 것이 내심 즐거웠던 발라뇨스가 먼저 빈정거리는 어조로 물었다.

"그래, 여전히 사는 게 즐겁나?"

무레는 그가 무슨 말을 하려는 건지 즉시 이해하지 못했다. 그러다 예전에 삶의 공허함과 어리석음, 그리고 무의미한 고통에 대해 서로 얘기를 주고받았던 것을 떠올리면서 말했다.

"물론이지, 난 여태 지금처럼 삶을 충실하게 살았던 적이 없었네. ……오! 이보게 친구, 날 비웃지 말게나. 고통스러워 죽을 것 같은 순간조차 더없이 소중한 거니까 말일세!"

그는 눈물이 덜 닦인 얼굴로 목소리를 낮추면서 애써 경쾌한 목소리로 말했다.

"그래, 자넨 이미 다 알고 있겠지, 안 그런가? 두 여자가 조금 전에 내 마음을 갈기갈기 찢어놓은 걸 말이야. 하지만 그것조차 내겐 행복이라네. 사랑의 상처는 여인들의 부드러운 손길만큼이나 달콤한 거라고……. 지금 난 지쳤어, 더 이상 어찌해야 할지 모르겠다고. 그래도 어쨌거나 내가 삶을 얼마나 사랑하는지 자넨 모를 거야! ……오! 난 그녀를 갖고 말 거야. 날 원하지 않는 그 조그만 여자를 반드시 차지하고 말 거라고!"

그러자 발라뇨스가 물었다.

"그런 다음에는?"

"그런 다음에는? ……당연히, 그녀를 내 걸로 만들어야지! 그걸로 충분한 것 아닌가? ……자넨 자신이 강하다고 믿고 있지. 왜냐하면 자넨 어리석은 짓도 하지 않고, 고통받는 것도 거부하니까! 하지만 자넨 스스로를 속이고 있는 거야, 그 이상도 그 이하도 아니란 말이네! ……자네도 한번 어떤 여자를 간절히 원해서 쟁취하는 기쁨을 누려보게. 그럼 그간의 모든 고통을 한순간에 보상받을 수 있을 테니까."

하지만 발라뇨스는 예의 회의주의적 논리를 더욱더 과장해 펼쳐 보였다. 어차피 돈이 모든 것을 해결해주지 못할 바에야 무엇 때문에 죽도록 일해야 한단 말인가? 그가 친구의 입장이라면, 수백만 프랑을 가지고도 자신이 간절하게 원하는 여자를 얻을 수 없음을 알게 된 순간부터 백화점 문을 닫고 편안하게 누워 쉴 궁리나 할 것 같았다. 그의 말에 귀 기울이고 있던 무레의 얼굴이 점차 굳어졌다. 그리고 다시 발라뇨스의 말에 격렬하게 반박했다. 그는 자신의 의지가 가진 전능함을 굳게 믿고 있었다.

"난 그녀를 원해, 반드시 갖고야 말 거라고! ……만약 그녀가 끝내 내 것이 될 수 없다면, 그 상처를 치유하기 위해 내가 어떤 작품을 만들어낼지 두고 보라고. 아주 근사한 것이 될 테니까. ……자넨 지금 내가 무슨 말을 하는지 잘 모르겠지만, 내 말을 이해할 수 있게 되면, 모든 행위는 그 자체로서 보상을 포함하고 있다는 것을 알게 될 걸세. 행동하고, 창조해내고, 현실과 맞서 싸우는 것은, 성패에 상관없이 그 자체로서 즐겁고 건강한 삶이라는 말이네!"

"스스로를 현혹하는 좋은 방법이군." 발라뇨스가 중얼거렸다.

"그럴지도! 난 나 자신이 무언가에 현혹되기를 바란다네. ……어차피 언젠가 한 번은 죽어야 하는 거라면, 지루해서 죽는 것보다는 무언가에 미쳐서 죽는 게 더 낫지 않겠나."

그들은 함께 웃음을 터뜨렸다. 그들의 대화는 오래전 학창 시절에 있었던 논쟁을 떠올리게 했다. 그러자 발라뇨스는 나른한 목소리로 세속적인 것들의 진부함에 관해 늘어놓기 시작했다. 정체돼 있는 삶의 무의미함을 힘주어 이야기하는 그의 목소리에서 일종의 허세가 느껴졌다. 그렇다, 그는 내무부에서 어제를 무료하게 보냈던 것과 마찬가지로 내일도 무료한 시간을 보내게 될 터였다. 지난 3년간 그의 급여는 고작 600프랑이 인상됐을 뿐이다. 3600프랑의 연봉으로는 괜찮은 시가 한 대 피우기도 힘든 실정이었다. 그에게 삶은 무의미함의 연속일 뿐이었다. 그것을 스스로 끝내지 못하는 것은 순전히 손가락 하나 까딱하기 싫어하는 게으름 탓이었다. 무레가 그에게 마드무아젤 드 보브와의 결혼에 관해 묻자, 발라뇨스는 여전히 죽기를 거부하는 숙모의 굳은 의지에도 불구하고 머지않아 결론이 날 것이라고 대답했다. 적어도 그는 그렇게 생각하고 있었다. 부모들은 이미 동의를 했고, 당사자인 그는 될 대로 되라는 식이었다. 어차피 자기 뜻대로 살 수 있는 것도 아닌데 애써 원하고 자시고 할 필요가 뭐 있겠는가? 그러면서 그는 자신의 장인이 될 무슈 드 보브를 예로 들었다. 드 보브는 기발 부인에게서 한 순간의 쾌락을 충족시켜줄 나긋한 금발 여인의 역할을 기대하고 있었다. 또한 기발 부인은 마지막 힘을 다해 달리는 노마를 다루듯 채찍질로 그를 몰아치고 있었다. 자신의 남편이 생로에서 종마를 살피고 있을 거라고 드 보브 부인이 믿고 있는 동안, 기발 부인은 그가 베르사유에 얻어놓은 조그만 집에서 그를 마저 거덜 내고 있었다.

"어쨌거나 그가 자네보다 더 행복해 보이는군." 무레는 자리에서 일어나면서 말했다.

"오! 물론, 그렇고말고!" 발라뇨스도 그의 말에 동의했다.

"그나마 나쁜 짓을 할 때는 긴장감이라도 느낄 수 있을 테니까."

무레는 다시 평소의 모습으로 돌아와 있었다. 그는 그곳을 떠날 생각을 하고 있었지만 그렇다고 도망치듯 가버리고 싶진 않았다. 그는 차를 한잔 마시고 가기로 마음먹고, 친구와 농담을 주고받으면서 함께 큰 응접실로 향했다. 아르트만 남작은 그에게 데포르주 부인의 외투 문제가 잘 해결되었는지를 물었다. 무레는 자신으로서는 할 수 있는 게 없었다고 차분히 대답했다. 그러자 모두들 쯧쯧 혀를 찼다. 그리고 마르티 부인이 서둘러 그에게 차를 따라주는 동안, 드 보브 부인은 백화점에서 몸에 너무 꼭 끼는 옷들밖에는 구할 수 없다며 불평을 늘어놓았다. 마침내 그는 아직 자리를 지키고 있는 부트몽 옆으로 가서 앉을 수 있었다. 여자들은 더 이상 그들에게 신경을 쓰지 않았다. 자신의 거취 문제로 불안해하던 부트몽이 그 일에 관해 묻자 무레는 뜸 들이지 않고 그 자리에서 즉시 답변을 했다. 백화점의 경영진은 부트몽을 해고하기로 결정했다. 무레는 문장하나를 말하는 사이사이에 차를 한 모금씩 마시면서 자신의 깊은 유감을 표시했다. 아! 그 문제를 두고 격렬한 언쟁이 오갔고, 격분하여 회의장을 뛰쳐나온 그는 아직도 그 충격에서 완전히 벗어나지 못하고 있었다. 하지만 어쩌겠는가? 일개 직원 하나 때문에 이사들과의 관계를 단절할 수는 없지 않겠는가. 그러자 얼굴이 새하얗게 질린 부트몽은 또다시 무레에게 감사를 표했다.

"외투에 정말 문제가 많은가 보네요." 마르티 부인이 말했다.

"데포르주 부인이 아직도 나타나지 않고 있는 걸 보면요."

과연, 그녀의 부재가 길어지자 모두들 당혹스러운 얼굴로 서로를 바라보았다. 그때 데포르주 부인이 다시 나타났다.

"부인도 결국 포기한 건가요?" 드 보브 부인이 경쾌한 목소리로 물었다.

"그게 무슨 말이죠?"

"무슈 무레가 부인의 외투를 수선할 수 없다고 얘기해주셨 거든요."

데포르주 부인은 몹시 놀라는 표정으로 말했다.

"무슈 무레가 농담하신 거예요. 외투는 이제 아주 완벽해졌 답니다."

그녀는 아주 차분한 얼굴로 미소까지 지어 보였다. 눈가를 물로 닦아냈는지, 눈물자국이 남아 있거나 눈이 충혈돼 있지도 않았다. 아직 몸 전체가 떨리면서 속으로는 피를 흘리고 있었 지만, 가식적인 우아한 표정 뒤로 자신의 고통을 감출 줄 알았 다. 데포르주 부인은 평소처럼 미소를 띤 채 발라뇨스에게 샌 드위치를 권했다. 오직 그녀를 잘 알고 있는 아르트만 남작만 이 그녀의 입가에 이는 가벼운 경련과 눈 깊숙한 곳에 남아 있 는 어두운 불씨의 존재를 알아차릴 수 있었다. 그는 어떤 일이 있었는지를 충분히 그려볼 수 있었다.

"물론, 누구나 취향이란 게 있는 거니까요." 드 보브 부인도 샌드위치를 받아들면서 말했다.

"내가 아는 어떤 여자들은 리본 하나 사는 것도 '루브르 백 화점'만 고집하더라고요. 또 어떤 여자들은 '봉 마르셰'에서만 쇼핑을 하고 말이죠. ……그런 게 다 개인의 취향에 따른 문제 아니겠어요?"

"'봉 마르셰'는 너무 촌스러워요." 마르티 부인이 혼잣말처 럼 말했다.

"게다가 '루브르'는 어수선하기 짝이 없다니까요!"

여인네들은 이번에는 백화점 얘기로 화제를 돌렸다. 무슨 얘긴가를 하지 않을 수 없었던 무레는 여자들 가운데 자리를 잡고 공정한 평가를 내리고자 애쓰는 모습을 보였다. '봉 마르세'는 탄탄하고 훌륭한 백화점이지만, '루브르'가 좀 더 유행에 민감하고 세련된 고객층을 확보하고 있는 게 사실이었다.

"하지만 그대는 당연히 '여인들의 행복 백화점'이 더 좋은 백화점이라고 생각하고 있겠지요." 남작이 웃으면서 말했다.

"물론입니다." 무레는 차분히 대답했다.

"우린 고객을 사랑하니까요."

그곳에 모여 있던 여자들은 모두가 그의 말에 동의를 표했다. 그랬다, '여인들의 행복 백화점'에서는 끊임없이 여자들을 추어올리고 마음을 어루만짐으로써 그녀들에게 은밀한 성적 쾌감마저 느끼게 해주었다. 그런 숭배의 방식으로 가장 정숙하다고 자처하는 여인들의 마음까지도 움직일 수 있었던 것이다. 그의 백화점의 엄청난 성공은 바로 그런 거부할 수 없는 유혹에서 비롯된 것이었다.

"그런데 참, 제가 소개해드린 아가씨는 어떻게 하실 작정인가요, 무슈 무레? ……마드무아젤 드 퐁트나유 말예요."

데포르주 부인은 자신이 자유로운 영혼임을 보여주려는 듯 담담한 얼굴로 무레에게 묻고는 마르티 부인을 돌아보며 말했다.

"후작의 딸이랍니다. 안타깝게도 집안이 몰락하는 바람에 형편이 어려워졌지만요."

"하지만 그녀는 이미 단순한 샘플북을 만들면서 하루에 3프랑씩을 벌고 있지 않나요. 게다가 나중에 우리 백화점의 사환한 사람과 결혼까지 시킬 생각이고요."

"어머! 말도 안 돼요!" 무레의 말에 드 보브 부인이 소리쳤다.

그러자 무레는 그녀를 쳐다보면서 예의 차분한 목소리로 응수했다.

"왜 그렇게 생각하시나요, 부인? 길거리에서 무능력한 불한당 같은 사내를 만나는 것보다 열심히 일하는 정직한 남자와 결혼하는 게 더 나은 거 아닌가요?"

이번에는 발라뇨스가 끼어들며 농담처럼 말했다.

"오늘은 이 친구를 더 자극하지 않는 게 좋을 것 같군요, 부인. 자칫하면 프랑스의 오래된 가문들이 모두 나서서 캘리코를 팔아야 한다고 주장할지도 모르니까요."

"하지만, 그렇게 되면 대부분의 집안은 적어도 떳떳하게 마지막을 장식할 수 있을 겁니다."

그러자 모두들 웃음을 터뜨렸다. 그의 말 속에 담긴 역설이 다소 지나치게 느껴졌기 때문이었다. 무레는 그가 노동의 고귀함이라고 부르는 것에 대한 찬사에 열을 올렸다. 그러는 동안, 드 보브 부인의 뺨이 발그레하게 달아올랐다. 허리띠를 졸라매야 하는 자신의 처지를 생각하자 수치스러움이 느껴졌기 때문이었다. 한편, 마르티 부인은 불쌍한 남편을 떠올리며 회한에 사로잡혀 그의 말에 고개를 끄덕였다. 바로 그때, 하인이 나타나 그녀의 남편이 그녀를 데리러 왔음을 알렸다. 닳을 대로 닳아 반들거리며 윤이 나는 얄팍한 프록코트 차림의 그는 삶이 힘겨운 탓인지 예전보다 더 마르고 얼굴도 더 까칠해 보였다. 그는 먼저 데포르주 부인에게 자신을 위해 교육부에 얘기를 해준 데 대한 감사 인사를 했다. 그런 다음, 마치 자신을 파멸시키고 말 절대 악과 마주친 사람처럼 두려움이 가득한 눈빛으로 무레를 흘끗 쳐다보았다. 그리고 무레가 자신에게 하는 말을 듣고는 경악을 금치 못했다.

"그렇지 않습니까, 무슈? 노동은 모든 것을 가능하게 해주지 않나요?"

"노동과 검약이 함께 필요한 것이죠." 무슈 마르티는 몸을 가볍게 떨면서 말했다.

"검약을 추가해주시면 좋겠군요, 무슈."

그사이 부트몽은 소파에 꼼짝 않고 앉아 있었다. 무레가 한 말이 아직까지 그의 귓전에 맴돌고 있었다. 마침내 자리에서 일어난 그는 데포르주 부인에게로 다가가 나지막이 속삭였다.

"조금 전에 그가 내게 해고 통지를 했습니다. 오! 아주 다정하게 말이죠. ……하지만 반드시 후회하게 될 겁니다! 방금 새로운 백화점 이름이 떠올랐어요. '카트르 세종'*이요. 그것도 오페라 바로 옆에 자리 잡을 거고요."

그러자 그를 바라보는 데포르주 부인의 눈빛이 어두워졌다.

"날 믿어요, 내가……. 잠시 기다려봐요."

그녀는 아르트만 남작과 창가의 구석진 곳으로 갔다. 그리고 즉시 본론으로 들어가, 파리에 새바람을 불러일으킬 수 있는 패기 넘치는 젊은이로 부트몽을 소개했다. 그러면서 백화점에서 독립해 자신의 이름으로 사업을 시작하고자 하는 그를 후원하는 문제를 언급하자, 더 이상 어떤 것에도 놀라지 않는 남작이라도 질겁하지 않을 수가 없었다. 데포르주 부인이 네 번째로 뛰어난 재능을 지닌 인물로 소개하는 부트몽의 얘기를 들으면서 자신이 우스꽝스럽게 여겨지기까지 했다. 하지만 그는 단칼에 거절의 말을 내뱉지는 않았다. '여인들의 행복 백화점'의 경쟁 상대를 구축한다는 발상이 꽤 마음에 들었던 것이다. 그는 은행업에서는 이미, 다른 이들을 견제하기 위한 목적으로 경쟁 상대들을 부추겼던 전력도 있었다. 게다가 이 일은 개인

*'사계절'이라는 뜻. 1865년, 봉 마르셰 백화점 실크 매장의 책임자였던 쥘 잘뤼조가 프랭탕(봄) 백화점을 설립했던 에피소드를 떠올리게 하는 대목이다.

적으로 그의 흥미를 돋우었다. 그는 제안을 검토해보겠노라고 약속했다.

"오늘 밤에 다시 얘기하도록 해요." 데포르주 부인은 부트몽의 귀에 대고 속삭였다.

"9시경에 다시 오도록 하세요. 잊지 말고. ······남작은 우리 편이에요."

그 무렵 거대한 응접실은 목소리들로 가득 차 있었다. 여전히 여자들 가운데 버티고 서 있던 무레는 평소의 활기 넘치는 매력적인 모습으로 되돌아가 있었다. 그는 자신이 천 쪼가리로 그들의 가산을 탕진시킨다는 비난을 경쾌한 어조로 일축했다. 그리고 구체적인 수치를 들어가며, 자신이 그들의 소비를 30프로나 절감시키고 있음을 보여주고자 했다. 아르트만 남작은 무레처럼 바람둥이였던 자신의 과거를 떠올리며 다정하고 감탄어린 눈빛으로 그를 바라보았다. 자! 이제 두 사람의 결투는 데포르주 부인의 패배로 끝났다. 그녀는 분명 무레가 기다리는 여인이 아니었다. 남작은 대기실을 가로지르면서 언뜻 보았던 젊은 여성의 수수한 모습을 떠올렸다. 그곳에서 안내하며 홀로 기다리고 있던, 연약하면서도 강인함이 느껴지는 그녀의 모습을.

제12장

'여인들의 행복 백화점'의 새로운 건물 공사가 시작된 것은 9월 25일이었다. 아르트만 남작은 그의 약속대로 크레디 이모빌리에의 마지막 총회에서 프로젝트를 관철시켰다. 이제 무레는 마침내 자신의 꿈에 바짝 다가갈 수 있게 되었던 것이다. 백화점이 디스 데상브르 가로 확장되는 것은 그의 운이 활짝 피어나는 것과도 같았다. 그리하여 그는 그 초석을 놓게 된 것을 기념하고자 판매원들에게 특별수당을 지급하고, 저녁에는 고기와 샴페인을 제공했다. 공사 현장에서 주체할 수 없는 기쁨으로 내내 들떠 있던 무레는 돌을 덮은 흙을 흙손으로 다지면서 승리의 몸짓을 과시했다. 몇 주 전부터 그가 어떤 정신적인 고통으로 인해 안절부절못하고 있음은 누가 봐도 한눈에 알 수 있었다. 그러던 중에 찾아온 그의 승리는 그에게 한순간의 휴식을 제공하면서, 고통을 잠시나마 잊을 수 있게 해주었다. 오후 내내 그는 평소의 활기차고 경쾌한 모습을 되찾은 듯 보였다. 하지만 저녁 식사 시간에 직원들과 샴페인을 마시기 위해 구내 식당 복도를 지나갈 때부터 또다시 열에 들뜬 듯 불안정한 모습을 보이기 시작했다. 그는 자신을 좀먹고 있는 숨겨진 고통으로 인해 초췌해진 얼굴로 힘겹게 웃어 보였다. 다시 병이 도졌던 것이다.

다음 날, 기성복 매장에서는 클라라 프뤼네르가 드니즈의 심기를 언짢게 하려고 애쓰고 있었다. 자신을 향한 콜롱방의 소심한 사랑을 알아차린 그녀는 보뒤 가족을 싸잡아 비아냥거리기 시작했다. 그리고 고객을 기다리면서 연필을 깎고 있는 마르그리트를 향해 소리쳤다.

"너도 알지, 맞은편 가게의 남자 말이야, 나한테 푹 빠져 있는……. 그 사람이 참 안됐다는 생각이 드는 거 있지. 온종일 개미 새끼 한 마리 얼씬하지 않는 컴컴한 가게 구석에 처박혀 지내니 말이야."

"그렇게 동정받을 처진 아닌 것 같은데." 마르그리트가 대꾸했다.

"그 남자, 주인집 딸하고 결혼하기로 돼 있는 걸로 알고 있거든."

"저런, 잘됐네! 그러니까 그를 더 빼앗고 싶어지는걸! …… 내가 그렇게 하고 말겠어, 반드시!"

클라라는 드니즈가 분노하고 있음을 간파하고는 더욱더 신이 나서 이죽거렸다. 드니즈는 그녀의 다른 짓거리들은 모두 참아줄 수 있었다. 하지만 죽어가는 자신의 사촌 주느비에브를 그런 잔인한 말로 조롱하는 것은 그녀를 결정적으로 분노케 했다. 그때 고객이 들어오자, 지하로 내려간 오렐리 부인을 대신해 매장을 책임지고 있던 드니즈는 클라라를 불러 지시를 내렸다.

"마드무아젤 프뤼네르, 잡담 그만하고 고객 응대에나 신경 쓰세요."

"전 잡담한 적 없는데요."

"경고하는데, 그 입 다무는 게 좋을 거예요. 그리고 당장 고객을 응대하세요."

클라라는 더 이상 대꾸할 엄두를 내지 못하고 순순히 지시를 따랐다. 드니즈가 차분한 목소리로 강경한 모습을 보일 때면 누구도 그녀에게 맞설 생각을 하지 못했다. 그녀는 온화함만으로도 강력한 권위를 보여주며 매장을 압도해나갔다. 드니즈는 잠시 말없이 다시 진지한 얼굴로 되돌아간 판매원들 사이를 오갔다. 마르그리트는 걸핏하면 심이 부러지는 연필을 다시 깎기 시작했다. 그녀만이 유일하게 부수석 구매상이 사장의 제안에 응하지 않는 것을 지지했다. 자신이 실수로 가졌다는 아이를 언급하지는 않았지만, 고개를 절레절레 흔들면서, 어리석은 짓이 야기할 난처한 일을 예상한다면 제대로 처신하는 게 좋을 거라고 주장했다.

"자기 화난 거야?" 드니즈 뒤쪽에서 누군가의 목소리가 들려왔다.

폴린은 어느새 매장을 건너와 있었다. 조금 전의 광경을 지켜본 그녀는 미소를 띤 채 나직하게 물었다.

"어쩔 수 없잖아." 드니즈도 조그맣게 대답했다.

"안 그럼 모두를 통제할 수가 없는걸."

폴린은 어깨를 으쓱하면서 말했다.

"그런 거 일일이 신경 쓸 필요 없어. 자긴 원하기만 하면 언제라도 우리의 여왕이 될 수 있잖아."

폴린은 친구가 무례를 거부하는 것을 여전히 이해하지 못했다. 8월 말에 보제와 결혼한 그녀는, 결혼은 정말 바보 같은 짓이라고 웃으면서 얘기하곤 했다. 무시무시한 부르동클은 이제 그녀를 판매원으로서의 자질을 상실한 쓸모없는 사람으로 취급했다. 그녀는 무엇보다, 어느 날 아침, 둘 다 거리로 쫓겨나게 될 것을 두려워하고 있었다. 백화점의 경영진은 남녀의 사랑을 판매에는 아무런 도움도 되지 않는 치명적인 장애물로 여겼다. 폴린과 보제는 갤러리에서 마주칠 때마다 서로 모른 척하고 지나갈 정도였다. 폴린은 조금 전에도 가슴이 졸이는 경험을 했다. 수건 더미 뒤에서 보제와 얘기하는 것을 주브 감독관에게 들킬 뻔했던 것이다. 열띤 목소리로 드니즈에게 자신이 겪은 일을 들려준 폴린은 곧바로 이어 말했다.

"저기 봐! 날 계속 따라다니잖아. 내가 있는 쪽으로 저 커다란 코를 들이밀고는 킁킁거리는 것 좀 보라고!"

과연 새하얀 넥타이를 맨 주브 감독관은 레이스 매장 쪽에서 나와 무슨 꼬투리라도 잡으려는 듯 신경을 곤두세우고 있었다. 하지만 드니즈를 알아보고는 상냥한 표정을 지으며 아무것도 보지 못한 것처럼 그냥 지나쳐 갔다.

"휴, 살았다!" 폴린은 조그맣게 한숨을 내쉬었다.

"자기 덕분에 무사할 수 있었던 거야. ……저기 말이지, 혹시 나한테 무슨 안 좋은 일이 생기면 날 위해 한마디 해줄 수 있겠지? 이런, 그렇게까지 눈 동그랗게 뜨고 쳐다볼 필요 없잖아. 자기 말 한마디면 백화점 전체가 들썩일 거라는 건 누구나 다 아는 사실인데 뭐."

폴린은 서둘러 자기 매장으로 되돌아갔다. 드니즈는 친구의 다정하고도 의미심장한 말에 당혹스러움을 느끼며 얼굴을 붉혔다. 폴린의 말은 어느 정도 사실이었다. 드니즈는 주변 사람들이 자신에게 잘 보이려고 애쓰는 것을 보면서 자신이 지닌 영향력을 어렴풋이 느낄 수 있었다. 다시 매장으로 돌아온 오렐리 부인은 드니즈의 감독하에 매장이 차분하면서도 활기를 띠는 것을 보고는 그녀에게 다정한 웃음을 지어 보였다. 이제 무레는 오렐리 부인의 관심 밖이었다. 그녀는 언젠가 수석 구매상인 자신의 지위를 넘볼 수 있는 젊은 여성을 향한 호감이 날로 커짐을 느끼고 있었다. 이제 드니즈의 세상이 열리고 있었던 것이다.

오직 부르동클만이 그녀를 향한 경계를 늦추지 않고 있었다. 그가 드니즈의 입지를 약화시키기 위해 은밀하게 이끄는 전쟁의 저변에는 기질적인 적대감이 자리하고 있었다. 그는 드니즈의 온화한 성정과 그녀가 지닌 매력을 눈엣가시처럼 못마땅해했다. 또한, 무레가 그녀에게 굴복하게 되는 날에는 그녀의 불길한 영향력이 백화점 전체를 위험에 빠뜨리기라도 할 것처럼 여기고 그녀를 그곳에서 몰아내고자 했다. 그는 자신의 주인이 부적절한 애정의 늪에 빠져 허우적거리는 동안 그가 지닌 예리한 사업적 감각을 잃어버릴 것을 두려워했다. 그렇게 된다면, 그동안 그가 여자들로 인해 벌어들인 것들을 이 한 여자로 인해 모두 잃고 말 것이었다. 이 세상 그 어떤 여자도 무레의 마음을 움직이지 못했다. 그는 여자들 덕분에 먹고사는 직업을 가진 남자로서 여성에게서 아무런 감흥도 느끼지 못한 채 경멸적인 태도로 여자들을 대했다. 단지 거래에 불과한 관계 속에서 자신의 속내를 거침없이 드러내 보여주는 여자들을 보면서 마지막 환상까지 모두 잃어버렸기 때문이었다. 7만여 명에 이르는 여성 고객들의 향기는 그를 취하게 하는 대신 그에게 견디기 힘든 두통만을 안겨 주었다. 그는 집으로 돌아오자마자, 함께 어울리던 여자들에 대한 기억을 머릿속에서 말끔히 지워버렸다. 무레에게 점점 더 무시무시한 영향력을 발휘하는 조그만 판매원 여자에 대해 부르동클이 무엇보다 가장 염려하는 점은, 무레에 대한 그녀의 무관심과 거절이 진심으로 느껴지지 않는다는 사실이었다. 부르동클이 보기에 그녀는 하나의 역할을, 그것도 아주 영리한 역할을 하고 있었다. 만약 그녀가 처음부터 자신을 허락했다면, 무레는 아마도 그 다음 날에 이미 그녀를 잊었을 게 분명했다. 하지만 그녀는 그를 거부함으로써 그의 욕망을 더욱더 자극해, 그로 하여금 이성을 잃게 하고 온갖 어리석은 짓을 저지르게 만들었던 것이다. 세파에 닳고 닳은 여자나 교활한 창녀라 할지라도 이 순진해 보이는 여자와 별반 다르게 행동하진 않았을 터였다. 그런 이유로 부르동클은 그녀의 맑은 눈과 유순해 보이는 얼굴, 꾸밈없는 몸짓을 지켜보면서 왠지 모를 두려움에 사로잡히곤 했다. 마치 변장한 식인귀나, 여인이라는 이름의 신비한 수수께끼, 처녀의 모습을 한 죽음의 신을 눈앞에서 마주하는 느낌이었다. 순진함을 가장한 위선적인 여자의 계략을 어떤 방법으로 깨부술 수 있을 것인가? 부르동클은 어떻게 하면 드니즈의 술수를 간파해서 만천하에 그녀의 본색을 드러낼 수 있을지 골똘히 궁리했다. 그녀는 언젠가는 분명 실수를 저지를 것이고, 그녀가 남자와 함께 있는 현장을 잡게 된다면 또다시 예전처럼 그녀를 내쫓을 수 있을 것이었다. 그렇게 되면, 백화점은 마침내 기름이 잘 쳐진 기계가 작동하듯 아무런 문제없이 날로 번창할 수 있을 터였다.

"무슈 주브, 잘 살피시오." 부르동클은 주브 감독관에게 거듭 지시를 했다.

"그에 대한 보상은 내가 충분히 해줄 것이오."

하지만 이제 주브는 데면데면한 반응을 보일 뿐이었다. 여자 경험이 많은 그로서는, 앳된 얼굴로 언젠가는 이곳을 지배하는 여주인이 될 드니즈의 편에 서는 것이 현명하다고 판단했기 때문이었다. 감히 그녀를 건드릴 생각은 할 수 없었지만, 그녀는 그에게도 무척이나 매력적인 여성으로 여겨졌다. 과거에 그의 상사였던 군인은 그녀를 닮은 한 여자 때문에 스스로 목숨을 끊기까지 했다. 드니즈는 눈에 잘 띄지 않는 평범하고 여린 외모에 수수한 차림새였지만, 단 한 번의 눈길만으로도 남자들의 마음을 흔들어놓기에 충분한 매력을 지닌 여성이었다.

"그럼요, 물론입니다. 항상 잘 살피고 있습니다. 하지만, 맹세코 아무것도 찾아내지 못했습니다."

하지만 이미 그녀에 대한 온갖 소문들이 떠돌아다니고 있는 터였다. 드니즈 스스로도 찬사와 존중 뒤로 차마 입에 담기 힘든 험담과 비방이 난무하는 것을 주변에서 느낄 수 있었다. 이 시각에도 백화점 직원들 모두가 위탱이 그녀의 연인이었다고 수군거리고 있었다. 지금까지 그들의 관계가 지속되고 있다고 주장하지는 않았지만, 그들이 여전히 가끔씩 서로 만날 것으로 짐작했다. 들로슈 또한 그녀와 잠자리를 한 사이였다. 그리고 두 사람은 지금도 계속 어두컴컴한 구석에서 몰래 만나 몇 시간이고 정담을 나누곤 했다. 진정한 스캔들이 아닐 수 없었다!

"그러니까, 실크 매장의 수석 구매상과 레이스 매장의 그 청년에게서 무슨 수상한 점을 발견하지 못했다는 거요?" 부르동클이 거듭 물었다.

"네, 무슈, 아직 아무것도 발견하지 못했습니다." 감독관은 자신 있게 대답했다.

부르동클은 무엇보다 들로슈와 드니즈를 한데 옭아맬 심산이었다. 어느 날 아침에는 두 사람이 지하층에서 함께 웃고 있는 것을 목격하기도 했다. 적당한 때를 기다리는 동안 그는 드니즈를 자신과 동등한 적수로 취급했다. 이제 더 이상 그녀를 예전처럼 노골적으로 경멸하지도 않았다. 그는 10년간 무레와 함께 일했음에도 불구하고 그녀와의 시합에서 패하게 될 것을 두려워하고 있었다. 드니즈가 한순간에 자신을 침몰시킬 수 있을 만큼 강력하다는 것을 느꼈기 때문이었다.

"특히 레이스 매장 청년의 일거수일투족을 주시하도록 하시오." 그는 매번 주브 감독관에게 단단히 일러두었다.

"그 두 사람은 수시로 붙어 다니고 있소. 만약 둘이 함께 있는 현장을 보게 되면 내게 즉시 알리도록 하시오. 나머지는 내가 알아서 처리할 테니까."

그사이 무레는 피를 말리는 고통 속에서 하루하루를 보냈다. 어떻게 이런 일이 있을 수 있단 말인가? 그렇게 앳된 얼굴을 한 조그만 여자가 자신을 이토록 고통스럽게 하다니! 그는 드니즈가 '여인들의 행복 백화점'에 처음 왔을 때를 계속 떠올렸다. 낡아빠진 커다란 신발과 얇은 검정 드레스 차림에 야생녀 같았던 그녀를……. 촌스러운 모습에 말을 더듬는 그녀를 모두가 놀려댔고, 그 자신도 그녀가 못생겼다고 생각했다. 못생겼다고! 그런데 이제 그녀는 눈짓 한 번만으로도 그를 무릎 꿇게 할 수 있을 것 같았다. 이제 그의 눈에 비친 그녀는 반짝거리며 빛을 발하고 있었다! 오랫동안 백화점에서 가장 하찮은 존재로 무시당하면서 지속적으로 놀림과 따돌림을 당했던 그녀가 말이다. 그 또한 그녀를 마치 신기한 동물 구경하듯 바라보곤 했다. 그렇게 수개월 동안 그는 어린 소녀 같은 그녀가 어떻게 여인으로 변해가는지를 흥미롭게 지켜보고자 했다. 그런 속에서 자신의 마음을 조금씩 빼앗기고 있음을 미처 깨닫지 못한 채……. 그사이 그녀는 점차 존재감을 확립해가면서 어느덧 무시무시한 존재로 변해 있었다. 어쩌면 드니즈를 처음 본 순간부터 사랑했던 건지도 몰랐다. 그녀에게 연민의 감정만을 느끼고 있다고 생각했던 그때부터. 하지만 그녀에게 마음이 이끌리고 있음을 느끼기 시작한 것은, 튈르리 정원의 마로니에 아래에서 나란히 산책을 하던 그날 저녁부터였다. 그 순간, 새롭게 태어났던 것이다. 어린 소녀들이 까르르 웃는 소리와 멀리서 들려오는 분수의 물소리가 아직도 그의 귓가에 생생하게 들려오는 듯했다. 그사이, 포근함이 느껴지는 어둠 속에서 그녀가 말없이 그의 옆에서 걷고 있었다. 그런 다음에는, 더 이상 아무것도 기억나지 않았다. 온몸이 점점 뜨거워지면서, 그의 피와 존재 모두가 온통 그녀에게 속한 것만 같았다. 가냘프기 그지없는, 어린 소녀 같은 한 여자에게. 어떻게 이런 일이 가능한 것일까? 이젠 그녀가 가까이 지나갈 때마다, 그녀의 옷자락이 가볍게 스치는 것만으로도 그를 쓰러뜨릴 것 같은 강력한 기운이 느껴졌다.

그는 오랫동안 분노하고, 때로 자신에게 화를 내면서까지 이처럼 어리석은 집착 상태에서 벗어날 수 있기를 바랐다. 그녀가 대체 어떤 존재이길래 자신을 이처럼 꼼짝 못하게 묶어놓는 것인가? 처음에는 신발조차 변변히 없던 초라한 행색이 아니었던가? 그녀가 백화점에 들어오게 된 것도 사실상 동정심에 의한 것이었다. 적어도, 뭇 남자들의 마음을 흔들어놓을 만큼 기막히게 매력적인 여자이기라도 했다면! 그런데 이 조그맣고 별 볼 일도 없어 보이는 여자 때문이라니! 그녀는 한마디로, 아무도 특별히 주목하지 않을 만큼 유순하고 평범해 보이는 외모였다. 게다가 머리가 뛰어나게 좋은 것도 아니었다. 그는 드니즈가 판매원으로서 처음에 얼마나 서툴렀었는지를 기억해냈다. 그렇게 매번 그녀를 향해 분노를 쏟아놓고 난 후에는, 마치 자신의 우상을 모욕한 것에 대해 신성한 두려움을 느끼듯 마음속에 또다시 그녀를 향한 뜨거움이 솟구치곤 했다. 용기 있고 밝고 소박한 심성, 그리고 그녀의 온화한 성품에서 느껴지는, 사람의 마음속을 파고드는 미묘한 향기 같은 매력. 그녀는 여성으로서 바람직하게 생각되는 모든 것을 갖추고 있었다. 처음에는 그녀가 눈에 잘 안 들어올 수도, 그녀를 아무렇게나 대할 수도 있다. 하지만 곧 느릿하지만 거부할 수 없는 힘을 지닌 그녀의 마력이 조화를 부리게 된다. 그리하여 그녀가 한 번 웃어 보이기라도 하면, 그 사람은 영원히 그녀에게서 벗어날 수 없게 되는 것이다. 그러면 그녀의 새하얀 얼굴의 모든 것이, 연보랏빛 눈동자와 보조개가 팬 볼, 그리고 가운데가 살짝 들어간 턱이 미소를 짓는 것처럼 보인다. 그녀의 풍성한 금발도 고귀한 정복자와 같은 아름다움으로 빛을 발하는 듯했다. 무레는 자신의 패배를 인정했다. 드니즈는 아름다운 만큼 지혜로웠다. 그녀의 지혜로움은 그녀가 지닌 가장 고귀한 것들로부터 비롯되었다. 대부분이 하층민 출신인 백화점 판매원들이 점차 갈라져 떨어져 나가는 매니큐어처럼 피상적인 교육밖에는 받지 못한 반면, 드니즈는 가식적인 우아함과는 거리가 먼, 깊은 내면에서 우러나오는 매력과 멋을 지니고 있었다. 또한 좁다란 이마의 올곧은 윤곽은 그녀의 강인한 의지와 깔끔한 성격을 짐작게 했고, 그 속에는 오랜 경험을 통해 축적된 그녀의 폭넓은 영업 아이디어가 간직돼 있는 듯했다. 그는 그녀를 향해 분노를 토해내던 순간에 그녀를 모독했던 것에 대해 두 손 모아 용서를 구하고 싶은 심정이었다.

그런데 대체 무슨 이유로 그녀는 이토록 끈질기게 자신을 거부한단 말인가? 그는 그녀에게 수없이 애원하면서, 돈을, 그것도 많은 돈을 주겠노라며 금액을 점점 더 높여 제안했다. 또한 그녀가 야심이 크다고 판단해, 매장에 결원이 생기는 대로 즉시 수석 구매상으로 승진시켜줄 것을 약속하기도 했다. 그런데도 불구하고 그녀는 여전히 그를 거부하고 또 거부했다! 마치 전쟁이라도 치르듯 그를 아연실색게 하는 상황 속에서 그는 점점 더 끓어오르는 욕망을 억누를 수 없었다. 이건 그로서는 있을 수 없는 일이었다. 그 조그만 여자는 언젠가는 그를 받아들이게 될 것이었다. 그는 언제나 여자의 도덕성은 상대적인 것으로 여겼다. 이제 그에게는 오직 한 가지 목표만이 존재했다. 다른 것들은 그 절대적 필요 앞에서 모두 사라져버렸다. 그녀를 자신의 방으로 들여 자신의 무릎 위에 앉힌 채 그녀의 입술에 키스하는 것, 그것만이 그가 원하는 것이었다. 그런 광경을 떠올리는 것만으로도 온몸의 피가 요동치면서 몸이 떨려왔다. 그러면서 그는 자신의 무능함에 절망했다.

이제 그의 하루는 언제나 변함없이 고통스러운 강박관념 속에서 흘러갔다. 그는 아침에는 드니즈의 모습을 떠올리며 잠에서 깨어났다. 밤에도 꿈속에서 그녀를 만났고, 아침 9시부터 10시까지 사무실의 커다란 책상에 앉아 어음과 우편환에 서명을 할 때에도 그녀는 그를 떠나지 않았다. 그가 기계적으로 일을 해나갈 때도, 그녀는 그의 곁에서 언제나 차분한 얼굴로 그에게 안 된다고 말하고 있었다. 그리고 10시에는 회의가 열렸다. 그것은 마치 각료 회의처럼 백화점의 12명의 투자자들이 참석하는 이사회로 그가 주관하는 것이었다. 거기서 그들은 구매와 상품 진열 문제 등을 논의했다. 그녀는 그곳에도 어김없이 와 있었다. 숫자들이 난무하는 가운데 그는 그녀의 부드러운 음성을 들을 수 있었다. 복잡한 재무 상황을 얘기하는 중에도 그녀의 환한 미소가 눈앞에 어른거렸다. 회의가 끝난 후, 의례적인 매장 시찰에도 그녀는 그와 함께했고, 오후에는 사장 집무실에서 2시부터 4시까지 그가 프랑스 전역의 제조업자, 주요 실업가, 은행가 그리고 발명가들을 맞이하는 동안 그의 소파 옆에서 머물렀다. 그사이, 끊임없이 오가는 부와 두뇌의 각축장 같은 그곳에서는 수백만 프랑이 미친 듯이 날뛰는 가운데, 파리의 시장에서 가장 커다란 규모의 거래가 짧은 대화 속에 이루어졌다. 그가 한 기업의 흥망을 결정하는 동안 잠시 그녀를 잊을 수 있었다고 할지라도, 그녀는 곧 다시 그의 눈앞에 나타나 그의 마음을 아프게 했다. 그러면 그는 맥 빠진 목소리로, 그녀가 자신을 원하지 않는데 이렇게 많은 재물들이 다 무슨 소용인지 자문했다. 마침내 5시가 되면 우편물에 서명을 해야 했다. 그리하여 그가 기계적으로 손을 움직이는 동안 그녀는 한층 더 위압적인 모습으로 그의 앞에 버티고 선 채 그의 모든 것을 지배했다. 밤이 되면, 끓어오르는 열정으로 내내 뒤척이는 고독한 순간에 그녀 혼자 오롯이 그를 독차지했다. 그리고 다음 날이 되면 다시 똑같은 하루가 되풀이되었다. 엄청난 격무로 가득 채워진 분주한 나날은 가냘픈 한 여자의 모습을 떠올리는 것만으로도 엉망이 되기 일쑤였다.

그가 그 어느 때보다 불행하게 느껴지는 시간은 일상적인 백화점 시찰을 하는 동안이었다. 이처럼 거대한 기계를 구축하고, 그렇게 만들어진 세계 위에서 군림하던 자신이 이젠 고통으로 조금씩 죽어가고 있다니. 단지, 한 조그만 여자가 그를 원하지 않는다는 이유만으로! 그는 그런 자신을 경멸하며, 자신의 고통으로 인한 열병과 수치스러움을 내내 달고 다녔다. 어떤 날은, 자신이 지닌 힘에 대한 역겨움이 몰려오면서 갤러리를 돌아보는 내내 욕지기가 느껴진 적도 있었다. 또 어떤 날은, 그의 제국을 더 확장해 그 위대함을 과시하게 되면, 그녀가 감탄과 경외심을 동시에 느껴 자신을 허락하게 되지 않을까 하는 생각을 한 적도 있었다.

지하층으로 내려간 그는 제일 먼저 컨베이어 벨트 앞에 멈춰 섰다. 여전히 뇌브생토귀스탱 가에 면해 있는 컨베이어 벨트는 그사이 확장돼, 그 위로 물건들이 끊임없이 통과했다. 마치 강바닥 위로 요란한 소리를 내며 급류가 흘러가는 듯했다. 전 세계에서 각 역으로 모여든 짐을 싣고 온 짐수레들은 줄지어 늘어선 채 쉬지 않고 짐을 부렸다. 탐욕스러운 백화점이 빨아들인 상자와 짐 꾸러미들이 쉴 새 없이 지하를 통과해 흘러갔다. 무레는 그의 백화점을 드나드는 엄청난 물건들의 거센 물결을 지켜보면서, 자신의 손안에서 많은 이들의 부와 프랑스 제조업의 운명이 좌지우지되고 있음을 자각했다. 그럼에도 불구하고, 자신이 부리는 한낱 판매원의 키스조차 마음대로 살 수 없다는 생각이 그를 더욱더 불행하게 느껴지게 했다.

그는 이번에는 검수처로 향했다. 이제 몽시니 가에 면해 있는 지하층 끝 부분으로 자리를 옮긴 검수처에는 채광 환기창을 통해 비치는 희미한 빛 속에 20개의 작업대가 길게 늘어서 있었다. 그 주위에서는, 분주하게 오가는 한 무리의 점원들이 상자를 비워내 물건을 확인한 다음 정가를 표시하는 작업을 반복했다. 가까이에서 컨베이어 벨트가 작동하면서 내는 우르릉거리는 소리가 끊임없이 들려오면서 목소리들을 압도했다. 각 매장의 책임자들은 무레를 붙들어 세우고는 문제를 해결해주고

최종 지시를 내려줄 것을 요청했다. 이 지하층 한쪽에서는 새 틴의 은은한 광택과 리넨의 순결한 백색이 한데 어우러진 가운데, 엄청난 양의 모피와 레이스, 잡화, 동양의 포르티에르 들이 뒤섞여 부려졌다. 무레는 포장되지 않은 상태로 뒤죽박죽 내던져진 수많은 물건들 사이를 느린 걸음으로 통과해 지나갔다. 이제 저 위로 올려 보내진 물건들이 진열대 위에서 그 빛을 발하면서 매장들에 돈이 쇄도하게 될 것이었다. 백화점 전체를 가로지르는 판매의 광풍에 휩쓸리면서 진열되기가 무섭게 팔려나가게 될 터였다. 그는 드니즈에게 이 엄청난 제품 더미들 속에서 실크와 벨벳을 비롯해 그녀가 원하는 것은 무엇이든지 가져가도록 얘기했던 것을 떠올렸다. 하지만 그때도 그녀는 눈부신 금발로 도리질을 하면서 어김없이 그의 제안을 거절했다.

그다음으로 무레는 평소처럼 발송 부서를 둘러보기 위해 지하층의 또 다른 끝으로 향했다. 가스등이 비추는 통로가 길게 이어지면서 양 옆으로 나무 울타리 칸막이가 둘린 물품 보관 창고가 지하 상점 같은 모습을 드러냈다. 바느질 도구, 란제리, 장갑, 잡화 매장 등의 재고품들이 어둠 속에서 잠을 자는 듯 보였다. 좀 더 걸어가자, 세 개의 난방장치 중 하나가 보였다. 그곳에서 멀지 않은 곳에는 금속 케이스 중앙에 가스계량기가 들어 있는 소화전이 설치돼 있었다. 분류용 작업대 위에는 이미 위쪽에서 바구니로 쉴 새 없이 내려 보내는 짐 꾸러미와 상자, 통 들이 어지럽게 널려 있었다. 부서 책임자인 캉피옹이 그에게 진행 중인 작업에 대해 보고하는 사이, 그의 감독하에 있는 스무 명의 직원들은 파리의 구역 이름이 표시된 칸막이 보관함에 꾸러미들을 분류해 넣었다. 그런 다음 사환들이 밖에서 대기 중인 마차에 짐들을 실어 보냈다. 그곳에서는 서로를 부르는 소리, 거리 이름과 지시 사항을 외치는 소리 들로 인한 부산함과 흥분이, 닻을 올리기 직전의 여객선을 연상시켰다. 그는 한동안 그곳에 머무르면서, 백화점이 조금 전 지하의 반대편 끝에서 빨아들인 물건들을 또 다른 끝으로 뱉어내는 광경을 지켜보았다. 백화점을 관통해 흘러온 강물이 계산대 깊은 곳에 금을 내려놓은 다음, 이곳을 통해 밖으로 빠져나가는 것처럼 보였다. 말없이 그 모두를 지켜보던 그의 눈빛이 흐려졌다. 끊임없이 마차에 짐들을 실어 보내는 광경도 그에게 더 이상 아무런 감흥을 불러일으키지 못했다. 그의 머릿속은 여행에 대한 생각만으로 가득 차 있었다. 만약 그녀가 계속해서 자신을 거부한다면, 모든 것을 버리고 아주 먼 곳으로 떠나고 싶었다.

그는 이번에는 다시 위층으로 올라가 시찰을 계속했다. 평소보다 말을 더 많이 하면서 더 바삐 움직였지만, 머릿속에서 드니즈에 대한 생각을 떨쳐버릴 수는 없었다. 3층으로 올라간 그는 통신 판매 부서를 돌아보면서 트집거리를 찾았다. 그리고 자신이 구축해놓은 기계가 완벽하게 돌아가는 것에 대해 스스로에게 역정을 내기도 했다. 통신 판매 부서의 중요성이 날로 커지면서 이제는 200명의 직원이 그곳에서 일했다. 그들은 프랑스 전국 각지와 외국에서 몰려오는 편지들을 읽고 분류하는 일과, 주문한 상품들을 찾아 칸막이 분류함에 넣어두는 일을 나누어 처리했다. 게다가 편지가 매일 급속도로 늘어나는 바람에 더 이상 그 수를 세는 게 불가능해졌다. 대신 편지의 무게를 쟀는데, 이젠 하루에 100파운드의 편지를 받기도 했다. 그는 신경이 곤두선 채로 부서의 사무실 세 군데를 돌아보면서 책임자인 르바쇠르에게 편지의 무게에 대해 질문했다. 그들은 매일 평균 80파운드 내지 90파운드, 월요일에는 100파운드에 이르는 편지를 받았다. 그리고 그 수가 꾸준히 증가하고 있어, 그로서는 당연히 기뻐해야 할 일이었다. 하지만 그는 옆방의 포장팀이 상자에 못을 박느라 내는 요란한 소리에 몸을 떨었을 뿐이었다. 아무리 백화점을 샅샅이 누비고 다녀도 아무 소용없었다. 그 어떤 것도 그의 머릿속을 꽉 채우고 있는 단 한 가지 생각을 떨쳐내게 해주지는 못했다. 톱니바퀴처럼 어김없이 굴러가는 시스템과 군대를 방불케 하는 수많은 직원들이 그의 눈앞을 차례로 지나가면서 그가 지닌 막강한 힘을 확인시켜줄수록, 그는 자신의 무력함으로 인한 수모를 더욱더 절실히 느낄 뿐이었다. 심지어 유럽 전역에서 주문이 몰려들어, 우편물을 운반하기 위한 특별 운반차가 필요한 실정이었다. 하지만 그녀는 여전히 고개를 가로저으며 그를 거부했다.

그는 이번에는 다시 아래로 내려가 중앙 회계 창구로 향했다. 그곳에서는 네 명의 계산원이 거대한 두 개의 금고를 지키고 있었다. 작년 한 해 동안 그 금고들을 거쳐 간 돈은 8800만 프랑에 달했다. 그는 송장과 청구서를 확인하는 부서를 재빨리 둘러보았다. 가장 신중한 직원들 중에서 선별된 25명이 그곳에서 일하고 있었다. 그다음으로는 공제 업무를 담당하는 부서로 들어갔다. 그곳에서는 신입 회계원인 35명의 젊은이들이 매출 전표를 확인하고 판매원들의 수당을 계산하는 업무를 맡아 했다. 다시 중앙 회계 창구로 되돌아온 그는 금고를 보자 또다시 속이 쓰려왔다. 수백만 프랑어치의 재물들에 둘러싸여 있음에도 불구하고 그런 것들이 아무 소용 없다는 사실이 그를 더 미치게 했던 것이다. 그녀는 여전히 고개를 가로저으며 그를 거부했다.

그녀는 언제나 안 된다며 고개를 저었다. 매장마다, 갤러리에서도, 홀에서도, 백화점 어디에서나! 그는 실크 매장에서 나사 매장으로, 리넨 매장에서 레이스 매장으로 쉴 새 없이 옮겨 다녔다. 모든 층을 하나도 빠짐없이 오르면서 다리 위에서 잠시 숨을 돌리고는 다시 까다롭고 고통스럽게 시찰을 계속했다. 백화점은 그사이 엄청나게 규모가 커져 있었다. 그는 새로운 매장들을 열었고, 새로운 분야에도 진출했으며, 최근에는 자신의 제국의 영역을 새로운 산업에까지 확장했다. 하지만 그녀는 여전히 고개를 가로저을 뿐이었다. 이제 그의 백화점에서 일하는 사람들만으로도 작은 마을 하나를 가득 채울 수 있을 정도였다. 1500명의 판매원과, 다양한 분야에서 일하는 1천 명의 직원이 그곳에서 일했다. 거기에는 40명의 감독관과 70명의 계산원, 구내식당에서 일하는 32명과 10명의 홍보 담당 직원, 350명의 사환, 그리고 상주하는 소방관 24명이 포함돼 있었다.* 백화점 맞은편으로 몽시니 가에 위치한 호화로운 마구간에는 145필의 말이 대기하고 있었다. 이미 그 화려한 모양새로 파리에서 유명해진 운송 팀이었다. 백화점이 가이용 광장의 한 귀퉁이만을 차지하고 있던 초기에 동네 상인들의 신경을 거스르게 했던 네 대의 마차 대신, 이제 조그만 손수레들과, 말 한 마리가 끄는 마차, 두 마리의 말이 끄는 무거운 짐수레를 포함한 62대의 마차가 물건의 운송을 책임지고 있었다. 검은색 제복을 단정하게 차려입은 마차꾼들이 절도 있게 이끄는 마차들은 파리 전역을 누비고 다니면서 금빛과 자줏빛 바탕 위에 새겨진 '여인들의 행복 백화점'의 이름을 사방에 전파했다.

*1882년 당시, 봉 마르셰 백화점에는 36명의 매장 책임자와 152명의 여성을 포함한 2500명의 직원이, 루브르 백화점에는 350명의 여성을 포함한 2404명의 직원이 일했다.

심지어 성벽을 벗어나 교외를 달리기도 했다. 비세트르의 움푹 팬 길이나 마른 강의 둑길, 그리고 생제르맹 숲 속의 나무가 무성한 길에서도 그들을 만날 수 있었다. 때로 적막하고 햇볕이 내리쬐는 대로 끝 어딘가에서 느닷없이 마차가 나타났고, 마부는 신비스러운 고요함에 둘러싸인 자연에 번쩍거리는 광고판을 들이밀듯 화려하게 치장한 말들을 빠른 걸음으로 몰기도 했다. 그는 마차들을 더 멀리, 인접한 지방에까지도 보내고 싶어 했다. 그들이 경계선을 넘어 프랑스 전역의 도로 위를 달리는 소리를 들을 수 있기를 바랐다. 하지만 이제 그는 자신이 그토록 아끼는 말들을 보러 내려갈 생각조차 하지 않았다. 그녀가 여전히 그를 거부하는데 세상을 정복하는 게 다 무슨 소용이란 말인가.

그는 저녁에 롬므의 계산대 앞에 이르면, 계산원이 두꺼운 종이에 총매출액을 기록해 옆의 쇠꼬챙이에 꽂아둔 것을 습관적으로 쳐다보았다. 이제 하루 총매출액이 10만 프랑 이하로 떨어지는 적은 거의 없었다. 특별 기획전이 열리는 날에는 팔구십만 프랑까지 치솟기도 했다. 하지만 이런 숫자는 이제 더 이상 그의 귓전에 승리의 트럼펫 소리를 울리지 않았다. 그러기는커녕 그는 그 숫자를 확인한 것을 후회했다. 그로 인해 기분이 더 씁쓸해지면서, 돈에 대한 증오와 경멸심이 생겨났기 때문이다.

게다가 질투심이 그를 자극하여 무레의 고통은 날로 더 커져갔다. 어느 날 회의가 시작되기 전, 부르동클은 사무실에서 그에게 기성복 매장의 조그만 여자가 그를 조롱하고 있다는 식의 말을 꺼냈다.

"그게 무슨 말인가?" 무레는 창백해진 얼굴로 물었다.

"그렇다니까요! 그 여자가 여기 백화점에서 몰래 만나는 남자들이 있단 말입니다."

무레는 일그러진 얼굴로 애써 웃는 척하면서 다시 물었다.

"난 이제 그 여자한테 더 이상 관심 없네, 친구. 그러니까 편하게 얘기해도 되네. ……대체 누구라던가, 그 남자들이?"

"위탱입니다. 그리고 들로슈라고, 레이스 매장에 있는 덩치 크고 멍청한 놈도 있고요. ……아직 단정할 수는 없지만요. 제 눈으로 직접 확인한 건 아니거든요. 하지만 확인하고 자시고 할 필요도 없다니까요."

그리고 잠시 침묵이 흘렀다. 무레는 손이 떨리는 것을 감추기 위해 책상 위에 있는 서류들을 정리하는 척했다. 그러다 고개도 들지 않은 채 말했다.

"증거가 필요하네, 내게 증거를 가져오도록 하게. ……다시 말하지만, 난 이제 그 여자와는 아무 상관없네. 이제 그 여자한테 싫증이 났거든. 하지만 우리 백화점에서 그런 일은 결코 용납할 수 없네."

부르동클은 간단하게 대답했다.

"걱정 마십시오. 조만간 증거를 가져다 드릴 수 있을 겁니다. 제가 계속 주시하고 있거든요."

그러자 무레는 결정적으로 마음의 평정을 모두 잃어버렸다. 그리고 다시는 이 얘기를 꺼낼 엄두를 내지 못했다. 그는 자신의 심장을 갈기갈기 찢어놓을 어떤 끔찍한 일이 곧 일어날 것 같은 두려움 속에서 하루하루를 보냈다. 그리고 그의 고통이 그를 무시무시한 인물로 바꾸어놓아 백화점 전체가 공포에 떨어야 했다. 그는 이제 더 이상 부르동클의 뒤에 숨지 않았다. 가슴속의 응어리를 풀기 위한 것인 듯 직원을 해고하는 일도 그가 직접 나서서 했다. 마치 자신의 유일한 바람조차 충족시켜줄 수 없는 자신의 막강한 힘을 남용하는 데서 위안을 찾으려는 것 같았다. 이제 그가 매장을 시찰할 시간이 다가오면 모두들 두려움에 떨었다. 그리고 그가 나타나면 매장에서 매장으로 공포의 전율이 퍼져 나갔다. 때마침 비수기인 겨울에 접어들자, 그는 매장을 싹쓸이하듯 대량 해고를 감행하면서 수많은 희생자들을 거리로 내몰았다. 그러면서 그의 머릿속에 가장 먼저 떠오른 생각은 위탱과 들로슈를 해고하는 것이었다. 하지만 그들을 내쫓으면 결코 진실을 알지 못할 것이라는 생각이 들었다. 그리하여 다른 이들이 그들 대신 그 대가를 치렀고, 직원들 모두가 불안 속에 지내야 했다. 밤이 되면, 홀로 있는 그의 눈가엔 눈물이 그렁그렁 맺혔다.

그러던 어느 날, 그동안 쌓인 그의 분노가 한꺼번에 폭발하는 사건이 발생했다. 감독관 하나가, 장갑 매장의 미뇨가 물건을 훔치는 정황을 포착했음을 주장했던 것이다. 그의 매장 앞에는 늘 거동이 수상한 여자들이 서성이곤 했다. 그리하여 그곳을 예의 주시하던 감독관은 옷 안쪽의 엉덩이와 가슴 부분에 60켤레의 장갑을 가득 채운 한 여자를 붙잡을 수 있었다. 그때부터 감시를 강화한 결과, 이번에는 키가 큰 한 금발 여성이 물건을 훔치는 것을 도와주는 미뇨를 그 자리에서 붙잡을 수 있었다. 여자는 '루브르 백화점'의 판매원으로 일하다가 해고된 터였다. 매장에서 물건을 빼내는 방법은 간단했다. 여자한테 장갑을 끼워주는 척하면서, 여자가 장갑을 옷 안에 채워 넣을 때까지 기다렸다가 함께 계산대로 가서 한 켤레 값만 지불하는 식이었다. 그리고 바로 그런 행각이 적발된 순간, 무레가 그곳에 있었다. 본래 그는 수시로 발생하는 그런 종류의 일에 직접 개입하는 것을 좋아하지 않았다. 아무리 백화점이 정확하게 굴러가는 기계와 같다고 할지라도, 일부 매장에서 불미스러운 일들이 발생하는 것을 근본적으로 차단할 수는 없었다. 매주 절도 문제로 직원을 내보내는 일이 일어나지 않은 적이 단 한 번도 없을 정도였다. 하지만 경영진조차 그런 절도 사건에 대해 가능한 한 침묵을 지키고자 애썼다. 그런 일로 경찰을 끌어들여 백화점의 명성에 치명적이 될 수 있는 결함을 스스로 드러낼 필요가 없다고 판단했기 때문이다. 하지만 그날, 분노를 터뜨릴 대상이 필요했던 무레는 새하얗게 질린 채 일그러진 얼굴로 떨고 있던 잘생긴 청년 미뇨에게 거친 말들을 마구 쏟아냈다.

"당연히 경관을 불렀어야 하지만 그러지 않은 것을 감사하게 생각해야 할 것이네." 그는 다른 판매원들이 지켜보는 가운데 소리쳤다.

"자, 이제 말해보게! 저 여자가 대체 누군가? ……자네가 솔직하게 털어놓지 않으면 당장 경관에게 알릴 것이네."

그들은 여자를 데리고 가서 두 여성 판매원이 지켜보는 앞에서 옷을 벗도록 했다. 미뇨는 겁에 질린 채 더듬거렸다.

"사장님, 전 정말 모르는 여잡니다. ……오늘 처음 본 여자입니다."

"내게 거짓말할 생각일랑 하지 않는 게 좋을 거야!" 무레는 더욱더 격노하면서 그의 말을 가로막았다.

"그런데도 여기서 그 누구도 우리에게 알릴 생각을 하지 않았다니! 다들 내 말 똑똑히 들으라고! 이처럼 대놓고 절도 행위가 판을 치다니 여기가 무슨 봉디 숲*이라도 되는 줄 아는

---

*파리 동쪽에 위치한 숲으로, 과거에 도적이 자주 출몰하는 곳으로 악명이 높았다.

가! 이젠 다들 여기서 나가기 전에 몸수색이라도 해야 할 판이 아닌가 말이야!"

그러자 여기저기서 웅성거리는 소리가 들려왔다. 장갑을 고르던 서너 명의 여성 고객들은 놀란 얼굴로 그를 쳐다보았다.

"다들 조용히 하지 못하겠나!" 그는 다시 언성을 높여 말했다.

"안 그러면 여기를 모두 쓸어버리고 말 테니까!"

그때 스캔들을 두려워한 부르동클이 달려와 무레의 귀에 무슨 말인가를 속삭였다. 자칫하면 문제가 심각해질 수도 있는 상황이었다. 부르동클은 무레에게 미뇨를 가이용 광장 쪽 정문 가까이 위치한 1층의 감독관 사무실로 데리고 가도록 권했다. 문제의 여성은 그곳에서 다시 태연하게 코르셋을 입고 있었다. 그녀의 입에서 나온 이름은 알베르 롬프였다. 또다시 추궁을 받은 미뇨는 어쩔 줄 몰라 하면서 흐느끼기 시작했다. 그는 아무런 죄가 없었다. 알베르가 그에게 자기 애인들을 보냈던 것이다. 처음에는 할인된 가격으로 구매할 수 있게 하는 식으로 편의를 봐준 것뿐이었다. 그러다 그 여자들이 물건을 훔친 것을 알게 되었을 때는 자신마저 의심받을 것이 두려워 백화점 측에 알릴 용기가 나지 않았다. 그렇게 해서 백화점의 경영진들은 기막히게 다양한 절도 방식에 대해 알게 되었다. 물건을 훔친 여자들은 카페테리아 옆, 초록색 화초들 사이에 화려하게 꾸며놓은 화장실로 가서는 페티코트 속에 그것들을 감추었다. 계산대로 고객을 안내한 판매원이 고의로 상품을 호명하는 것을 누락하는 경우도 있었다. 그런 다음 해당 금액을 계산원과 나누어 가졌다. 심지어 판매한 물건을 허위로 반품 처리해 환불된 돈을 가로채기도 했다. 퇴근 시에 허리춤에 물건을 감아서 프록코트 속에 숨기거나, 때로는 허벅지에 길게 늘어뜨린 채 가지고 나가는 방식은 너무나 잘 알려진 수법이라 새삼 언급할 필요도 없었다. 그렇게 해서 14개월 전부터 미뇨와, 그들이 이름을 밝히기를 거부하는 또 다른 판매원들이 알베르 롬므의 계산대에서 파렴치하고 수상쩍은 짓거리들을 자행했던 것으로 드러났다. 하지만 그로 인한 손실이 얼마인지 그 정확한 숫자는 결코 알 길이 없었다.

그사이, 그 소식은 매장들 사이로 순식간에 퍼져 나갔다. 불안해하던 직원들은 더욱더 몸을 떨었고, 스스로에게 당당한 이들도 대규모의 해고 사태를 겪게 되지 않을까 전전긍긍했다. 먼저, 감독관 사무실로 불려 들어가는 알베르가 목격되었다. 그런 다음에는, 시뻘게진 얼굴로 가쁜 숨을 몰아쉬는 롬므가 뇌출혈이라도 일으킨 것처럼 뻣뻣해진 목덜미를 잡고 안으로 들어갔다. 마지막으로 오렐리 부인이 소환되었다. 그녀는 수모를 당하면서도 고개를 높이 쳐들고 있었지만, 밀랍으로 만든 마스크처럼 번들거리는 투실투실한 얼굴이 새하얗게 질려 있었다. 그들 사이에 얘기가 길게 이어졌지만, 그 내용에 관해서는 그 누구도 자세히 알지 못했다. 다만, 기성복 매장의 수석 구매상이 얼굴이 돌아갈 정도로 아들의 뺨을 세게 때렸고, 정직한 계산원인 아버지 롬므는 눈물을 흘렸으며, 사장은 평소와는 전혀 다른 모습으로 죄인들을 반드시 재판정에 세우겠다며 상스러운 욕설을 늘어놓았다는 추측성 소문들이 무성했을 뿐이었다. 하지만 오직 미뇨만이 그 자리에서 즉시 해고 처리되었다. 알베르는 그로부터 이틀 후에 모습을 감추었다. 아마도 자신의 아들이 그 자리에서 즉시 쫓겨남으로써 가문의 명예에 먹칠을 하는 일이 없도록 오렐리 부인이 간청을 한 때문인 듯했다. 하지만 그렇게 마무리가 된 후에도 공포 분위기는 며칠 간 더 지속되었다. 그 일이 있은 후 무레는 무시무시한 눈빛을 한 채 백화점을 끝에서 끝까지 수시로 돌아보았다. 그러다 누 군가가 고개를 들기라도 할라치면 그 자리에서 가차 없이 해고 시켜버렸다.

"거기, 자네 지금 뭐하고 있는 거지, 파리가 몇 마린지 세고 있는 건가? ……당장 창구로 가시오!"

그리고 어느 날, 급기야 위탱의 머리 위에도 벼락이 내리치 고 말았다. 이제 실크 매장의 부수석 구매상이 된 파비에는 수 석 구매상인 위탱을 몰아내기 위해 그를 야금야금 먹어치우고 있었다. 경영진에게 은밀하게 그에 관한 보고를 한다든지, 매 장 책임자가 과오를 저지르는 것이 현장에서 포착될 수 있는 기회를 만드는 식으로 끊임없이 계략을 꾸미는 일에 골몰했다. 그러던 어느 날 아침, 실크 매장을 지나던 무레는 검은색 벨벳 의 판매 가격을 모두 고쳐 적고 있는 파비에를 보고는 놀라 걸 음을 멈추었다.

"어째서 가격을 낮춰서 적고 있는 건가? 누가 그런 지시를 내렸지?"

그곳을 지나가는 사장의 주의를 끌기 위해 요란하게 법석을 떨고 있던 부수석 구매상은 그로 인해 닥칠 일을 예상하면서도 깜짝 놀라는 듯한 얼굴로 대답했다.

"무슈 위탱이 그렇게 하라고 했습니다, 사장님."

"무슈 위탱이라고! ……그는 대체 지금 어디 있나?"

판매원 하나가 발송 부서로 내려가 위탱을 찾아 데리고 오 자 그들 사이에 옥신각신하며 격렬한 언쟁이 벌어졌다. 지금 이게 뭐하는 짓인가! 이젠 임의대로 제품 가격을 낮추기까지

하다니! 그러자 이번에는 위탱이 몹시 놀란 얼굴로 항변했다. 그는 단지 파비에와 가격을 낮추는 것에 관해 얘기를 했을 뿐 적극적으로 지시를 내린 것은 결코 아니었다. 그러자 파비에는 상관의 말을 반박할 수밖에 없는 입장에 놓이게 된 것을 유감스럽게 생각하는 듯한 표정을 지어 보였다. 그리고 그를 곤경에서 벗어나게 할 수 있다면 자신이 실수했음을 인정할 수도 있다고 말했다. 하지만 그의 말은 상황을 더 악화시켰을 뿐이었다.

"내 말 잘 들으시오, 무슈 위탱!" 무레가 소리쳤다.

"난 이런 식의 독단적인 행동을 결코 용납한 적이 없소. ……제품 가격을 결정하는 건 오직 경영진만이 할 수 있는 것이오."

그는 위탱에게 모욕감을 느끼게 하려는 의도가 담긴 거친 목소리로 질책을 계속했다. 사장의 그런 모습은 다른 판매원들을 놀라게 했다. 그런 얘기는 대개 조용한 곳에서 오가는 데다, 이 경우는 사실상 오해에서 비롯된 것일 수 있기 때문이었다. 그들의 눈에는 사장이 마음속 깊은 곳에 감추고 있던 악감정을 위탱에게 쏟아내고 있는 것처럼 보였다. 그는 마침내 드니즈의 애인으로 알려진 그 위탱이라는 남자가 과오를 저지르는 현장을 잡아낼 수 있었던 것이다! 그리하여 그에게 자신이 주인임을 단단히 느끼게 함으로써 다소 위안을 받을 수 있었다! 게다가 한술 더 떠서, 위탱이 가격을 인하한 것이 떳떳하지 못한 저의를 감추고 있음을 암시하기까지 했다.

"그러잖아도 이 제품의 가격을 인하할 것을 사장님께 건의하려던 참이었습니다. ……그래야 한다는 걸 사장님도 잘 알고 계시지 않습니까. 이 벨벳 제품은 판매가 아주 저조합니다."

무레는 마지막으로 다시 한 번 더 매몰차게 그의 말을 중단시키면서 단호한 모습을 보이고자 했다.

"알겠소, 그 문제는 다시 살펴보도록 하겠소. ……하지만 여기서 계속 일하고 싶으면 다시는 그런 식으로 행동하지 않는 게 좋을 거요."

그리고 뒤로 돌아 그 자리를 떠났다. 어이없어하며 씩씩거리던 위탱이 분풀이할 상대라고는 파비에밖에는 없었다. 그리하여 그를 향해 당장 사장의 얼굴에 사표를 던져버릴 거라며 큰 소리로 욕설을 퍼부었다. 그런 다음에는 다시는 그만둔다는 얘기를 꺼내지 않았다. 다만, 평소 경영진에게 엄청난 불만을 품고 그들을 비난하는 판매원들을 더더욱 부추겼을 뿐이었다. 파비에는 그의 입장을 십분 이해하는 척하면서 반짝거리는 눈으로 자신의 행동을 해명하기에 바빴다. 그는 사장의 질문에 대답을 했어야만 했다, 그렇지 않은가? 게다가 그깟 대수롭지 않은 일로 이렇게까지 소란을 피울 줄 누가 알았겠는가? 요즘 사장이 대체 왜 저러는지 그로서는 도무지 이해가 되지 않았다. 마치 정신 나간 사람처럼 흥분하며 난리를 치는 게 정말 이상하지 않은가 말이다.

"오! 난 사장이 왜 그러는지 잘 알지." 위탱이 말했다.

"그 기성복 매장의 헤픈 여자가 그를 열 받게 하는 게 내 책임이냔 말이지! ……이제 알겠나, 친구, 바로 그것 때문에 그러는 거라고. 그는 내가 그 여자하고 잤다는 걸 알고 있고, 그게 영 기분 나쁜 거지. 아니면, 그 여자가 날 여기서 내쫓고 싶어 하기 때문이거나. 나하고 마주치기가 불편해서겠지. ……맹세하건대, 나한테 걸리기만 하면 그 여자를 절대 가만두지 않을 거야."

그로부터 이틀 후, 꼭대기 층의 지붕 바로 아래 있는 수선실에 여공 한 사람을 추천하기 위해 올라갔던 위탱은 드니즈와 들로슈가 함께 있는 것을 발견하고는 소스라치듯 놀랐다. 복도 끝 쪽에 창문이 열려 있고, 두 사람은 창가에 기댄 채 나지막한 소리로 다정하게 얘기를 나누느라 뒤를 돌아볼 생각도 하지 않았다. 들로슈가 울고 있는 것을 본 위탱의 머릿속에 문득, 감독관으로 하여금 그들이 함께 있는 현장을 적발하도록 해야겠다는 생각이 떠올랐다. 그러자 그는 조용히 그 자리를 떠났다. 그리고 계단에서 부르동클과 주브와 마주치자 소화전의 문 한 짝이 떨어져 나간 것 같다고 둘러댔다. 그리하여 위층으로 올라간 그들은 두 사람이 함께 있는 광경을 목격하게 되었다. 먼저 그들을 발견한 부르동클은 그 자리에 멈춰 섰다. 그리고 그가 그들을 지키는 동안 주브 감독관에게 사장을 찾아 데리고 오도록 했다. 주브는 이런 일에 말려드는 게 몹시 껄끄러웠지만 그의 말에 따르지 않을 수 없었다.

　두 사람이 있는 곳은 수많은 사람들이 북적거리는 '여인들의 행복 백화점'의 거대한 세상과는 동떨어진 듯한 후미진 곳이었다. 그곳에 가려면 복잡한 계단과 복도를 여러 번 거쳐야 했다. 수선실은 망사르드 지붕 밑의 다락방들로 이루어져 있었고, 함석으로 된 커다란 내닫이창으로 비치는 햇빛이 길게 이어져 있는 방들을 밝혀주고 있었다. 가구라고는 기다란 테이블과 커다란 무쇠 난로 들이 전부였다. 그곳에서는 란제리 수선공, 레이스 수선공, 카펫 수선공, 기성복 수선공 들이 지냈는데, 1년 내내 숨 막히는 열기와 수선공들의 일감에서 풍기는 독특한 냄새가 뒤섞여 탁한 공기를 이루고 있었다. 수선실 옆쪽으로 난 기다란 복도를 따라가다가 기성복 수선공들이 있는 곳을 지나 왼쪽으로 꺾어져 계단 다섯 칸을 올라가면 예의 그 후미진 곳이 나왔다. 가끔씩 옷을 주문하기 위해 판매원이 수선실로 고객을 데리고 올 때면, 고객은 기진맥진해 숨을 헐떡거리면서, 길에서 적어도 수십 마일은 떨어진 곳에서 몇 시간 전부터 같은 곳을 빙빙 도는 것 같다면서 황당한 표정을 지어 보이곤 했다.

드니즈는 이미 수차례 그곳에서 자신을 기다리고 있는 들로슈와 맞닥뜨렸다. 부수석 구매상인 그녀는 수선실과 매장의 긴밀한 협업을 책임지고 있었다. 수선실에서는 옷의 샘플을 만드는 일과 수선만을 맡아 했다. 드니즈는 주문 사항을 전달하기 위해 수시로 그곳으로 올라갔다. 그럴 때마다, 그녀를 지켜보고 있던 들로슈는 핑계를 대고는 몰래 그녀를 뒤따라갔다. 그러다 기성복 수선실 앞에서 그녀와 마주치면 깜짝 놀라는 척했다. 그러면 드니즈는 웃음을 터뜨렸다. 그것은 마치 허용된 데이트와도 같았다. 길게 이어진 복도 옆쪽으로는 물탱크가 있었다. 금속으로 된 거대한 사각의 물탱크에는 6만 리터의 물이 저장돼 있었다. 그리고 지붕 위에는 똑같은 크기의 또 다른 물탱크가 있었다. 그곳에 오르기 위해서는 쇠로 된 사다리를 사용해야 했다. 들로슈는 피곤에 지친 커다란 몸을 쉬게 하기 위해 잠시 물탱크에 한쪽 어깨를 기댄 채 얘기를 하고 있었다. 물탱크에서 나는 물소리가 마치 노랫소리처럼 신비스럽게 들리면서, 철판을 통해 음악적인 떨림으로 전해져 왔다. 무거운 적막감이 감돌고 있었지만 드니즈는 불안한 얼굴로 뒤를 돌아보았다. 연노랑으로 칠해진 벽 위로 언뜻 그림자가 스치는 것을 본 듯했기 때문이었다. 하지만 이내 창문 밖 풍경에 이끌린 그들은 한동안 창가에 팔꿈치를 기댄 채 자신들의 고향 마을에 관한 추억을 되새기며 웃고 떠드는 가운데 잡다한 세상사를 잊을 수 있었다. 그들의 머리 위로 펼쳐진 중앙 갤러리의 거대한 유리 지붕은 멀리 떨어진 건물의 지붕들로 둘러싸여 있었다. 마치 암석으로 이루어진 해안을 연상시키는 광경이었다. 그 너머로 보이는 것이라고는 하늘이 전부였다. 끝없이 펼쳐진 하늘이 물이 고여 있는 호수 같은 유리 지붕 위로 구름의 움직임과 창공의 연푸른빛을 반사시켰다.

그날 그 시각에 들로슈는 발로뉴 얘기를 하고 있었다.

"내가 여섯 살 때 어머니는 날 짐수레에 태워 도시에 있는 시장에 데려가곤 하셨죠. 집에서 13킬로미터는 족히 떨어진 곳이었어요. 그래서 장에 가려면 브리크베크에서 늦어도 새벽 5시에는 출발해야 했죠. ……가는 길이 참 아름다웠어요. 혹시 가본 적 있나요?"

"네, 네." 드니즈는 먼 곳을 바라보며 느릿하게 대답했다.

"예전에 한 번 가본 적이 있어요, 아주 어렸을 적에. ……길 양쪽으로 잔디밭이 있었죠, 아마? 그리고 군데군데 양들이 한 쌍씩 짝을 지어, 묶여 있던 밧줄을 끌면서 돌아다니는 것도 봤고요……."

잠시 얘기를 멈춘 그녀는 엷은 미소를 띠면서 다시 이어 말했다.

"내가 살던 곳에는 곧게 뻗은 길이 수 마일에 걸쳐 길게 이어졌어요. 길 양쪽으로 무성한 나무들이 그늘을 드리웠고요. ……내 키보다 훨씬 큰 산울타리로 둘러싸인 목초지도 있었죠. 그곳에는 말과 소 들이 있었고요. ……조그만 강도 있었는데, 덤불 아래쪽으로 내가 잘 아는 곳에는 물이 아주 차가웠어요."

"우리 집 근처랑 똑같아요! 정말 똑같아요!" 들로슈는 반색을 하며 외쳤다.

"주변에는 온통 풀밭뿐이었죠. 산사나무랑 느릅나무로 둘러싸인 풀밭에서는 마치 자기 집 같은 편안함을 느낄 수 있었어요. 사방이 온통 초록색이었죠, 오! 여기 파리에서는 구경조차 하기 힘든 그런 초록색이요. ……맙소사! 방앗간에서 내려오는 길 왼쪽에 있던, 움푹 들어간 공터에서 얼마나 신나게 놀았는지 몰라요!"

그들의 목소리는 점차 잦아들었다. 두 사람은 햇살이 비추는 유리 호수를 넋 나간 듯 멍하니 바라보았다. 눈부신 호수의 표면으로부터 신기루가 솟아올랐다. 그들의 눈앞에 고향의 목초지가 끝없이 펼쳐졌다. 태양의 숨결에 젖어든 고향 마을, 지평선을 수채화처럼 섬세한 회색빛으로 물들이는 반짝거리는 수증기에 잠긴 코탕탱의 정경이 눈앞에 어른거렸다. 그들 아래쪽으로는, 거대한 철제 골조 아래 홀의 실크 매장으로부터 한창 가동 중인 기계의 떨림과 판매의 뜨거운 열기가 느껴졌다. 군중의 발소리와 판매원들의 분주함, 3만여 명의 인파가 서로 부대끼는 삶으로 인해 백화점 전체가 떨리고 있었다. 꿈속에 잠긴 두 사람은 건물 지붕마저 떨리게 만드는 은밀하고도 강력한 아우성을 느끼면서, 목초지 위로 불어와 커다란 나무들을 뒤흔드는 거센 바닷바람 소리를 듣고 있는 듯한 착각 속으로 빠져들었다.

"오! 마드무아젤 드니즈." 들로슈가 더듬거리며 말했다.

"내게 왜 그렇게 냉정하세요? ……내가 당신을 얼마나 좋아하는지 잘 알잖아요!"

그의 눈에 눈물이 맺혔다. 드니즈가 손짓으로 그의 말을 가로막으려 했지만 그는 격한 어조로 얘기를 계속했다.

"아뇨, 당신한테 다시 한 번 더 말하게 해줘요. ……우린 정말 함께 잘 지낼 수 있을 거예요! 고향이 같은 사람들끼리는 언제나 서로 할 얘기가 많을 테니까요."

그가 목이 메어 말을 잇지 못하자 드니즈는 마침내 차분히 대답할 수 있었다.

"이러면 안 된다는 걸 잘 알고 있잖아요. 이런 얘기는 다시 하지 않겠다고 내게 약속했었고요. ……난 그럴 수 없어요. 내가 당신을 좋아하는 건 사실이에요. 당신은 좋은 사람이니까요. 하지만 당신이 원하는 건 들어줄 수가 없어요."

"알아요, 나도 잘 압니다." 들로슈는 깊은 절망감이 느껴지는 목소리로 말했다.

"당신이 나를 사랑하지 않는다는 걸요. 오! 괜찮아요, 난 다 이해할 수 있어요. 아무것도 가진 게 없는 나를 당신이 좋아해 주길 바랄 수는 없는 거니까요. ……그거 알아요? 지금까지 내 인생에서 가장 행복했던 순간은 주앵빌에서 당신을 만났던 그날 저녁이었어요. 기억나요? 캄캄해서 주위의 아무것도 보이지 않았을 때 우린 나무 아래를 함께 거닐었죠. 난 그날 잠깐 동안, 당신이 팔을 떨고 있는 것을 느끼고는 어리석게도 당신이 나를……"

하지만 드니즈는 또다시 그의 말을 가로막았다. 그녀의 예민한 귀가 복도 끝에서 부르동클과 주브가 내는 발소리를 감지했기 때문이었다.

"쉿, 들어봐요, 발자국 소리가 났어요."

"그게 아니에요." 들로슈는 그녀가 창가를 떠나지 못하도록 붙잡으면서 말했다.

"이 물탱크에서 나는 소리예요. 여기선 늘 이상한 소리가 들리거든요. 마치 이 안에 사람들이 들어 있는 것처럼 말이죠."

그는 소심하면서도 애정이 깃든 원망을 계속 늘어놓았다. 드니즈는 그의 말을 건성으로 들으면서, 사랑의 속삭임이 선사하는 달콤함에 취한 채 '여인들의 행복 백화점'의 지붕 위를 둘러보았다. 유리 지붕이 덮인 갤러리의 오른쪽과 왼쪽으로는 또 다른 갤러리와 홀들이 햇빛을 받아 빛나고 있었다. 그 양 옆으로는 창문이 달린 지붕 밑 방들이 병영을 닮은 모습으로 대칭을 이루며 길게 나 있었다. 금속 골조와 사다리, 다리 등의 레이스 같은 윤곽이 파란 하늘빛 속에서 두드러져 보였다. 구내식당 주방의 굴뚝은 공장의 굴뚝처럼 두꺼운 연기를 뿜어냈다. 하늘을 배경으로 무쇠 기둥 위에 우뚝 서 있는 커다란 사각 물탱크는 인간의 오만에 의해 높은 곳에 세워진 야만적인 건축물처럼 기이하게 보였다. 그리고 저 멀리서, 파리가 우르릉거리고 있었다.

탁 트인 공간과 백화점의 부속 건물을 둘러보며 골똘히 혼자만의 상념에 잠겼다가 문득 정신을 차린 드니즈는 들로슈가 자신의 손을 잡고 있음을 깨달았다. 하지만 그가 몹시 상심한 얼굴을 하고 있어서 차마 손을 거둘 수가 없었다.

"날 용서해줘요." 그가 나직이 말했다.

"이제 다시는 이런 일이 없을 거예요. 당신이 이런 날 벌하기 위해 내게서 멀어진다면 난 정말 불행해지고 말 겁니다. ……맹세코 당신한테 이런 얘기를 하려던 게 아니었어요, 정말이에요. 난 상황을 이해하고 올바르게 처신하기로 스스로에게 다짐했거든요."

그는 또다시 눈물을 흘리면서 떨리는 목소리를 애써 가다듬으며 말했다.

"난 인생에서 내 몫이 어떤 건지 잘 알고 있어요. 이제 와서 갑자기 운이 좋아질 거라고 생각하지도 않고요. 고향에서도, 파리에 와서도, 어디서건 두들겨 맞고 깨지는 인생인 거죠. 백화점에서 일한 지 4년이나 되었지만 매장에서도 아직 꼴찌를 면하지 못하고 있는 걸 보면 알 수 있죠. ……그래서 당신한테 나 때문에 마음 쓰지 말라는 얘기를 하려던 참이었어요. 이제 더 이상 당신을 성가시게 하는 일은 없을 겁니다. 그러니까 부디 행복하게 잘 지내세요. 다른 누군가를 사랑하면서요. 그래요, 그럼 나도 기쁠 겁니다. 당신이 행복하면 나도 행복해질 테니까요. ……당신의 행복이 곧 내 행복이니까요."

그는 더 이상 말을 잇지 못했다. 그리고 자신의 약속을 확인시키듯, 주인에게 충성을 맹세하는 노예처럼 엄숙하게 그녀의 손등에 입을 맞추었다. 그러자 몹시 감동을 받은 드니즈는 연민보다는 다정한 형제애가 느껴지는 말로 자신의 마음을 표현했다.

"가여운 사람!"

그 순간 두 사람은 전율을 느끼면서 뒤를 돌아보았다. 무레가 그들 앞에 버티고 서 있었다.

10여 분 전부터 주브 감독관은 그를 찾으러 사방을 헤매고 다녔다. 무레는 디스 데상브르 가에 새로 짓고 있는 건물의 작업장에 가 있었다. 그는 매일 그곳에서 한참을 머무르면서, 자신이 오랫동안 꿈꾸어왔던 그 일에 관심을 기울이고자 애썼다. 작업장은 그에게는, 커다란 돌들로 건물 가장자리를 쌓아 올리는 석공들과 철제 골조를 세우는 철공들 가운데서 잠시나마 고통을 잊을 수 있는 도피처와 같은 곳이었다. 이미 지면 위로 올라가기 시작한 건물 정면은 거대한 입구와 1층의 내닫이창을 포함해 대략적인 윤곽을 드러내고 있었다. 그는 사다리를 타고 위로 올라가, 완전히 새로운 모습을 선보일 건물 장식에 관해 건축가와 의견을 나누었다. 그런 다음 철제 부품과 벽돌을 뛰어넘어 지하실까지 내려갔다. 그러는 사이, 판자로 둘러싸인 거대한 우리 같은 작업장 사방에서 들려오는 온갖 소음들, 우르릉거리는 증기기관 소리, 똑딱거리며 움직이는 윈치 소리, 요란한 망치 소리, 일꾼들의 외침 들이 그의 머리를 어지럽게 했다. 그는 하얀색 석고 가루와 검은색 줄밥을 뒤집어쓰고, 수도꼭지에서 튄 물에 발이 젖은 채로 작업장을 나섰다. 하지만 그곳에서도 그의 아픔을 치유할 수는 없었다. 뒤쪽에서 작업장의 소음이 점차 잦아듦에 따라 또다시 고통이 밀려오면서 그의 심장이 격렬하게 뛰기 시작했다. 그래도 그날은 잠시나마 유쾌한 시간을 보낼 수 있었다. 프리즈를 장식할 모자이크와 유약을 칠한 테라코타의 디자인을 살펴보느라 마음이 들떠 있었던 것이다. 바로 그때 주브 감독관이 나타나 가쁜 숨을 몰아쉬면서 그를 불렀다. 주브는 사방에 널려 있는 건축 자재들 때문에 자신의 프록코트가 더러워질까 봐 몹시 신경이 쓰이는 눈치였다. 무레는 처음에는 기다리라고 소리를 질렀다. 하지만 감독관이 조그만 소리로 무언가를 속삭이자, 다시 표정이 어두워져서는 불안해하며 그를 따라갔다. 이제 더 이상 아무것도 존재하지 않았다. 새 건물은 미처 다 올라가기도 전에 와르르 무너져 내렸다. 그의 자존심의 지고한 승리 따위가 다 무슨 소용이란 말인가! 나지막이 들려준 한 여자의 이름이 그를 이토록 고통스럽게 하기에 충분한 것을!

그가 위층으로 올라가자, 부르동클과 주브는 물러나는 게 좋겠다고 판단했다. 들로슈 역시 재빨리 그 자리를 떠났다. 오직 드니즈만이 평소보다 더 하얘진 얼굴로, 하지만 무레의 얼굴을 똑바로 응시하면서 그와 마주하고 서 있었다.

"마드무아젤, 날 따라오시오." 그는 엄격한 목소리로 말했다.

드니즈는 그를 뒤따라갔다. 그들은 아무 말 없이 두 개 층을 내려가 가구 매장과 카펫 매장을 통과해 지나갔다. 마침내 그의 사무실 앞에 이르자 무레는 문을 활짝 열어젖혔다.

"들어가시오, 마드무아젤."

문을 다시 닫은 그는 책상으로 가서 앉았다. 경영자의 새 사무실은 이전 것보다 한결 호화롭게 꾸며져 있었다. 초록색 벨벳 장식 천이 레프스를 대신하고 있었고, 상아로 장식된 서가가 벽의 한 면을 온통 차지하고 있었다. 하지만 벽에는 여전히 에두앵 부인의 초상화 외에는 아무것도 걸려 있지 않았다. 평온해 보이는 아름다운 얼굴의 젊은 여성이 금빛 액자 속에서 미소 짓고 있었다.

"마드무아젤," 마침내 그는 냉정하고도 엄격한 태도를 유지하려고 애쓰면서 말했다.

"우리가 용납할 수 없는 것들이 있다는 걸 잘 알 텐데요. 여기서는 지켜야 할 규율이란 게 있는……"

잠시 얘기를 중단한 그는 머릿속에서 적절한 말을 찾고 있었다. 그러면서 배 속에서부터 치밀어 오르는 분노를 밖으로 드러내지 않기 위해 부단히 애를 써야 했다. 어떻게 이럴 수가 있단 말인가! 그러니까 그녀가 좋아하는 남자가 그 청년이었단 말인가! 그 보잘것없는 판매원을, 매장의 만년 조롱거리인 그를 좋아하다니! 어떻게, 모든 것을 가진 주인인 자신을 제쳐두고, 아무것도 가진 것 없고, 매사에 서툴기 짝이 없는 그를 선택할 수가 있단 말인가! 그는 두 사람이 함께 있는 것을 자신의 두 눈으로 똑똑히 확인한 터였다. 그녀가 내민 손에 그 남자가 거침없이 키스를 퍼붓고 있는 광경을!

"난 지금까지 당신을 진심으로 배려했다고 생각하오, 마드무아젤." 그는 또다시 자제하려고 애쓰면서 얘기를 계속했다.

"그런데 이런 식으로 보상을 받게 될 줄은 정말 몰랐소."

드니즈는 문간에서부터 에두앵 부인의 초상화에 이끌렸다. 당혹감을 느끼면서도 거기서 눈을 떼지 못했다. 무레의 사무실에 들어올 때마다 그녀의 시선은 초상화 속 여인의 눈길과 마주쳤다. 드니즈는 에두앵 부인에게 일말의 두려움과 함께 깊은 호감을 느꼈다. 이번에는, 그녀가 마치 그곳에서 자신을 내려다보며 보호해주는 느낌이 들었다.

"죄송합니다, 사장님." 드니즈는 차분한 목소리로 대꾸했다.

"업무 중에 그렇게 얘기를 나눈 것은 제 잘못입니다. 그 일에 대해서는 진심으로 사과드립니다. ……그 사람이 저와 고향이 같다보니 그만……"

"그를 내쫓고 말겠소!" 무레는 분노를 참지 못하고 자신의 고통을 고스란히 담아 소리쳤다.

감정을 자제할 수 없었던 그는 규율을 어긴 판매원에게 훈계하는 경영자의 역할을 망각한 채 거친 말들을 마구 뱉어냈다. 도무지 부끄러움이라고는 모르는 것인가? 어떻게 그녀 같은 여자가 그런 남자에게 넘어갈 수 있단 말인가! 그는 그녀를 향해 입에 담기 힘든 비난들을 거침없이 쏟아내면서 위탱과 또다른 남자들의 이름을 들먹거렸다. 드니즈에게는 변명할 틈조차 주지 않고 속사포처럼 쉴 새 없이 떠들어댔다. 그러면서, 백화점을 몽땅 쓸어버리고 그들 모두를 거리로 내쫓고 말 것이라고 엄포를 놓았다. 주브를 따라오는 동안 엄격하게 해명을 요구하리라고 다짐했던 무레는 질투에 눈먼 남자처럼 거친 행동을 서슴지 않았다.

"그렇소, 당신 애인들 말이오! ……다른 사람들이 누차 귀띔을 해주었지만 어리석게도 난 그걸 믿지 않았었소. ……그런데 나만 모르고 있었던 거요! 바보같이 나만 모르고 있었다고!"

드니즈는 아연실색한 채 멍한 얼굴로 그가 쏟아내는 끔찍한 비난의 말을 듣고 있었다. 처음에는 그가 무슨 말을 하는지 잘 이해하지 못했다. 맙소사! 그러니까 그가 자신을 몸가짐이 헤픈 여자로 생각하고 있다는 건가? 그러다 무레의 도가 지나치는 말 한마디에 드니즈는 아무런 대꾸 없이 문으로 향했다. 그리고 가지 말라는 그의 손짓에 그녀는 조용히 말했다.

"절 그냥 내버려두세요, 사장님. 전 갈 테니까요. ……방금 하신 말씀이 진심이라면, 1초라도 이곳에 더 머무를 이유가 없을 것 같군요."

그러자 무레가 달려와 문 앞을 가로막으며 말했다.

"적어도 뭐라고 변명이라도 해보란 말이오! ……아무 말이라도 좋으니까, 제발!"

드니즈는 차가운 침묵으로 일관하면서 똑바로 서 있었다. 그는 점점 더 안절부절못하면서 그녀에게 질문 공세를 퍼부었다. 드니즈의 위엄이 깃든 침묵은 그에게는 여전히 사랑의 전략에 익숙한 여자의 영악한 계산에서 비롯된 것으로 여겨졌다. 그렇지 않다면, 그를 이토록 의심에 시달리게 하고, 그 어느 때보다 더 그녀의 말을 믿고 싶게 만들면서, 결국에는 그녀의 발밑에 무릎 꿇게 만드는 연극을 할 수는 없었을 터였다.

"그러니까 내 말은, 당신이 아까 그랬잖소, 그가 당신 동향 사람이라고……. 그러니까 어쩌면 두 사람은 거기서부터 서로 알고 지냈을지도……. 부디, 두 사람 사이에는 아무 일도 없었다고 내 앞에서 맹세해주시오."

하지만 드니즈가 여전히 침묵으로 일관하면서 문을 열고 가버리려고 하자, 그는 자제력을 잃고 고통스러운 심경을 폭발시키고 말았다.

"맙소사! 당신을 사랑하오, 당신을 사랑한단 말이오. ……그런데 어째서 당신은 날 이토록 괴롭히는 것을 즐기는 것이오? 내겐 오직 당신밖에 없다는 게 당신 눈에는 보이지 않는 거요? 내가 당신하고 상관있는 사람들 얘기만을 하고 있다는 걸 모르겠소? 이제 내겐 당신이 이 세상 그 무엇보다 중요하다는 걸 진정 모른단 말이오? ……난 당신이 질투를 한다고 생각해서 평소에 좋아하던 것들도 모두 끊어버렸소. 당신도 내가 여자들을 많이 만나고 다닌다는 얘길 들었을 거요. 하지만 이젠 그런 생활도 모두 접었소. 이젠 외출조차 거의 하지 않고 지낸단 말이오. 그 여자 집에서도 내가 당신을 선택했었다는 걸 벌써 잊은 거요? 난 오직 당신에게만 전념하기 위해 그녀와도 모두 끝냈소. 그런데 난 아직 당신에게서 고맙다는 말 한마디, 다정한 말 한마디 듣지 못했소. ……그리고 행여 내가 그 여자를 다시 만날까 봐 걱정하는 거라면 마음을 놓아도 될 것이오. 그녀는 나한테 복수하려고, 내가 데리고 있던 직원한테 우리와 경쟁할 새 백화점을 열도록 부추기기까지 하니까……. 말해보시오, 이런데도 아직 당신 마음을 얻을 수 없다면 내가 어찌하면 되겠소? 당신 앞에서 내가 무릎이라도 꿇기를 바라는 거요?"

그는 그 지경까지 와 있었다. 자신의 판매원들에게는 작은 실수조차 허용치 않기로 소문난 그가, 일시적인 기분에 따라 그들을 거리로 내쫓기를 서슴지 않는 그가, 그중 한 여자에게 자신을 떠나지 말 것을, 비참함 속에 자신을 버려두지 말 것을 애원하는 지경에 이르렀던 것이다. 그러면서, 그녀가 가버리지 못하도록 문을 가로막고 서 있었다. 그는 그녀가 설령 거짓말을 하더라도 그녀를 기꺼이 용서하고 눈감아줄 수 있었다. 그리고 그가 말한 것은 모두 사실이었다. 그는 소극장의 무대 뒤나 밤늦게 식당에서 만나 잠시 즐기는 부류의 여자들에게 역겨움을 느끼게 되었다. 클라라도 더 이상 만나지 않았으며, 데포르주 부인의 집에는 발길을 끊은 지 오래였다. 이제 그 집에는 그 대신 부트몽이 이미 신문 광고 지면을 가득 채우고 있는 '까트르 세종 백화점'의 개장을 기다리면서 활개를 치고 다녔다.

"말해보시오, 내가 당신 앞에 무릎을 꿇으면 되겠소?" 그는 울고 싶은 것을 간신히 참느라 목이 멘 채 거듭 물었다.

그러자 드니즈 역시 혼란스러운 속내를 감추기 힘들어하며 손짓으로 그의 말을 가로막았다. 그녀를 향한 그의 고통스러운 열정은 그녀의 마음속 깊은 곳을 움직였다.

"이런 하찮은 일로 마음 쓰시지 않았으면 합니다, 사장님." 그녀는 마침내 그의 말에 대답했다.

"그런 허무맹랑한 소문들은 모두가 지어낸 얘기라는 걸 맹세할 수 있으니까요. ……조금 전에 보신 그 가엾은 친구도 저처럼 아무 잘못이 없는 건 물론이고요."

예의 당당함을 되찾은 그녀는 순수한 눈빛으로 똑바로 앞을 바라보며 말했다.

"알겠소, 난 당신을 믿소." 무레는 나지막이 말했다.

"당신 동료들은 아무도 내보내지 않을 것이오. 당신이 그토록 아끼고 보호하려는 사람들이니까……. 그런데 아무도 좋아하지 않는다면서 어째서 날 계속 밀어내는 것이오?"

그러자 드니즈는 갑작스레 당황하면서, 수줍고 불안해하는 처녀 같은 태도를 보였다.

"누군가를 마음에 두고 있어서 그런 게 아니오? 그렇지 않소?" 그는 떨리는 목소리로 다시 물었다.

"오! 솔직하게 얘기해도 괜찮소, 내가 당신 마음을 어떻게 할 수는 없는 거니까……. 누군가를 좋아하고 있는 게 맞는 거요?"

드니즈는 얼굴이 발갛게 달아오른 채 입 밖으로 튀어나오려는 말을 간신히 억눌러야 했다. 이제 더 이상 억제하기가 힘든 감정 때문에 이런 식으로 거짓말을 계속한다는 건 불가능해 보였다. 본래 거짓말을 끔찍이도 싫어하는 성격 탓에 얼굴에 진실이 그대로 드러나 보였기 때문이었다.

"네, 사장님." 그녀는 마침내 맥없는 소리로 솔직하게 대답했다.

"그러니까 이젠 절 좀 그냥 내버려두세요. 절 그만 힘들게 하시고요."

이젠 그녀가 고통스러워하고 있었다. 그를 이만큼 거부했으면 그걸로 충분하지 않은가? 얼마나 더 그녀 자신과, 때로 그녀에게서 모든 용기를 앗아 가는 애정의 숨결에 맞서서 싸워야만 하는 걸까? 그가 그녀에게 이런 식으로 얘기할 때면, 그리고 그토록 감정이 격해지면서 혼란스러워하는 그를 볼 때마다, 그녀는 자신이 왜 그를 거부하고 있는지도 더 이상 알지 못했다. 그렇게 한차례 갈등하고 난 후에야, 건강한 젊은 여성의 깊은 내면에서 비롯되는 자존심과 냉철함으로 다시 자신을 다잡으면서 처녀로서의 고집스러움을 유지할 수 있었다. 그녀가 자신의 뜻을 굽히지 않는 것은 행복을 추구하는 본능 때문이었다. 정숙한 여성으로 남고자 해서가 아니라, 지금의 평온한 삶을 유지하고자 하는 바람 때문이었다. 내일 어찌 될지 모르는 불안한 삶 속으로 자신을 내던지는 것에 저항심이나 혐오감에 가까운 감정을 느끼지 않았다면, 분명 이 남자에게로 몸과 마음이 강렬하게 이끌린 채 그의 품속으로 주저 없이 뛰어들고 말았을 터였다. 연인은 그녀를 두렵게 했다. 그녀는 남자가 가까이 다가오면 미칠 것 같은 두려움으로 인해 얼굴이 창백해지는 그런 여자였다.

그사이, 무레는 몹시 낙담한 듯 우울하고 어두운 얼굴을 하고 있었다. 그로서는 도무지 이해할 수가 없었다. 다시 책상으로 돌아가 앉은 그는 서류를 뒤적거리다가는 이내 다시 내려놓고 말했다.

"더 이상 당신을 붙잡지 않겠소, 마드무아젤, 당신이 원하지 않는데 억지로 잡아둘 수는 없을 테니까."

"하지만 전 이곳을 떠나겠다고 얘기한 적은 없는데요." 드니즈는 미소를 지어 보이며 말했다.

"제가 떳떳하다는 것을 믿으신다면 전 이곳에 계속 남아 있을 겁니다. ……대부분의 여자들이 올바른 몸가짐을 지녔음을 믿으실 필요가 있을 것 같군요, 사장님. 분명히 말씀드리지만, 이 세상에는 그런 여자들이 많이 있답니다."

그렇게 말하면서 드니즈는 무심코 에두앵 부인의 초상화로 눈길을 돌렸다. 백화점이 아름답고 현명했던 부인의 피 위에서 번창했다는 이야기를 익히 들어온 터였다. 무레도 전율을 느끼면서 그녀의 눈길을 따라갔다. 마치 죽은 부인의 말을 듣고 있는 것만 같았다. 드니즈는 그녀가 늘 하던 말을 그대로 반복하고 있었다. 마치 그녀가 다시 살아 돌아온 것만 같았다. 그는 드니즈가, 자신이 잃어버렸던 여인이 지녔던 양식과 균형 잡힌 판단력을 지니고 있음을 느낄 수 있었다. 심지어 말을 아끼는 것과 온화함이 느껴지는 목소리까지 두 여자가 그대로 닮아 있었다. 그 사실에 충격을 받은 그는 더욱더 슬퍼 보이는 얼굴로 말했다.

"난 당신 것이라는 걸 잘 알거요." 그는 결론짓듯 나직이 말했다.

"당신 처분에 맡길 테니 날 당신 마음대로 하시오."

그러자 드니즈는 평소의 활기를 되찾은 듯 보였다.

"좋은 말씀이세요, 사장님. 여자의 의견은, 아무리 사소해 보이는 것이라 할지라도 귀담아들어서 나쁠 게 없지요. 그 여자가 일말의 지혜로움을 지니고 있다면 말이죠. ……만약 사장님을 제 마음대로 할 수 있다면, 전 사장님을 썩 괜찮은 남자로 만들어드릴 수 있을 것 같은데요."

드니즈는 그녀의 매력을 한층 더해주는 순수한 표정을 지어 보이면서 농담을 던졌다. 그러자 이번에는 무레가 엷은 미소로 그녀의 말에 답했다. 그리고 그녀를 진정한 숙녀처럼 문밖까지 배웅했다.

다음 날, 무레는 드니즈를 수석 구매상으로 임명했다. 경영진은 드레스와 정장 매장을 둘로 나누어, 특별히 그녀를 염두에 둔 아동용 정장 매장을 기성복 매장 옆에 신설했다. 오렐리 부인은 아들이 해고된 이후 매일같이 두려움에 떨고 있었다. 그녀를 대하는 경영진의 태도가 차갑게 변한 데다, 부수석 구매상인 드니즈의 영향력이 날로 커지는 것을 실감하고 있었기 때문이었다. 그들은 무슨 핑계를 대서라도 자신을 내쫓고 그 자리에 드니즈를 앉히려고 하지 않을까? 얼마 전 롬므 왕조의 이름에 오점을 남긴 수치스러운 일로 인해, 두둑하게 부어올랐던 황제의 마스크 같은 오렐리 부인의 얼굴이 수척해져 있었다. 그날 이후, 그녀는 매일 저녁마다 보란 듯이 남편의 팔짱을 끼고 퇴근했다. 그들은 자신들의 불운이 제멋대로인 가정에서 기인한 것임을 깨닫고는 불행으로 인해 서로 가까워졌다. 오렐리 부인보다 더 큰 충격을 받은 불쌍한 롬므는 자신 또한 절도로 의심받지 않을까 병적으로 두려워하면서, 불구인 팔로 놀라운 묘기를 보여주듯 요란한 소리를 내며 매일 거두어들인 돈을 두 번씩 세곤 했다. 그러던 중에 드니즈가 아동용 정장 매장의 수석 구매상이 되자, 오렐리 부인은 크나큰 안도감과 함께 기쁨을 감추지 못한 채 그녀를 더없이 다정하게 대했다. 자신의 자리를 빼앗아 가지 않은 것은 참으로 고마운 일이 아닐 수 없었다. 이제 오렐리 부인은 드니즈를 자신과 동등한 존재로 취급하면서 그녀에게 한없는 애정을 표시했다. 마치 젊은 여왕을 방문하는 어머니 여왕처럼 보란 듯이 종종 이웃 매장으로 건너가 그녀와 얘기를 나누었다.

게다가 드니즈는 이제 절정기를 구가하고 있었다. 그녀의 수석 구매상 임명은 아직 남아 있던 주변의 말 많은 사람들의 입을 결정적으로 다물게 했다. 여전히 모이기만 하면 입이 근질근질해져서 구설을 늘어놓는 이들이 있긴 했지만, 모두들 드니즈 앞에서는 머리가 땅에 닿도록 고개를 숙였다. 기성복 매장의 부수석 구매상으로 승진한 마르그리트는 그녀에 대한 찬사를 늘어놓느라 입이 아플 지경이었다. 클라라 또한 자신은 감히 꿈도 꾸지 못할 행운을 꿰찬 드니즈 앞에서 마음속으로 존경심을 느끼며 그녀 앞에 고개를 숙였다. 하지만 드니즈의 승리는 무엇보다도 그녀를 우습게 보던 남자들 앞에서 더욱더 그 빛을 발했다. 주브 감독관은 이제 그녀 앞에서는 언제나 허리를 90도 각도로 숙이고 얘기했다. 위탱은 자신의 입지가 삐걱거리는 것을 느끼고는 불안감을 감추지 못했다. 그리고 부르동클은 마침내 그녀 앞에서 백기를 들고 말았다. 드니즈가 미소를 띤 평온한 얼굴로 주인의 사무실을 나온 다음 날, 이사회에서 무레가 새로운 매장을 개설할 것을 요구하자 그는 여성에 대해 신성한 두려움마저 느끼면서 자신의 패배를 인정해야 했다. 부르동클은 무레의 거부할 수 없는 매력 앞에서 자신을 낮출 줄 알았다. 때로 그의 엉뚱한 행동과 어리석은 애정 행각으로 인해 불안해지기도 하지만 부르동클은 언제나 그를 자신의 주인으로 인정했다. 이번에는, 여인이 승리자임을 받아들여야 했다. 그리고 그는 패배의 물결 속에 휩쓸려 나갈 때만을 기다리고 있었다.

하지만 드니즈는 빛나는 승리 가운데서도 여전히 평소와 다름없는 차분하고 매력적인 모습을 보여주었다. 그녀는 주위 사람들이 자신에게 보내는 존중의 표현에 깊이 감동받았다. 그러면서 그 모두를, 자신이 초창기에 겪었던 어려움과, 오랫동안 용기를 잃지 않고 인내한 끝에 쟁취한 승리에 대해 공감을 나타내는 것으로 받아들였다. 그리하여 그녀는 조금이라도 자신에게 호감을 표현하는 사람에게는 언제나 웃으면서 밝은 얼굴로 대했고, 그런 그녀를 진정으로 좋아하는 이들이 점차 늘어갔다. 그녀는 누구에게나 항상 다정하고 상냥하게 자신의 진심을 담아 얘기할 줄 알았다. 드니즈가 노골적으로 혐오감을 드러낸 사람은 오직 클라라뿐이었다. 예전에 농담처럼 예고한 대로 클라라가 어느 날 밤, 재미 삼아 콜롱방을 자신의 집으로 데리고 간 사실을 알게 되었던 것이다. 마침내 자신의 짝사랑을 이루게 된 사실에 이성을 잃은 콜롱방은 가엾은 주느비에브가 죽어가고 있는 동안 외박을 하기에 이르렀다. '여인들의 행복 백화점'에서는 모두가 그 일로 수군거리면서 흥미로워했다.

하지만 백화점 이외의 일로 인한 드니즈의 유일한 근심거리도 그녀의 한결같은 성정을 변화시키지는 못했다. 무엇보다 그녀가 자신의 매장에서 다양한 연령층의 아이들에게 둘러싸여 있는 것을 보면 누구나 감탄이 절로 터져 나왔다. 누구보다도 아이들을 사랑하는 그녀로서는 최적의 일터인 셈이었다. 때로는 그곳에서 50여 명의 여자아이와 그만큼의 남자아이들이 북적대기도 했다. 이제 막 멋 부리는 것에 대한 욕구가 움트기 시작한 아이들이 한꺼번에 정신없이 떠들어대기 시작하면 엄마들은 정신을 차리지 못했다. 그러면 드니즈가 상냥하게 미소 지으면서 어린 친구들을 의자에 나란히 앉혔다. 그러다 발그레한 피부와 귀여운 얼굴의 여자아이가 눈에 띄면, 그녀가 손수 드레스를 가져와 그 포동포동한 몸에 큰 언니처럼 조심스럽고 다정하게 옷을 입혀주기도 했다. 그러면 웅성거리는 목소리들 가운데서 해맑은 웃음소리와 가벼운 환호성이 터져 나왔다. 아홉 살이나 열 살가량 된 성숙한 여자아이 하나는 나사로 만든 재킷을 걸친 채 거울 앞에 서서 예뻐 보이고 싶은 욕구로 반짝이는 눈빛과 진지한 표정으로 이리저리 돌아보기도 했다. 판매대에는 다양한 종류의 옷들이 한가득 펼쳐져 있어 보는 이들의 눈길을 끌었다. 한 살에서 다섯 살 사이의 어린아이들을 위한 분홍색 또는 파란색의 인도산 면직물로 만든 옷, 부드러운 모직물로 된 세일러복 정장, 주름 스커트와 퍼케일*에 아플리케 장식이 된 블라우스, 루이 15세 스타일 정장, 외투와 재킷,

---

*평직 면포의 일종으로 날염된 것을 가리킨다. 올의 조직이 촘촘한 고밀도 직물의 하나로, 본래 인도에서 많이 생산했으며 18세기 이후 프랑스에서도 생산하기 시작했다.

어린이다운 멋을 보여주는 조그맣고 다소 뻣뻣해 보이는 스타일의 옷 등이 뒤섞여 있었다. 그 광경이 마치 커다란 인형들의 옷장 속에 있는 옷들을 끄집어내 마구 흩뜨려놓은 것처럼 보였다. 드니즈는 주머니 속에 언제나 사탕 같은 것을 가지고 있다가, 빨간색 반바지를 사주지 않는다고 슬피 우는 아이들의 서운함을 달래주기도 했다. 그녀는 마치 자기 가족인 양 아이들과 자연스럽게 어울리는 가운데, 그녀 자신 또한 끊임없이 주위를 맴도는 순수하고 싱그러운 기운들로 인해 날로 더 젊어져 갔다.

이제 드니즈는 무레와 한참 동안 다정하게 대화를 나누는 일이 점차 잦아졌다. 지시를 받거나 보고를 하기 위해 그의 사무실에 갈 때마다 그는 그녀를 붙들고 이런저런 얘기를 했다. 그는 그녀의 얘기를 듣는 것을 좋아했다. 그러면 드니즈는 이런 것들이 바로 '그를 썩 괜찮은 남자로 만드는 것'이라고 웃으면서 농담처럼 얘기했다. 현명하고 사려 깊은 노르망디 출신 여성의 머리에서는 새로운 상업에 관한 다양한 아이디어와 계획들이 샘솟듯 쏟아져 나왔다. 이미 로비노의 가게에서 일할 때부터 드니즈의 머릿속을 스쳐 갔던 생각들로, 무레와 튈르리 정원을 산책하던 그 멋진 저녁에 그의 앞에서 그 일부를 피력한 바 있었다. 또한 어떤 일을 하거나 다른 사람이 일하는 것을 볼 때마다, 일의 체계를 세우고 그 메커니즘을 개선할 필요성에 관해 고민하곤 했다. 드니즈는 '여인들의 행복 백화점'에 들어온 이후 무엇보다 직원들의 불안정한 처지를 생각하며 몹시 마음 아파했다. 그들을 아무 때나 느닷없이 해고하는 것에 분노하면서, 그러한 방식은 백화점이나 직원들 모두에게 피해를 주는 졸렬하고 불공정한 처사라고 여겼다. 그러면서 매장들을 지나다가 새로 온 판매원과 마주칠 때마다 느껴지는 연민으로 인해 안타까운 마음을 금치 못했다. 다리는 멍들고 눈가는 언제나 눈물로 얼룩져 있으면서, 선임들의 괴롭힘 속에서 실크 드레스 아래 빈곤함을 감추고 지내야 하는 그녀들의 처지가 고통과 눈물로 점철되었던 자신의 예전 모습을 떠올리게 했기 때문이었다. 매 맞는 개처럼 비참한 삶은 우수한 자질을 지닌 이들마저 나락으로 빠뜨렸고, 그때부터 슬픈 삶의 행렬이 시작되었다. 그녀들 대부분은 경쟁에서 밀려나 마흔 살도 되기 전에 도태되어 잊히거나, 과도한 업무와 나쁜 공기로 인해 폐병이나 빈혈 등으로 고통받다 죽거나 거리에서 생을 마감했다. 그녀들 중 가장 운이 좋은 편에 속하는 이들은 결혼을 해서 지방의 조그만 상점 구석에 파묻혀 지내는 경우였다. 백화점들이 매년 되풀이하는 이런 끔찍한 육체의 소비가 과연 인간적이고 정당한 행위인 것일까? 드니즈는 감상적인 이유에서가 아닌, 경영자들의 이해관계에 기인한 논거에 따라 기계의 톱니바퀴에 비유한 논리를 펼쳐 나갔다. 기계가 굳건하게 작동하기를 바란다면 좋은 철을 써야 하는 법이다. 철이 부러지거나 혹은 누군가가 그것을 부러뜨린다면 기계가 멈출 수밖에 없으며, 그것을 다시 작동시키기 위해서는 엄청난 비용과 에너지가 낭비되는 것이다. 때로 스스로의 논리에 도취된 그녀는 거대하고 이상적인 백화점의 모습을 그려보기도 했다. 계약에 의해 미래를 보장받은 채, 각자가 이룬 성과에 따라 이익을 정확하게 배분받을 수 있는 상업의 팔랑스테르 같은 것이었다. 무레는 우울한 가운데서도 그녀로 인해 즐거워했다. 드니즈가 사회주의에 물들어 있다고 비난하면서, 그녀의 주장을 실행에 옮기는 것이 얼마나 힘든 일인지를 얘기하며 그녀를 당황케 하기도 했다.

그녀는 단순히 마음에서 우러나오는 대로 말했고 그러다가도 자신의 이상을 실현하는 데 중대한 결함이 도사리고 있다는 것을 간파하면 주저 없이 미래로 그 계획을 미루었다. 무레는 여전히 사랑의 열병에 시달리면서도, 백화점을 굳건히 하기 위한 개혁을 역설하는 확신에 찬 젊은 목소리에 마음이 동요되고 매료되었다. 농담을 하면서도 그녀의 이야기에 귀 기울였고, 점차 판매원들의 지위를 개선시켜 나갔다. 그리하여 대량 해고는 비수기에 휴가를 부여하는 시스템으로 대체되었고, 마침내는 강제된 실업 상태에서 최소한의 생계를 보장해주거나 퇴직 시에는 연금을 지불하는 공제조합이 설립되기에 이르렀다. 이 모든 것은 20세기의 거대한 노동조합의 탄생을 예고하고 있었다.*

드니즈는 과거에 자신이 입었던 상처를 치유하는 것에만 매달리지 않았다. 그녀는 섬세하고 여성적인 제안들을 내놓아 무레로 하여금 실현하게 함으로써 고객들에게 환영받았다. 또한 롬므가 오랫동안 꿈꾸어왔던 계획을 적극 지지함으로써 그에게 엄청난 기쁨을 안겨 주었다. 그것은 백화점 직원들로 이루어진 직장 오케스트라를 설립하는 것이었다. 그로부터 석 달 후, 롬므는 120명의 회원을 이끄는 책임자로 임명됨으로써 평생의 꿈을 이룰 수 있었다. 그리고 '여인들의 행복 백화점'의 음악을 고객들과 전 세계에 소개하기 위한 연주회와 무도회가 백화점에서 성대하게 열렸다. 그러자 신문마다 앞다투어 관련 기사를 실었고, 이러한 일련의 개혁에 반감을 품었던 부르동

*드니즈의 이러한 시도는 봉 마르셰 백화점의 마르그리트 부시코가 했던 시도를 연상시킨다. 백화점 설립자인 부시코는 공동 설립자인 아내의 발의로 1876년 7월 31일 직원들을 위한 공제조합을 만들었다. 그에 앞서 1872년에는 직원용 도서관을 열었으며, 음악과 펜싱 수업, 외국어 강좌를 개설했다.

클도 그 엄청난 광고 효과 앞에서 고개를 숙여야 했다. 또한 직원들을 위한 오락실을 꾸며 두 개의 당구대와 트릭트* 테이블과 장기판을 설치했다. 저녁에는 백화점 내에서 영어와 독일어, 문법, 산술과 지리학 수업을 받을 수 있게 하고, 승마와 펜싱 강좌도 개설했다. 또한 직원들을 위한 도서관을 만들어 1만여 권의 책들을 비치해 놓았다. 직원들이 언제라도 무료 진료를 받을 수 있도록 의사를 상주시켰으며, 목욕탕, 뷔페식당, 미용실도 갖춰놓았다. 이제 모든 삶이 그곳에 한데 모여 있었다. 직원들은 이제 백화점 밖으로 나가지 않고도 공부, 음식, 잠자리 그리고 옷까지 모든 것을 한꺼번에 해결할 수 있었다. '여인들의 행복 백화점'은 거대한 파리 한가운데서 기본적인 욕구와 오락거리를 자급자족해나갔다. 마침내 환한 빛 속으로 모습을 드러낸 오래된 거리의 진창 속에서 이토록 거대하게 자라난 노동의 도시가 빚어내는 북적거림은 파리 사람들의 커다란 관심사로 떠올랐다.

그리하여 이젠 드니즈에 관해 호의적인 의견들이 새롭게 생겨나기 시작했다. 자신의 패배를 인정한 부르동클이 주변 사람들에게 그녀를 무레의 침대로 보낼 수만 있다면 무슨 짓이든지 할 거라고 절망적으로 말한 것처럼, 그녀는 무레의 요구에 응하지 않았으며, 그녀가 지닌 강력한 힘은 그 사실로부터 비롯된 것임을 그 누구도 의심치 않았다. 그리고 그때부터 그녀는 '여인들의 행복 백화점'의 유명 인사가 되었다. 그들 모두는 익히 잘 알고 있는 그녀의 온화한 성품과 더불어 그녀의 강인한 의지를 소리 높여 칭송하며 감탄 어린 눈길로 그녀를 우러러보

*실내에서 두 사람이 하는 서양식 주사위 놀이인 백개먼의 일종.

았다. 이제 여기, 주인의 숨통을 죄면서 모든 여자들을 대신해 복수를 하는 여성이 나타났던 것이다. 그에게서 말뿐인 허황된 약속이 아닌 다른 것들을 이끌어낼 수 있는 여성이! 가난하고 불쌍한 이들을 조금이라도 존중받게 할 수 있는 여성이! 드니즈가 여리면서도 고집스러워 보이는 얼굴로, 부드러우면서도 강인한 표정으로 매장들을 통과할 때면, 모두들 그에게 미소 지으면서 그녀를 자랑스러워했다. 밖에 지나가는 사람들을 붙들고 그녀를 마구 자랑하고 싶어 할 정도였다. 드니즈 또한 행복감에 젖어 주위에서 점점 커져가는 호감의 물결에 자신을 내맡겼다. 세상에, 어떻게 이런 일이 있을 수 있단 말인가! 그녀는 초라한 차림새로 겁에 질린 채 무시무시한 기계의 톱니바퀴 가운데서 헤매던 자신의 예전 모습을 떠올렸다. 오랫동안 그녀는 자신이 아무것도 아닌 것 같은 느낌으로 지냈다. 스스로를, 세상을 으깨버리는 맷돌 아래 깔린 한 톨의 밀알에 지나지 않는다고 여겼다. 그런데 이제 그녀는 그 세상의 중심이 되어 있었다. 그 세상에서 가장 중요한 것은 바로 그녀였다. 그녀는 자신의 발밑에 무력하게 쓰러져 있는 거인을 말 한마디로 서두르게 하거나 속도를 늦출 수도 있었다. 하지만 그녀는 이런 것들을 원했던 게 아니었다. 다만, 아무런 목적이나 계산 없이 온화한 성품에서 비롯되는 매력만으로 여기까지 온 것이었다. 그녀가 지닌 절대적인 힘은 때로 그녀 자신을 불안하게 하거나 놀라게 했다. 대체 왜 다들 자기 앞에서 고개를 숙이는 것일까? 자신은 아름답지도 않고, 다른 사람들에게 강압적으로 군 적도 없었다. 그러다 그녀는 다시 마음이 차분해져서는 미소를 지어 보였다. 그녀 안에는 오직 선함과 양식, 그리고 그녀를 지탱하게 하는 힘인, 진실과 논리를 사랑하는 마음이 자리하고 있을 뿐이었다.

이제 특권을 지닌 존재로서 드니즈가 무엇보다 기뻤던 것은 폴린에게 도움이 될 수 있었다는 사실이었다. 그사이 임신을 한 폴린은 불안에 떨면서 지내야 했다. 보름 사이에 두 명의 판매원이 임신 7개월째에 백화점을 떠났던 것이다. 경영진은 임신 사실을 부적절하고 업무에 방해가 되는 것으로 간주했다. 부득이한 경우, 결혼은 허락하지만 아이를 낳는 것은 금지돼 있었다. 물론 폴린은 그나마 남편이 백화점에서 일을 하고 있긴 했다. 그럼에도 불구하고 그녀는 임신 사실을 들키지 않도록 극도로 조심을 했다. 하지만 매장에서 일하는 것에 지장이 없을 수는 없었다. 그녀는 해고당하는 것을 가능한 한 늦추기 위해 임신 사실을 감추려고 있는 힘껏 배를 졸라맸다. 예전에 해고당한 판매원 하나는 이처럼 배를 졸라맸다가 바로 얼마 전에 아이를 사산하고 말았다. 게다가 산모의 목숨 또한 보장할 수 없는 위태로운 상황이었다. 그사이 부르동클은 폴린의 얼굴이 납빛인 것을 수상히 여기면서, 고통스러운 듯 뻣뻣한 그녀의 걸음걸이를 주시했다. 그러던 어느 날 아침, 그가 혼수품 매장에 있는 그녀를 유심히 살피고 있을 때, 한 사환이 상자를 들어 올리다가 그녀와 몸을 세게 부딪치는 일이 발생했다. 그러자 폴린은 비명을 지르면서 두 손을 배로 가져갔다. 부르동클은 즉시 그녀를 데려가 사실을 고백하게 하고는, 그녀를 해고하는 문제를 이사회에 회부했다. 그녀에게 시골의 맑은 공기가 필요하다는 이유에서였다. 그녀가 배에 충격을 받은 일이 알려지고, 만약 그 일로 유산이라도 하게 된다면, 백화점의 명성에 먹칠을 하게 될 터였다. 이미 작년에 유아용품 매장에서도 그런 경우가 있지 않았는가. 문제의 이사회에 참석하지 못한 무레는 그날 저녁에야 자신의 의견을 내놓을 수 있었다. 하지만 그사이 드니즈가 재빨리 개입해 백화점의 이해에 관한 논리를 펼침으로써 부르동클의 입을 다물게 했다. 임산부를 해고함으로써 엄마들을 분노케 하고, 갓 출산한 젊은 산모들의 심기를 거스를 작정인가? 그러자 경영진은 곧바로 거창한 문구와 함께, 결혼 후 임신한 판매원이 매장에 계속 머무르는 것이 풍속을 거스른다고 판단되는 경우에는 전문 조산사의 보살핌을 받도록 할 것이라고 공표했다.

다음 날 드니즈는 의무실로 폴린을 보러 올라갔다. 배를 부딪친 충격으로 침대에 누워 쉬고 있던 폴린은 그녀의 양쪽 볼에 열렬하게 입을 맞추고는 말했다.

"정말 고마워! 자기가 아니었으면 난 벌써 여기서 쫓겨나고 말았을 거야. ……그리고 내 걱정은 하지 마, 의사가 아무 일도 없을 거라고 했으니까."

매장에서 잠시 빠져나온 보제도 침대 맞은편에 와 있었다. 그 역시 드니즈 앞에서 감격에 겨워 더듬거리며 감사 인사를 했다. 그는 이제 드니즈를 성공한 상류층 사람쯤으로 여겼다. 오! 혹시라도 누군가가 시기심에서 그녀에 관해 터무니없는 소문을 퍼뜨리고 다닌다면, 그 입을 당장 다물게 하고 말 것이다! 그러자 폴린은 다정하게 어깨를 으쓱해 보이면서 그를 돌려보냈다.

"당신은 어쩜 그런 바보 같은 소리를 해요. ……자, 이제 우리끼리 얘기 좀 하게 해줄래요?"

의무실은 기다랗고 햇볕이 잘 드는 환한 방에, 12개의 침대가 나란히 놓여 있고 새하얀 커튼이 쳐져 있었다. 그곳에서는 백화점에 입주해 사는 직원들 중에서 가족에게로 가고 싶어 하지 않는 이들을 돌보아주었다. 그날은 뇌브생토귀스탱 가로 난 커다란 창문 옆 침대에 폴린 혼자 누워 있었다. 두 여자는 순백색의 시트가 깔리고 은은한 라벤더 향이 풍기는 나른한 분위기 속에서 다정하게 소곤거리며 속내 이야기를 털어놓기 시작했다.

"어쨌거나 그 사람은 자기가 원하는 걸 모두 들어주잖아? ……그런데 왜 그렇게 그를 힘들게 하는 거야. 자기 너무 매정한 것 아니냐고! 기왕 얘기하는 김에 한번 속 시원히 말해봐. 정말 그 사람이 그렇게 싫은 거야?"

폴린은 침대 옆에 앉아 긴 베개에 팔꿈치를 괴고 앉아 있는 드니즈의 손을 꼭 쥐고 말했다. 드니즈는 갑작스럽고 직설적인 질문에 당황하면서 얼굴을 붉혔다. 그러면서 마음이 약해져 베개에 얼굴을 파묻은 채 오랫동안 꼭꼭 숨겨왔던 비밀을 털어놓았다.

"그 사람을 사랑해!"

폴린은 아연실색하며 소리쳤다.

"뭐? 그를 사랑한다고? 그런데 뭘 고민하는 거야. '네'라고 한마디만 하면 될 것을."

드니즈는 여전히 얼굴을 파묻은 채 고개를 절레절레 흔들면서 그럴 수 없다고 대답했다. 그 이유는 설명할 수 없었지만, 그녀는 그를 사랑하기 때문에 거부했던 것이다. 이런 말이 우습게 들릴 거라는 것은 그녀 자신도 잘 알고 있었다. 하지만 그녀는 그렇게 느끼고 있었고, 그런 자신을 바꿀 수는 없었다. 그러자 폴린은 점점 더 놀란 얼굴을 하다가는 마침내 그녀에게 물었다.

"그러니까 이 모든 게 그 사람이 자기하고 결혼하게 하려고 그랬던 거야?"

    그 말에 드니즈는 단번에 몸을 일으켰다. 얼굴에는 당황한 기색이 역력했다.

　　"그 사람하고 결혼이라니! 오! 맙소사! 아니야, 절대 아니야! 맹세코 그런 걸 원한 게 아니야! ……절대로, 그런 의도로 그랬던 게 아니라고. 내가 거짓말을 얼마나 싫어하는지 자기도 잘 알잖아!"

　　"어쩌면! 자기 말이 맞을지도 모르지." 폴린은 차분히 대꾸했다.

　　"하지만 자기가 결혼하고 싶은 생각이 있었다고 하더라도 지금과 다르게 행동하진 않았을 거야. ……이 모든 건 언젠가는 끝나야 하는 거고, 그러려면 결혼밖에는 다른 방법이 없잖아. 자긴 다른 방법은 전혀 원치 않으니까……. 그리고 이건 친구로서 해주는 말인데, 다른 사람들도 모두 나하고 똑같은 생각을 하고 있다고. 그래, 모두들 자기가 그를 시장 앞에 데려가기 위해 안달 나게 하는 거라고 믿고 있단 말이야. 맙소사! 자긴 정말 도무지 속을 알 수가 없는 친구야!"

　　그리고 그녀는 드니즈를 달래주어야만 했다. 그녀의 친구는 또다시 베개에 얼굴을 파묻은 채 흐느끼면서 이곳을 떠날 것이라고 거듭 얘기했다. 사람들이 그녀 자신은 생각지도 않은 일들을 끊임없이 꾸며내면서 그녀를 비난하고 있었기 때문이다. 물론, 한 남자가 한 여자를 사랑하면 결혼하는 게 당연한 것이다. 하지만 그녀는 아무것도 요구하지 않았고, 계산 같은 것은 더더욱 하지 않았다. 다만, 다른 사람들처럼 그녀만의 슬픔과 기쁨 속에서 조용히 살아갈 수 있도록 자신을 그냥 내버려두도록 간청했을 뿐이다. 그녀는 이곳을 떠나고 말 것이었다.

　　그 시각, 아래층에서는 무레가 백화점을 가로질러 가고 있었다. 그는 또다시 작업장을 방문하면서 잠시 모든 것을 잊고자 했다. 그사이 몇 달이 흘렀고, 건물의 정면은 이제 통행인들의 눈길로부터 보호하기 위해 둘러쳐놓은 거대한 가리개 판자 뒤로 웅장한 윤곽을 드러내고 있었다. 대리석공, 도기 제조공, 모자이크 세공인을 포함한 한 무리의 장식가들은 작업에 몰두하고 있었다. 한편, 다른 한 무리는 정문 위쪽의 중앙 부분에 금박을 입히고, 아크로테리온* 위에는 프랑스의 주요 제조업 도시를 상징하는 조각상들을 올려놓을 좌대를 이미 고정시켜 놓았다. 아침부터 저녁까지, 고개를 치켜든 구경꾼들이 얼마 전에 새로 난 디스 데샹브르 가를 따라 길게 늘어서 있었다. 아직 아무것도 볼 수 없었지만, 파리에 새바람을 불러일으킬 경이로운 새 건물을 향해 저마다 한마디씩 하기에 바빴다. 바로 이곳, 정신없이 돌아가는 작업장에서, 석공에 의해 시작된 그의 꿈을 마침내 완성시키려 하고 있는 장인들 틈에서, 무레는 자신이 지닌 막대한 부의 덧없음을 그 어느 때보다 절실히 느끼고 있었다. 그러다 느닷없이 드니즈 생각이 나면서 목이 메어왔다. 그녀를 떠올릴 때마다, 치유될 수 없는 질병으로 인한 통증처럼 뜨거운 열기가 끊임없이 그의 온몸을 훑고 지나갔다. 작업에 대한 만족감을 표현할 말을 끝내 찾지 못한 그는 눈물을 보이게 될까 봐 두려운 마음에, 승리에 대한 혐오를 뒤에 남겨둔 채 도망치다시피 그곳을 떠났다. 마침내 높다랗게 우뚝 서게 된 새 건물은 아이들이 쌓아 올리는 모래성처럼 작아 보였다. 도시의 끝에서 끝까지 건물을 확장하고 하늘의 별만큼 높이 세운다고 해도, 오직 소녀 같은 한 여인의 '네'라는 말만

*박공의 양쪽 끝이나 위쪽에 조각 따위를 얹어놓는 받침대. 또는 그 위에 놓인 조각이나 장식을 가리킨다.

이 채워줄 수 있을 마음의 빈곳을 그것이 채워주지는 못할 터
였다.

자신의 사무실로 돌아온 무레는 참았던 눈물을 터뜨리며 숨
죽여 흐느꼈다. 대체 그녀가 원하는 게 뭐란 말인가? 그는 더
이상 그녀에게 돈 얘기를 꺼낼 엄두를 내지 못했다. 순간, 젊은
홀아비로서 느끼는 거부감 속에서도 결혼에 대한 막연한 생각
이 그의 머릿속을 스쳐 갔다. 그는 자신의 무력함을 느끼면서
더욱더 우울함 속으로 빠져들었고, 눈물이 그의 양 볼을 타고
흘러내렸다. 그는 불행한 남자였다.

제13장

11월 어느 날 아침, 드니즈가 자신의 매장에 첫 번째 지시를 내리고 있을 때, 그녀를 찾아온 보뒤의 가정부는 주느비에브가 힘겨운 밤을 보냈으며 자신의 사촌을 즉시 보기를 원한다고 전했다. 얼마 전부터 눈에 띄게 쇠약해진 주느비에브는 그저께부터는 꼼짝 못하고 침대에 누워 지내고 있었다.

"곧 내려간다고 전해주세요." 드니즈는 몹시 걱정스러운 얼굴로 대답했다.

주느비에브를 결정적으로 쓰러뜨린 것은 갑작스러운 콜롱방의 실종이었다. 그는 처음에는 클라라가 장난처럼 던진 말에 외박을 하기 시작했다. 그런 다음에는, 순수하면서도 음험한 청년들이 그러하듯 격정에 사로잡혀서는 클라라의 순종적인 노예가 되어갔다. 그리고 어느 월요일, 그는 다시 돌아오지 않았다. 그리고 스스로 목숨을 끊으려는 사람처럼 세심하게 생각해낸 말들로 이루어진 작별 편지를 자신의 주인에게 보냈다. 어쩌면 이처럼 충동적인 행위의 저변에는, 그에게는 재난과도 같은 결혼으로부터 도망갈 수 있게 된 것을 기뻐하는 남자의 영악한 계산이 감추어져 있는지도 몰랐다. 보뒤의 나사 상점은 그의 미래만큼이나 삐걱거리고 있었다. 따라서 지금이 그에게는 어리석은 짓을 핑계로 그 모두를 내팽개칠 수 있는 적기인 셈이었다. 그리고 모두들 그를 치명적인 사랑의 희생자로 여겼다.

드니즈가 '전통 엘뵈프'에 도착했을 때는 보뒤 부인 홀로 자리를 지키고 있었다. 그녀는 빈혈로 초췌해진 창백하고 조그만 얼굴로 계산대 뒤에 꼼짝 않고 앉은 채 가게에 감도는 정적과 공허감과 마주하고 있었다. 이제 더 이상 점원은 보이지 않았다. 그 대신, 가정부가 먼지떨이로 칸막이 선반의 먼지를 털어내고 있었다. 게다가 가정부조차도 청소부로 대체해야 할 형편이었다. 천장에서는 시커먼 냉기가 내려왔다. 몇 시간이 지나도록 이런 음울함을 떨쳐내게 할 고객은 그림자조차 찾아보기 힘들었다. 이미 한참 전부터 사람의 손길이 닿지 않은 물건들에는 벽에 낀 초석들이 점차 침범을 해왔다.

"무슨 일이에요, 큰어머니?" 드니즈가 서둘러 물었다.

"주느비에브의 상태가 많이 안 좋은가요?"

보뒤 부인은 곧바로 대답을 하지 않았다. 눈에 눈물이 가득 고인 채 멍하니 있다가는 잠시 후 더듬거리며 말했다.

"몰라, 아무도 내게 사실대로 말해주질 않아. ……아! 이제 다 끝났어, 다 끝난 거야……."

그리고 눈물에 젖은 눈으로 어두컴컴한 가게 안을 천천히 둘러보았다. 자신의 딸과 가게가 한꺼번에 떠나버리려는 것을 예감하는 듯했다. 랑부예의 저택을 처분해 받은 7만 프랑은 2년도 채 안 돼 경쟁의 깊은 구렁 속으로 흔적조차 없이 모두 사라져버렸다. 이제 남성복과 벨벳 사냥복, 제복까지 취급하는 '여인들의 행복 백화점'과 맞서기 위해 나사 상인은 엄청난 대가를 치러야 했다. 그리고 마침내는 그들이 야심 차게 내놓은 전혀 새로운 구색의 멜턴과 플란넬에 치명상을 입고 말았다. 그리하여 빚이 점차 늘어가자, 그는 최후의 수단으로 오래전 그들의 선조인 아리스티드 피네가 나사 전문점을 처음으로 열었던 미쇼디에르 가의 이 오래된 건물을 저당 잡히기로 결심했다. 이젠, 시간문제일 뿐이었다. 벌레가 갉아먹은 고대 건축물이 바람에 날려가듯, 천장이 내려앉고 건물이 모두 바스러져 가루가 되어 흩어져버릴 날이 머지않았던 것이다.

"네 큰아버지는 위층에 계신다." 보뒤 부인은 울먹이는 목소리로 말했다.

"각자 두 시간씩 교대로 지키기로 했거든. 누군가는 여길 지켜야 하니까. 오, 물론 혹시나 해서 그러는 거지만, 사실……"

그녀는 몸짓으로 말을 끝맺었다. 대대로 내려오는 가업에 대한 자존심 때문에 지금까지 동네에서 버티고 있는 것이지, 그것만 아니었다면 가게는 벌써 오래전에 문을 닫았을 터였다.

"그럼 전 위로 올라가볼게요, 큰어머니." 드니즈는 나사 천들조차 체념한 듯 보이는 절망적인 분위기를 느끼며 가슴이 메어졌다.

"그래, 올라가렴, 얼른 올라가봐. ……주느비에브가 널 기다리고 있단다. 밤새 널 찾았어. 너한테 할 얘기가 있는 것 같더구나."

하지만 바로 그때 보뒤가 위층에서 내려왔다. 누렇던 낯빛은 노여움으로 인해 푸르뎅뎅하게 변해 있었고, 눈에는 핏발이 서려 있었다. 그는 방을 나설 때처럼 여전히 숨죽여 걸으면서, 위층에 소리가 들릴까 봐 걱정하는 것처럼 나지막이 속삭였다.

"잠들었어."

그러고는 다리가 후들거려와 의자 위에 털썩 주저앉았다. 그리고 몹시 힘든 일을 하고 난 사람처럼 헐떡거리면서 무심한 몸짓으로 이마의 땀을 훔쳤다. 잠시 침묵이 흐른 후 보뒤는 드니즈를 돌아보며 말했다.

"조금 있다가 잠에서 깨어나면 그때 가서 만나보려무나. ……그 애가 자고 있을 때는 꼭 병이 다 나은 것 같다니까."

또다시 침묵이 흐르는 가운데 보뒤 부부는 한동안 서로를 응시했다. 그리고 나사 상인은 자신의 고통을 곱씹듯, 다른 누군가를 지칭하거나 염두에 둔 것이 아닌 말들을 나직한 소리로 중얼거렸다.

"맹세코, 그가 이럴 줄은 꿈에도 생각지 못했어! ……그는 내 마지막 희망이었어, 난 그를 내 아들처럼 키웠다고. 사람들이 내게 와서 '그들이 그마저 당신에게서 빼앗아 갈 거요, 그도 분명 유혹에 넘어가고 말 거란 말이오'라고 하면 난 이렇게 대답했을 거야. '그렇다면 이 세상에 더 이상 선한 신은 존재하지 않을 것이오!' 그런데, 그런 그가 파멸의 길을 자초하다니! ……아! 지지리 운도 없는 놈 같으니라고! 진정한 상인의 길을 걷던 그가, 내 머릿속 생각을 훤히 들여다볼 줄 알던 그가! 그것도, 창녀촌의 쇼윈도에서 벌거벗고 어슬렁거리는 여자나 다름없는 그 하찮은 계집 하나 때문에! ……아니, 이럴 순 없는 거야, 이건 말도 안 되는 거라고!"

고개를 절레절레 흔들던 그는 여러 세대에 걸쳐 고객들의 발밑에서 닳고 닳은 음습한 돌바닥을 물끄러미 응시했다.

"요즘 내가 무슨 생각을 하는 줄 아냐?" 그는 목소리를 더 낮추며 말했다.

"우리에게 닥친 불행은 상당 부분 내 잘못이라는 생각이 들

220

때가 있다. 그래, 이 모든 건 다 내 탓이라고. 불쌍한 우리 딸이 저 위에서 저렇게 끙끙 앓고 있는 건 다 나 때문인 거야. 내가 저 아이들을 좀 더 빨리 결혼시켜야 했던 게 아닌지, 내 망할 자존심을 앞세우면서, 애들에게 망해가는 가게를 물려주지 않으려고 고집을 피웠던 내 잘못 때문이 아닌지……. 그랬다면 지금쯤 내 딸은 자기가 사랑하는 남자하고 살 수 있었을 거고, 어쩌면 두 사람의 젊음이 내가 이루지 못했던 기적을 만들어낼 수도 있었을 텐데……. 하지만 난 어리석은 늙은이였던 거야, 내가 멍청했던 거라고. 난 그런 일로 내 딸이 병이 날 거라고는 꿈에도 생각지 못했어. ……정말이야! 그는 정말 훌륭한 청년이었어. 진정한 장사꾼에다, 정직하고 순수하면서도 매사를 깔끔하게 처리할 줄 알았지. 난 그를 내 수제자처럼……"

다시 고개를 든 그는 자신을 배신한 점원을 떠올리면서 스스로를 변호하고 있었다. 드니즈는 그가 자책하는 것을 더 이상 듣고 있을 수가 없었다. 예전에는 위압적이고 당당한 주인으로 군림하던 그가 오늘날 이토록 초라한 모습으로 울먹거리는 것을 보자 분노가 복받쳐 올라 모든 것을 털어놓고 말았다.

"큰아버지, 그 사람을 애써 두둔하실 필요 없어요, 그러지 마세요. ……그 남잔 한 번도 주느비에브를 사랑한 적이 없어요. 큰아버지가 결혼을 서두르셨다면 아마 더 일찍 도망갔을 거라고요. 전 그 사람이랑 얘기도 해봤어요. 그는 불쌍한 주느비에브가 자기 때문에 고통받고 있다는 걸 진작부터 알고 있었어요. 그런데도 아랑곳하지 않고 떠나버린 걸 보세요. ……제 말이 거짓인지 아닌지 큰어머니께 여쭤보세요."

보뒤 부인은 아무 말 없이 고개를 끄덕이며 그녀의 말이 사실임을 확인시켜주었다. 그러자 나사 상인의 낯빛은 더더욱 창백해졌고, 계속 흘러내리는 눈물로 시야가 흐려졌다.

"그럼 그건 부전자전인 게로군. 그 아비도 평생 여자들 치맛자락만 쫓아다니다가 지난여름에 죽었다는 걸 보면."

그는 무심한 표정으로 가게의 어두컴컴한 구석을 빙 둘러본 뒤, 텅 빈 판매대와 물건이 가득 쌓여 있는 선반을 거쳐, 여전히 계산대 뒤에 꼼짝 않고 앉은 채 떠나버린 고객들을 헛되이 기다리고 있는 아내에게로 시선을 향했다.

"자, 이제 다 끝난 거야. 저들은 우리 밥줄을 끊어놓은 걸로도 모자라, 이젠 그들이 부리는 계집이 우리 딸까지 죽게 하고 있는 거라고."

그리고 한동안 누구도 입을 열지 않았다. 때때로 나지막한 천장 아래 숨을 막히게 하는 고요한 공기 속에서, 돌바닥까지 울리는 마차 바퀴 소리가 장례 행렬의 북소리처럼 울려 퍼졌다. 그리고 죽어가는 오래된 상점들의 음울한 슬픔이 느껴지는 가운데, 집 안 어딘가에서 무언가를 두드리는 것 같은 둔탁한 소리가 들려왔다. 잠에서 깨어난 주느비에브가 옆에 놓아둔 막대로 벽을 두드리는 소리였다.

"얼른 올라가보자고." 보뒤는 소스라치며 자리에서 일어나면서 말했다.

"다들 억지로라도 웃도록 해. 아이가 이런 사실을 알면 안 되니까."

그리고 그 자신도 계단을 오르면서 눈물 자국을 없애려고 눈을 세게 문질렀다. 위층으로 올라간 그가 문을 열자마자 맥없이 외치는 절망적인 목소리가 들려왔다.

"난 혼자 있기 싫어요. ……제발, 날 혼자 두지 마요. ……제발! 혼자는 무섭단 말예요……."

드니즈를 알아본 주느비에브는 비로소 진정하면서 환한 미소를 지어 보였다.

"정말 와주었구나! ……어제부터 내가 얼마나 기다렸는데! 난 너도 날 버린 줄 알았어!"

드니즈는 또다시 가슴이 미어졌다. 안뜰로 난 주느비에브의 방에는 햇빛이 희미하게 비치고 있었다. 보뒤 부부는 처음에는 아픈 딸을 도로에 면해 있는 자신들의 방에 머물게 했다. 하지만 맞은편에 있는 '여인들의 행복 백화점'을 바라보며 혼란스러워하는 그녀를 다시 자기 방으로 옮겨야 했다. 그곳에서 주느비에브는 어린아이처럼 쪼그라든 가냘픈 몸을 담요로 가린 채 누워 지냈다. 그 속에서 그녀의 몸을 떠올리는 것도, 심지어 그곳에 누군가의 몸이 있다는 것조차도 짐작하기 힘들 정도였다. 그녀는 폐병 환자의 뜨거운 열이 끓는 비쩍 마른 두 팔을 끊임없이 움직이면서 무의식적으로 초조하게 무언가를 찾고 있는 듯 보였다. 하지만 그녀의 열정이 담긴 듯한 묵직한 검은 머리는 왕성한 생명력으로 그녀의 불쌍한 얼굴을 갉아먹고 자라난 것처럼 숱이 더 빽빽해진 듯했다. 주느비에브의 얼굴에서는, 파리의 옛 상업과 함께 지하 묘지의 뒤안길로 밀려나 죽어가는 오래된 가문의 몰락의 고통이 엿보였다.

그녀를 지켜보던 드니즈는 연민으로 가슴이 찢어질듯 아파 왔다. 하지만 눈물을 쏟게 될 것이 두려워 아무 말도 하지 않고 서 있다가 조그만 소리로 대답했다.

"소식을 듣자마자 바로 달려온 거야. ……내가 뭐 도와줄 일 있어? 날 찾았다길래……. 내가 함께 있어줄까?"

가쁜 숨을 몰아쉬던 주느비에브는 두 손으로 여전히 구겨진 담요를 만지작거리면서 드니즈에게서 눈을 떼지 않고 말했다.

"아니, 고마워, 아무것도 필요 없어. ……그냥 너한테 작별 키스를 하려던 것뿐이었어."

그녀의 눈은 눈물에 젖은 채 퉁퉁 부어올라 있었다. 드니즈는 재빨리 몸을 숙여 주느비에브의 양 볼에 입을 맞추었다. 그러면서 움푹 들어간 주느비에브의 볼에서 뜨거운 열기가 자신의 입술로 전해지는 것이 느껴지자 몸을 떨었다. 주느비에브는 드니즈를 붙잡고는 절망감이 느껴지는 몸짓으로 힘껏 껴안았다. 그러는 사이, 그녀의 시선은 계속 자신의 아버지를 향했다.

"내가 같이 있어줄까?" 드니즈는 또다시 물었다.

"뭐 하고 싶은 거라도 있어?"

"아니, 그런 거 없어."

주느비에브는 목이 멘 채 넋 나간 듯 멍하니 서 있는 보뒤를 흘끗거렸다. 그제야 비로소 눈치를 챈 그는 아무 말 없이 그 자리를 떠났다. 곧이어 계단을 내려가는 묵직한 발소리가 들려왔다.

"말해줘, 그 사람 지금 그 여자하고 있는 거 맞지?" 주느비에브는 사촌의 손을 잡아 조그만 침대 옆에 앉게 하고는 즉시 물었다.

"맞아, 너랑 얘기하고 싶어서 부른 거야. 그 얘길 물어볼 수 있는 사람이 너밖에 없으니까……. 그런 거지, 지금 둘이 같이 사는 거 맞지?"

갑작스러운 질문에 당황한 드니즈는 백화점에 떠도는 소문을 사실대로 얘기할 수밖에 없었다. 느닷없이 나타난 남자한테 금방 싫증이 난 클라라는 벌써 그를 내쫓아 버린 터였다. 그러자 절망한 콜롱방은 가끔씩이라도 그녀를 볼 수 있게 해달라면서 순종적인 개처럼 구차스럽게 그녀를 졸졸 쫓아다녔다. 들리는 말에 의하면, 그는 '루브르 백화점'에 일자리를 알아보고 있는 중이었다.

"네가 그 사람을 이렇게 사랑하니까, 어쩌면 너한테로 다시 돌아올 수도 있을 거야." 드니즈는 죽어가는 사촌을 마지막 희망과 함께 잠들게 하기 위해 그렇게 다독거렸다.

"그러니까 빨리 낫도록 해. 그럼 그 사람도 자기 잘못을 뉘우치고 너랑 결혼할 거야."

주느비에브는 손짓으로 드니즈의 말을 가로막았다. 아무 말 없이 그녀가 하는 얘기에 애써 귀 기울이다가는, 온 힘을 다해 몸을 일으키고자 했지만 이내 다시 쓰러지고 말았다.

"아니야, 그런 말 하지 마, 다 끝났다는 걸 나도 잘 아니까……. 내가 아무 말도 하지 않는 건, 아버지의 울음소리가 들리고, 어머니를 더 아프게 하고 싶지 않아서야. 하지만 난 이제 곧 죽을 거야. 오늘 밤에 널 꼭 보려고 했던 건, 내일 날이 밝기 전에 죽을지도 몰라서야. ……맙소사! 그러고도 그가 행복하지 않다는 걸 생각하면!"

드니즈는 그녀의 말을 반박하면서 병세가 그렇게 심각하지는 않다고 단언했다. 그러자 주느비에브는 또다시 사촌의 말을 가로막으면서, 임박한 죽음 앞에서 더 이상 아무것도 감출 게 없는 처녀의 순결한 몸짓으로 덮고 있던 담요를 걷어 젖혔다. 그리고 배까지 훤히 드러낸 채 나직하게 말했다.

"나를 똑똑히 봐! ……이게 끝난 게 아니라고?"

드니즈는 전율을 느끼면서 침대에서 일어났다. 단 한 번의 입김만으로도 이 가련한 알몸을 부서뜨리고 말 것 같았다. 드니즈의 눈앞에 보이는 것은, 육체의 종말이자 기다림 속에서 닳아 없어진 약혼녀의 몸, 가녀린 유아 시절로 되돌아간 몸이었다. 주느비에브는 느릿한 몸짓으로 몸을 다시 덮으면서 말했다.

"잘 봤지, 난 이제 더 이상 여자가 아니야. 그런데도 그 사람을 원한다는 건 잘못인 거야."

두 사람은 더 이상 아무 말도 하지 않았다. 무슨 말을 해야 할지 몰라 말없이 서로를 바라보기만 했다. 그러다 먼저 입을 연 것은 주느비에브였다.

"이제 그만 가봐, 거기 그러고 섰지 말고. 넌 할 일이 많잖아. 그리고 와줘서 정말 고마워. 너무나 알고 싶었거든. 이젠 됐어. 그 사람을 다시 보거든 내가 용서했다고 전해줘. ……안녕, 사랑하는 드니즈, 내게 키스해줘. 이게 마지막이 될 테니까."

드니즈는 그녀의 말을 다시 반박하면서 볼에 입을 맞추었다.

"아니, 그렇지 않아, 제발 자학하지 마. 넌 빨리 병이 나을 궁리만 하면 되는 거야."

하지만 주느비에브는 고집스럽게 고개를 가로저을 뿐이었다. 그리고 미소를 지어 보였다. 그녀는 이제 때가 되었음을 확신하고 있었다. 그리고 드니즈가 문으로 향하자 서둘러 소리쳤다.

"잠깐만, 이 막대로 벽을 좀 두드려줘, 아버지가 올라오시게……. 혼자 있는 건 너무나 무섭거든."

잠시 후 보뒤가 조그맣고 음울한 방으로 다시 올라왔다. 그는 이곳에서 의자에 앉은 채 몇 시간이고 머무르곤 했다. 주느비에브는 애써 밝은 표정을 지으며 드니즈를 향해 소리쳤다.

"내일은 오지 않아도 돼. 그 대신, 일요일에 널 기다리고 있을게. 오후 내내 나하고 있어주면 좋겠어."

주느비에브는 다음 날, 4시간 동안 고통스럽게 숨을 몰아쉰 끝에 새벽 6시에 숨을 거두었다. 장례식은 토요일에 치러졌다. 시커먼 하늘이 찬 기운에 떨고 있는 도시를 짓누르는 듯 잿빛이 드리워진 날이었다. 새하얀 천을 늘어뜨린 '전통 엘뵈프'는 새하얀 점처럼 거리를 밝히고 있었다. 어둠 속에서 타오르는 초는 땅거미가 내릴 무렵의 별처럼 빛나고 있었다. 어린 소녀의 것처럼 작고 좁다란 관은 진주 화관과 커다란 흰 장미꽃 다발로 뒤덮인 채 건물 옆의 어두컴컴한 골목, 보도 가까이에 놓여 있었다. 도랑과 바짝 붙여 놓은 탓에 벌써부터 그 옆을 지나는 마차들에서 튄 흙탕물이 관을 감싼 천을 더럽혔다. 진흙탕이 된 도로를 끊임없이 오가는 행인들로 인해 온 동네가 습기로 눅눅해진 채 지하 저장고에서 올라오는 것 같은 음습한 냄새를 뿜어냈다.

드니즈는 큰어머니와 함께 있기 위해 9시부터 와 있었다. 하지만 장례 행렬이 출발하려고 하자, 이제 우는 것을 그친 보뒤 부인은 충혈된 눈으로 그녀에게 행렬을 따라가 큰아버지를 살필 것을 부탁했다. 절망감에 빠진 보뒤가 넋이 나간 채 침묵하고 있는 모습은 가족들에게 불안감을 안겨 주었다. 드니즈가 밖으로 나가자 거리에는 이미 사람들이 잔뜩 모여 웅성거리고 있었다. 동네의 소상인들은 보뒤 가족에게 진심 어린 조의를 표하고자 했다. 주느비에브를 서서히 죽게 만든 원흉이라고 믿는 '여인들의 행복 백화점'에 그 책임을 묻는 일종의 시위를 하고 있는 셈이었다. 백화점이라는 괴물에 희생된 모든 이들이 그곳에 한데 모여 있었다. 가이용 가에서 편물점을 하는 베도레와 그 누이, 모피상 방푸유 형제, 잡화점 주인 델리니에르, 가구상 피오와 리부아르가 눈에 띄었다. 심지어, 이미 오래전에 파산해 동네에서 내쫓긴 후 각각 바티뇰과 바스티유에 있는 남의 가게에 새로 일자리를 구한 란제리상 마드무아젤 타탱과 장갑을 팔던 키네트도 보였다. 그들은 그 자리에 참석하는 것이 자신들의 의무라고 생각했다. 검정 옷으로 차려입은 그들은 실수로 늦어지고 있는 영구차를 기다리는 동안 진흙탕 속에서 서성이면서 증오가 가득한 눈빛으로 '여인들의 행복 백화점'을 노려보았다. 그들의 눈에는 백화점의 환한 유리창과 경쾌함이 넘치는 진열대가 길 맞은편에서 죽음을 애도하며 슬픔에 잠긴 '전통 엘뵈프'에 대한 모독처럼 여겨졌다. 호기심이 발동한 백화점의 몇몇 점원들은 유리창 너머로 밖을 흘끔거렸다. 하지만 거인은 전속력으로 달려가는 증기엔진처럼 자신이 도중에 야기하는 희생에는 무관심한 듯 예의 무심함을 잃지 않고 질주를 계속했다.

동생 장을 찾기 위해 사방을 두리번거리던 드니즈는 부라 영감의 가게 앞에 있는 그를 발견했다. 그녀는 장에게 큰아버지 옆에서 걷다가 그가 힘들어 보이면 그를 부축할 것을 당부했다. 몇 주 전부터 장은 무슨 걱정거리가 있는 것처럼 심각한 얼굴을 하고 있었다. 이제 그는 하루에 20프랑의 수입을 올리는 어엿한 남자로 장성해 있었다. 그날은 몸에 꼭 끼는 검은색 프록코트를 입고 몹시 의연하면서도 슬픈 표정을 짓고 있었다. 그의 그런 모습은 드니즈에게는 무척 뜻밖으로 다가왔다. 평소에 그가 그렇게까지 자신의 사촌에게 애정을 가지고 있었는지 미처 알지 못했기 때문이었다. 페페에게는 불필요한 슬픔을 안겨주지 않기 위해 그라 부인의 집에 머물게 했다. 그리고 오후에 동생을 데리고 와서 큰아버지와 큰어머니에게 인사를 하게 할 생각이었다.

그러는 동안에도 영구차는 여전히 도착하지 않았고, 드니즈는 양초가 타는 것을 바라보면서 크나큰 슬픔에 잠겨 있었다. 그러다 바로 뒤에서 낯익은 목소리가 들리자 소스라치며 놀랐다. 부라 영감이었다. 그는 길 맞은편 포도주 가게의 한 귀퉁이에서 장사를 하는 군밤 장수에게 손짓과 함께 말했다.

"이봐요, 비구루 영감, 내 부탁 좀 들어주시겠소? ……보시다시피 가게 문을 닫을 건데, 혹시 날 찾는 사람이 있으면 나중에 다시 오라고 좀 전해주구려. 하지만 어차피 별로 신경 쓸 일은 없을 거요. 올 사람이 아무도 없을 테니까."

그리고 다른 사람들처럼 보도 가에서 기다렸다. 드니즈는 불편한 마음으로 부라 영감의 가게를 흘끗 쳐다보았다. 그는 이제 가게를 포기한 듯 보였다. 진열대에는 군데군데 구멍이 난 우산들과 가스등 불빛에 시커멓게 그을린 지팡이들만이 볼품없이 어지럽게 흩어져 있을 뿐이었다. 그가 했던 가게의 장식들, 진열창의 연초록색 나무 테두리, 유리창, 금박을 입힌 간판 등 모든 것들은 갈라지고 더러워진 채, 무너져가는 건물 위에 덧칠을 한 허울뿐인 호사스러움이 빠르고 초라하게 퇴색해가는 광경을 보여주고 있었다. 하지만 부라 영감의 가게는 예전부터 존재했던 균열이 다시 나타나고, 금박 아래 습기로 인한 얼룩이 다시 밖으로 드러나는데도 불구하고 '여인들의 행복 백화점' 옆구리에 여전히 바짝 붙어 있었다. 갈라지고 썩어가면서도 떨어져 나가기를 거부하는 볼썽사나운 무사마귀처럼 고집스럽게 버티고 있었다.

"저런, 인정머리 없는 것들 같으니라고!" 부라 영감이 구시렁거렸다.

"이젠 불쌍한 아이를 데려가는 것조차 못하게 방해하는군!"

마침내 도착한 영구차가 '여인들의 행복 백화점'의 마차와 부딪혔던 것이다. 화려하게 치장된 두 마리의 말이 이끄는 마차는 광택제를 칠한 외판을 별처럼 반짝이면서 안개 속으로 빠르게 달려갔다. 그러자 노상인은 더부룩한 눈썹 아래 반짝이는 눈으로 드니즈를 흘끗 쳐다보았다.

달리던 중에 갑자기 멈춰 선 삯마차와 승합마차로 인해 정적이 흐르는 가운데 서서히 장례 행렬이 움직이면서 물웅덩이 가운데를 첨벙거리며 통과해 지나갔다. 새하얀 천으로 뒤덮인 관이 가이용 광장을 가로지를 때는 장례 행렬의 어두운 시선들이 또다시 백화점의 유리창 너머를 향했다. 오직 두 명의 여성 판매원만이 잠시 소일거리가 생긴 것에 즐거워하는 듯 창밖을 내다보러 달려왔다. 보뒤는 무겁고 기계적인 발걸음으로 영구차 뒤를 따라갔다. 그는 옆에서 걷고 있는 장이 자신을 부축하려고 하자 고개를 저으며 거절했다. 길게 줄지어 늘어선 조문객들 뒤에는 세 대의 장의 마차가 뒤따랐다. 뇌브데프티샹 가를 가로질러 갈 때는 로비노가 달려와 행렬에 합류했다. 그는 그사이 폭삭 늙어버린 듯 몹시 창백한 얼굴을 하고 있었다.

생로크에는, 상가가 복잡할 것 같아 곧바로 거기로 온 동네의 여성 소상인들이 잔뜩 모여 있었다. 이제 장례 행렬은 점차 시위의 형태를 띠어갔다. 장례 미사가 끝난 후 행렬이 다시 움직이기 시작하자 다시 모두들 그 뒤를 따라갔다. 생토노레 가에서 몽마르트르 묘지까지는 한참을 가야 했다. 장례 행렬은 다시 생로크 가를 거슬러 올라가 또다시 '여인들의 행복 백화점' 앞을 지나가야 했다. 가냘픈 처녀의 시신은 혁명의 시대에 총알을 맞고 쓰러진 첫 번째 희생자처럼 강박적으로 백화점 주위를 맴돌았다. 백화점 문 앞에는 붉은색 플란넬이 깃발처럼 바람에 펄럭이고 있었고, 진열된 카펫에는 커다란 장미꽃과 모란꽃 들이 핏빛으로 활짝 피어나 있었다.

그사이 드니즈는 마차를 타고 가고 있었다. 극심한 회의로

인해 마음이 혼란스럽고 슬픔으로 가슴이 미어져 더 이상 걸어
갈 수가 없었다. 그때 장례 행렬은 디스 데상브르 가에 새로 올
라간 건물 정면에 설치된 비계 앞에 멈춰 서 있었다. 혼잡한 공
사 현장으로 인해 행렬이 지체되고 있었던 것이다. 드니즈는
뒤에 처져 있던 부라 영감이 발을 질질 끌면서 그녀가 혼자 타
고 있는 마차 앞까지 와 있는 것을 보았다. 그는 결코 묘지까지
갈 수 없을 터였다. 노인은 고개를 들어 드니즈가 타고 있는 것
을 보고는 마차에 올라탔다.

"이놈의 빌어먹을 무릎이 또 말썽을 부리는군." 부라 영감은
혼잣말처럼 중얼거렸다.

"그렇게 겁먹은 얼굴 하지 않아도 되네! ……우린 자네를
두고 욕하는 게 아니니까!"

드니즈는 그가 예전처럼 자신한테 우호적이면서도 분노에
차 있는 것을 느낄 수 있었다. 노인은 웅얼거리듯 울분을 터뜨
리면서 보뒤를 두고 감탄했다. 저 친구는 망치로 머리를 얻어
맞은 것 같은 일을 겪고도 저렇게 꿋꿋이 버티는 걸 보면 정말
대단한 위인인 것 같아. 장례 행렬은 천천히 다시 움직이기 시
작했다. 드니즈가 몸을 숙이자, 보뒤가 느릿하고 고통스러운 장
례 행렬의 움직임에 박자를 맞추듯 무거운 발걸음으로 관 뒤를
고집스럽게 따라가고 있는 게 보였다. 드니즈는 다시 마차 좌석
에 몸을 파묻은 채, 오랫동안 쓸쓸하게 흔들리는 마차의 리듬을
느끼면서 끝없이 이어지는 노상인의 불평을 들어야만 했다.

"이런 공공 대로는 경찰이 나서서 정리를 해줘야 하는 것 아
니냐고! ……저놈의 새 건물이 벌써 18개월째 이렇게 길을 막
고 있는데. 그래서 요 며칠 전에도 그것 때문에 한 남자가 죽기
까지 했다는데. 어쨌거나! 앞으로는 길을 넓히려면 그 위로 다

리를 놓든지 해야 할 거라고…….* 듣자 하니 자네가 일하는 데는 직원이 2700명에, 올해 총매출액이 무려 1억 프랑이라던데……. 1억 프랑이라! 맙소사! 1억 프랑이라니!"

드니즈는 노인의 말에 아무런 대꾸도 하지 못했다. 장례 행렬은 마차들로 붐비는 쇼세당탱 가로 들어섰다. 부라 영감은 소리 내어 꿈을 꾸듯 멍한 눈빛으로 얘기를 계속 해나갔다. 그는 여전히 '여인들의 행복 백화점'의 승리를 이해하지 못했지만, 과거의 영업 방식이 더 이상 먹히지 않는다는 사실은 인정했다.

"로비노 그 친구도 참 딱하게 됐지 뭐야. 요즘 보면 꼭 물에 빠진 사람 얼굴을 하고 있더군. ……베도레 남매랑 방푸유 형제도 이제 더 이상은 버틸 여력이 없고. 나처럼 폭삭 주저앉은 꼴이 된 거야. 델리니에르는 아마도 머리가 터져 죽어버릴지도 몰라. 피오하고 리부아르는 얼굴이 누렇게 떴더라고. 허참! 우리가 대체 어쩌다가 이런 꼴이 됐는지. 새파란 어린 것 하나 때문에 늙은이들이 줄줄이 죽어나가다니 참으로 기막히지 않은가 말이야! 다른 사람들한테는 이렇게 줄지어 도산하는 광경이 한낱 구경거리에 지나지 않겠지만……. 게다가 앞으로도 문 닫을 가게들이 줄을 서 있단 말이지. 그 작자들이 백화점에다 꽃, 모자, 향수 그리고 신발 매장까지 낼 거라면서? 또 앞으로 뭐가 더 생겨날지 그걸 누가 알겠나? 그라몽 가에서 향수 가게를 하는 그로녜도 조만간 다른 곳으로 옮겨 가야 할 것이고, 앙탱 가의 신발 가게도 십중팔구는 그렇게 될 거야. 이제 이런 역병이 생탄 가까지 퍼져 나가면, 깃털 장식과 꽃을 파는 라카사

---

*실제로 이는 훗날 실현되었다. 오늘날 봉 마르셰 백화점과 갤러리 라파예트 백화점, 그리고 프랭탕 백화점에는 백화점 건물들 사이를 오갈 수 있도록 거리 위로 육교가 놓여 있다.

뉴도, 모자로 유명한 샤되유 부인의 가게도 2년 안에 모두 사라지고 말 거라고……. 그러고 나면 또 다른 상인들이 그 뒤를 이을 거고, 그렇게 계속 파산하는 이들이 생겨나겠지! 그러다 보면 결국 이 부근의 소상인들은 모두가 자취를 감추게 되고 말 거야. 캘리코들이 비누하고 갈로슈*까지 팔려고 마음먹는 걸 보면, 앞으로 감자튀김을 팔지 말란 법도 없는 거 아니냐고. 맙소사, 어쩌다 세상이 이렇게 미쳐 돌아가게 되었는지!"

그 무렵, 영구차는 트리니테 광장을 가로질러 가고 있었다. 드니즈는 어두컴컴한 마차 안 구석에서 행렬의 침울한 움직임에 몸을 내맡긴 채 노상인의 탄식을 듣고 있었다. 그러다 밖으로 시선을 향하자, 쇼세당탱 가를 벗어난 관이 어느새 블랑슈 가의 비탈길을 오르고 있는 게 보였다. 머리를 도끼로 얻어맞은 소처럼 넋 나간 표정으로 묵묵히 관을 뒤따라가는 보뒤의 뒤편에서는 도살장으로 향하는 무리의 발소리가 들려오는 듯했다. 궤멸된 온 동네 가게들의 망연자실함이 느껴지는 가운데, 파리의 시커먼 진흙탕 속을 철버덕거리며 지나가는 낡은 신발 소리와 함께 각자의 잔해를 질질 끌고 가는 듯한 소상인들의 신음이 그녀의 귓전에 울려 퍼졌다. 그사이, 부라 영감은 블랑슈 가의 가파른 언덕길로 인해 느려진 듯한 나지막한 목소리로 얘기를 계속했다.

"난 이미 끝난 몸이야. ……하지만 그치는 아직 내 손아귀 안에 있다고, 난 절대 놓아줄 생각이 없으니까. 그는 상소에서도 또다시 패했거든. 아, 물론 그 일 때문에 난 크나큰 대가를 치러야 했지. 2년 가까이 소송을 끌어오는 동안 소송 대리인과

---

*비 올 때 방수용으로 구두 위에 신는 오버슈즈를 일컫는다. 윗부분은 가죽이나 고무로, 신발창은 나무로 돼 있다.

변호사 비용만 해도 엄청났으니까! 어쨌거나 그들은 절대로 내 가게 아래로 지나가지 못할 거야. 판사들이 그런 공사는 정당한 사유가 있는 보수 작업이 아니라는 판결을 내렸거든. 건물 아래 지하에 특별한 조명 공간을 만들 생각을 하다니! 편물 매장하고 나사 매장을 이어주는 지하 통로를 만들어서 천들의 색깔을 비춰 볼 수 있게 할 거라나!* 어떻게 그런 터무니없는 발상을 할 수 있냐고. 그런데 그 작자는 여전히 분을 가라앉히지 못하고 있어. 모두들 자기가 가진 돈 앞에서 무릎을 꿇는데, 나처럼 하찮은 늙은이가 자신의 앞길을 가로막고 있다는 걸 용납하지 못하는 거지. ……하지만 절대 안 돼! 난 결코 허락할 수 없어! 내가 죽는 한이 있어도. 내가 집행관과 실랑이를 벌이자, 그 작자가 내 채권이 얼마인지를 조사했다고 하더군. 분명 나한테 나쁜 짓을 하려고 그랬을 거야. 하지만 그래 봤자 아무 소용없어. 그가 날 어떤 말로 구워삶으려고 해도, 절대로 안 된다는 내 대답은 언제나 변함없을 테니까! 그건 무슨 일이 있어도 절대 달라지지 않을 거라고, 하늘에 맹세코! 저기 가고 있는 저 처녀처럼 관 속에 몸을 누이게 되는 한이 있더라도."

클리시 로에 이르자, 마차는 더 빨리 달리기 시작했다. 장례 절차를 빨리 해치우고 싶은 마음에 걸음을 서두르는 사람들이 가쁜 숨을 몰아쉬는 소리가 들려왔다. 부라 영감이 솔직하게 밝히지 않은 것은, 그가 처해 있는 극도로 빈곤한 상황이었다. 그는 무너져가는 조그만 가게를 지키기 위해, 쌓여가는 집행관

---

*이 대목 역시 젊은 건축가 프란츠 주르뎅의 다음 아이디어에서 빌려온 것이다. "마지막으로, 외부로부터 들어오는 빛이 완전히 차단되고, 커다란 촛대와 샹들리에로 밝혀진 방은 대개 저녁에만 착용하는 의상의 천들이 어떤 효과를 일으키는지를 알게 해줄 것이다."

들의 지급거절증서*에도 끝내 고집을 부리느라 머리가 빙빙 돌 지경이었다. 그의 상황을 잘 알고 있는 드니즈는 마침내 침묵을 깨고 기도하듯 나직한 소리로 말했다.

"영감님, 이제 고집은 그만 부리세요. ……제가 어떻게든 알아서 해볼게요."

그러자 그는 격렬한 몸짓으로 단번에 그녀의 말을 가로막았다.

"그런 말 하지 말게, 이건 내 일이니까. ……자네가 행실 바른 여자란 건 나도 잘 알고 있네. 자네를 내 가게처럼 마음대로 팔고 살 수 있는 물건쯤으로 여기는 그 남자에게 자네가 절대 굽히지 않고 있다는 것도. 그런데 내가 만약 자네보고 그 사람을 받아주라고 한다면 자넨 나보고 뭐라고 할 건가? 어? 아마 당장 꺼지라고 하겠지. ……나도 마찬가지라네! 그러니까 내가 싫다고 하는데 자꾸만 내 일에 끼어들 생각 말란 얘기네."

마차가 묘지 앞에 이르자 그는 드니즈와 함께 마차에서 내렸다. 보뒤의 가족 묘지는 왼쪽의 첫 번째 길에 위치해 있었다. 장례식은 단 몇 분 만에 끝났다. 장은 입을 벌린 채 멍하니 묘혈을 바라보고 있는 큰아버지 보뒤를 부축해 다른 곳으로 데리고 갔다. 장례식에 참석한 조문객들의 행렬은 이웃한 무덤들 사이로까지 길게 이어졌다. 비위생적인 저층에 위치한 상점 구석에 틀어박혀 지내느라 얼굴이 핼쑥해진 상인들의 얼굴은 진흙 빛 하늘 아래 고통스러워 보이는 추한 모습들이었다. 관이 서서히 묘혈 속으로 내려가자, 붉은 반점이 난 뺨들은 창백해지고, 빈혈로 쪼그라든 코들은 아래로 향했으며, 분노로 노래

*지급을 위하여 어음이나 수표를 제시하였는데 지급이 거절된 경우에 그것을 증명하는 공정증서를 말한다.

지고 숫자와 씨름하느라 파리해진 눈꺼풀들은 다른 곳으로 향했다.

"우리도 언젠가는 모두 저 구덩이 속으로 뛰어들어 가야 할 것이야." 부라 영감은 그와 가까이 서 있던 드니즈를 향해 말했다.

"저기 누워 있는 젊은 처자는 저들이 죽음으로 내몰고 있는 우리 모두의 모습인 게야. ……오! 난 내가 지금 무슨 말을 하는 건지 아주 잘 알고 있어. 이제 한물간 과거의 장사꾼들은 저기 구덩이에 던져 넣는 흰 장미꽃과 같은 운명이라 이 말이지."

드니즈는 큰아버지와 동생 장을 장의 마차로 데리고 갔다. 오늘 하루는 그녀에겐 우울함과 슬픔으로 가득한 날이었다. 그녀는 무엇보다 장의 핏기 없는 얼굴에 내내 신경이 쓰였다. 그러다 그가 또다시 새로운 여자 문제를 언급하자 얼른 돈을 쥐여 주면서 그의 입을 다물게 하려고 했다. 하지만 장은 고개를 저으면서 돈 때문이 아니라고 했다. 이번에는 정말 진지했다. 부유한 제과점 주인의 조카인 여자는 그가 주는 바이올렛 꽃다발조차 받지 않으려고 했다. 엎친 데 덮친 격으로, 오후에 그라 부인의 집에 페페를 데리러 간 드니즈에게 그라 부인은 페페가 너무 커서 더 이상은 돌봐줄 수가 없음을 통고했다. 드니즈에게는 또 하나의 근심거리가 는 셈이었다. 기숙학교를 찾아 동생을 멀리 보내야 할지도 몰랐기 때문이다. 그녀는 페페를 데리고 가 보뒤 부부에게 인사를 하도록 했다. 장례를 치른 후 '전통 엘뵈프'를 둘러싸고 있는 음울한 고통이 그녀의 가슴을 찢어놓았다. 부부는 상점 문을 닫아놓고, 겨울날의 짙은 어둠에도 불구하고 가스등을 켜는 것조차 잊은 채 조그만 방 안쪽에 틀어박혀 있었다. 몰락해감에 따라 점점 더 비어가는 집에서 오직 그들 두 사람만이 서로 마주보며 하루해를 보냈다.

그곳을 더욱더 깊은 어둠 속으로 몰아넣은 딸의 죽음은 습기를 잔뜩 머금은 오래된 대들보를 머지않아 주저앉게 만들고 말 최후의 일격과도 같은 것이었다. 자신들을 짓누르는 절망감에 사로잡힌 보뒤는 관을 뒤따를 때처럼 넋 나간 표정으로 말없이 식탁 주위를 계속 맴돌았다. 그의 아내는 피를 한 방울씩 지속적으로 흘리는 부상자처럼 창백한 얼굴로 의자 위에 털썩 주저앉은 채 아무 말도 하지 않았다. 그들은 페페가 차가운 그들의 뺨에 힘주어 키스를 할 때조차도 눈물을 흘리지 않았다. 드니즈는 그런 그들을 보며 숨죽여 눈물을 흘려야 했다.

그날 밤 마침 무레는 드니즈를 보고자 했다. 그가 출시하고 싶어 하는, 킬트*와 주아브** 스타일을 섞어놓은 듯한 아동용 의상에 관해 그녀와 상의하기 위해서였다. 여전히 연민으로 몸을 떨면서, 자신이 목격한 수많은 고통 앞에서 분노를 느낀 드니즈는 더 이상 자신의 감정을 억누를 수가 없었다. 그녀는 우선 부라 영감 얘기를 꺼냈다. 그들은 그 가련한 노인의 숨통을 죄어 파산시키려고 하고 있지 않은가. 하지만 무레는 우산 상인의 이름을 언급하자 불같이 화를 냈다. 그 정신 나간 노인네는 보기에도 흉한 하잘것없는 가게를 양도하지 않겠다고 버티면서, 그의 삶을 어렵게 만들고 그의 승리를 망치려 하고 있었다. 부라 영감의 가게는 무레 자신이 정복한 거대한 구역에서 유일하게 빠져 있는 곳으로, 벽에서 풀풀 날리는 석고가루로 '여인들의 행복 백화점'을 더럽히고 있었다. 이제 그 일은 무레에게는 악몽으로 변하고 있었다. 드니즈가 아닌 다른 여자가

*전통적으로 스코틀랜드 남자들이 입던, 격자무늬의 모직으로 된 짧은 치마.
**알제리인으로 편성된 프랑스 경보병이 입던, 무릎 위까지 오는 짧은 반바지를 일컫는 말. 이러한 스타일로 만든 반바지를 총칭하기도 한다.

부라 영감을 두둔하는 말을 했다면 아마 당장 쫓겨나고 말았을 터였다. 무레는 그만큼 그의 누옥을 단번에 무너뜨리고자 하는 병적인 욕구에 시달리고 있었다. 대체 그 노인네가 원하는 게 뭐란 말인가? 수많은 건물의 잔해를 꼭 그렇게 자신의 백화점 옆에 쌓아두어야 하겠는가? 그의 가게는 사라져야만 했다. 백화점이 그곳을 반드시 지나가야만 했기 때문이다. 정신 나간 노인네한테는 안 된 일이지만! 그러면서 무레는 자신이 했던 제안을 상기시켰다. 그는 보상금으로 무려 10만 프랑을 제시했다. 이만하면 꽤 엄청난 돈이 아닌가? 흥정 같은 것도 하지 않고, 상대방이 요구하는 금액을 줄 용의도 있었다. 하지만 그러려면 그쪽도 좀 협조적으로 나와서 자신이 작품을 마저 완성하도록 해주어야 하는 것 아닌가! 달리는 기관차를 세울 생각을 하다니 이게 말이 되는가? 시선을 아래로 향한 채 그의 말에 귀 기울이고 있던 드니즈는 감상적인 이유 외에는 달리 내세울 것이 없었다. 부라 노인은 이미 나이가 많으니 그가 죽고 난 후에 일을 추진할 수도 있지 않은가. 어쨌거나 이젠 파산을 했으니 그 때문에 죽을지도 몰랐다. 그러자 무레는 이젠 자신도 어찌할 수 없다고 잘라 말했다. 이사회에서 이미 그렇게 결정이 났고, 그 문제를 도맡고 있는 건 부르동클이었다. 드니즈는 부라 영감에 대한 연민으로 마음이 아팠지만 더 이상은 아무 말도 할 수 없었다.

한동안 고통스러운 침묵이 흐른 뒤 보뒤 가족에 관한 얘기를 먼저 꺼낸 것은 무레였다. 그는 우선 그들이 딸을 잃은 것을 몹시 안타깝게 생각한다는 말부터 시작했다. 그들은 아주 정직하고 선한 사람들이지만, 불운이 끈질기게 그들을 따라다니고 있었다. 그런 다음에 그는 다시 평소의 논리를 펴나갔다. 따지고 보면, 그들은 스스로 불행을 자초한 셈이었다. 그들처럼 다 쓰러져가는 초라한 가게에서 케케묵은 영업 방식을 고집해서는 안 되었다. 이러다 그들의 머리 위로 건물이 무너져 내린다고 해도 놀랄 것이 없었다. 게다가 그는 이미 수차례 그 사실을 예고한 바 있었다. 심지어, 그렇게 고리타분하고 우스꽝스러운 옛것만을 고집하다가는 결국 파국이 닥치고 말 것이라는 얘기를 보뒤에게 전하라고까지 하지 않았던가. 그리고 마침내 파국이 닥쳤고, 이 세상에서 그것을 막을 수 있는 사람은 아무도 없었다. 그렇다고 해서, 동네 상인들을 살리기 위해 무레 그에게 스스로 파산해달라는 식의 터무니없는 요구를 할 수는 없지 않은가. 게다가 설령 그가 '여인들의 행복 백화점'의 문을 닫는 미친 짓을 저지른다고 해도 그 옆에서 또 다른 백화점이 생겨나게 될 것이었다. 이미 사방에서 그런 기운이 움트고 있었기 때문이다. 무너져 내린 구시대의 잔해를 휩쓸고 지나가는, 세기의 광풍에 실린 노동자와 산업 왕국의 승리가 곳곳으로 퍼져나가고 있었다. 점차 감정이 고조된 무레는 자신의 의지와는 무관하게 생겨난 희생자들의 증오심과, 그의 주변 곳곳에서 들려오는 빈사 상태의 소상인들의 원성에 맞서 자신을 방어하느라 열변을 토해냈다. 시신은 껴안고 있는 게 아니라 땅속에 깊이 파묻어야 하는 것이다. 그는 손짓 한 번으로 단번에 낡은 상업의 시신을 쓸어내 공동묘지 속으로 던져버렸다. 곰팡이가 슬고 악취가 풍기는 구시대의 유해는 이제 새로운 파리의 찬란한 햇빛이 비추는 거리에서는 한낱 수치스러운 흉물일 뿐이었다. 아니, 그는 어떤 회한도 느끼지 않았다. 그는 단지 시대가 요구하는 일을 했을 뿐이다. 그녀 역시 삶을 사랑하고 대대적인 광고와 함께 이루어지는 대규모의 상거래에 대한 열정을 지닌 사람으로서 그 사실을 누구보다도 잘 알고 있지 않은가. 한참 동안 아무 말 없이 그의 말을 듣고 있던 드니즈는 혼란스러운 마음으로 그 자리를 물러났다.

그날 밤 드니즈는 잠을 거의 이루지 못한 채, 간간이 악몽을 꾸면서 밤새 몸을 뒤척였다. 꿈속의 그녀는 아주 어린 것 같았다. 그녀는 발로뉴에 있는 자신의 집 정원 안쪽에서, 파리를 잡아먹은 거미를 이번에는 새가 잡아먹는 광경을 지켜보면서 울음을 터뜨렸다. 그러니까 그게 정녕 사실이란 말인가? 세상을 살찌우려면 누군가의 죽음이 반드시 필요하다는 것이? 끊임없이 반복되는 파괴로 인해 생겨나는 납골당을 딛고 그 위에서 삶을 이어가도록 우리를 내모는 생존경쟁이라는 것이 존재한다는 게? 그런 다음 드니즈는 주느비에브가 잠들어 있는 지하의 가족 묘지 앞에 서 있는 자신을 발견했다. 어두컴컴한 비좁은 식당 안쪽에 우두커니 앉아 있는 큰아버지와 큰어머니도 보였다. 무거운 정적 속에서 무언가가 무너져 내리는 둔탁한 소리가 부동(不動)의 대기를 갈랐다. 세찬 물살에 침식당한 것처럼 부라 영감의 건물이 주저앉는 소리였다. 그런 다음, 더욱더 음산한 침묵이 흐른 뒤 또다시 무언가가 무너지는 소리가 연거푸 들려왔다. 로비노 부부와 베도레 남매, 방푸유 형제의 가게가 하나둘씩 삐걱거리더니 잇달아 쓰러졌다. 생로크 구역의 소상인들은 눈에 보이지 않는 곡괭이질 아래 갑작스레 짐수레를 비워내는 요란한 소리와 함께 차례로 자취를 감추었다. 그러자 드니즈는 엄청난 슬픔으로 인해 소스라치게 놀라며 잠에서 깨어났다. 맙소사! 이렇게 잔인한 일이 또 어디 있단 말인가! 눈물 흘리는 가족들, 길거리로 내쫓기는 노인들, 파산이 야기하는 온갖 비극들! 하지만 그녀는 아무도 구할 수 없었다. 그리고 이 모든 건 어쩔 수 없이 거쳐야 하는 과정이며, 내일의 파리가 건강하기 위해서는 고통이라는 밑거름이 필요하다는 생각이 들었다. 날이 밝아오면서 드니즈는 다시 차분함을 되찾았다. 체념과 커다란 슬픔으로 인해 내내 깨어 있다시피 하면서 창문 쪽으로 몸을 향한 채 누워 있는 동안 유리창 너머로 차츰 동이 터 오르는 게 보였다. 그렇다, 이 모든 것은 피로써 치러내야 하는 몫이었다. 모든 혁명은 순교자를 필요로 하며, 죽음을 딛고서만 앞으로 나아갈 수 있는 것이다. 피해 갈 수 없는 고통이자 각 세대가 치러내야 할 산고 앞에서, 그동안 드니즈가 느꼈던 두려움, 자신이 가까운 사람들의 파국에 일조를 함으로써 그들의 불행을 초래한 것이 아닐까 하는 생각은 그들을 향한 크나큰 연민으로 나타났다. 그녀는 가능한 모든 위로의 방식을 찾고자 애쓰면서, 적어도 자신과 가까운 이들의 치명적인 파국을 막기 위해 무엇을 할 수 있을지 오랫동안 궁리했다.

그러고 나자 이번에는 무레가 열정적인 모습과 다정한 눈빛으로 그녀 앞에 우뚝 서 있었다. 그는 물론 그녀의 청이라면 무엇이든 들어주었다. 그녀는 그가 합리적인 모든 배상 조건을 기꺼이 수락하리라는 것을 믿어 의심치 않았다. 드니즈는 이런저런 생각을 하면서 그를 판단하고자 했다. 이제 그녀는 그의 삶에 관해 많은 것을 알고 있었다. 지극히 계산적이었던 과거의 애정 행각들. 끊임없이 여자를 찾아다니면서 자신의 사업적 필요에 의해 애인을 만들고, 오로지 아르트만 남작과의 관계를 유지하기 위한 목적으로 데포르주 부인을 만나왔던 일. 그리고 클라라처럼 잠시 그를 스쳐 간 수많은 여자들. 돈 때문에 그의 순간적인 쾌락의 상대가 되었다가 다시 거리로 내팽개쳐진 여자들. 그러나 백화점의 온 직원이 수군대는 바람둥이로서의 여성 편력은 그의 천재적 사업 수완과 승리자로서의 당당한 매력 앞에서 묻히고 말았다. 그는 유혹 그 자체였다. 하지만 그가 예전처럼 냉정한 계산속과 함께 겉으로만 여자에게 다정다감한 척하는 이중적인 모습을 보인다면, 드니즈는 그를 결코 용서할 수 없을 것이었다. 이제 그녀 자신 때문에 고통받는 그를 보면서 그에 대한 원망 같은 것은 사라져버린 지 오래였다. 그러한 고통이 그를 성숙하게 만들었던 것이다. 과거에 여자를 우습게 여겼던 잘못을 그토록 가혹하게 속죄하느라 고통을 겪는 그를 보면서 드니즈는 그가 충분히 죗값을 치른 것 같다는 생각이 들었다.

바로 그날 아침, 드니즈는 무레로부터 보뒤 가족과 부라 영감이 파산을 하게 될 경우, 그녀가 정당하다고 판단되는 보상을 해줄 것을 약속받았다. 그리고 몇 주가 흘러갔다. 그녀는 거의 매일 오후 틈틈이 시간을 내서 큰아버지 보뒤를 보러 갔다. 그녀의 웃음과 당당한 용기로 그들을 위로하고 어두운 가게의 분위기를 밝게 만들기 위해서였다. 무엇보다 드니즈를 걱정시킨 것은 큰어머니의 건강이었다. 보뒤 부인은 주느비에브의 죽음 이후 창백한 낯빛을 띤 채 넋을 놓고 멍하니 있기가 일쑤였다. 마치 매 시간 조금씩 삶이 빠져나가는 듯 보였다. 그리하여 주위 사람들이 그녀에게 괜찮은지 물어올 때마다, 그녀는 놀란 얼굴로 자신은 아무렇지도 않으며 단지 피곤해서 그런 것뿐이라고 대답했다. 동네에서는 모두들 고개를 절레절레 흔들면서, 저 불쌍한 여인은 자신의 딸을 오랫동안 그리워하지 않아도 될 것이라고 수군거렸다.

그러던 어느 날, 드니즈가 여느 때처럼 보뒤의 가게를 막 나서는 순간, 가이용 광장의 모퉁이에서 누군가가 외치는 커다란 비명이 허공을 갈랐다. 곧이어 겁에 질린 얼굴을 한 사람들이 우르르 몰려가고, 느닷없이 두려움과 안타까움이 뒤섞인 바람이 불어 닥치면서 온 동네가 술렁거렸다. 바스티유와 바티뇰 사이를 오가는 갈색 승합마차 한 대가 뇌브생토귀스탱 가가 끝나는 곳에 있는 분수 앞에서 한 남자를 치었던 것이다. 마차꾼은 좌석에서 일어선 채 씩씩거리면서 놀라 뒷걸음질 치는 검은색 말 두 마리를 진정시키고 있었다. 그는 불같이 화를 내면서 거친 말을 마구 뱉어냈다.

"이런 젠장! 이런 제기랄! ……알아서 조심했어야지, 느려터진 작자 같으니라고!"

승합마차는 그 자리에 멈춰 섰다. 모여든 사람들이 부상자를 둘러싸고 있었고, 우연히 그곳을 지나던 경관이 즉시 사고 현장으로 달려왔다. 마차의 좌석에 타고 있던 승객들 역시 일어나 피를 보기 위해 몸을 숙였다. 치밀어 오르는 분노로 목이 멘 마차꾼은 여전히 일어선 채로 승객들을 증인 삼아 격앙된 몸짓으로 자초지종을 설명했다.

"나 참, 기가 막혀서 원……. 왜 하필 내 마차 앞으로 뛰어드는 거냐고. 재수가 없으려니까 이젠 별일을 다 당하는군! 저 치가 저기서 아주 태연하게 서 있었다고요. 그러더니 내가 마구 소리를 질러댔는데도 막무가내로 마차 바퀴 아래로 뛰어든 거란 말입니다!"

그러자 이웃 상점의 진열창 앞에 서 있던 칠장이가 붓을 손에 든 채로 달려오면서 웅성거리는 소리 사이에서 날카로운 목소리로 외쳤다.

"그렇게 흥분할 것 없어요! 내가 이 두 눈으로 똑똑히 봤으니까, 저 남자가 바퀴 아래로 뛰어드는 걸, 맙소사! ……그랬다니까! 머리를 이렇게 들이밀면서. 세상 살기가 싫은 사람이 여기 또 하나가 더 있는 게지!"

그러자 경관이 조서를 꾸미는 사이, 구경꾼들이 너도나도 한마디씩 하면서 그가 자살을 하려고 했다는 사실에 모두 동의했다. 마차에 타고 있던 승객들 중에 얼굴이 새하얗게 질린 여인네들은 황망하게 마차에서 내려 뒤도 돌아보지 않고 그 자리를 떠났다. 승합마차의 바퀴가 남자의 몸 위로 지나가면서 둔탁한 덜컹거림과 함께 그들의 배 속을 흔들어놓았을 때의 충격을 그대로 간직한 채였다. 그사이, 드니즈는 평소처럼 넘치는 동정심에 이끌려 구경꾼들을 헤치고 앞으로 나아갔다. 그녀는 마차에 깔린 개나 쓰러진 말을 보거나, 지붕 잇는 일꾼이 지붕에서 떨어진 경우 등의 다양한 사고를 접할 때마다 그냥 지나치지 못하고 적극적으로 개입하곤 했다. 가까이 다가간 그녀는 프록코트가 진흙으로 더럽혀진 채로 의식을 잃고 쓰러져 있는 남자를 단번에 알아보았다.

"세상에, 무슈 로비노잖아." 드니즈는 기겁을 하며 힘겹게 소리쳤다.

그러자 경관은 즉시 그녀에게 부상자에 관한 사항들을 물어보았다. 그녀는 그의 이름과 직업 그리고 주소를 알려주었다. 마차꾼의 재빠른 대처 덕분에 승합마차가 방향을 바꾸어 로비노는 다리만 바퀴 아래 깔렸을 뿐이었다. 다만, 두 다리가 부러지지 않았을지 우려되는 상황이었다. 승합마차가 서서히 다시 출발하자, 선뜻 나선 네 남자가 부상자를 가이용 가의 약제사에게로 데리고 갔다.

"빌어먹을! 오늘 하루는 망쳤군." 마차꾼은 말들에게 채찍을 내리치며 투덜거렸다.

드니즈는 약국까지 로비노를 따라갔다. 의사를 찾고 있는 동안 약제사는 즉각적인 위험은 없다고 단언하면서, 부상자를 우선 가까운 자기 집으로 옮기는 게 좋을 것이라고 충고했다. 그사이 한 사람은 경찰서에 들것을 가지러 갔다. 그러자 드니즈는 그들보다 먼저 가서 로비노 부인이 마음의 준비를 할 수 있도록 해야겠다는 생각이 들었다. 하지만 그녀는 약국 문이 미어터지도록 모여 있는 구경꾼들 틈을 뚫고 나가느라 무진 애를 써야 했다. 죽음에 굶주린 사람들처럼 시시각각으로 사람들이 더 많이 모여들었기 때문이었다. 아이들과 부인네들은 발돋움을 하고 선 채 구경꾼들이 서로 거칠게 밀치는 와중에도 꿋꿋하게 버티고 있었다. 구경꾼이 하나씩 늘어날 때마다 새로운 사고가 추가되었다. 그리고 지금은 아내의 정부가 남편을 창문으로 집어던진 것이라는 얘기까지 등장한 터였다.

뇌브데프티샹 가에 이르자 드니즈는 실크 전문점 문 앞에 나와 있는 로비노 부인을 멀리서 알아볼 수 있었다. 그러자 우연히 그곳을 지나던 것처럼 가게 앞에 멈춰 서서는 잠시 이런저런 얘기를 하는 척하면서 로비노 부인이 받을 충격을 약화시킬 방법을 궁리했다. 그들의 가게는 죽어가는 소상인의 최후의 결전에서 비롯된 혼란과 패배의 냄새를 짙게 풍기고 있었다. 그것은 두 경쟁자가 벌인 치열한 실크 전쟁의 예고된 결말이었다. '여인들의 행복 백화점'은 파리보뇌르의 가격을 또다시 5상팀 더 낮춤으로써 경쟁자에게 압승을 거두었다. 파리보뇌르가 4프랑 95상팀에 팔리기 시작하자 고장의 실크는 참패를 당하고 말았다. 두 달 전부터 로비노는 결정적인 파산을 막기 위해 미봉책에 의지해 하루하루 고통스러운 나날을 보내고 있었다.

"가이용 광장에서 남편 분이 지나가시는 걸 봤어요." 마침내

가게 안으로 들어간 드니즈는 조그맣게 얘기를 꺼냈다.

왠지 모를 불안감 때문에 자꾸만 바깥으로 눈길을 향하던 로비노 부인은 재빨리 대꾸했다.

"아! 조금 전에 말이죠, 그렇죠? ……그러잖아도 그이를 기다리고 있었거든요, 지금쯤은 올 때가 되어서요. 오늘 아침에 무슈 고장이 와서 함께 나갔거든요."

그녀는 여전히 매력적이고 세련되고 경쾌해 보였다. 하지만 임신 후반부에 접어들면서 몹시 피곤한 데다, 그녀의 온순한 성정과는 근본적으로 어울리지 않는 사업이 잘 풀리지 않아 그 어느 때보다 위축된 채 마음 불편한 나날을 보내고 있었다. 그녀는 이미 여러 차례 얘기했듯이, 이 모든 게 왜 필요한지 도무지 이해가 되지 않았다. 조그만 집에서 빵만 먹고 사는 한이 있어도 마음 편하게 사는 게 더 좋지 않은가?

"보다시피 이 지경까지 되고 말았어요." 그녀는 슬픔이 느껴지는 미소를 지으며 말했다.

"우리 사이에 감출 게 뭐가 있겠어요. ……장사가 너무 안 돼서 불쌍한 남편은 밤마다 잠도 잘 이루지 못해요. 그런데 오늘도 무슈 고장이 지불이 늦어지는 어음 때문에 그 사람을 힘들게 했으니……. 이렇게 여기 혼자 있으려니까 불안해서 죽을 것만 같아요……."

그러고는 다시 문으로 향하는 그녀를 드니즈가 붙잡았다. 드니즈는 멀리서 웅성거리는 소리를 막 들은 참이었다. 그리고 사고가 난 후부터 줄곧 옆에서 따라다니는 호기심 많은 구경꾼 무리와 함께 들것이 부인의 집으로 향하고 있음을 알아차렸다. 그러자 마음과는 달리 딱히 위로가 될 만한 말을 찾지 못한 드니즈는 바짝 타들어가는 입으로 서둘러 얘기를 해야만 했다.

"너무 걱정하지 않으셔도 돼요. 지금 당장 염려할 일은 없다고 했거든요. ……그래요, 무슈 로비노에게 안 좋은 일이 생긴건 사실이에요. ……그래서 지금 모시고 오는 중이지만, 부디너무 불안해하진 마셨으면 해요."

얼굴이 새하얗게 질린 로비노 부인은 아직 무슨 일인지 명확하게 깨닫지 못한 채 그녀의 얘기를 듣고 있었다. 거리는 사람들로 가득 찼고, 그 때문에 멈춰 선 삯마차의 마차꾼들은 욕설을 퍼부었다. 부상자를 데리고 온 남자들은 두 짝으로 된 유리문을 열기 위해 가게 문 앞에 들것을 내려놓았다.

"그건 사고였어요." 드니즈는 그가 다친 것이 자살 미수 때문이었음을 감추기로 마음먹고 얘기를 계속했다.

"남편께서 보도에 있다가 넘어지면서 그만 승합마차 바퀴아래로 미끄러지는 바람에……. 그런데 천만다행으로 다리만조금 다치셨어요. 그래서 지금 의사를 찾고 있으니 너무 걱정하지 않으셔도 돼요."

로비노 부인은 몸을 부르르 떨면서 두세 차례 알아듣기 힘든 외마디 소리를 질렀다. 그리고 더 이상 아무 말도 하지 않고들것 옆에 주저앉아서는 떨리는 손으로 남편을 덮고 있는 천을 젖혔다. 그를 데리고 온 남자들은 의사를 찾게 되면 그를 다시 데려가기 위해 가게 앞에서 기다렸다. 이제 아무도 로비노를 만질 엄두를 내지 못했다. 그사이 의식을 되찾은 그는 조금씩 움직일 때마다 엄청난 고통으로 괴로워했다. 아내를 알아본그의 두 뺨 위로 굵은 눈물이 흘러내렸다. 남편에게 키스를 한로비노 부인은 눈물을 흘리면서 하염없이 그를 바라보았다. 바깥에서는 여전히 웅성거리는 소리와 함께, 무슨 좋은 구경거리라도 생긴 것처럼 반짝거리는 눈빛을 한 얼굴들이 모여들었다.

한 작업장에서 빠져나온 여공들은 안을 자세히 들여다보기 위해 서로 밀치느라 하마터면 유리문을 넘어뜨릴 뻔했다. 가게 문을 계속 열어두는 게 바람직하지 않다고 판단한 드니즈는 지나친 호기심을 차단하기 위해 함석으로 된 셔터를 내려야겠다는 생각을 했다. 그리고 직접 핸들을 돌리자, 톱니바퀴 장치에서 끼익 하는 구슬픈 소리가 나면서 셔터가 서서히 아래로 내려왔다. 마치 연극의 제5막이 끝나 무대 위로 내려오는 묵직한 커튼처럼 보였다. 드니즈가 안으로 들어와 조그맣고 둥근 문을 닫자, 셔터의 함석판에 뚫린 두 개의 별 모양 구멍 사이로 새어 들어오는 희뿌연 빛 속에서 로비노 부인이 여전히 넋 나간 얼굴로 남편을 안고 있는 게 보였다. 파산한 가게가 소멸해버린 곳에는 오직 두 개의 별만이 남아, 신속하고 급격하게 재앙이 몰아닥친 파리의 거리 위에서 마지막 빛을 발하고 있는 듯했다. 마침내 로비노 부인이 다시 입을 열었다.

"오! 내 사랑…… 오! 내 사랑! ……오! 내 사랑……."

그녀는 그 말밖엔 하지 못했다. 로비노는 바닥에 꿇어앉아 부른 배가 들것에 짓눌린 상태로 몸을 뒤로 젖힌 아내를 보면서 숨이 막힐 것만 같았다. 격렬한 회한에 사로잡힌 그는 아내에게 솔직하게 사실을 털어놓았다. 몸을 움직이지 않을 때는 뜨거운 납덩이같은 다리의 감각밖에는 느껴지지 않았다.

"부디 날 용서해주오, 내가 잠깐 제정신이 아니었던 것 같소. ……소송 대리인이 고장 앞에서 내일 파산 공고를 할 거라고 하는 말을 듣자, 마치 사방이 불타오르는 것처럼 눈앞에서 불꽃이 춤을 추었소. ……그런 다음에는 아무것도 기억나지 않아. 미쇼디에르 가를 따라 내려오는 동안, 저 망할 백화점이 날 비웃는 소리가 들리는 것 같았다는 것 외에는……. 그랬소,

저 빌어먹을 거대한 백화점이 날 짓누르는 것 같았소. ……그래서 승합마차가 모퉁이를 돌 때, 롬므의 잘린 팔이 떠오르면서 나도 모르게 그만 마차를 향해 몸을 던지고 만 거요."

그의 아내는 남편의 끔찍한 고백이 이어지는 동안 서서히 바닥으로 무너져 내렸다. 맙소사! 그가 스스로 목숨을 끊으려고 했다니. 충격을 이기지 못한 로비노 부인은 눈앞의 광경에 마음 아파하며 그녀를 굽어보고 있던 드니즈의 손을 꼭 잡았다. 격해진 감정 때문에 진이 빠져버린 로비노는 또다시 의식을 잃었다. 그런데 의사는 아직도 나타나지 않고 있었다! 두 사람이 이미 온 동네를 누비고 다녔고, 그들 건물의 관리인도 의사를 찾아 나선 터였다.

"너무 걱정 마세요, 곧 괜찮아지실 거예요." 드니즈는 흐느껴 울면서 기계적으로 같은 말을 반복했다.

그러자 로비노 부인은 바닥에 주저앉아 들것의 막대 부분에 머리를 기댄 채, 남편이 누워 있는 천 끝에 뺨을 갖다 대고 속내를 털어놓기 시작했다.

"오! 당신한테는 이런 얘길 해도 되겠죠. ……이이는 나 때문에 죽으려고 했던 거예요. 남편은 수시로 내게 이렇게 말했어요. 난 당신 돈을 훔친 거나 마찬가지야. 그 돈은 당신 거였잖아. 그러면서, 밤에는 꿈에서까지 그 6만 프랑에 관한 악몽에 시달리다가 땀에 흠뻑 젖은 채로 깨어나서는 무능력자라며 자신을 꾸짖곤 했어요. 사업에 소질이 없는 사람이 다른 이들의 돈을 탕진시키는 건 죄악이라고 하면서요. ……남편은 항상 초조해하면서, 근심 걱정으로 하루도 마음 편할 날이 없었어요. 그러더니 심지어 헛것을 보는 지경에까지 이르렀죠. 난 무서웠어요. 남편은 누더기를 걸친 내가 거리에서 구걸을 하는 환상을 본 거예요. 이이는 날 지극히 사랑하고, 또 내가 항상 부유하고 행복하기를 바라거든요."

고개를 돌린 그녀는 남편이 눈을 뜨고 있는 것을 보았다. 그리고 울먹이는 소리로 얘기를 계속했다.

"오! 여보! 왜 그런 짓을 한 거예요? ……당신은 날 그렇게 속 좁은 여자로 생각했어요? 정말 난 아무 상관없어요. 파산 같은 건 조금도 겁나지 않는다고요. 당신과 내가 함께 있을 수만 있다면 난 그걸로 충분히 행복할 수 있어요. ……그러니까 그 사람들보고 다 가져가라고 해요. 그리고 우린 더 이상 그들 얘기를 듣지 않아도 되는 곳으로 함께 떠나요. 당신은 어디서건 무슨 일이든 할 수 있을 거고, 우린 예전처럼 행복하게 살 수 있을 거예요."

그녀는 남편의 창백한 얼굴 옆에 이마를 떨구었고, 두 사람은 시련 속에서 더 깊어지는 애정을 느끼며 한동안 서로 아무 말도 하지 않았다. 그들의 가게는 정적이 흐르는 가운데, 어슴푸레한 석양빛에 잠겨 나른함에 빠진 채 잠든 것처럼 보였다. 셔터의 얇은 함석판 너머로, 우르릉거리며 달리는 마차 소리, 거리를 오가는 행인들의 분주한 발소리와 함께 한낮의 활기찬 삶이 빠르게 지나가는 소리가 들려왔다. 그사이, 가게 현관으로 통하는 조그만 문을 수시로 들락거리며 바깥을 살피고 있던 드니즈는 재빨리 되돌아오면서 소리쳤다.

"의사가 왔어요!"

관리인이 데리고 온 의사는 예리한 눈빛을 지닌 젊은이였다. 그는 부상자를 침대에 눕히기 전에 먼저 진찰을 하기를 원했다. 다행히 한쪽 다리만, 즉 왼쪽 발목의 윗부분만 부러진 것으로 드러났다. 단순하게 뼈가 부러진 것이었으며 염려할 만한 어떤 합병증도 생기지 않을 터였다. 그런 다음 안쪽의 방으로 들것을 옮기려고 할 때 고장이 가게 안으로 들어왔다. 그는 마지막으로 애써보았지만 실패했음을 알리러 온 것이었다. 이젠 파산 선고를 피할 길이 없었다.

"그런데 무슨 일이죠? 무슨 일이 있었나요?" 그가 물었다.

드니즈는 그에게 간단하게 상황을 설명했다. 그러자 그는 당혹스러움을 감추지 못했다. 로비노는 힘없는 목소리로 그에게 말했다.

"당신을 원망하고 싶진 않지만, 이 지경이 된 데는 그쪽 책임도 어느 정도 있다는 생각이 드는군요."

"맙소사! 무슨 말을 그렇게 하는 거요, 친구!" 고장은 강하게 항변했다.

"이 싸움에서 이기려면 우리보다 더 강한 사람들이 필요했던 것뿐이오. ……지금 내 형편도 그쪽보다 나을 게 하나도 없다는 걸 잘 알지 않소."

남자들이 들것을 들어 올리자 로비노는 간신히 힘을 내어 다시 말했다.

"아니, 천만에요. 우리보다 훨씬 더 강한 사람들이라도 어쩔 수 없이 굴복하고 말았을 겁니다. ……부라 영감님이나 무슈 보뒤처럼 고집스러운 노인들이 어떻게 버티고 있는지는 이해할 수 있습니다. 하지만 우리처럼 빠르게 변해가는 새로운 세상을 받아들일 줄 아는 젊은 사람들에게는 전혀 다른 문제라고요! ……아뇨, 무슈 고장, 이젠 정말 다 끝난 겁니다."

그들은 그를 방으로 옮겼다. 로비노 부인은 비로소 골치 아픈 사업 문제에서 벗어날 수 있게 된 것에 기뻐하는 것처럼 들뜬 모습으로 드니즈의 볼에 키스를 했다. 그런 다음 드니즈와 함께 그곳을 나선 고장은 저 가엾은 로비노의 말이 옳다는 것을 인정했다. '여인들의 행복 백화점'과 맞서서 싸우려는 것은 어리석은 짓이었다. 그 역시, 그들과 다시 손잡고 일할 수 없다면 이미 망한 것이나 다름없었다. 전날만 해도, 그는 리옹으로 막 떠나려던 위탱과 은밀히 접촉해보았지만 절망감만 더 깊어졌을 뿐이었다. 그리하여 이젠 드니즈의 막강한 영향력에 관한 소문을 듣고 그녀의 관심을 끌고자 애쓰는 중이었다.

"뭐 어쩌겠나! 제조업자들에겐 안 된 일이지만! 내가 다른 사람들을 위해 더 싸우다가 쫄딱 망하기라도 하면, 난 세상의 비웃음거리가 되고 말 거라고. 다른 제조업자들은 한 푼이라도 더 싼 물건을 만들려고 서로 아귀다툼을 벌이고 있는데⋯⋯. 수석 구매상이 예전에 말한 대로, 이제 제조업은 더 체계화된 조직과 새로운 방식에 따른 발전 단계를 밟아나가기만 하면 되는 거 아니겠소. 그럼 모든 것을 순리적으로 해결할 수 있을 것이고 말이오. 고객을 만족시킬 수만 있다면 그걸로 충분하겠지요."

그러자 드니즈는 미소를 지어 보이면서 말했다.

"사장님을 찾아가셔서 그 얘기를 직접 하시는 게 좋을 것 같네요. ⋯⋯그럼 그분도 좋아하실 거예요. 무슈께서 미터당 1상팀이라도 이익을 가져다줄 수만 있다면 그분은 어떤 유감도 갖지 않을 겁니다."

보뒤 부인이 세상을 뜬 것은 화창한 1월의 어느 날 오후였다. 그녀는 보름 전부터 가게에 내려오지 못했다. 그들은 사람을 고용해 대신 가게를 보도록 했다. 보뒤 부인은 베개로 허리를 받친 채 침대 한가운데에 기대앉아 하루해를 보냈다. 핏기라곤 없는 창백한 얼굴에는 반짝이는 눈만이 그녀가 아직 살아 있음을 말해주고 있었다. 그녀는 고개를 똑바로 돌려 창문의 조그만 커튼 너머로 길 맞은편 '여인들의 행복 백화점'을 고집스럽게 바라보았다. 보뒤는 아내의 그런 강박관념과 절망적으로 응시하는 시선으로 인해 고통스러운 나머지 그곳에 커다란 커튼을 쳐버리려고 했다. 하지만 그녀는 애원하는 몸짓으로 그를 막으면서, 마지막 숨이 꺼질 때까지 그곳을 지켜보기를 고집했다. 이제 거대한 괴물은 그녀에게서 모든 것을 앗아 가버렸다. 그녀의 집도, 딸도, 그리고 그녀의 삶의 불꽃 또한 '전통 엘뵈프'와 함께 조금씩 꺼져갔다. 점차 줄어드는 고객처럼 그녀를 마지막으로 지탱하던 삶의 기운 역시 조금씩 빠져나가고 있었던 것이다. 그리하여 마지막 순간 그녀의 몸속에는 미미한 숨결조차 남아 있지 않았다. 죽는 순간이 닥쳤음을 느낀 그녀는 마지막 힘을 내어 남편에게 두 개의 창문을 활짝 열어줄 것을 청했다. 포근한 날씨에 경쾌한 햇살이 '여인들의 행복 백화점'을 금빛으로 물들이는 동안, 오래된 건물의 방은 어둠 속에서 추위에 떨고 있었다. 보뒤 부인은 승리를 과시하는 기념물인 듯한 백화점과, 투명한 쇼윈도 뒤로 수백만 프랑이 요동치는 광경을 눈 속에 담으면서 한참 동안 그곳을 응시했다. 그러다 서서히 눈빛이 창백해지면서 마지막 빛이 꺼지고 눈 속이 암흑으로 가득 찼다. 그때까지 여전히 크게 뜬 눈에는 굵은 눈물방울이 가득 맺혀 있었다.

그리하여 동네의 파산한 소상인들은 또다시 장례 행렬에 참석해야 했다. 모피상인 방푸유 형제는 12월에 만기가 도래한 어음을 간신히 막긴 했지만 다시 재기할 힘을 잃은 채 핏기 없는 얼굴을 하고 있었다. 베도레는 스트레스로 위장병이 악화돼 지팡이를 짚고 걸어야만 했다. 델리니에르는 뇌졸중으로 한 차례 쓰러진 적이 있었다. 피오와 리부아르는 인생이 끝장난 사람들처럼 코를 땅에 박고 말없이 걸어갔다. 조문객들은 그 자리에 보이지 않는 사람들에 관해서는 얘기를 꺼낼 엄두를 내지 못했다. 다리 한 쪽이 부러진 채 침대에 누워 있는 로비노는 차치한다 하더라도, 키네트와 마드무아젤 타탱, 그리고 또 다른 이들이 잇달아 대재앙의 물결에 가라앉거나 휩쓸려갔다. 무엇보다 그들은 빠르게 퍼져 나가는 역병에 감염된 새로운 상인들에 대해 저마다 한마디씩 했다. 아직은 버티고 있지만, 머지않아 자신들을 강타하게 될 질병에 대한 두려움에 떨고 있는, 향수 가게 주인 그로네, 모자 가게의 샤되유 부인, 꽃 가게 주인 라카사뉴, 구두 제조공 노 등이 그들이었다. 보뒤는 딸의 장례때 그랬던 것처럼, 도끼로 머리를 얻어맞은 소처럼 넋 나간 표정으로 묵묵히 영구차를 뒤따라갔다. 첫 번째 장의 마차 안쪽에서는 부라 영감이 덥수룩한 눈썹과 눈처럼 새하얀 머리 아래 예리한 눈빛을 번득이고 있었다.

드니즈는 깊은 수심에 잠겨 있었다. 그녀는 보름 전부터 이런저런 걱정거리와 피곤한 일들로 지칠 대로 지친 상태였다. 페페를 기숙학교에 보내야 했고, 장은 제과점 주인의 조카에게 푹 빠져 그녀와 결혼하게 해달라며 드니즈를 달달 볶아댔다. 그런 다음에 이어진 큰어머니의 죽음은 드니즈의 진을 완전히 빼놓았다. 무레는 또다시 그녀에게 어떻게든 힘이 되어주고자 했다. 그러면서, 그녀가 자신의 큰아버지와 다른 지인들을 위해 하고자 하는 것은 그것이 무엇이든 들어주기로 거듭 약속했다. 그리고 어느 날 아침, 부라 영감이 거리로 내쫓기고, 보뒤가 끝내 가게 문을 닫기로 했다는 소식을 들은 드니즈는 또다시 무레를 찾아가 대화를 나누었다. 그리고 점심 식사를 한 후, 두 사람에게 힘이 될 수 있기를 바라면서 백화점 문을 나섰다.

부라 영감은 미쇼디에르 가의 보도 위에서 자신의 가게가 있던 건물을 마주하고 선 채 꼼짝 않고 서 있었다. 그 전날, 백화점 측은 무레의 소송 대리인이 생각해낸 교묘한 방법으로 그를 그곳에서 쫓아냈다. 우산 상인의 채권을 소유하고 있던 무레는 손쉽게 그의 파산 선고를 이끌어낼 수 있었고, 그런 다음에는 파산 관리인이 주관하는 경매에서 500프랑에 임대차계약을 사들였다. 그렇게 해서, 완고한 노상인은 10만 프랑에도 넘겨주지 않으려고 했던 것을 고작 500프랑에 포기해야만 했다. 게다가 철거꾼들을 데리고 온 건축업자는 그를 내보내기 위해 경찰까지 동원해야 했다. 물건은 경매로 팔려 나가고, 세입자들은 방을 비워줘야 했다. 하지만 그가 평소 잠을 자던 구석에서 꼼짝하지 않고 버티는 바람에, 일꾼들은 마지막 동정심에서 감히 그를 내쫓을 생각을 하지 못했다. 하지만 철거꾼들은 그의 머리 바로 위쪽에 있는 지붕부터 부수기 시작했다. 썩은 슬레이트 지붕을 들어내자 천장이 무너져 내리고 벽이 갈라졌지만, 그는 휑하게 드러난 낡은 골조 아래 쌓여 있는 건물 잔해 한가운데서 한 발자국도 움직이지 않았다. 그러다 경찰이 오자 그제야 그 자리를 떠났다. 하지만 인근의 가구 딸린 여관에서 밤을 보낸 그는 다음 날 아침 일찍부터 맞은편 보도에 다시 모습을 드러냈다.

"부라 영감님." 드니즈는 다정하게 그를 불렀다.

하지만 그는 그녀의 말이 들리지 않는 듯, 곡괭이로 누옥의 정면을 부수기 시작한 철거꾼들을 집어삼킬 것처럼 이글거리는 눈빛으로 노려보았다. 이제 뻥 뚫린 창문들 뒤로 건물 내부가 훤히 드러났다. 200년 동안 햇빛 한 자락 든 적 없는 초라하기 짝이 없는 방들과 시커먼 계단이 보였다.

"아! 자네였군." 마침내 드니즈를 알아본 그가 말했다.

"어떻소? 아주 일을 잘하고 있지 않소, 저 날강도 같은 놈들이!"

드니즈는 곰팡이가 슨 돌들이 떨어져 내리는 광경에서 시선을 떼지 못한 채, 오래된 누옥의 애처로운 운명 앞에서 안타까운 마음에 아무 말도 할 수가 없었다. 눈길을 위로 향하자, 그녀가 예전에 묵었던 방의 천장에 떨리는 손으로 쓴 것 같은 검은색 글씨가 아직 남아 있는 게 보였다. 촛불의 검댕으로 쓴 에르네스틴이라는 이름이었다. 그러자 곤궁했던 날들의 기억이 머릿속을 스쳐 갔다. 그러면서 그 고통스러웠던 시절에 대한 그리움마저 느껴졌다. 그사이 일꾼들은 벽 전체를 무너뜨리기 위해 아래쪽에 타격을 가하기로 했다. 그러자 벽이 흔들거렸다.

"저러다가 저 밑에 깔려서 몽땅 뒈지면 속이 시원하겠군!" 부라 영감은 적대적인 목소리로 중얼거렸다.

곧이어 엄청난 굉음이 들려왔다. 질겁한 일꾼들은 급히 거리로 몸을 피했다. 벽 전체가 무너져 내리면서 요란한 진동과 함께 건물의 잔해를 모두 덮어버렸다. 물론, 무너지고 갈라지는 와중에 낡을 대로 낡은 건물이 버텨낼 리 만무했다. 한 번 힘주어 미는 것만으로도 위에서 아래까지 단번에 쪼개져 버리기에 충분했다. 진흙으로 만든 집이 비에 젖어 약해진 채 납작하게 주저앉아버리는 광경은 참으로 보기 딱했다. 이제 더 이상 벽면 하나도 남아 있지 않았다. 바닥에는 산산조각 난 잔해와 과거의 폐기물만이 수북이 쌓여 있었다.

"맙소사!" 노인은 건물이 무너져 내리면서 그의 배 속까지 울리게 한 것처럼 큰 소리로 외쳤다.

그는 크게 벌린 입을 한참 동안 다물지 못했다. 이렇게 빨리 끝나버릴 줄은 상상도 못했었다. 그는 '여인들의 행복 백화점' 옆구리에 수치스러운 혹처럼 붙어 있던 것이 떨어져 나가고 그 자리에 생긴, 활짝 열린 틈과 휑한 공간을 멍하니 바라보았다. 이제 그들은 마지막 방해꾼인 각다귀 한 마리를 마저 짓밟아버리고, 미미하기 짝이 없는 존재의 고집스러움에 결정적인 승리를 거두면서 마침내 섬 전체를 모두 점령해버렸던 것이다. 소리를 듣고 모여든 행인들은 낡은 건물이 하마터면 사람들을 죽일 뻔했다며 열을 올리는 철거꾼들과 함께 목소리를 높였다.

"부라 영감님." 드니즈는 그를 다른 곳으로 이끌면서 거듭 말했다.

"영감님을 이대로 가시게 하진 않을 거예요. 필요하신 건 뭐든지 해드릴 겁니다."

부라는 몸을 꼿꼿이 세우면서 말했다.

"난 필요한 게 없소. ……그들이 자네를 보낸 거지, 그렇지? 그렇다면, 가서 이렇게 전하게. 이 부라는 아직 얼마든지 일할 수 있다고, 그리고 그곳이 어디든 내가 원하는 곳에서 일할 거라고……. 정말 기가 막히는군! 사람을 죽여놓고 자선을 베푸는 꼴이라니, 참으로 편리하지 않은가 말이야!"

그러자 드니즈는 그에게 다시 간청했다.

"부탁이에요 어르신, 제발 제 청을 좀 들어주세요. 절 더 슬프게 만들지 마세요."

하지만 그는 덥수룩한 머리를 세차게 흔들면서 말했다.

"아니, 아니야, 이제 다 끝났어. 잘 있게. ……자넨 젊으니까 행복하게 잘 살길 바라네. 다만, 늙은이가 자신의 신념을 지키기 위해 떠나는 것을 막지는 말게."

그는 무너진 잔해 더미를 마지막으로 흘끗 쳐다보고는 힘겨운 걸음걸이로 그곳을 떠났다. 드니즈는 분주하게 오가는 행인들 한가운데 서서 그의 뒷모습을 지켜보았다. 그가 가이용 광장 모퉁이를 돌아서자, 그걸로 끝이었다.

드니즈는 잠시 허공을 응시하며 가만히 서 있었다. 그리고 자신의 큰아버지 가게로 들어갔다. 보뒤는 어두컴컴한 '전통 엘뵈프'에서 홀로 지내고 있었다. 가정부는 아침과 저녁에만 잠깐 와서는 식사를 준비하고, 그가 덧문을 올리고 내리는 것을 도와줄 뿐이었다. 그는 하루 종일 찾아오는 사람 하나 없는 처절한 고독 속에서 몸을 웅크린 채 시간을 죽였다. 어쩌다 한 번씩 고객이 찾아와도 물건이 어디 있는지조차 기억해내지 못했다. 그리고 정적이 깔린 희미한 빛 속에서, 장례 행렬 때처럼 무거운 발걸음으로 끊임없이 가게 안을 오갔다. 마치 자신의 고통을 달래서 잠재우려는 것처럼, 억지로라도 걸어야 한다는 강박적이고 병적인 필요에 의해 그러는 듯했다.

"좀 괜찮으세요, 큰아버지?" 드니즈가 물었다.

그는 잠시 걸음을 멈추었다가는 계산대에서 어두컴컴한 가게 안쪽으로 다시 가면서 말했다.

"그래, 그래, 난 괜찮아. ……고맙다."

드니즈는 그의 기운을 북돋아주는 말을 하고자 했지만 아무런 말도 떠오르지 않았다.

"조금 전에 소리 들으셨어요? 부라 영감님 가게 건물이 무너지는 소리요."

"그랬군! 그랬어." 그는 놀란 얼굴로 조그맣게 말했다.

"그게 그 소리였군. ……땅바닥이 흔들리는 게 느껴지더라고……. 난, 오늘 아침에 그들이 지붕 위에 올라가 있는 걸 보고는 문을 닫아버렸거든."

그는 이제 그런 것들에는 더 이상 관심 없다는 듯 의미를 알 수 없는 몸짓을 해 보였다. 그러면서 매번 계산대 앞으로 되돌아올 때마다 텅 비어버린 긴 의자를 물끄러미 바라보았다. 그의 아내와 딸은 낡은 벨벳이 깔린 긴 의자 위에서 함께 나이 들어가면서 대부분의 시간을 그곳에서 보냈다. 그는 가게 안을 끊임없이 오가는 동안 계산대 반대쪽으로 가게 될 때마다 어둠 속에 잠겨 있는 칸막이 선반을 응시했다. 그 속에 남아 있는 몇 점 안 되는 나사 천들에는 곰팡이가 슬어 있었다. '전통 엘뵈프'는 그와 마찬가지로 깊은 슬픔과 상실감에 빠져 있었다. 사랑하는 이들이 차례로 세상을 떠나고, 사업은 수치스러운 종말을 맞이하는 잇단 비극을 겪으면서, 죽어버린 가슴과 상처받은 자존심을 껴안고 홀로 하루하루를 버텨내고 있었다. 보뒤는 눈을 들어 시커먼 천장을 쳐다보면서, 어둠에 잠긴 조그만 식당에서 들려오는 침묵에 귀를 기울였다. 그는 그 가족적인 구석진 공간에서 풍기는 퀴퀴한 냄새까지도 사랑했었다. 오래된 집에서는 숨소리 하나 들리지 않았고, 규칙적인 그의 발소리만이 낡은 벽들을 울렸다. 그는 마치 그가 사랑했던 것들의 무덤 위를 걷고 있는 듯했다.

마침내 드니즈는 그에게 하고자 했던 얘기를 꺼냈다.

"큰아버지, 언제까지 이렇게 지내실 순 없잖아요. 무언가 하셔야만 해요."

보뒤는 계속 걸으면서 대답했다.

"그렇겠지, 하지만 내가 뭘 할 수 있겠니? 가게를 팔려고 내놓았지만 아무도 보러 오지 않는걸. ……맙소사! 이러다가 어느 날 아침, 가게 문을 닫고 어디론가 훌쩍 떠나버릴지도 모르지."

이제 그는 파산을 두려워하지 않아도 되었다. 끈질기게 가혹한 운명 앞에서 채권자들이 그의 사정을 봐주기로 합의했던 것이다. 하지만 빚을 다 갚고 나면 그는 거리로 나앉게 될 터였다.

"그런 다음에는 어쩌시게요?" 드니즈는 그에게 말하기 힘든 제안을 어떻게 꺼내면 좋을지 몰라 조그만 소리로 물었다.

"글쎄다, 무슨 일이건 하게 되겠지."

그사이 걷는 코스를 바꾼 그는 이번에는 식당에서 앞쪽 진열창 사이를 오갔다. 그러면서 매번 우울한 눈빛으로 제품 진열도 제대로 돼 있지 않은 초라한 광경의 진열창을 응시했다. 이제 그는, 승리자처럼 의기양양하게 왼쪽 오른쪽으로 도로 양 끝까지 길게 뻗어 있는 '여인들의 행복 백화점'에는 눈길조차 주지 않았다. 그것은 완전한 소멸과도 같았다. 그에게는 이제 분노할 힘조차 남아 있지 않았다.

"저기요 큰아버지," 드니즈는 마침내 곤혹스러운 표정으로 조심스럽게 운을 떼었다.

"어쩌면 일하실 수 있는 곳이 한군데 있을 것 같아요."

그리고 잠시 얘기를 중단했다가 다시 우물우물 말했다.

"그래요, 큰아버지께 감독관 자리를 제안하라는 청을 받고 왔거든요."

"어디에서 말이냐?" 보뒤가 물었다.

"그게요, 저기, 맞은편에…… 우리 백화점에서요. ……별로 힘 들이지 않으면서 6천 프랑을 받을 수 있는 일이에요."

보뒤는 갑자기 그녀 앞에 멈춰 섰다. 그녀가 걱정했던 것처럼 불같이 화를 내지는 않았지만 대신 얼굴에서 핏기가 싹 가셨다. 그는 자신에게 닥친 일들을 받아들여야만 한다는 쓸쓸한 체념으로 인해 몹시 고통스러워 보였다.

"맞은편이라고, 맞은편이라고 했니, 지금……." 그는 더듬더듬 같은 말을 반복했다.

"넌 정말 내가 저기 맞은편으로 들어가길 바라는 거냐?"

그 순간, 드니즈 역시 그와 똑같은 감정을 느꼈다. 두 경쟁 상대가 벌인 오랜 싸움과, 주느비에브와 보뒤 부인의 장례 행렬에 대한 기억이 다시 떠올랐다. '여인들의 행복 백화점'이 바닥에 쓰러져 있는 '전통 엘뵈프'의 목을 죄는 광경이 눈앞에 어른거렸다. 그러면서 자신의 큰아버지가 새하얀 넥타이를 매고 백화점 안을 활보하는 모습이 떠오르면서 그녀의 마음을 연민과 분노로 뒤흔들어 놓았다.

"이런, 드니즈야, 그게 지금 말이 된다고 생각하니?" 그는 부들부들 애처롭게 떨리는 두 손을 마주 잡으면서 그렇게만 말했다.

"아뇨, 아니에요, 큰아버지!" 드니즈는 공정하고 선한 마음을 지닌 존재로서 자신의 말에 분개하며 소리쳤다.

"그런 일은 있을 수 없어요. ……죄송해요, 제가 잘못했어요."

그가 다시 걷기 시작하자, 그의 발소리가 또다시 무덤처럼 텅 빈 가게 안에 울려 퍼졌다. 드니즈가 그곳을 떠난 후에도 그는 걷고 또 걸었다. 영원히 출구를 찾지 못한 채 제자리에서 맴도는 깊은 절망감처럼 고집스럽게.

드니즈는 그날 밤 또다시 잠을 이루지 못했다. 자신이 한없이 무력하게 느껴졌기 때문이다. 자신의 가족을 위해서 아무것도 해줄 수 없다는 사실이 그녀를 괴롭게 했다. 그녀는 끊임없이 새로 태어나기 위해서는 죽음이 요구된다는 삶의 냉엄한 논리를 마지막까지 똑똑히 지켜보아야만 했다. 그리고 그러한 투쟁의 법칙을 받아들이면서 더 이상 그것에 맞서서 싸우려고 하지 않았다. 하지만 한 여성으로서의 선한 마음은 번민과 고통받는 사람들에 대한 깊은 애정으로 가득 차 있었다. 그녀 역시 수년 전부터 거대한 기계의 톱니바퀴에 휘말린 삶을 살고 있었다. 그녀 역시 그 속에서 피 흘리지 않았던가? 그녀 역시 상처받고 내쫓기고 모욕을 당하지 않았던가? 그녀는 지금도 여전히 자신의 의지와는 무관하게 어떤 일에 선택된 것 같은 생각이 들 때면 때로 섬뜩함이 느껴졌다. 왜 하필 그녀란 말인가, 이토록 여리고 가냘픈? 어째서 괴물이 위업을 이루고자 함에 있어서 그녀의 작은 손이 갑자기 이토록 중요하게 느껴진단 말인가? 모든 것을 휩쓸어가는 강력한 힘은 이제 모든 여인들의 복수를 위해 나타난 것 같은 그녀에게마저 그 무시무시한 손길을 뻗치고 있었다. 무레는 수많은 사람들을 압도하는 거대한 기계를 만들어냈다. 그리고 그 거친 작동 방식은 그녀를 분노케 했다. 그는 구역 전체를 파멸로 몰아넣으면서, 그곳의 상인들을 빈털터리로 만들고 그들의 목숨을 앗아 가기도 했다. 하지만 그럼에도 불구하고 그녀는 그가 만들어낸 작품의 위대함으로 인해 더욱더 그를 사랑했다. 패배한 이들의 신성한 고통 앞에서 느껴지는 분노로 끊임없이 눈물이 흐르는 가운데서도, 그의 힘이 날로 커지는 것을 지켜보면서 그를 향한 사랑 또한 점점 더 깊어져 갔다.

제14장

디스 데샹브르 가는, 새하얀 백토로 칠해진 집들과 아직 마무리가 되지 않은 몇몇 건물의 비계가 눈에 띄기는 했지만, 새롭게 단장된 말끔한 모습으로 2월의 투명한 햇살 아래 길게 뻗어 있었다. 생로크의 오래된 구역의 습기 차고 그늘진 길을 가로질러 환히 뚫린 대로 한가운데를 한 무리의 마차들이 길게 늘어서서 승리자처럼 보무당당한 모습으로 달려갔다. 미쇼디에르 가와 슈아죌 가 사이에는 한 달간의 광고로 뜨겁게 달구어진 군중이 한꺼번에 몰려드는 바람에 엄청난 소란이 일기도 했다. 사람들은 '여인들의 행복 백화점'의 거대한 새 건물을 올려다보며 넋을 잃은 채 벌어진 입을 다물 줄 몰랐다. 백화점 확장을 기념하기 위한 개장식은 돌아오는 월요일에 백색 대전시회*와 함께 치러질 예정이었다.

*봉 마르셰 백화점의 창업자인 부시코는 1년 중 최대의 비수기인 2월에 계절과 상관없는, 백색 천인 리넨이나 면직물 등으로 된 시트, 식탁보, 셔츠, 속옷 등을 대대적으로 할인 판매했다. 부시코는 어느 겨울날 흩날리는 눈을 보면서 아이디어를 떠올려 '엑스포지시옹 드 블랑(백색 전시회)'으로 불린 대대적인 세일 행사를 기획해냈다. (《백화점의 탄생》, 가시마 시게루, 장석봉 옮김, 뿌리와 이파리, 2006)

내부 매장의 북적거림과 화려함을 예고하듯 현란한 색깔들로 꾸며진 거대한 진열대가 행인들의 시선을 잡아끌면서, 다양한 색채와 금빛이 두드러진 웅장한 건축물이 신선하고 경쾌한 모습으로 그들의 발길을 멈추게 하고 있었다. 1층은 쇼윈도의 천들이 죽어 보이지 않기 위해 간소한 장식으로 꾸며놓았다. 맨 아래쪽에는 바닷물을 연상시키는 초록색 대리석을, 모퉁이 기둥과 보조 기둥에는 검은색 대리석을 사용했다. 또한 금빛 카르투슈*로 경쾌함을 부여해 소박한 장식의 밋밋함을 보완했다. 그밖에는, 철제 틀을 끼운 판유리로만 사방을 둘러놓았다. 갤러리를 더 깊어 보이게 하면서, 길거리에서도 홀 전체가 훤히 들여다보이게 하기 위해서였다. 하지만 위쪽으로 올라갈수록 더욱더 화려한 색조들의 향연이 펼쳐졌다. 1층의 프리즈에는 모자이크와 붉은색과 파란색 꽃으로 된 화환, 그리고 제품들의 이름이 새겨진 대리석 판 들이 번갈아 이어지면서 거대한 백화점 내부를 빙 둘러 감싸고 있었다. 2층의 맨 아래쪽은 유약을 입힌 벽돌로 돼 있고, 그 위로는 또다시 커다랗게 뚫린 유리창이 나 있었다. 그 위쪽의 프리즈는 프랑스 도시들의 문장(紋章)이 새겨진 금빛 방패꼴 무늬와, 아랫부분처럼 밝은 색 유약을 입힌 테라코타 모티브로 장식돼 있었다. 마지막으로 건물의 맨 꼭대기에는, 건물 전체에 꽃들이 만개한 것처럼 엔태블러처** 전체가 피어나는 듯 보였다. 또다시 등장한 모자이크와 자기는 좀 더 따뜻한 색조로 구성돼 있었고, 함석으로 된 처마

---

*장식 디자인에서 판지의 끝이 말려 올라간 것 같은 모양의 무늬로, 그 중앙에 문자나 문장(紋章) 등을 배치한다. 바로크 건축 장식으로 유행했다.
**기둥의 윗부분에 수평으로 연결된 지붕을 덮는 장식 부분을 가리킨다. 위로부터 코니스, 프리즈, 아키트레이브의 세 부분으로 이루어진다.

의 물받이에는 금박이 입혀져 있었다. 아크로테리온 위에는 프랑스의 대표적인 제조업 도시를 상징하는 조각상들이 푸른 하늘을 배경으로 섬세한 윤곽을 또렷하게 드러냈다. 하지만 무엇보다 호기심 많은 이들의 감탄을 자아낸 것은 개선문만큼이나 높은 웅장한 정문이었다. 그곳에도 역시 모자이크와 자기, 테라코타로 된 장식이 넘쳐났고, 그 위로는, 경쾌하게 웃는 한 무리의 큐피드가 여인에게 키스를 하고 옷을 입혀주는 모습을 우의적으로 표현한 조각상들이 새로 입힌 금박에 햇빛을 받아 환히 빛나고 있었다.

오후 2시경에는, 순찰 기병들이 군중을 흩어지게 하고 마차가 주차하는 것을 살펴야 했다. 이제, 유행을 좇아 아낌없이 소비하는 열혈 신자들을 위한 신전, 그들을 위한 궁전이 세워졌다. 그리고 그 웅장한 신전은 구역 전체를 굽어보면서, 그 거대한 그늘로 그곳을 모두 덮어버렸다. 부라 영감의 누옥을 무너뜨림으로써 옆구리에 생긴 상처는 벌써 깨끗이 아물어 더 이상 예전에 붙어 있던 혹의 흔적을 찾아볼 수 없었다. 네 군데의 거리로 난 백화점 건물의 네 면은 빈틈이 한군데도 없는 완벽한 한 덩어리를 이루었다. 맞은편의 '전통 엘뵈프'는 보뒤가 양로원으로 들어간 이후 아무도 열어볼 생각을 하지 않는 덧문 뒤로 무덤처럼 꼭꼭 닫힌 채로 남아 있었다. 삯마차의 바퀴에서 튄 흙탕물로 더럽혀진 덧문 위로 점차 포스터가 덧붙여지면서 문짝을 통째로 막아버리기에 이르렀다. 밀물처럼 몰려와 덧문의 흔적마저 덮어버리는 광고 전단지들은 노쇠한 상업의 관에 마지막으로 던져 넣는 한 줌의 흙과도 같았다. 행인들이 뱉은 침으로 더럽혀지고, 파리의 번잡함이 빚어낸 누더기로 얼룩진 진열창 한가운데는, 정복한 제국에 꽂아놓은 깃발처럼 2피트

크기의 글씨로 '여인들의 행복 백화점'의 대대적인 세일을 알리는 노란색 포스터가 새로 붙어 있었다. 이는 마치 연속적인 확장의 꿈을 이룬 거인이, 자신이 소박하게 태어났던, 그리고 훗날 목을 졸라 살해한 초라한 동네에 대한 수치심과 역겨움에 사로잡혀 그곳에 등을 돌린 것처럼 보였다. 거인은 진흙탕으로 뒤덮인 비좁은 거리를 뒤에 버려둔 채, 번들거리는 벼락부자의 얼굴로 환한 햇살이 비치며 북적대는 새로운 파리의 대로를 향해 미소 짓는 듯했다. 광고 전단지의 그림이 보여주듯, 이제 거인은 어깨로 구름을 뚫고 지나가는 동화 속의 식인귀처럼 몸집이 비대해져 있었다. 우선, 그림의 전경에 나와 있는 디스 데상 브르 가와 미쇼디에르 가, 그리고 몽시니 가는 조그만 검은색 형상들로 붐비면서, 전 세계의 고객들이 몰려와도 될 만큼 엄청나게 널찍해 보였다. 공중에서 내려다본 건물 역시 과도하게 크게 묘사돼 있었다. 천장 부분에서는, 지붕 덮인 갤러리와 아래쪽에 중앙 홀이 있음을 짐작케 하는 유리 천장이 보였다. 또한, 끝없이 이어지는 호수 같은 천장의 유리와 함석이 한낮의 햇빛을 받아 빛났다. 그 너머로는 파리가 펼쳐져 있었다. 하지만 그것은 괴물한테 잡아먹혀 왜소해진 파리였다. 인접한 건물들은 초가집처럼 초라해 보였고, 굴뚝에서 나오는 희미한 연기처럼 잘게 흩어져버렸다. 기념물들도 형체가 흐릿해져 있었다. 노트르담은 두 개의 수직선처럼, 앵발리드는 '악상 시르콩플렉스'*처럼 뾰족한 지붕만 남은 것처럼 보였고, 저 멀리 렌즈콩만하게 보이는 팡테옹은 왜소한 자신을 부끄럽게 여기는 듯 보였다. 가루처럼 뭉개져 버린 듯한 지평선마저도 샤티용 언덕과

---

*프랑스어 모음자 위에 붙이는 기호의 하나(^).

파리에 붙어 있는 광대한 들판까지를 한데 담고 있는 한낱 사진틀처럼 보일 뿐이었다.

아침부터 몰려오기 시작한 고객은 시간이 갈수록 그 수가 점점 늘어났다. 지금까지 어떤 백화점도 이처럼 요란한 광고로 도시 전체를 들썩이게 한 적은 없었다. 이제 '여인들의 행복 백화점'은 포스터와 신문 광고를 비롯한 온갖 종류의 광고들에 매년 60만 프랑을 쏟아붓고 있었다. 또한 매년 40만 개의 카탈로그를 사방 곳곳으로 보냈으며, 샘플 발송에만 10만 프랑어치 이상의 천이 들어갔다. 그들은 우렁찬 청동 트럼펫 소리로 온 세상에 끊임없이 대대적인 세일 소식을 알리듯, 신문, 건물의 벽, 대중의 귀 등을 가리지 않고 무차별적으로 공략했다. 이제, 그 앞에 서기만 해도 압도당하는 것 같은 새 건물은 그 자체만으로도 살아 있는 광고판 역할을 하고 있었다. 다양한 색깔들과 금박 장식으로 이루어진 호사스러움, 여인들의 의상이 보여주는 한 편의 시를 고스란히 펼쳐 보이는 널따란 쇼윈도와 더불어 1층의 대리석 판부터 지붕 위에 설치된 아치형 함석판에까지, 그 위에 그림을 그리고 형상을 새기고 조각한 수많은 간판들이 행인들의 눈길을 잡아끌었다. 지붕 위의 금박으로 장식된 현수막에는, 당시 유행하던 색상들로 쓰인 백화점 이름이 푸른 하늘을 배경으로 선명하게 두드러져 보였다. 거기에 개장을 기념하기 위한 승리의 기념품과 깃발이 추가되었다. 백화점의 각 층마다 프랑스 주요 도시의 문장이 새겨진 깃발과 군기가 장식되었으며, 건물 꼭대기에서는 깃대에 꽂힌 외국의 국기들이 바람에 나부꼈다. 그리고 1층에서는, 쇼윈도 한가득 전시된 백색 제품들이 눈처럼 새하얀 색으로 보는 이들의 눈을 부시게 하고 있었다. 그곳은 온통 백색 일색이었다. 혼수품 일체와, 왼쪽에 산처럼 쌓여 있는 침대 시트, 오른쪽에 각각 예배당과 피라미드를 연상시키는 모습으로 진열돼 있는 커튼과 손수건이 보는 이들의 눈을 혹사했다. 마치 눈이 내리듯, 입구에 매달아 흘러내리도록 진열해놓은 리넨과 캘리코, 모슬린 사이로는 푸르스름한 빛깔의 판지로 제작된 두 여인상이 서 있었다. 실물 크기로 만들어진 젊은 신부와 야회복 차림의 여인은 각각 레이스와 실크로 된 옷을 입은 채 그림 속에서 활짝 미소 짓고 있었다. 계속해서 구경꾼들이 모여들었고, 감탄 어린 눈으로 바라보는 군중 속에서 욕망의 기운이 모락모락 솟아올랐다.

'여인들의 행복 백화점'을 둘러싼 사람들의 호기심은 파리 전체의 화제가 된 한 사건을 계기로 더욱더 자극되었다. 부트몽이 겨우 3주 전에 오페라 근처에 문을 연 '카트르 세종 백화점'에 화재가 났던 것이다. 신문들은 상세한 상황 설명을 곁들여 기사를 쏟아냈다. 밤사이에 난 불은 가스 폭발이 그 원인이었으며, 겁에 질린 채 슈미즈 바람으로 뛰쳐나온 여성 판매원들에 대한 얘기와 그중 다섯 명을 부축해 불길에서 구해낸 부트몽의 영웅적인 행동에 대한 찬사가 이어졌다.* 게다가 엄청난 손실은 보험금으로 메울 수 있었으며, 입방아 찧기 좋아하는 사람들은 선전 효과 한번 끝내준다고 수군거리기도 했다. 하지만 지금으로서는, 세간에 떠도는 얘기에 부쩍 호기심이 발동한 사람들이 이제 대중의 삶에 매우 중요한 자리를 차지하게 된 백화점에 심취해 또다시 '여인들의 행복 백화점'에 지대

---

*1881년 3월 9일 프랭탕 백화점에서 일어났던 화재를 떠올리게 하는 대목이다. 불은 가스등 담당 직원의 실수로 일어났으며, 다음 날 파리 언론은 경영자의 용기에 대한 찬사를 쏟아내며 화재로 인한 피해액을 발표했다. 이듬해인 1882년 봄, 불탄 곳을 재건축해 새롭게 단장한 백화점의 개장식 또한 큰 화제가 되었다.

한 관심을 보이고 있었다. 저 무레라는 남자는 참 운도 좋지 뭐야! 파리 전체가 그의 행운에 찬사를 보내며 그의 건재함을 보러 몰려들었다. 이젠 불마저 나서서 그의 앞에서 거치적거리는 경쟁자들을 대신 쓸어버리고 있지 않은가! 그는 벌써부터, 경쟁 관계에 있는 백화점이 어쩔 수 없이 문을 닫음으로써 자신의 백화점으로 몰려들게 될 인파를 떠올리며 분기별 순익을 예측해보고 있었다. 그러다, 그가 행운의 일부를 빚지고 있는 데 포르주 부인이 그를 향해 복수의 칼을 갈고 있음을 느낄 때면 잠시 불안한 생각이 들었다. 또한, 돈을 가지고 장난을 치듯 양쪽 백화점 모두에 투자한 아르트만 남작의 속을 알 수 없는 태도에 화가 치밀기도 했다. 하지만 무엇보다 그를 화나게 한 것은, 자신이 부트몽처럼 기발한 생각을 하지 못했다는 사실이었다. 부트몽은 사람 좋아 보이는 얼굴로 마들렌 성당의 신부와 성직자들을 초청해 그의 백화점을 축복하게 했다.* 그것은 실로 놀라운 의식이었다! 실크 매장에서 장갑 매장까지 성대한 종교 행렬이 이어졌고, 여인들의 속바지와 코르셋에까지 신이 함께했던 것이다. 그 의식이 화재를 막아주진 못했지만, 100만 프랑어치의 광고와 맞먹는 효과를 발휘했던 것이다. 무엇보다 사교계 여성 고객들에게 깊은 인상을 심어주었다. 그 일이 있은 후부터 무레는 대주교를 초청할 꿈을 꾸고 있었다.

어느덧 백화점 정문 위에 달린 시계에서 3시를 알리는 종이 울렸다. 오후가 되자, 10만 명가량의 고객들이 인산인해를 이루면서 갤러리와 홀이 터져나갈 듯 보였다. 밖에는 디스 데상브르 가의 끝에서 끝까지 마차들이 줄지어 서 있었다. 오페라

*프랭탕 백화점 개장 날인 1865년 11월 3일, 마들렌 성당의 신부가 그곳을 축복하는 의식을 거행했다.

쪽으로는, 새로 뚫릴 대로의 출발점이 될 막다른 길에 빽빽하게 몰려 있는 사람들이 보였다. 평범한 삯마차부터 화려한 사륜마차*까지 뒤섞인 채, 마차꾼들이 바퀴 사이에서 기다리는 동안 말들은 햇빛을 받아 반짝이는 사슬 모양의 재갈을 흔들며 울어댔다. 사환들이 외치는 소리가 들려오고, 말들은 스스로 대열을 좁히면서 서로를 밀치는 가운데, 새로 도착한 마차들이 합류하면서 끊임없이 줄이 생겨났다. 질겁한 보행자들은 무리를 지어 교통섬으로 뛰어올랐고, 아득히 멀어지는 것 같은 곧게 뻗은 대로는 보도 위에 길게 늘어선 수많은 인파로 북적거렸다. 새하얀 건물들 사이로 군중의 아우성이 올라오고, 강물을 이루는 사람들의 물결이 부드럽고 거대한 숨결로 모두를 어루만지듯 광대하게 펼쳐진 파리의 도로 위로 넘쳐흘렀다.

드 보브 부인은 딸 블랑슈, 기발 부인과 함께 쇼윈도 앞에서 반만 만들어진 의상이 진열돼 있는 것을 들여다보고 있었다.

"오! 저것 좀 봐요. 리넨으로 만든 옷이 19프랑 75상팀이래요!"

사각의 상자들 안에는 실크 리본으로 묶어놓은 의상들이 파란색과 붉은색 수가 놓인 장식만 보이게끔 접혀져 있었다. 각 상자의 귀퉁이에는 공주처럼 우아하게 생긴 젊은 여성이 완성된 의상을 입고 있는 그림이 그려져 있었다.

"맙소사! 저건 딱 봐도 저 가격밖엔 안 돼 보이네요! 만지기만 해도 조각조각 떨어져 버릴 것 같잖아요!" 기발 부인이 중얼거렸다.

두 여자는 드 보브가 통풍에 걸려 하루 종일 집의 소파에서

*상자형 객석이 달린 마차를 말 한 필이 끌던 것을 가리킨다.

꼼짝 못하게 된 이후로 서로 가까운 사이가 되었다. 드 보브 부인은 차라리 자신의 집에서 그런 일이 있는 게 더 낫다고 생각하면서 남편의 정부를 묵인했다. 그런 와중에 약간의 돈을 챙길 수 있었기 때문이다. 남편 역시 그녀의 관용이 필요한 처지라 그녀가 자신의 돈을 슬쩍슬쩍 가져가는 것을 눈감아주었다.

"자, 얼른 들어가 보자고요. 부인 사위하고 저 안에서 만나기로 한 거 아닌가요?"

드 보브 부인은 길게 늘어선 마차들의 문이 차례차례 열리고 수많은 고객들이 쏟아져 내리는 광경에 넋이 나가, 기발 부인의 물음에 미처 대답을 하지 못했다.

"맞아요. 폴은 내무부 일이 끝나자마자 4시경에 독서실로 우릴 데리러 오기로 했답니다." 블랑슈가 대신 나른한 목소리로 말했다.

그들은 1달 전에 결혼을 했다. 발라뇨스는 프랑스 남부에서 3주간의 휴가를 보낸 후 막 직장에 복귀한 터였다. 블랑슈는 벌써부터 엄마를 닮아가는 듯, 결혼의 영향 탓인지 몸집이 불어나고 살이 부풀어 올라 있었다.

"저기, 데포르주 부인이잖아요!" 막 멈춰 선 사륜마차를 쳐다보고 있던 드 보브 부인이 외쳤다.

"오, 정말요?" 기발 부인이 나지막이 말했다.

"그렇게 온갖 일을 겪고 나서도……. 아직도 '카트르 세종'의 화재 때문에 눈물 흘리고 있을 줄 알았는데."

그것은 분명 데포르주 부인이었다. 부인네들을 알아본 그녀는 몸에 밴 사교계 여인의 세련된 태도 뒤로 자신의 패배를 애써 감추면서 경쾌한 얼굴로 다가왔다.

"그래요! 네, 내 눈으로 확인하고 싶었거든요. 내가 직접 봐야 하지 않겠어요? ……오! 사람들이 뭐라고 떠들어대건 무슈 무레와 난 여전히 좋은 친구랍니다. 내가 여기랑 경쟁하는 백화점에 관심을 좀 보여서 그 사람이 화가 났다고 사람들이 쑥덕대긴 하지만요. ……내가 그 사람에게서 용서할 수 없는 건 꼭 한 가지밖에 없어요. 그건 말이죠, 내가 돌봐주고 있는 마드무아젤 드 퐁트나유를 조제픈가 뭔가 하는 자기네 사환하고 억지로 결혼시켰다는 거예요.”

“정말요! 정말 그랬어요? 세상에, 어떻게 그럴 수가!” 드 보브 부인이 거들었다.

“그렇다니까요. 그게 우리한테 한 방을 먹이려는 심산이 아니고 뭐냔 말이죠. 난 그 사람을 누구보다도 잘 알아요. 그는 우리하고 함께 어울리는 여성들은 자기네 백화점 사환하고나 결혼하기 딱 알맞은 수준이라는 걸 말하고 싶은 거라고요.”

그녀는 흥분한 어조로 얘기를 계속했다. 네 여자는 붐비는 입구 한가운데 버티고 서 있었다. 하지만 점차 몰려드는 인파가 그녀들을 휩쓸고 지나갔다. 그녀들은 물살에 몸을 내맡기기만 하면 되었다. 그러자 미처 의식하지도 못하는 새에 몸이 번쩍 들린 것처럼 정문을 통과하게 되었다. 서로의 말을 알아듣기 위해서는 더 큰 소리로 외쳐야만 했다. 이제 그녀들은 마르티 부인의 소식을 궁금해하고 있었다. 들리는 소문에 의하면, 불쌍한 무슈 마르티는 격렬한 부부 싸움 끝에 과대망상증에 걸리고 말았다. 그는 땅속에 묻힌 보물을 한 아름 파내거나 금광을 몽땅 캐내고, 다이아몬드와 온갖 보석들을 우마차에 한가득 싣는 환상에 사로잡혀 있었다.

“정말 안됐지 뭐야!” 기발 부인이 혀를 차며 말했다.

“돈 때문에 일개 가정교사처럼 정신없이 뛰어다니면서 자신을 혹사하더니! ……그런데 그 부인은 어떻게 됐대요?"

"이번에는 자기 숙부를 벗겨먹고 있는 중인 것 같더라고 요." 데포르주 부인이 말했다.

"혼자되고 난 후 그 부인 집에 와서 머물고 있는 점잖은 노 인넨데……. 안 그래도 마르티 부인이 여기로 오기로 했어요. 곧 보게 될 거예요."

순간, 놀라운 광경이 그들의 발걸음을 멈추게 했다. 광고에 서 익히 떠들어댄 것처럼, 그들의 눈앞에는 세상에서 가장 큰 백화점이 펼쳐져 있었다. 이제, 거대한 중앙 갤러리는 건물을 관통하면서, 디스 데상브르 가와 뇌브생토귀스탱 가 양쪽으로 각각 입구가 나 있었다. 그 왼쪽과 오른쪽 양 옆으로는, 교회의 측랑처럼 생긴 폭이 좁은 몽시니 갤러리와 미쇼디에르 갤러리 가 마찬가지로 두 군데 거리를 따라 중단됨이 없이 길게 이어 져 있었다. 홀은 공중에 걸린 계단과 허공을 가로지르는 다리 로 이루어진 철제 골조 속에서 일정한 간격을 두고 교차로처럼 확장되는 구조였다. 내부 구조도 예전과 달라져 있었다. 이제 바겐세일 상품을 위한 판매대는 디스 데상브르 가 쪽에, 실크 매장은 중앙에, 장갑 매장은 안쪽의 생토귀스탱 홀에 배치되어 있었다. 새로운 중앙 현관에서 위를 올려다보면, 3층의 한쪽 끝 에서 반대쪽 끝으로 이전한 침구류 매장이 예전처럼 눈에 들어 왔다. 이제 전체 매장 수는 무려 50개에 달했다. 새롭게 개장하 는 몇몇 매장은 바로 그날 처음으로 영업을 시작했다. 비중이 지나치게 커진 일부 매장은 판매를 용이하게 하기 위해 둘로 나누었다. 사업의 규모가 점차 커짐에 따라, 새롭게 문을 연 백 화점에 필요한 직원의 수는 3045명으로 늘어났다.

데포르주 부인 일행은 백색 대전시회가 펼쳐 보이는 경이로운 광경 앞에서 가던 발길을 멈추었다. 우선, 투명한 거울로 장식되고 바닥에 모자이크가 깔린 정문 입구의 홀에서는 염가 상품들을 위한 진열대가 탐욕스러운 군중을 유혹했다. 그런 다음, 눈부신 백색으로 꾸며진 갤러리들이 북극으로 향하는 통로로 그들을 이끌었다. 그곳에는 햇빛을 받아 빛나는 빙하가 늘어선 평원이 끝없이 펼쳐져 있었다. 흰 담비의 모피를 연상시키는 눈의 나라였다. 그곳에도 밖의 쇼윈도처럼 백색 천들이 진열돼 있었다. 하지만 거기서 더 나아가 거대한 공간의 끝에서 끝까지를 모두 활활 불태우는 새하얀 불꽃과 더불어, 더욱더 생생하며 거대한 규모를 자랑하는 백색의 향연이 그들 눈앞에 펼쳐지고 있었다. 눈앞에 보이는 것은 오직 백색, 백색뿐이었다. 각 매장마다 수북이 쌓여 있는 백색 제품들은 백색이 과도하게 넘쳐나는 한판 축제를 벌이는 듯 보였다. 백색의 별마다 지속적으로 빛을 쏘아 보내 보는 이들의 눈을 부시게 했다. 사방이 백색 천지인 곳에서는 뭐가 뭔지 잘 구분이 되지 않았다. 그러다 눈이 점차 그곳에 적응되어갔다. 왼쪽으로는, 갤러리 몽시니가 리넨과 캘리코로 이루어진 백색 갑(岬)과 침대 시트, 냅킨, 손수건의 백색 바위를 펼쳐 보였다. 바느질 도구 매장과 편물 매장, 모직물 매장이 들어서 있는 미쇼디에르 갤러리는 진주모 빛 단추로 만든 백색 건축물 모형과 백색 양말로 만들어진 거대한 장식물을 선보였다. 멀리서 비치는 한 줄기 빛이 백색 멜턴으로 뒤덮인 공간을 희부옇게 밝혀주고 있었다. 하지만 빛이 가장 강렬하게 퍼져 나오는 곳은 무엇보다도 리본과 숄, 장갑 그리고 실크로 장식된 중앙 갤러리였다. 판매대는 실크와 리본, 장갑 그리고 숄이 뿜어내는 백색 아래 파묻혀 더 이상 그 흔적을 찾아볼 수 없었다. 백색 모슬린으로 된 불룩한 주름 장식 리본은 군데군데 백색 풀라르로 매듭지어진 채 조그만 쇠기둥을 휘감아 올라가고 있었다. 계단은 온통 백색 휘장을 늘어뜨려 장식해놓았다. 피케*와 바쟁**으로 된 휘장이 번갈아 3층까지 난간을 따라 올라가면서 홀을 빙 둘러쌌다. 백색 천들이 위로 올라가는 모습은 마치 백조가 날갯짓을 하면서 날아올랐다가 사라지기를 반복하는 듯 보였다. 시선을 더 위쪽으로 향하면, 둥근 천장으로부터 새의 솜털 같은 새하얀 눈송이들이 떨어지는 게 보였다. 백색 담요와 백색 무릎 담요는 교회의 단기처럼 공중에 매달린 채 펄럭거렸다. 허공에 길게 늘어진 기퓌르 레이스가 흔들리는 모습은, 새하얀 나비들이 떼를 지어 윙윙거리는 모습을 연상시켰다. 사방에서 파르르 떨고 있는 레이스들은 어느 여름 하늘의 거미줄처럼 공중에 매달린 채 새하얀 숨결로 허공을 채우고 있었다. 무엇보다 경이로움의 극치를 보여준 것은, 중앙 홀의 실크 판매대 위쪽에 마련된 백색 종교를 위한 제단으로, 유리 천장으로부터 늘어진 백색 커튼으로 이루어진 장막이었다. 모슬린, 거즈, 섬세한 기퓌르 레이스로 된 커튼은 경쾌하게 흘러가는 물결을 떠올리게 했다. 자수가 화려하게 놓인 튈***과 은사가 수놓인 동양 실크로 짠 천은 신전과 규방을 동시에 연상시키는 거대한 장식물에 배경 역할을 하고 있었다. 그 모든 것은, 어느 날 신부의 순백색 베일을 쓰고 나타날, 전설 속의 전능한 백색 공주를 기다리는 거대하고 순결한 백색 침대를 연상시켰다.

*가로로 고랑이 지거나 무늬를 도드라지게 짠 면직물.
**씨실은 면사, 날실은 마사로 짠 능직면포.
***미세한 다각형의 그물 모양을 한 얇은 천으로 레이스의 일종이다. 베일이나 드레스 등을 만드는 데 쓰인다.

"오! 정말 굉장하네요! 이런 건 난생처음 봐요!" 눈이 휘둥그레진 여인네들은 감탄사를 연발했다.

백화점 전체의 천들이 합창하는 백색의 노래는 아무리 들어도 지겹지가 않았다. 무레는 지금까지 이보다 더 엄청난 시도를 한 적이 없었다. 이번 백색 대전시회는 천부적인 진열 전문가인 그가 펼쳐 보이는 결정적인 한 방이었다. 백색의 홍수 아래, 선반에서 우연히 떨어져 내린 천들이 무질서하게 흩어진 것처럼 보이는 가운데, 일관된 조화로움이 전체를 지배했다. 백색은 태어나고 자라나 다양한 뉘앙스를 띠며 점점 그 영역을 넓혀가면서 꽃처럼 활짝 피어났다. 복잡한 관현악법으로 연주되는 대가의 푸가*가 지속적으로 전개되면서, 끊임없이 더 높은 곳으로 영혼을 날아오르게 하는 듯했다. 오직 백색들만이 존재했지만 결코 똑같은 백색이 아니었다. 백색들은 서로를 돋보이게 하거나 대립하고, 서로를 보완하기도 하면서 빛과 같은 광채를 뿜어냈다. 처음에는 캘리코와 리넨의 무광 백색, 플란넬과 나사의 은은한 백색에서 시작했다. 그리고 벨벳, 실크, 새틴과 함께 단계가 차츰 올라가면서 백색이 조금씩 불타오르다가는 주름진 천의 가장자리에 이르러 불꽃이 점차 잦아들었다. 그런 다음 마지막으로, 투명한 커튼과 함께 높이 날아오른 백색은 지극히 가벼워 아득하게 서서히 스러져버리는 듯한 모슬린, 기퓌르, 그리고 무엇보다도 튈과 더불어 순수한 빛으로 다시 태어났다. 동양 실크의 은빛 장식은 거대한 규방의 안쪽 깊은 곳에서 목소리를 높여 노래하고 있었다.

그사이 백화점은 북적거리며 활기를 띠고 있었다. 사람들

---

*하나의 테마가 다른 파트에 규칙성을 가지고 계속해서 모방, 반복되어 가며 고도의 대립 기법으로 구성되는 복사율의 악곡을 가리킨다.

이 엘리베이터로 몰려들고, 카페테리아와 독서실은 미어터지는 사람들로 혼잡을 이루었다. 눈으로 뒤덮인 공간에서 수많은 사람들이 여행을 하고 있었다. 백색 속에 파묻힌 군중은 12월에 폴란드 호수에서 스케이트를 타는 사람들처럼 검게 보였다. 1층에서는, 썰물에 휩쓸린 것 같은 시커먼 사람들 속에서 여인들의 희열에 찬 섬세한 얼굴밖에는 보이지 않았다. 철제 골조의 들쭉날쭉한 틈 사이와 길게 이어진 계단을 따라, 그리고 공중에 걸린 다리 위로, 눈 덮인 산꼭대기에서 길을 잃고 헤매는 것처럼 끊임없이 위로 향하는 사람들이 보였다. 새하얗게 얼어붙은 정상을 마주하고 선 여행객들은 온실 같은 숨 막히는 열기에 화들짝 놀랐다. 웅성거리는 목소리들은 모든 것을 휩쓸고 지나가는 강물의 요란한 물소리를 떠올리게 했다. 천장에서는, 금으로 니엘로 상감을 한 유리창과 금빛의 원형 꽃 장식이 백색 대전시회의 알프스 산 위를 비추는 햇살처럼 빛나고 있었다.

"자자, 앞으로 좀 더 가보자고요. 언제까지 이러고 여기 서 있을 순 없잖아요." 드 보브 부인이 말했다.

그녀가 백화점 안으로 들어온 이후 정문 가까이 서 있던 주브 감독관은 그녀에게서 시종일관 눈을 떼지 않았다. 그녀가 뒤를 돌아보자 그들의 시선이 마주쳤다. 그리고 그녀가 다시 걸어가자, 주브 감독관은 몇 걸음 떨어져서는 더 이상 그녀에 대해 신경 쓰지 않는 척하면서 멀찌감치 그녀를 뒤따라갔다.

"어머나! 이것 좀 봐요!" 기발 부인은 첫 번째 계산대 앞에 또다시 멈춰 서면서 소리쳤다.

"정말 멋진 아이디어 아니에요? 이 바이올렛 말이에요!"

그녀는 '여인들의 행복 백화점'의 판촉용 고객 증정품에 대해 얘기하는 중이었다. 그것은 무레가 생각해낸 아이디어로,

그는 이미 신문을 통해 그 사실을 요란하게 선전해놓은 터였다. 그는 니스에서 백색 바이올렛 수천 송이를 사들여, 물건을 하나라도 구매하는 고객들에게 작은 꽃다발을 나눠 주는 행사를 대대적으로 벌였다.* 각 계산대 옆에서 제복을 입은 사환들이 감독관이 지켜보는 가운데 꽃을 나누어 주었다. 그러자 점차, 저마다 꽃을 들고 꽃향기를 백화점 곳곳에 퍼뜨리고 다니는 고객들로 인해 백화점 전체가 새하얀 결혼식을 치르는 듯 보였다.

"그래요, 좋은 아이디어네요." 데포르주 부인은 질투가 느껴지는 목소리로 조그맣게 대답했다.

그들 일행이 다른 곳으로 가려는 순간, 판매원 두 사람이 바이올렛을 두고 농담하는 소리가 들려왔다. 키가 크고 마른 남자는 깜짝 놀라는 표정으로 말했다. 그러니까 드디어 하기로 얘기가 된 건가? 사장하고 기성복 매장의 수석 구매상하고의 결혼 말이야. 그러자 통통하고 작은 남자는, 아무도 그 사실을 몰랐지만, 어쨌거나 꽃을 사들인 걸 보면 심상치가 않다고 맞장구를 쳤다.

"정말이에요? 무슈 무레가 결혼한다는 게?" 드 보브 부인이 놀라며 물었다.

"나도 금시초문이에요. 하지만 결국 그렇게 될 수밖에 없는 거 아닌가요." 데포르주 부인은 무심한 척하며 말했다.

드 보브 부인은 자신의 새 친구를 의미심장한 눈빛으로 쳐다보았다. 이제 두 여자는 데포르주 부인이 결별로 인한 신경전을 벌이는 와중에도 '여인들의 행복 백화점'에 나타난 이유

---

*1870년, 프랭탕 백화점에서 실제로 있었던 일에서 아이디어를 얻은 대목이다.

를 이해할 수 있었다. 아마도, 자기 눈으로 직접 확인하고 고통을 느끼고자 하는 주체할 수 없는 욕구 때문인 듯했다.

"난 부인하고 같이 갈게요." 호기심이 발동한 기발 부인이 말했다.

"드 보브 부인은 나중에 독서실에서 다시 만나면 되니까요."

"그래요! 그렇게 하면 되겠네요." 드 보브 부인이 그녀의 제안에 응수했다.

"난 2층에서 볼일이 있거든요. ……블랑슈, 얼른 가자꾸나."

그녀가 위층으로 올라가자 딸이 그 뒤를 따랐다. 그사이 주브 감독관은 드 보브 부인의 주의를 끌지 않기 위해 옆쪽 계단을 이용해 그녀를 뒤따라갔다. 다른 두 여자는 1층에 빽빽이 들어찬 인파 속으로 사라져갔다.

열띤 판매 열기로 북적거리는 가운데서도 판매원들은 사장의 연애담에만 관심이 있는 듯 그 문제를 놓고 이러쿵저러쿵 이야기꽃을 피웠다. 수개월 동안 드니즈의 오랜 저항으로 그들을 즐겁게 해주었던 두 사람의 줄다리기 관계는 갑자기 중대한 국면에 봉착하게 되었다. 바로 전날, 무레의 애원에도 불구하고 휴식이 절실히 필요하다는 이유로 드니즈가 '여인들의 행복 백화점'을 떠날 거라는 이야기가 나돌았기 때문이다. 그러자 판매원들의 의견은 둘로 나뉘었다. 그녀가 떠날 것인가? 떠나지 않을 것인가? 매장에서 매장으로, 오는 일요일까지 그녀가 떠날 것이라는 데 100수를 거는 이들이 생겨났다. 머리가 잘 돌아가는 친구들은 두 사람의 결혼 청첩장에 점심 내기를 걸었다. 하지만 그녀가 결국 떠날 거라고 믿는 이들은 뚜렷한 이유 없이 돈을 거는 무모한 짓을 저지르려 하지 않았다. 어쨌거나, 그녀는 사장의 끊임없는 구애에도 불구하고 끝끝내 자신을 지켜내는 강단이 있는 대단한 여자인 건 사실이었다. 한편, 사장은 엄청난 부와 자유로운 홀아비 생활로 무엇 하나 부족하지 않은 삶을 누리고 있는 인물이었다. 그런데, 그녀의 결정적인 마지막 요구는 그의 자존심에 흠집을 내기에 충분했다. 판매원들은 이구동성으로 그 조그만 판매원 여성이 기막히게 영악한 여자처럼 능수능란하게 두 사람의 관계를 이끌어왔다고 수군거렸다. 그리고 이젠 결정적인 카드를 사용하면서 그에게 마지막 선택을 강요하고 있었다. 나와 결혼해줘요, 안 그러면 당신을 떠나겠어요.

하지만 정작 드니즈 자신은 그런 생각을 해본 적이 없었다. 그녀는 어떤 요구나 계산 같은 걸 떠올려본 적조차 없었다. 그녀에게 떠나야겠다는 생각을 들게 한 것은 다름 아닌, 그녀의 행동에 대한 다른 사람들의 판단이었다. 그녀는 자신을 둘러싼 주변 사람들의 수군거림에 끊임없이 놀라면서 스스로에 대해 자문해보곤 했다. 자신이 진정으로 이 모든 것을 원했던 것일까? 자신이 정말 영악하게 남자에게 교태를 부리거나, 무언가를 욕심내는 것처럼 보였단 말인가? 그녀는 단지 이곳에 왔을 뿐이고, 누군가가 자신을 이토록 사랑할 수 있다는 사실에 그 누구보다 놀란 터였다. 그런데 왜 '여인들의 행복 백화점'을 떠나려는 자신의 결심에조차 어떤 저의가 담겨 있을 거라고들 생각하는 것일까? 자신이 이러는 건 지극히 당연한 것인데도! 그녀는 늘 신경이 곤두서 있으면서 견딜 수 없는 불안감에 사로잡혀 지내야 했다. 백화점 내에서 그칠 줄 모르고 계속 생겨나는 터무니없는 소문들과 집착에 가까운 무례의 뜨거운 애정 공세, 그리고 자기 자신과의 싸움 등으로 지칠 대로 지쳐 있는 상태였다. 그리하여 이젠 멀리 떠나야겠다고 마음먹었다. 그러지 않으면 언젠가는 그에게 굴복하고 말 것 같았고, 평생 동안 그 사실을 후회하면서 살게 될 것이 두려웠기 때문이다. 그런 그녀의 생각에 영악한 계산이 숨어 있다고 해도 그녀 자신은 그것을 알지 못했다. 그녀는 절망감에 사로잡힌 채, 남편감을 좇는 여자처럼 보이지 않기 위해서는 대체 어떻게 해야 하는지를 진정으로 알고 싶어 했다. 이젠 결혼에 대한 생각조차 그녀의 짜증을 돋우었다. 만약 그가 무모하게도 결혼을 감행할 생각을 하더라도, 그녀는 여전히 안 된다고, 언제나처럼 안 된다고 말하리라 결심했다. 고통받는 건 그녀 혼자로 충분했다. 어쩔 수 없이 그를 떠나야만 한다는 생각을 하자 눈물이 솟구쳤다. 하지만 그녀는 힘겹게 자신을 추스르면서, 그래야만 한다고, 그러지 않으면 자신에게는 더 이상의 휴식도 즐거움도 없을 것이라고 몇 번이고 되뇌었다.

드니즈의 사표를 받아든 무레는 자신의 감정을 드러내지 않으려고 애쓰며 차갑게 얼어붙은 듯 아무 말도 하지 않았다. 다만, 그녀가 그런 어리석은 짓을 저지르지 않도록 일주일간 생각할 수 있는 시간을 주겠노라고 담담하게 말했을 뿐이다. 일주일 후, 그녀가 그 얘기를 다시 꺼내며 백색 대전시회가 끝나는 대로 떠날 것이라는 단호한 의지를 거듭 밝히자 무레는 차분하게 그녀를 설득하고자 애썼다. 그녀는 스스로 복을 차버리려는 것과 마찬가지였다. 어디를 가더라도 이곳에서만큼 지위를 보장받지는 못할 터였다. 혹시라도 다른 곳에 자리를 봐두기라도 한 건가? 그는 언제나 그녀가 다른 곳에서 기대하는 만큼의 혜택을 제공할 준비가 돼 있었다. 드니즈는 자신이 다른 곳으로 일자리를 옮기려는 게 아니며, 다만 그동안 모아놓은 돈으로 우선 발로뉴에서 한 달간 휴식을 취할 생각이라고 대답했다. 그러자 무레는 다시 물었다. 단지 건강상의 이유로 그만두려는 거라면, 한 달 후에 '여인들의 행복 백화점'으로 다시 돌아오지 못할 이유가 없지 않은가. 드니즈는 그의 계속되는 질문에 몹시 당혹스러워하며 더 이상 아무런 대꾸도 하지 않았다. 그러자 그녀가 애인, 아니 어쩌면 남편감을 만나러 가는 건지도 모른다는 생각이 무레의 머릿속을 스쳐 갔다. 언젠가 저녁에, 그녀가 좋아하는 사람이 있다고 고백한 적이 있지 않았던가? 그 순간부터 그는 그녀가 혼란스러워하는 틈을 타 이끌어낸 고백을 심장에 꽂힌 비수처럼 마음속 깊이 품고 지냈다. 만약 그 남자가 그녀와 결혼하려 하고, 그런 이유로 그녀가 모든 것을 포기하려는 거라면 그녀의 완강한 태도가 설명될 수도 있었다. 그렇다면 이젠 정말 끝이었다. 무레는 차가운 목소리로, 그녀가 떠나는 진짜 이유를 얘기해주지 않기 때문에 더 이상은 그녀를 붙잡지 않겠다고 말했다. 이렇게 힘들고 냉랭한 대화는 드니즈가 두려워했던 격렬한 장면보다 그녀를 더욱더 당혹스럽게 했다.

드니즈가 백화점에서 남은 일주일을 보내는 동안, 무레는 시종일관 헬쑥하고 딱딱하게 굳은 얼굴로 지냈다. 매장을 지날 때에는 그녀를 보지 못한 척했다. 그는 그 어느 때보다도 초연한 태도로 일에만 몰두하는 듯 보였다. 그러자 또다시 판매원들 사이에 내기가 시작되었다. 오직 배짱이 두둑한 이들만이 두 사람의 결혼 청첩장에 점심 내기를 걸었다. 하지만 무레는 평소의 그와는 전혀 어울리지 않는 무심한 태도 뒤로 우유부단함과 고통에서 비롯되는 끔찍한 정신적 위기를 감추고 있었다. 그러다 분노가 폭발하면, 머리로 급격하게 피가 몰리면서 머리가 깨질 듯 아파왔다. 그럴 때마다 그는 드니즈의 외침을 묵살한 채 그녀를 으스러지게 품에 안는 꿈을 꾸었다. 그러고 난 후에는 다시 차분히 생각하려고 애쓰면서, 그녀가 그곳을 떠나지 못하게 하는 실질적인 방법을 찾고자 했다. 하지만 그는 자신이 가진 힘과 엄청난 재물이 아무 소용없다는 사실에 분노하면서 끊임없이 자신의 무력함과 마주해야 했다. 그러면서 그의 저항에도 불구하고, 터무니없는 상념들 가운데 한 가지 생각이 점점 커져가면서 그의 마음속에 자리 잡기 시작했다. 에두앵 부인이 세상을 떠난 후, 그는 다시는 결혼하지 않기로 맹세한 터였다. 한 여자로 인해 첫 번째 행운을 거머쥔 이후, 이 세상 모든 여자들을 이용해 부를 이루겠다고 굳게 마음먹었기 때문이었다. 부르동클과 마찬가지로 그의 마음속에는 유행에 민감한 제품들을 취급하는 백화점의 주인은 독신이어야만 한다는 미신 같은 믿음이 굳게 자리 잡고 있었다. 끝없는 욕망을 지닌 여성 고객이라는 백성 위에 군림하는 남성의 왕국을 존속시키기 위해서였다. 그 왕국에 침입하는 여인은 그녀만의 향기를 뿜어냄으로써 다른 여인들을 몰아내게 될 것이었다. 무레는 이러한 반박할 수 없는 논리에 사로잡힌 채 그녀에게 굴복하기보다는 차라리 죽는 게 낫겠다는 생각을 했다. 드니즈가 바로 여성을 대표하는 복수의 화신이 아닐까 하는 생각이 들면서 그녀에게 순간적인 분노가 느껴지기도 했다. 그는 두려웠다. 자신이 그녀와 결혼하는 날엔 영원한 여성성에 의해 한낱 지푸라기처럼 꺾여버리면서, 수백만 프랑을 지닌 패배자가 되고 말 것이었다. 그리고 서서히 마음이 다시 약해지면서 자신이 결혼을 꺼려하는 이유를 되짚어보았다. 대체 무엇을 두려워한단 말인가? 그녀는 더없이 온화한 성품과 현명함을 겸비한 여성이었다. 그녀라면 아무것도 두려워할 필요 없이 자신을 내맡길 수 있을 것 같았다. 그는 지칠 대로 지친 상태에서 수없이 자신의 생각을 번복했다. 자존심은 상처를 더 긁어놓았고, 그가 마지막까지 양보해서 최후의 방법을 선택한다고 하더라도, 다른 사람을 사랑하는 그녀는 여전히 안 된다고, 절대로 안 된다고 할 게 분명했다. 이 생각은 얼마 남지 않은 그의 판단력마저 앗아가는 듯했다. 마침내 백색 대전시회 날 아침이 되었지만 그는 아직 아무런 결정도 내리지 못하고 있었다. 드니즈는 다음 날 떠날 예정이었다.

그날 오후 3시경, 평소처럼 무레의 사무실로 들어간 부르동클은 그가 책상 위에 팔꿈치를 올려놓은 채 두 주먹을 눈에 갖다 대고 있는 것을 발견했다. 그가 너무나 생각에 골몰해 있어 부르동클은 그의 어깨를 살짝 건드려야 했다. 무레가 눈물로 범벅이 된 얼굴을 들자 두 사람은 서로를 마주 보았다. 악수를 하기 위해 손을 뻗은 그들은 느닷없이 서로의 손을 세게 움켜쥐었다. 오랫동안 상업의 전쟁을 함께 치러온 두 남자 간의 진한 우정의 표현이었다. 게다가 한 달 전부터 부르동클은 태도가 완전히 달라져 있었다. 그는 드니즈에게 마침내 고개를 숙였고, 주인의 결혼을 은근히 부추기기까지 했다. 그것은 물론 첫 번째로는, 자신보다 우위에 있다고 여겨지는 힘에게 밀려나지 않기 위한 일종의 전략이었다. 하지만 거기에 더하여, 달라진 태도의 저변에는 해묵은 야심이 자리하고 있었다. 그는 자신이 오랫동안 섬겨왔던 주인을 집어삼키겠다는, 그동안 음흉스레 감추고 있었던 야망을 차츰 드러내기 시작했던 것이다. 그의 이러한 행태는 백화점 전체에 만연해 있는 것으로, 생존을 위한 치열한 싸움에서 살아남기 위한 데서 비롯된 것이었다. 지속적으로 사람들을 몰아내는 것은 주위의 판매를 촉진하는 결과를 가져왔다. 부르동클 역시 거대한 기계의 톱니바퀴 속으로 휩쓸려 들어갔다. 다른 이들을 먹어치우고 말겠다는 탐욕은 아래쪽에 있는 마른 이들로 하여금 위로 치고 올라가 살찐 이들을 몰아내게 만들었다. 다만 일종의 종교적 두려움, 행운의 힘에 대한 절대적인 믿음이 지금까지 그가 결정적으로 이빨을 드러내는 것을 자제하게 했을 뿐이었다. 이제 다시 나약한 어린아이가 되어버린 그의 주인은 어리석은 결혼으로 자신의 행운을 내동댕이치고 고객에 대한 마력을 망치려 하고 있었다. 그런데 무엇 때문에 그런 그를 막는단 말인가? 그가 결혼을 한다면 그는 끝난 것이나 다름없을 터였다. 자신은 그가 한 여자에게 정신이 팔려 있을 때 그 자리를 느긋하게 차지하기만 하면 될 것이었다. 따라서 부르동클은 오랜 동지에게 연민을 느끼며, 그에게 작별하는 마음으로 주인의 두 손을 힘주어 잡으면서 말했다.

"이럴수록 강해지셔야 합니다! ……그러지 말고 그분과 결혼하십시오. 그래서 이제 그만 매듭을 지으시란 말입니다."

무레는 이미 잠시 약한 모습을 보였던 자신을 수치스럽게 생각하고 있었다. 그리하여 자리에서 벌떡 일어나면서 항변했다.

"아니, 그건 절대 안 될 말이야. 그런 어리석은 짓을 저지를 순 없지. ……자, 얼른 매장이나 한 바퀴 돌아보자고. 잘되어가고 있겠지? 굉장한 하루가 될 걸세."

두 사람은 밖으로 나가 여느 오후처럼 백화점을 돌아보기 시작했다. 매장마다 넘쳐나는 인파로 북적거렸다. 부르동클은 아무렇지 않은 척하느라 안간힘을 쓰는 듯한 무레를 조심스럽게 흘끗거리면서 그의 입술을 유심히 살펴보았다. 그가 고통스러워하는 흔적이 조금이라도 엿보이는지 찾아내기 위해서였다.

과연, 판매는 극에 달한 채 무서운 속도로 달려가고 있었다. 증기를 힘껏 뿜어내며 힘차게 전진하는 거대한 배가 요동치듯 백화점 전체가 흔들리고 있었다. 드니즈가 맡고 있는 매장에서는 엄마 손에 이끌려온 수많은 소년 소녀들 때문에 정신을 차릴 수가 없을 지경이었다. 저마다 아이들에게 옷을 입혀보느라, 아이들은 옷의 홍수 속에 파묻혀 버렸다. 매장에서는 백색 제품들을 모두 꺼내놓았다. 마치 백색 파티라도 벌이듯 곳곳에 백색이 넘쳐났다. 추위에 떠는 큐피드 한 무리를 입히고도 남을 만큼의 백색 옷들이었다. 새하얀 나사로 만든 재킷, 피케와 네인숙* 또는 흰색 캐시미어로 된 드레스, 백색 세일러복, 그리고 백색 주아브까지 다양한 백색이 눈길을 끌었다. 매장 한가운데는, 아직 철이 되지도 않은 첫 번째 성찬식 의상을 위한 진열대를 배치해놓았다. 백색 모슬린으로 된 드레스와 베일, 백색 새틴 신발 들이 순수함과 천진한 기쁨을 나타내는 거대한 꽃다발처럼 경쾌하게 활짝 피어나 있었다. 부르들레 부인은 키 순서대로 앉혀놓은 세 아이 마들렌, 에드몽, 뤼시엥 앞에 서서는 막내를 꾸짖고 있었다. 드니즈가 뤼시엥에게 조그만 모직 모슬린 재킷을 입히려고 하자 아이가 발버둥을 쳤기 때문이었다.

"맙소사, 가만히 좀 있지 못하겠니? ……옷이 너무 꽉 끼는 것 같지 않아요?"

그녀는 판매원의 사탕발림에 절대 넘어가지 않는 여인의 예리한 눈빛으로 천과 만듦새, 바느질 등을 꼼꼼히 살펴본 다음 말했다.

---

*가볍고 결이 고운 모슬린의 일종.

"아니, 괜찮을 것 같네요. 아이들 옷 한번 입혀보는 게 예삿일이 아니라니까요. ……이번에는 여기 큰 딸내미한테 입힐 외투를 좀 보여주세요."

드니즈는 매장에 정신없이 몰려드는 사람들 때문에 판매에 일손을 보태야 했다. 그녀는 부르들레 부인이 요청한 외투를 찾던 중에 화들짝 놀라며 조그맣게 소리쳤다.

"어머나! 장이잖아! 이 시간에 네가 여길 웬일이야?"

동생 장이 꾸러미 하나를 손에 든 채 그녀 앞에 서 있었다. 그는 일주일 전에 결혼을 했다. 그리고 토요일에는 그의 아내가 '여인들의 행복 백화점'에서 한참 동안 쇼핑을 했다. 장의 아내는 갈색 머리에 수심이 깃든 것 같은 얼굴을 한, 아담한 체구의 매력적인 여성이었다. 신혼부부는 드니즈와 발로뉴에 함께 가기로 돼 있었다. 진정한 신혼여행이자, 어린 시절의 추억을 더듬으며 한 달간을 쉴 수 있는 절호의 기회였다.

"그게 말이지, 테레즈가 정신이 없다 보니 해야 할 일들을 깜빡 잊었지 뭐야. 바꿀 것도 있고, 살 것도 있는데……. 그런데 엄청 바빠서 내가 대신 가지고 온 거야. ……어떻게 된 건지 내가 자세하게 설명해줄게."

하지만 페페를 알아본 드니즈는 그의 말을 가로막았다.

"세상에! 페페도 같이 왔잖아! 학교는 어떡하고?"

"어떻게 된 거냐면, 엊저녁에 저녁을 먹고 나서 차마 다시 기숙사로 데려다주질 못하겠더라고. 그래서 오늘 저녁에 데려다주려고……. 페페는 우리가 발로뉴에 가 있는 동안 혼자 파리에 남아 있어야 해서 무척 슬퍼하고 있어."

드니즈는 애타는 속마음을 숨긴 채 동생들에게 미소를 지어 보였다. 그리고 다른 판매원에게 부르들레 부인 응대를 맡기고는 다행스럽게 자리가 난 매장 한구석으로 동생들을 데리고 갔다. 드니즈가 어린아이들이라고 부르는 그들은 어느덧 청년으로 자라나 있었다. 이제 12살이 된 페페는 그녀보다 키도 크고 몸집도 좋았다. 하지만 여전히 말수가 적었고 안아주는 것을 좋아했으며, 중학교 제복을 입은 모습에서는 애교스러운 다정함이 느껴졌다. 어깨가 딱 벌어진 장은 드니즈보다 족히 머리 하나는 더 컸지만 여전히 여성스러운 곱상한 외모를 간직하고 있었다. 금발 머리는 어엿한 장인(匠人)의 풍모를 풍기듯 예술적으로 뒤로 빗어 넘겼다. 드니즈는 여전히 호리호리했고, 스스로 얘기하듯 종달새처럼 몸집이 자그마했지만, 동생들을 엄마처럼 염려하며 챙겼다. 그들을 자신이 돌봐야 할 자식들처럼 여기며, 장이 바람둥이처럼 보이지 않도록 프록코트 단추를 다시 채워주거나 페페가 늘 깨끗한 손수건을 지니도록 신경 썼다. 그날은 페페의 눈이 부어 있는 걸 보고는 그를 조용조용 타일렀다.

"잘 생각해보렴, 애야. 학교를 빼먹을 순 없는 거잖니. 방학을 하면 널 꼭 데려가 주겠다고 약속할게. ……뭐 갖고 싶은 건 없니, 응? 아니면, 너한테 용돈을 좀 주고 갈까?"

그녀는 장을 돌아보며 말했다.

"넌 대체 왜 그러는지 모르겠구나. 우리가 거길 놀러 가는 것처럼 얘기해서 동생 마음을 아프게 하다니! ……제발 생각 좀 하고 살려무나."

그녀는 장이 자리를 잡을 수 있도록 자신이 저축한 돈의 절반에 해당하는 4천 프랑을 결혼 선물로 주었다. 막내를 중학교에 보내는 데도 목돈이 많이 들었다. 늘 그랬듯이 그동안 모은 돈이 모두 동생들 앞으로 들어갔다. 그들은 그녀가 살아가고

일하는 유일한 이유였다. 그녀는 결혼 같은 건 결코 하지 않겠
노라고 마음속으로 거듭 다짐했다.

"그건 그렇고, 이 속에 테레즈가 샀던 연밤색 팔토가 있는
데……"

자신이 온 이유를 설명하려던 장은 하던 얘기를 멈췄다. 이
상한 느낌에 뒤를 돌아본 드니즈는 자신들 뒤에 서 있는 무레
를 발견했다. 그는 아까부터 드니즈가 꼬마 엄마 노릇을 하는
모습을 지켜보고 있었다. 그녀는 두 동생을 꾸짖기도 하고 안
아주기도 하면서 마치 아기 기저귀를 갈아주듯 그들을 다루었
다. 부르동클은 판매 상황을 살피는 척하면서 옆으로 비켜나
있었다. 그러면서도 두 사람에게서 시선을 떼지 않았다.

"당신 동생들이군, 그렇지 않소?" 잠시 침묵을 지키던 무레
가 먼저 입을 열었다.

그의 목소리는 차갑게 얼어붙어 있었다. 그는 이제 애써 엄
격한 태도로 그녀를 대했다. 드니즈 역시 냉정하게 보이기 위
해 안간힘을 썼다. 그녀는 얼굴에서 미소를 거두고는 대답했다.

"네, 사장님. ……얼마 전에 첫째가 결혼했거든요. 그런데 아
내 부탁으로 몇 가지 살 게 있어서 동생이 절 찾아온 거랍니다."

그들을 유심히 살펴보던 무레는 다시 말했다.

"막내가 그사이 많이 컸군요. 오래전 어느 날 저녁에 튈르리
정원에서 당신과 함께 있던 걸 본 기억이 나는데."

그의 목소리가 느릿해지면서 가벼운 떨림이 느껴졌다. 드니
즈는 숨이 막힐 것 같아 고개를 숙이고 페페의 벨트를 매만지
는 척했다. 두 동생은 얼굴을 붉히면서 누이의 주인에게 미소
를 지어 보였다.

"당신을 많이 닮았군요." 무레가 다시 말했다.

"아니에요! 저보다 훨씬 더 잘생겼죠!"

잠시 세 사람의 얼굴을 살펴보던 그는 또다시 무력감에 휩싸였다. 저토록 동생들을 사랑하다니! 그곳을 떠나려던 그는 몇 걸음 가다가 다시 돌아와서는 그녀의 귀에 대고 조그맣게 속삭였다.

"일이 끝나면 잠시 내 사무실로 올라오시오. 당신이 떠나기 전에 꼭 할 말이 있소."

그리고 이번에는 단호하게 멀어지면서 매장 시찰을 계속했다. 그리고 그의 마음속에서 다시 싸움이 시작되었다. 드니즈에게 만나자고 한 자신에 대해 이내 짜증이 치밀었던 것이다. 그녀가 동생들하고 있는 걸 보면서 무슨 충동에 사로잡혔던 것일까? 이건 미친 짓이었다. 그에게는 이제 그 어떤 것을 시도할 의지조차 남아 있지 않았다. 이제 마지막으로, 간신히 그녀에게 작별 인사를 할 수 있을 뿐이었다. 무레와 다시 합류한 부르동클은 아까보다 덜 불안해 보이는 얼굴로 여전히 흘끗거리며 그의 눈치를 살폈다.

그사이 드니즈는 부르들레 부인에게로 다시 돌아가 있었다.

"외투는 마음에 드시나요?"

"네, 좋아요, 아주 마음에 들어요. ……그런데 오늘은 그만 사야겠어요. 이 꼬맹이들 때문에 잘못하면 파산하게 생겼다니까요!"

그러자 드니즈는 매장을 슬그머니 빠져나와 장의 설명을 들은 다음 그를 데리고 해당 매장으로 향했다. 그러지 않으면 장은 분명 길을 잃고 헤매게 될 터였다. 우선 밤색 팔토를 바꾸러 가야 했다. 테레즈는 고민 끝에 같은 스타일, 같은 크기의 하얀색 팔토로 바꾸고 싶어 했다. 드니즈는 두 동생이 뒤따르는 가운데 꾸러미를 들고 여성 기성복 매장으로 향했다.

　매장은 부드러운 색상의 옷들과 독특한 니트, 가벼운 실크로 만든 여름용 재킷과 망토를 진열해놓았다. 하지만 판매가 그다지 활기를 띠지 않아 매장은 비교적 한산한 편이었다. 그사이 판매원들은 대부분 낯선 얼굴들로 바뀌어 있었다. 클라라는 한 달 전부터 어디론가 사라져버려 더 이상 보이지 않았다. 사람들은 그녀를 두고 어떤 구매상의 남편에게 납치를 당했거나 거리에서 방탕한 삶을 살고 있을 거라면서 수군거렸다. 마르그리트는 마침내 직물점 경영을 맡기 위해 조만간 사촌이 기다리고 있는 그르노블로 되돌아가기로 돼 있었다. 오직 오렐리 부인만이 고대의 대리석 상처럼 누렇게 뜬 황제의 얼굴을 한 채 둥그런 갑옷 같은 실크 드레스를 입고 변함없이 그곳을 지키고 있을 뿐이었다. 하지만 그녀의 아들 알베르의 못된 행실은 그녀를 피폐하게 만들었다. 그 아무짝에도 쓸모없는 놈 때문에 엄청난 경제적 손실을 입지만 않았더라면 그녀는 지금쯤 일을 그만두고 시골에서 여유로운 삶을 살고 있었을 터였다. 온갖 비행을 자행한 아들은 그녀가 레 리골에 애써 장만해놓은 집까지 하나도 남김없이 먹어치울 뻔했던 것이다. 그건 마치, 어미는 또다시 여자들끼리 우아한 놀이를 즐기고, 아비는 여전히 호른을 연주하느라 풍비박산된 가정이 벌이는 한 편의 복수극과도 같았다. 부르동클은 벌써부터 오렐리 부인을 못마땅한 눈으로 흘겨보곤 했다. 어째서 알아서 물러나지 않고 아직까지 자리를 지키고 있는지. 판매원으로서는 이미 한물간 사람이! 이제 롬므 왕조의 종말을 알리는 조종이 울릴 날이 머지않았던 것이다.

　"어머나! 이게 누구예요." 오렐리 부인은 과도한 상냥함을 과시하며 드니즈를 반갑게 맞이했다.

"그래요? 이 팔토를 교환하려고요? 물론이죠, 당장 바꿔줄게요. ……아! 수석 구매상 동생들이군요. 어느새 의젓한 청년들이 다 되었네요!"

평소 자존심이 하늘을 찌르는 그녀였지만 드니즈 앞에서는 필요하다면 기꺼이 무릎이라도 꿇을 듯 보였다. 다른 매장과 마찬가지로 기성복 매장에서도 온통 드니즈의 사직에 관한 얘기뿐이었다. 수석 구매상은 그 사실에 누구보다도 크게 낙담하고 있었다. 과거에 자기 밑에서 판매원으로 있던 드니즈의 후광을 기대하고 있었기 때문이다. 오렐리 부인은 목소리를 낮추어 말했다.

"수석 구매상이 여길 그만둘 거라는 말이 있던데……. 아니겠죠, 사실이 아니죠?"

"사실이에요." 드니즈가 대답했다.

마르그리트는 그녀들의 말을 엿듣고 있었다. 그녀는 결혼 날짜를 잡은 이후 상한 우유 같은 얼굴에 예전보다 더 매사에 못마땅한 듯한 표정을 지으며 매장을 오갔다. 그녀는 드니즈에게로 다가오며 말했다.

"난 당신을 이해할 수 있어요. 자신을 존중하는 게 무엇보다 중요한 거죠, 안 그래요? ……서운하지만 작별 인사를 해야겠네요. 잘 가요, 친구."

그때 고객들이 들이닥치자 오렐리 부인은 마르그리트에게 판매에 신경을 쓰도록 단호히 지시했다. 그리고 드니즈가 직접 반품을 하려고 팔토를 집어 들자, 오렐리 부인은 그녀를 만류하면서 보조원을 소리쳐 불렀다. 이 또한 드니즈가 무레에게 제안해 이루어진 개혁안 중 하나였다. 판매원들의 피로감을 줄이기 위해 고객이 구매한 물품을 들고 가는 여성 보조원을 두기로 했던 것이다.

"이분과 함께 가세요."

오렐리 부인은 보조원에게 팔토를 건네고는 다시 드니즈를 돌아보며 말했다.

"부탁인데요, 다시 생각해줄 순 없나요. 우리 모두 당신이 떠나는 것에 몹시 서운해하고 있답니다."

여자들로 넘쳐나는 곳에서 미소를 띤 채 기다리고 있던 장과 페페는 다시 누이를 뒤따라갔다. 이번에는 혼수품 매장으로 가서, 테레즈가 토요일에 여섯 벌을 사 갔던 슈미즈와 비슷한 것으로 다시 그만큼을 더 사야 했다. 하지만 란제리 매장에 이르자, 백색 대전시회로 인해 사방의 선반에서 하얀 눈이 내리는 바람에 앞으로 나아가는 데 무척 애를 먹어야 했다.

무엇보다 코르셋을 파는 매장에서 작은 소란이 일어 모여든 구경꾼들 때문에 혼잡이 더해진 때문이었다. 이번에 남편과 딸을 동반하고 남부에서 올라온 부타렐 부인은 아침부터 갤러리를 누비고 다녔다. 곧 결혼을 앞둔 딸을 위한 혼수품을 장만하기 위해서였다. 남편은 매장의 위치를 물었고, 그들 가족은 가도 가도 끝이 없는 듯한 백화점 안을 한참 동안 헤매야 했다. 그러다 마침내 란제리 매장에 이르렀다. 그런데 딸이 여성용 속바지를 꼼꼼히 살피는 동안 갑자기 엄마가 사라져버리는 일이 발생했다. 부타렐 부인이 불현듯 코르셋을 사고 싶다는 충동에 사로잡힌 때문이었다. 다혈질의 뚱뚱한 부타렐은 당황하면서 딸을 혼자 내버려둔 채 아내를 찾아 나섰다가 한 피팅룸에서 그녀를 발견했다. 그리고 그곳 담당자가 공손하게 권유하는 대로 그 앞에 앉아 기다렸다. 피팅룸은 반투명 유리로 막혀 있는 조그만 방들로 이루어져 있었다. 그곳에는 남자는 물론 남편조차 들어갈 수 없었다. 경영진이 과도하게 품위를 의식하여 내린 방침 때문이었다. 판매원들이 연방 그곳을 들락거리면서 문을 재빨리 여닫았고 그때마다 슈미즈와 페티코트 바람의 여인들 모습이 연상되었다. 살색이 허옇고 투실투실 살이 찐 여인들부터 마르고 빛바랜 상아색 피부를 지닌 여인들까지, 목과 팔이 훤히 드러난 여인들의 모습이 눈앞에 아른거렸다. 남자들은 의자에 일렬로 나란히 앉아 한결같이 지루한 표정으로 인내하며 기다렸다. 그곳이 뭐하는 곳인지 뒤늦게 알아차린 부타렐은 마구 화를 내면서 당장 아내를 만나야겠다며 언성을 높였다. 그들이 그녀에게 무슨 짓을 하고 있는지 알아야겠으며, 그가 없는 곳에서 아내가 옷을 벗게 하지는 않을 거라고 소리쳤다. 그들은 그를 진정시키려고 했지만 허사였다. 그는 그 안에서 외설스러운 일이 벌어지고 있다고 믿는 듯했다. 사람들이 수군거리며 웃고 있을 때 부타렐 부인이 밖으로 나왔다.

그제야 비로소 드니즈는 동생들과 함께 그곳을 지나갈 수 있었다. 여성용 란제리와 백색 속옷이 여러 매장에 걸쳐 잇달아 진열돼 있었는데, 코르셋과 버슬*은 진열대 하나를 가득 채우고 있었다. 손으로 박음질을 한 코르셋, 허리가 긴 코르셋, 고래수염을 넣은 코르셋, 그리고 무엇보다도 그날의 주력 전시품인, 부채꼴 모양으로 배색을 한 백색 실크 코르셋 들이 고루 전시돼 사람들의 눈길을 끌었다. 머리도 다리도 없는 토르소 마네킹들이 줄지어 늘어서 있었고, 착 달라붙은 실크 아래로는

---

*스커트의 뒷자락을 부풀게 하기 위해서 이용하는 허리받이로 17세기 말에 등장해 1860~1900년에 유행했다. 크리놀린(1권 89쪽 역주 참조)과 같은 역할을 했으며, 이로 인해 버슬 스타일이라는 말이 유행되었다. 프랑스어로는 '투르뉘르'라고 한다.

마네킹의 가슴이 비쳐 보였다. 불구의 몸으로 뿜어내는 마네킹들의 야릇한 관능미가 보는 이들을 압도했다. 그곳 가까이 있는 또 다른 진열대 위에는 꽃무늬가 새겨진 번쩍거리는 면직과 말총으로 된 버슬들이 마네킹들의 엉덩이를 거대하게 튀어나와 보이게 하면서 과장되게 외설스러운 느낌을 풍겼다. 그다음에는, 우아한 실내복*들의 행진이 시작되었다. 마치 한 무리의 사랑스러운 젊은 여성들이 매장에서 매장으로 차례로 옮겨 다니면서 새틴처럼 부드러운 살결이 드러날 때까지 하나씩 옷을 벗어놓은 것처럼 실내복들이 거대한 공간의 바닥에 흩뿌려져 있었다. 또한 섬세한 리넨 제품들도 있었다. 온통 백색으로 된 여성용 장식 소맷부리와 크라바트, 삼각 숄, 깃, 그리고 장식용 리본과 밑단 장식 등의 가벼운 장식품들도 다양한 구색으로 여심을 유혹했다. 마치 상자에서 빠져나온 새하얀 거품이 눈처럼 쌓여 있는 듯했다. 그 옆으로는 캐미솔, 조그만 코르사주, 마티네, 화장용 가운, 리넨과 네인숙, 레이스, 부드럽고 얇은 백색 천으로 된 긴 옷들 등, 그 모든 것들이 사랑을 나누고 난 다음 날 아침, 빈둥거리며 느지막하게 기지개를 켜는 듯 보였다. 그리고 마침내 속옷들이 차례로 그 모습을 드러냈다. 우선 다양한 길이의 백색 페티코트가 등장했다. 무릎을 꽉 죄는 페티코트, 옷자락이 바닥에 길게 끌리는 페티코트 등이 밀물처럼 몰려와 여성의 두 다리를 잠기게 하는 듯했다. 백색 퍼케일과 리넨, 피케로 만든 속바지는 그 속에서 남자가 엉덩이를 흔들며 춤을 출 수도 있을 만큼 통이 넓었다. 마지막으로 슈미즈의 차례였다. 밤에는 목 끝까지 단추를 채우고 낮에는 가슴을 드러

---

*실내에서 착용하는 풍성한 일상복으로 프랑스어로는 '데자비예'라고 부른다. 파운데이션이나 란제리와 같은 속옷 또는 나이트가운 등이 있다.

내어 입는 슈미즈는 가느다란 어깨끈으로만 지탱되어 있었다. 단순한 캘리코, 아일랜드 리넨, 백색의 바티스트*로 된 슈미즈들은 마지막 순간에 여성의 가슴에서 엉덩이를 따라 길게 흘러내리는 백색의 베일이었다. 혼수품 매장에서는 여인들이 거리낌 없이 옷을 벗어젖혔다. 언제나 리넨으로 된 옷을 입는 프티부르주아 여성들부터 레이스 속에 파묻힌 부유한 여성들에 이르기까지 너나없이 속살을 훤히 드러냈다. 이곳은 대중에 공개된 규방과도 같았다. 주름과 자수, 레이스 등의 감춰진 화려함은 값비싼 판타지가 넘쳐나는 만큼 점점 더 관능적이고 퇴폐적으로 되어갔다. 이제 여인은 다시 옷을 입었다. 폭포수처럼 흘러내리던 백색 란제리의 물결은 보는 이를 전율케 하는, 여인의 신비스러움이 깃든 스커트 속으로 다시 숨어들었다. 양재사의 손에서 빳빳하게 만들어진 슈미즈, 상자 속에 접혀 있던 대로 주름이 진 차가운 속바지, 죽은 듯 진열대 위에 흩어지고 내던져져 차곡차곡 쌓인 퍼케일과 바티스트는 이제 사랑의 체취가 밴 향기롭고 뜨거운 육체의 온기로 인해 생생하게 살아나려 하고 있었다. 밤의 기억으로 인해 신성함을 머금은 구름 같은 백색 란제리들이 살짝살짝 위로 들리는 순간과, 백색 가운데 언뜻언뜻 보이는 무릎의 분홍색 살갗은 세상 전체를 뒤흔들어놓기에 충분했다. 마지막으로 지나친 전시장에는 유아용 옷들이 진열돼 있었다. 그곳에서는 여인의 관능을 드러내는 백색이 어린아이의 순진무구한 백색과 맞닿고 있었다. 순결함과 기쁨 앞에서 연인은 어머니로 다시 깨어났다. 부드러운 촉감의 피케로 만든 배내옷, 플란넬 머리쓰개, 인형 옷처럼 앙증맞은 셔츠

---

*얇고 흰 고급 삼베. 처음으로 만든 13세기의 프랑스인 바티스트 드 캉브레의 이름에서 그 명칭이 유래했다.

와 보닛, 세례용 드레스, 캐시미어로 된 겉싸개, 새하얀 깃털이 부드러운 비가 돼 내리는 듯한 신생아용 솜털 이불은 백색의 향연의 대미를 장식했다.

"그게 말이지, 끈으로 조이게 돼 있는 슈미즈라고 하더라고."

여자들의 속옷과 실내복의 홍수 속에 파묻힌 장이 반짝거리는 눈빛으로 말했다.

혼수품 매장에 이르자 드니즈를 알아본 폴린이 즉시 달려왔다. 그리고 드니즈가 필요한 게 뭔지 묻기도 전에, 백화점 전체에 나도는 소문에 흥분을 감추지 못한 채 조그맣게 속삭였다. 심지어 그녀의 매장에서는 판매원 두 사람이 드니즈의 거취를 두고 왈가왈부하며 언쟁을 벌이기도 했다.

"설마 정말로 가는 건 아니겠지? 자기가 떠나버리면 난 어떡하라고?"

드니즈가 다음 날 떠난다고 말하자 폴린은 서둘러 대꾸했다.

"아냐, 그럴 리가 없어. 말은 그렇게 하지만, 난 자기가 정말 떠날 거라고 생각지 않아. ……맙소사! 이제 애까지 생겼는데 자기가 날 부수석 구매상으로 승진시켜줘야지. 보제도 잔뜩 기대하고 있다고, 친구."

그녀는 확신에 찬 얼굴로 미소를 지어 보이고는 슈미즈 여섯 벌을 건네주었다. 그리고 장이 이번에는 손수건을 사러 가야 한다고 말하자 보조원을 소리쳐 불렀다. 기성복 매장의 보조원이 놓고 간 팔토와 슈미즈를 들고 가게 하기 위해서였다. 그러자 마드무아젤 드 퐁트나유가 급히 달려왔다. 얼마 전 조제프와 결혼한 그녀는 특혜를 받아 하급직인 보조원 자리에 배치되었다. 그녀가 입고 있는 작업복에는 어깨에 노란색 모직으로 숫자가 새겨져 있었다.

"이걸 가지고 수석 구매상을 따라가도록 해요." 폴린이 말했다.

그러고는 다시 드니즈를 돌아보며 나직이 속삭였다.

"그렇지? 부수석 구매상으로 승진시켜주는 거 맞지? 얘기 끝난 거야!"

드니즈도 웃으면서 농담처럼 약속했다. 그녀는 보조원과 함께 페페와 장을 데리고 그곳을 떠났다. 그들은 1층을 통과하는 중에 모직물 매장으로 들어섰다. 백색 멜턴과 플란넬이 갤러리 한쪽 구석을 가득 메우고 있었다. 매장을 맡고 있는 리에나르는 앙제에 있는 그의 아버지가 아무리 돌아오라고 얘기해도 듣지 않았다. 그는 그사이 중개업자로 변신해 대담하게도 '여인들의 행복 백화점'에 다시 나타난 잘생긴 미뇨와 한담을 나누고 있었다. 아마도 드니즈에 관해 얘기하던 중인 듯했다. 그녀가 나타나자 둘 다 하던 얘기를 멈추고는 서둘러 그녀에게 인사를 했다. 드니즈가 매장 사이를 통과해 지나갈 때마다 판매원들 사이에 동요가 일면서 모두들 그녀에게 경의를 표했다. 드니즈가 자신들의 미래라고 믿은 그들은 그녀가 무척 당당해 보인다며 수군거렸다. 그리하여 그녀를 두고 했던 내기에 아르장퇴유 포도주와 생선 튀김이 추가되었다. 드니즈는 맨 끝에 있는 손수건 매장으로 가기 위해 백색 갤러리로 들어섰다. 백색이 다시 길게 이어졌다. 백색 면포로는 마다폴람*, 바쟁, 피케, 캘리코가 있었고, 마사(麻絲)로 된 백색 천으로는 네인숙, 모슬린, 타를라탄**이 보였다. 그런 다음에는, 거대한 더미로 쌓

---

*인도의 매더폴럼 원산의 두꺼운 평직 면포('마다폴람'은 프랑스어 식 발음).
**올이 성기고 투명한 모슬린의 일종.

여 있는 리넨이 그들을 맞아주었다. 올이 굵거나 섬세한 것, 표백된 것과 목초지에서 천연 상태로 하얗게 만든 것 등이 다양한 폭으로 구색이 갖춰져 석조 건물의 블록처럼 번갈아 쌓여 있었다. 그리고 또다시 백색의 향연이 새롭게 펼쳐졌다. 가정용 리넨, 식탁용 리넨, 찬방용 리넨과 더불어 침대 시트, 베갯잇, 수많은 종류의 냅킨, 식탁보, 앞치마 그리고 행주까지, 백색의 홍수를 이루고 있었다. 드니즈가 지나가자 모두들 인사를 하며 양쪽으로 물러섰다. 보제는 리넨 매장으로 달려와 백화점의 너그러운 여왕을 맞이하듯 그녀에게 경의를 표했다. 마침내 새하얀 깃발로 장식된 침구 매장을 지나 손수건 매장에 이르렀다. 그곳의 기발한 장식은 보는 이들의 경탄을 자아냈다. 백색 기둥과 백색 피라미드, 백색 궁전의 복잡한 건축물들이 오직 손수건만으로 이루어져 있었다. 손수건은 론*, 캉브레의 바티스트, 아일랜드 리넨, 중국 실크 등으로 만들어졌으며, 모노그램이 새겨진 것, 도톰하게 자수가 놓인 것, 레이스 장식이 된 것, 성기게 감침질을 하거나 덩굴무늬로 가장자리가 장식된 것 등이 있었다. 다양한 종류의 백색 벽돌로 세워진 도시 전체가 새하얗게 달아오른 동양풍의 하늘 위로 신기루처럼 우뚝 솟아 있었다.

"아직 열두 장이 더 필요하다고 그랬지?" 드니즈가 동생에게 물었다.

"숄레** 것으로 말이지?"

"응, 그런 것 같아. 이거랑 비슷한 걸로." 장은 꾸러미에서 손

---

*고운 면이나 아마사로 된 천으로 밀도가 성기고 매우 얇다. 청량감이 있어서 한랭사라고도 한다.
**프랑스에서 손수건으로 유명한 도시로, 숄레직(織)이라는 각종 직물이 생산되는 곳.

수건 하나를 꺼내 보여주면서 말했다.

장과 페페는 오래전 처음 파리에 도착했을 때 여행에 지친 상태에서 그랬던 것처럼 드니즈에게 바짝 몸을 붙인 채 그녀 곁을 떠나지 않았다. 드니즈에게는 자기 집처럼 익숙한 이 거대한 백화점이 그들에게는 현기증을 일으켰다. 그들은 그녀의 그늘 속으로 몸을 피하면서, 어린 시절로 되돌아간 듯 어린 엄마의 보호 아래로 들어갔다. 그들이 지나가자 모두들 세 사람을 눈으로 좇으면서, 가냘프면서도 진중한 젊은 여성의 뒤에 바짝 붙어 따라가는 커다란 두 청년에게 미소를 지어 보였다. 턱수염을 기른 장은 겁에 질린 모습이었고, 중학교 제복을 입은 페페는 당황스러운 표정을 짓고 있었다. 이제 세 사람은 모두 똑같은 색의 금발을 하고 있어, 매장의 판매원들은 그들이 지나갈 때마다 이구동성으로 속삭였다.

"저 청년들이 바로 수석 구매상 동생들이래. ⋯⋯수석 구매상 동생들이래."

판매원을 찾고 있던 드니즈는 갤러리로 막 들어선 무레와 부르동클과 마주쳤다. 무레가 또다시 드니즈 앞에 멈춰 서서는 아무 말도 건네지 않고 있을 때 데포르주 부인과 기발 부인이 그 옆을 지나갔다. 데포르주 부인은 온몸이 부르르 떨려오는 것을 간신히 억눌렀다. 그리고 무레와 드니즈를 차례로 바라보았다. 그들 역시 동시에 그녀를 바라보았다. 서로 떼미는 군중 속에서 언뜻 주고받은 시선은 소리 없는 결말이자, 요란한 연애 사건의 진부한 결론이었다. 그사이 무레는 멀리 사라져갔고, 드니즈는 동생들과 매장 안쪽에서 여전히 자신을 응대해줄 수 있는 판매원을 찾고 있었다. 그녀를 뒤따라가는 보조원이 마드무아젤 드 퐁트나유임을 알게 된 데포르주 부인은, 어깨에 노란색 숫자를 새기고 거칠어진 얼굴이 흙빛이 된 채 하녀처럼 구는 그녀를 보며 한숨을 내쉬었다. 그리고 기발 부인에게 짜증 섞인 목소리로 푸념을 늘어놓았다.

"저 불쌍한 여자에게 저런 일을 하게 하다니……. 정말 모욕적이지 않나요? 명색이 후작의 딸인데! 자신이 거리에서 주은 여자 뒤를 개처럼 졸졸 쫓아가게 하다니!"

그녀는 흥분을 가라앉히려고 애쓰면서 무심한 척 덧붙였다.

"이제 실크 매장으로 가보죠. 뭘 진열해놨는지 보게요."

실크 매장은 눈처럼 새하얀 피부를 지닌 사랑에 빠진 여인이 누가 더 하얀지 경쟁이라도 하듯 온통 백색 휘장을 늘어뜨려 놓은 커다란 규방 같았다. 부드러운 벨벳 같은 허리와 고운 실크 같은 허벅지, 반짝이는 새틴 같은 목덜미까지, 사랑받는 뽀얀 우윳빛 육체의 모든 것이 그곳에 있었다. 벨벳은 기둥들 사이에 걸려 있었고, 이 유백색의 배경 위로 실크와 새틴의 금속과 도자기 같은 백색이 두드러져 보였다. 또한 푸드수아와 올이 굵은 시실리엔, 경쾌한 풀라르와 슈라가 아치형으로 늘어져 있으면서, 노르웨이 금발 미녀의 진중한 백색부터 적갈색 머리를 지닌 이탈리아나 에스파냐 미녀의 태양에 달궈진 투명한 백색까지를 고루 선보이고 있었다.

바로 그때 파비에는 '어여쁜 부인'을 위해서 백색 풀라르를 자르고 있었다. 판매원들은 매장의 단골인 우아한 금발 여인을 다만 그렇게 부를 뿐이었다. 그녀가 백화점을 드나든 지 수년이 되었지만 그녀에 대해서는 아무것도 알려진 게 없었다. 그녀의 삶과 주소, 심지어 이름조차 그 누구도 알지 못했다. 게다가 아무도 그런 것들을 알려고도 하지 않았다. 다만, 그녀가 백화점에 나타날 때마다 단지 흥밋거리로 이런저런 추측들을 늘어놓을 뿐이었다. 말랐다거나 살이 찐 것 같다, 간밤에 잘 잔 것 같다거나 밤늦게 잠든 것 같다는 식의 얘기였다. 알려지지 않은 그녀의 삶이나 밖에서 일어난 사건, 집안의 비극과 관련된 사소한 것 하나까지 모두 그들의 관심사가 되어 그들로 하여금 한참 동안 입방아를 찧게 했다. 그날, 그녀는 무척 즐거워 보였다. 그런 이유로, 그녀를 계산대까지 동반했다가 매장으로 돌아온 파비에는 그가 느낀 것을 위탱에게 얘기했다.

"어쩌면 재혼을 하는 건지도 몰라."

"그럼 그 여자가 과부였단 말이야?" 위탱이 물었다.

"그건 잘 모르겠지만…… 자네도 기억날 거야, 지난번에 부인이 상복 차림으로 왔던 것 말이야. ……그사이에 주식이라도 해서 돈을 벌었다면 모를까."

잠시 침묵이 흘렀다. 그리고 그는 결론짓듯 얘기했다.

"어쨌거나 나하고는 상관없는 일이지만. 여기 오는 여자들하고 좀 더 가깝게 지낼 수 있다면 좋을 텐데!"

위탱은 무언가를 골똘히 생각하는 듯 파비에의 말에는 아무런 대꾸도 하지 않았다. 그는 그저께 경영진과 격한 말이 오간 후 자신이 이제 끝났음을 느끼고 있었다. 백색 대전시회 행사가 끝난 후 해고를 당할 것이 확실시되었다. 이미 오래전부터 입지가 삐걱거리던 터였다. 마지막 재고 조사 때 그는 그에게 할당된 매출액에 한참 못 미치는 판매고를 올렸다는 이유로 경영진으로부터 호된 질책을 받았다. 거기에 더하여, 이번에는 그를 먹어치우고자 하는 다른 판매원들의 탐욕스러운 이빨이 서서히 그를 향하고 있음을 감지할 수 있었다. 거대한 기계가 요란하게 작동하는 중에 물밑에서 벌어지는 매장의 은밀한 전쟁이 그를 밖으로 몰아내고 있었다. 파비에가 음흉하게 공작을 꾸미는 소리와, 깊은 곳에서 숨죽이고 있는 거대한 아가리가 꿈틀대는 소리가 들려왔다. 파비에는 이미 수석 구매상으로의 승진을 약속받아 놓은 터였다. 이런 것들에 대해 익히 잘 알고 있는 위탱은 예전 동료의 뺨을 때리는 대신 이제 그를 매우 강력한 존재로 바라보았다. 위탱 자신이 로비노와 부트몽을 몰아내는 데 이용했던 파비에가, 평소에 그토록 조용하고 순종적으로 보이던 것과는 달리 그를 몰아내는 데 앞장섬으로써 그에게 놀라움을 안겨 주었던 것이다. 위탱은 그런 그에게 존경심마저 느끼게 되었다.

"그건 그렇고, 그 여자가 여기 남게 될 거라는 걸 알고 있나?" 파비에가 다시 얘기를 꺼냈다.

"사장이 추파를 던지는 걸 봤거든. 난 그 여자가 여길 떠나지 않을 거라는 데 샴페인 한 병을 걸겠어, 기꺼이 말이지."

그는 드니즈에 관한 얘기를 하고 있었다. 매장에서 매장으로, 점점 더 늘어나는 인파 사이를 헤치고 소문이 눈덩이처럼 불어났다. 그중에서도 실크 매장은 유별난 관심으로 들끓었다. 비싼 내기가 걸려 있었기 때문이었다.

"이런 젠장!" 그제서야 꿈속에서 깨어난 듯한 위탱이 불쑥 내뱉었다.

"이럴 줄 알았으면 진작 그 여자하고 자두는 건데! ……그랬다면 지금쯤 이 꼴은 되지 않았을 텐데!"

그는 파비에가 웃는 것을 보고는 자신이 엉겁결에 털어놓은 사실에 얼굴을 붉혔다. 그리고 그 역시 웃는 척하면서 자신이 말한 것을 만회하기 위해, 그 여자가 경영진에게 자신을 깎아내리는 말을 한 게 분명하다고 덧붙였다. 그러면서 누군가에게 분풀이할 필요성을 느낀 그는 몰려드는 고객들로 인해 정신을 못 차리는 판매원들에게 공연히 트집을 잡았다. 그러다 갑자기 그의 얼굴에 다시 미소가 번졌다. 천천히 매장을 통과해 지나가는 데포르주 부인과 기발 부인을 발견했기 때문이었다.

"오늘은 필요한 게 없으신가요, 부인?"

"아뇨, 괜찮아요. 그냥 돌아보는 중이에요. 오늘은 구경만 하러 왔거든요." 데포르주 부인이 대답했다.

위탱은 길을 계속 가려던 그녀를 붙잡고는 무언가를 속삭였다. 머릿속에 막 좋은 생각이 떠올랐던 것이다. 그는 데포르주 부인의 비위를 맞추면서 '여인들의 행복 백화점'에 관한 험담을 늘어놓았다. 그는 이제 이곳이라면 지긋지긋했다. 이렇게 문란한 일들이 벌어지는 것을 계속 참고 지켜보느니 차라리 여기를 떠나는 게 나을 터였다. 데포르주 부인은 반색하며 그의 말에 귀를 기울였다. 그녀는 자신이 그를 '여인들의 행복 백화점'에서 빼내는 거라고 생각하면서, '카트르 세종 백화점'이 다시 문을 열게 되면 그를 실크 매장의 수석 구매상으로 채용하도록 힘쓰겠다고 약속했다. 거래는 성사되었고, 두 사람은 또다시 무언가를 소곤거렸다. 그사이 기발 부인은 진열된 상품을 구경했다.

"바이올렛 한 다발 드릴까요?" 위탱은 테이블 위에 놓인 고객 증정용 꽃다발 서너 개를 가리키면서 큰 소리로 말했다. 그가 개인적으로 선물하기 위해 계산대에서 챙겨 온 것들이었다.

"오! 천만에요, 난 사양하겠어요!" 데포르주 부인은 뒤로 물러나면서 소리쳤다.

"난 그 사람들 파티에 끼어들고 싶지 않거든요."

그들은 공모자처럼 서로에게 눈짓을 찡긋해 보인 다음 또다시 입가에 의미심장한 웃음을 띤 채 헤어졌다.

그사이 어디론가 사라진 기발 부인을 찾던 데포르주 부인은 마르티 부인과 함께 있는 그녀를 발견하고는 놀라서 소리쳤다. 쇼핑중독 증세가 도진 마르티 부인은 딸 발랑틴과 두 시간 동안 백화점을 누비고 다니느라 지칠 대로 지쳐 반쯤 넋이 나가 있었다. 그녀는 우선, 하얀색으로 래커 칠을 한 가구들을 전시해, 널따란 소녀의 방으로 꾸며놓은 가구 매장부터 훑기 시작했다. 그런 다음에는, 백색 기둥들에 백색 장막을 늘어뜨려 장식해놓은 리본과 숄 매장, 바느질 도구 매장을 차례로 들렀다. 그다음으로 둘러본 장식 천 매장은 단추 판지*와 바늘 쌈지로 꼼꼼하게 만든 장식 주위를 새하얀 가장자리 술로 둘러놓았다. 편물 매장에서는, 붉은색 양말 바탕 위에 하얀색 양말로 거대하게 써넣은 3미터 높이의 '여인들의 행복 백화점' 이름 장식이 장관을 이루고 있었다. 그것을 보기 위해 몰려든 사람들로 숨을 쉴 수 없을 정도였다. 하지만 마르티 부인은 무엇보다 새로이 문을 연 매장에 광적인 관심을 나타냈다. 그녀가 개시를 하지 않고는 새 매장을 열 수 없다고 큰 소리를 치고 다닐 정도였다. 그리하여 서둘러 새 매장으로 가서는 일단 아무거나 사고 봤다. 2층의 새 공간에 자리 잡은 모자 매장에서는 진열장을 모두 비워내면서, 두 개의 테이블 위에 장식처럼 놓여 있는 자단나무 모자걸이 위의 모자들을 딸과 함께 차례차례 번갈아 모두 써보았다. 그곳은 장식 턱 끈이 달린 보닛과 토크를 비롯해 온통 하얀색 모자 천지였다. 그곳을 나선 마르티 부인은 이번에는 1층 갤러리 안쪽으로 넥타이 매장 뒤에 자리 잡은 신발 매장으로 향했다. 바로 그날 처음 문을 연 매장에서 그녀는 병적인

*단추, 실 따위와 같은 작은 물품들을 단 사각형 판지를 가리킴.

욕망에 사로잡혀 진열장을 온통 뒤집어놓았다. 백조의 솜털로 장식된 백색 실크 슬리퍼와 루이 15세 스타일의 높은 굽이 달린, 백색 새틴으로 장식된 신발과 편상화 앞에서 정신을 차릴 수가 없었기 때문이었다.

"아! 부인, 정말 얼마나 근사한지 상상도 못하실 거예요!" 그녀는 말을 더듬기까지 했다.

"보닛이 종류별로 다 있는 거 있죠. 그래서 내 거랑 딸 것을 하나씩 샀답니다. ……그리고 신발들은 또 어떻고요, 안 그러니, 발랑틴?"

"정말 굉장했어요!" 발랑틴은 어느덧 성숙한 여인처럼 대담하게 얘기했다.

"부츠가 겨우 25프랑밖에 안 하는 거 있죠, 세상에! 그런 부츠가 어떻게!"

판매원 하나가 예의 의자를 끌면서 그들을 뒤따르고 있었다. 그 위에는 이미 사들인 물건들이 하나 가득 쌓여 있었다.

"남편 분은 좀 어떠신가요?" 데포르주 부인이 물었다.

"그럭저럭요." 마르티 부인은 자신의 낭비벽을 비난하는 것 같은 급작스러운 질문에 당황하는 듯했다.

"그이는 아직 거기 있어요. 숙부님이 오늘 아침에 보러 다녀오셨을 거예요."

그녀는 하던 말을 중단하고 황홀경에 빠진 듯 외쳤다.

"저것 좀 봐요, 정말 사랑스럽지 않나요!"

앞으로 나아가던 여자들은 중앙 갤러리의 실크 매장과 장갑 매장 사이에 새로 문을 연 꽃과 깃털 장식 매장 앞에 이르렀다. 진열대의 번쩍이는 불빛 아래 떡갈나무처럼 키가 크고 굵은 거대한 백색 꽃다발이 한눈에 들어왔다. 맨 아래쪽 화단에는 바

이올렛, 은방울꽃, 히아신스, 데이지 같은 은은한 하얀색 꽃다
발들이 모여 있었다. 분홍빛이 살짝 섞인 흰 장미꽃과 진홍빛
을 띤 백색 작약, 경쾌한 불꽃처럼 노란색이 방사상으로 섞여
있는 흰 국화꽃 다발은 위쪽으로 향해 있었다. 꽃들은 계속해
서 위로 뻗어 올라가고 있었다. 신비스러운 대형 백합, 봄기운
이 느껴지는 사과나무 가지, 향기로운 라일락 다발 등이 활짝
피어 있는 가운데 2층에 이르자, 백색 꽃무리가 내뿜은 숨결처
럼 보이는, 타조 깃털 장식을 포함한 새하얀 깃털들이 보였다.
한쪽 구석에는 오렌지 꽃 장식과 화관이 펼쳐져 있었다. 은으
로 만든 엉겅퀴와 이삭 같은 금속 꽃들도 있었다. 모슬린과 실
크, 벨벳으로 만든 나뭇잎과 화관에는 고무방울로 된 이슬이
맺혀 있었다. 그 모든 것들 사이로는 모자 깃털 장식에 쓰이는
열대의 새들이 날고 있었다. 그중에서 검은색 꼬리가 달린 자
줏빛 휘파람새와 배의 색깔이 무지개처럼 일곱 가지 색깔로 수
시로 바뀌는 새들이 유난히 눈에 띄었다.

"난 이 사과나무 가지를 하나 살까 봐요." 마르티 부인이 말
했다.

"정말 근사하지 않아요? ……이 조그만 새는 또 어떻고요.
발랑틴, 이것 좀 보렴. 오! 이것도 사야겠어!"

그사이 혼란스러운 인파 속에서 아무것도 하지 않고 서 있
는 것에 짜증이 나기 시작한 기발 부인이 말했다.

"아무래도 안 되겠네요! 부인은 쇼핑을 계속하세요. 우린 이
만 위층으로 올라가볼게요."

"어머나, 아니에요, 기다려요! 나도 같이 올라가요." 마르티
부인이 소리쳤다.

"위층에 향수 매장이 생겼잖아요. 거길 꼭 가봐야 하거든요."

전날 새로 생긴 향수 매장은 독서실 바로 옆에 위치해 있었다. 데포르주 부인은 계단의 혼잡을 피하기 위해 엘리베이터를 타자고 제안했다. 하지만 그 앞에 길게 줄 서 있는 사람들을 보고는 금세 생각을 바꾸었다. 마침내 위층으로 올라간 여자들은 카페테리아 앞을 지나갔다. 그곳은 몰려드는 인파로 인한 혼잡이 극에 달해 감독관이 그들의 왕성한 식욕을 억제시키면서 소그룹으로 나누어 고객을 입장시켜야 했다. 그리하여 카페테리아에 머무는 동안에도 여자들은 향수 매장에서 퍼져 나오는 향기를 맡을 수 있었다. 향주머니에서 풍기는 강렬한 향이 갤러리 전체를 향기롭게 했다. 향수 매장에서는 백화점이 특별히 내놓은 '행복 비누'를 서로 먼저 차지하려는 사람들로 북적거렸다. 유리 진열장 안과 크리스털로 된 선반 위에는 포마드와 크림 통, 가루분과 색조 화장품 상자, 기름과 화장수가 든 조그만 병이 가지런히 정렬돼 있었다. 특별히 따로 마련된 진열장에는 섬세한 솔과 빗, 화장용 가위, 조그만 휴대용 병 등이 들어 있었다. 판매원들은 재치를 발휘해 백색 자기로 된 통과 백색 유리병들로 진열대를 장식해놓았다. 무엇보다 여인들의 마음을 앗아 간 것은 매장 한가운데에 은으로 하얗게 꾸며놓은 분수였다. 풍성한 꽃무더기 위에 양치는 소녀 동상이 서 있고, 그곳에서 바이올렛 색 화장수가 계속해서 졸졸 흘러나오면서 물 소리가 금속 수반에 낭랑한 음악소리처럼 울려 퍼졌다. 그윽한 향기가 주위로 퍼져 나가자 지나가던 여인들이 그 물에 손수건을 적셨다.

"자, 이제 다 됐어요!" 마르티 부인은 로션과 치약, 화장품 등을 잔뜩 쓸어 담고는 말했다.

"얼른 드 보브 부인을 만나러 가요."

하지만 중앙 계단의 층계참에 이르자 제품 판매대가 또다시 그녀의 발길을 멈추게 했다. 과거 무레가 시험 삼아 조그만 테이블을 가져다 놓고 그 위에 몇몇 싸구려 실내장식품을 진열했던 데서 출발한 이 매장은 그 후 몰라보게 커져 있었다. 그 자신도 이처럼 엄청난 성공을 거두리라고는 생각지 못했던 것이다. 그처럼 작은 규모로 시작했던 매장은 거의 없었기 때문이었다. 그런데 이젠 오래된 청동 제품과 상아 세공품, 칠기 등으로 넘쳐나면서, 150만 프랑의 연매출을 올리는 곳으로 성장해 있었다. 그는 극동의 구석구석까지 손을 뻗치면서, 여행객들로 하여금 궁전과 신전 등을 세심하게 뒤져보도록 했다. 게다가, 매장의 수는 계속 늘어났다. 지난 12월에만 해도 겨울 비수기의 공백을 메우기 위해 매장 두 개가 더 신설됐다. 도서 매장과 어린이 장난감 매장이었다. 이들 매장 역시 더 성장해나감에 따라 부근의 상인들을 몰아내게 될 것이었다. 일본 매장이 파리의 예술적 취향을 지닌 고객들을 끌어모으는 데는 4년으로 충분했다.

이번에는, 이곳에서 아무것도 사지 않겠다고 맹세했던 데포르주 부인마저 우아한 세련미를 뽐내는 상아 세공품 앞에서 무너지고 말았다.

"이걸 집으로 배달해줘요." 그녀는 옆에 있는 계산대에 재빨리 말했다.

"90프랑이라고 했죠?"

그리고 마르티 부인과 딸이 싸구려 자기 그릇을 고르느라 정신이 팔려 있는 걸 보고는 기발 부인을 끌어당기며 말했다.

"독서실에서 기다릴 테니 그리로 오세요. ……난 좀 앉아서 쉬어야 해서요."

하지만 독서실로 간 그녀들은 서서 기다려야 했다. 신문이 가득 쌓여 있는 커다란 테이블 주위로는 빈자리가 하나도 없었다. 뚱뚱한 남자들이 배를 들이민 채 신문을 읽거나 몸을 뒤로 젖힌 채 죽치고 있었는데, 아무도 자리를 양보할 생각을 하지 않았다. 몇몇 여인네들은 모자에 달린 꽃으로 편지지를 가리려는 듯 종이에 코를 박은 채 편지를 쓰고 있었다. 게다가 드 보브 부인은 그곳에 없었다. 데포르주 부인이 짜증이 나기 시작할 때쯤 그 역시 아내와 장모를 찾고 있던 발라뇨스와 마주쳤다. 그는 인사를 하고는 말했다.

"두 사람 다 분명 레이스 매장에 있을 겁니다. 거기 무슨 꿀단지라도 감춰뒀는지 원……. 제가 가서 보고 오죠."

그는 가기 전에 그녀들을 배려해 의자 두 개를 가져다주었다.

레이스 매장은 시간이 갈수록 혼잡함이 더해갔다. 백색 대전시회는 그곳에서도 당당한 기세로 지극히 섬세하고 귀한 백색을 선보였다. 거침없는 욕망의 숨결을 뿜어내는 듯한 강렬한 유혹 앞에서 여인들은 정신이 혼미해졌다. 레이스 매장은 백색 예배당으로 변모해 있었다. 위쪽으로부터 흘러내리는 튈과 기퓌르는 새하얀 하늘을 이루고 있었다. 섬세한 그물 모양 레이스로 만들어진 구름 같은 베일이 아침 햇살의 빛마저 바래게 했다. 기둥 주위로는, 말린과 발랑시엔 레이스 밑단 장식과, 백색 전율과 함께 펼쳐진 무용수의 백색 스커트가 바닥에까지 길게 늘어져 있었다. 매장 곳곳에는 판매대 위마다 새하얀 눈이 소복이 내려 있었다. 숨결처럼 가벼운 에스파냐산 블롱드 레이스, 섬세한 망사에 커다란 꽃무늬가 수놓인 브뤼셀의 아플리케, 좀 더 점잖은 디자인의 니들 포인트 레이스와 베네치아산 레이스, 그리고 장엄하고 경건하기까지 한 화려함으로 빛나는 알랑송 레이스와 브루게 레이스가 모두 한데 모여 있었다. 마치 레이스의 신이 그곳에 백색 예배소를 마련해둔 듯했다.

딸과 함께 한참 동안 진열대 앞을 서성이던 드 보브 부인은 레이스에 손을 집어넣어 만지고 싶은 관능적인 욕구를 떨쳐내지 못하고 들로슈에게 알랑송 레이스를 보여줄 것을 요구했다. 그러자 그는 처음에는 모조품을 내놓았다. 하지만 그녀는 진짜 알랑송을 보고 싶어 했다. 그것도 미터당 300프랑짜리 조그만 장식품이 아닌, 1천 프랑짜리 고급 밑단 장식과 칠팔백 프랑씩 하는 손수건과 부채 같은 것을 원했다. 판매대는 이내 엄청나게 비싼 레이스들로 뒤덮였다. 매장 한구석에서는 주브 감독관이 한가로이 제품을 구경하는 척하는 드 보브 부인에게서 눈을 떼지 않고 있었다. 그는 사람들이 떼미는 가운데서도 꼼짝 않고 선 채 무심한 척 그녀를 계속 주시했다.

"혹시 니들 포인트로 된 둥근 장식 깃 있나요?" 드 보브 부인이 들로슈에게 물었다.

"있으면 좀 보여주세요."

그녀가 20분 전부터 붙들고 있던 들로슈는 당당하고 귀족적인 목소리로 말하는 그녀의 요구를 감히 거절할 엄두를 내지 못했다. 그럼에도 불구하고 그는 여전히 망설이지 않을 수 없었다. 백화점 측에서 판매원들에게 값비싼 레이스를 이처럼 쌓아놓지 말도록 주의를 주었기 때문이다. 게다가 지난주에만 해도 말린(malines) 레이스를 10미터나 도둑맞은 터였다. 하지만 드 보브 부인의 위압적인 태도에 굴복하고 만 그는 잠시 알랑송 레이스를 내버려둔 채 그의 뒤쪽 칸막이 선반에 넣어둔 둥근 깃을 꺼내러 돌아섰다.

"엄마, 이것 좀 보세요." 옆에서 저렴한 가격의 조그만 발랑시엔 레이스가 가득 담긴 상자를 뒤지던 블랑슈가 말했다.

"이걸로 베개 장식을 하면 예쁠 것 같아요."

드 보브 부인이 아무런 대꾸를 하지 않자 블랑슈는 나른한 얼굴로 엄마를 돌아보았다. 그러자 레이스 더미 속으로 두 손을 집어넣은 드 보브 부인이 재빨리 외투 소맷자락 속으로 알랑송 밑단 장식을 감추는 광경이 눈에 들어왔다. 하지만 블랑슈는 전혀 놀라는 기색 없이 자기 엄마를 가려주려는 본능적인 몸짓으로 그녀에게로 다가갔다. 그 순간, 주브 감독관이 급작스레 그녀들 사이로 끼어들었다. 그리고 몸을 숙이면서 드 보브 부인의 귀에 대고 공손한 어조로 속삭였다.

"부인, 저와 같이 좀 가주셔야겠습니다."

드 보브 부인은 순간 발끈하며 물었다.

"내가 왜 그래야 하죠?"

"저와 함께 가시는 게 좋을 겁니다, 부인." 감독관은 어조를 높이지 않으면서 거듭 채근했다.

드 보브 부인은 두려움으로 얼굴이 일그러진 채 재빨리 주변을 둘러보았다. 그리고 이내 체념을 하고는 그의 옆에서 고개를 뻣뻣이 들고 걸어갔다. 마치 보좌관에게 자신을 에스코트하는 영광을 베푸는 관대한 여왕 같은 자세였다. 그곳에 몰려 있던 고객 중 그 누구도 무슨 일이 일어나고 있는지 알아차리지 못했다. 그사이 둥근 깃을 꺼내 들고 판매대 앞으로 되돌아온 들로슈는 경악하며 입을 크게 벌린 채 드 보브 부인이 끌려가는 광경을 지켜보았다. 오, 세상에, 이럴 수가! 어떻게 저런 여인까지 그런 짓을 할 수 있단 말인가! 저토록 고상해 보이는 귀족 부인이! 그러니까 모든 여자들을 하나도 예외 없이 다 뒤져야 한다는 건가! 아무런 제재를 받지 않은 블랑슈는 납빛 같은 얼굴로 인파 속에서 걸음을 지체했다. 그러면서, 자기 엄마를 홀로 내버려둘 수 없다는 자식으로서의 의무감과 그녀와 함께 구금될지도 모른다는 두려움 사이에서 갈등했다. 그러다 그녀가 부르동클의 사무실로 들어가는 것을 보고는 주위를 서성이면서 문 앞을 지켰다.

그때 마침 부르동클은 그곳에 있었다. 무레가 머리를 써서 그를 막 떼어놓은 참이었다. 대개, 지체 높은 이들에 의해 저질러진 절도 행위에 대한 판결을 내리는 일은 그가 담당했다. 오래전부터 드 보브 부인을 눈여겨보던 주브는 부르동클에게 이미 그 사실을 언급해놓은 터였다. 따라서 감독관이 그에게 간단히 상황을 설명했을 때도 그는 조금도 놀란 기색을 보이지 않았다. 이미 별별 놀라운 경우를 모두 접해본 그로서는 비싼천에 대한 욕망에 사로잡힌 여자는 못할 게 없다는 사실을 익히 알고 있는 터였다. 게다가 물건을 훔친 여인과 사장이 친분이 있음을 모르지 않는 터라 그 역시 최대한으로 예의를 갖추어 그녀를 대했다.

"부인, 우린 누구나 순간적으로 그런 실수를 할 수 있다는 것을 이해합니다. ……하지만 자신이 누구인지를 망각하는 그런 행위가 어떤 결과를 초래할 것인지를 잘 생각해보시기 바랍니다. 혹시라도 다른 사람이 부인이 그 레이스를 슬쩍하는 걸 봤더라면……"

하지만 드 보브 부인은 불같이 화를 내며 그의 말을 가로막았다. 아니, 자신을 도둑으로 몰다니! 대체 사람을 어떻게 보고 하는 말인가? 자신은 드 보브 백작 부인이며, 남편은 종마 사육장의 총감독관이자 법원에까지 영향력을 행사하는 사람이었다.

"알고 있습니다. 아주 잘 알고 있습니다, 부인." 부르동클은 조금도 동요하는 기색 없이 차분하게 대꾸했다.

"그런 분을 이렇게 만나 뵙게 되어서 크나큰 영광으로 생각하고 있습니다. ······그런데 먼저 몸에 지니고 계신 레이스를 좀 돌려주시죠."

드 보브 부인은 다시금 격렬하게 항의하면서 그가 더 이상 한마디도 하지 못하도록 했다. 화내는 모습조차 아름다운 그녀는 모욕을 당한 귀족 부인으로서 눈물을 보이는 것도 서슴지 않았다. 부르동클이 아닌 다른 사람이었다면 그런 그녀의 모습에 동요하면서 유감스러운 오해가 있었던 것으로 믿었을 터였다. 드 보브 부인은 자신이 당한 모욕을 되갚아주기 위해 이번 일을 법원까지 끌고 가겠다며 으름장을 놓았다.

"경고하는데, 조심하는 게 좋을 거예요, 무슈! 남편이 장관에게까지 이 일을 고할 수가 있으니까요."

"이런, 왜 이러십니까, 부인. 다른 부인네들보다 나을 것도 없으시군요." 부르동클은 짜증스러운 듯한 어조로 말했다.

"자꾸 이러시면 부인 몸을 뒤져볼 수밖에요. 달리 방도가 없군요."

하지만 드 보브 부인은 여전히 기세를 누그러뜨리지 않은 채 오만하고 자신감 넘치는 태도로 말했다.

"그래요, 얼마든지 뒤져보시죠. ······하지만 다시 경고하지만, 자칫하면 이 백화점이 망할 수도 있으니 알아서 하세요."

주브는 코르셋 매장으로 가서 여성 판매원 두 명을 데리고 왔다. 그는 부르동클에게 드 보브 부인의 딸이 문 앞에서 기다리고 있음을 알리면서, 물건을 훔치는 걸 보진 못했지만 그녀 역시 붙잡아두어야 하는 건 아닌지 물었다. 언제나 양식에 맞게 행동함을 자처하는 부르동클은 도의를 내세우며 딸을 안으로 들일 수는 없다고 단호하게 말했다. 자신의 딸 앞에서 엄마가 수치심으로 얼굴을 붉히게 할 수는 없다는 이유에서였다. 그리고 두 남자가 옆방에 가 있는 동안, 판매원들은 백작 부인의 드레스를 벗겨 가슴과 엉덩이까지 샅샅이 살펴보았다. 그리하여 드레스 소맷자락에 감춘, 1천 프랑어치의 알랑송 레이스 밑단 장식 12미터 외에도, 옷 밑에 납작하게 집어넣어 온기가 느껴지는 손수건과 부채 그리고 크라바트를 찾아냈다. 모두 합쳐 1만 4천 프랑어치나 되는 엄청난 물건들이었다. 드 보브 부인은 1년 전부터 격렬한 욕구를 떨쳐내지 못하고 이처럼 물건을 훔치기 시작했다. 시간이 흐르면서 그 정도가 점점 심해진 도벽은 그녀의 삶에 없어서는 안 될 관능적 쾌락의 원천이 되었으며, 그녀에게서 신중함과 양식마저 모두 앗아 갔다. 또한 수많은 사람들의 눈앞에서 그녀의 이름과 자존심, 남편의 높은 지위까지 위태롭게 만들 수 있는 만큼, 더욱더 강렬하게 그녀의 욕구를 충족시켜주었다. 이제는 남편이 그녀에게 돈을 마음대로 가져가게 하는데도 그녀는 주머니에 돈을 가득 넣은 채 절도 행각을 계속했다. 과거에 백화점의 무지막지한 화려함의 유혹 속에서 충족되지 못한 욕구로 인해 정신이 피폐해진 채 여전히 욕망에 휘둘리며 단지 훔치기 위해 훔치는 것을 멈추지 않았다. 그건 마치, 단지 사랑하기 위해 사랑을 하는 것과 다를 바 없었다.

"이건 함정이라고요!" 드 보브 부인은 부르동클과 주브가 안으로 들어오는 것을 보며 소리쳤다.

"누군가 내 옷 속으로 이 레이스들을 집어넣은 게 분명해요. 오! 정말이에요, 신 앞에서 맹세할 수 있어요!"

이제 그녀는 의자 위에 털썩 주저앉은 채, 지나치게 조여 맨 드레스 때문에 숨 가빠하며 분을 못 이긴 듯 눈물을 펑펑 쏟아 냈다. 부르동클은 판매원들을 내보낸 다음 다시 차분한 목소리로 말했다.

"부인, 우린 부인의 집안을 존중하는 차원에서 이 유감스러운 사태가 더 이상 확대되지 않도록 조용히 묻어두고자 합니다. 하지만 그 전에 다음과 같이 적힌 서류에 서명을 하셔야겠습니다. '나는 여인들의 행복 백화점에서 레이스를 훔쳤음을 밝힙니다.' 레이스에 관한 구체적인 사항과 날짜도 적어야 합니다. ……그리고 빈자들을 위한 구제금으로 2천 프랑을 가져오시는 즉시 이 서류를 돌려드릴 것입니다."

드 보브 부인은 자세를 바로 하면서 또다시 그에게 대들었다.

"난 그런 종이쪽에 절대 서명할 수 없어요, 죽는 한이 있어도."

"부인이 죽는 일은 없을 겁니다. 다만, 경관을 부를 것임을 아셔야 할 겁니다."

그러자 차마 눈뜨고 봐주기 힘든 끔찍한 장면이 연출되었다. 드 보브 부인은 부르동클에게 욕설을 퍼부으면서, 이처럼 여성을 고문하는 건 남자로서 비열하기 짝이 없는 짓이라며 말을 더듬거렸다. 유노 여신 같은 미모와 당당한 풍채를 지닌 그녀는 한낱 저잣거리의 생선장수 여인네처럼 거친 말들로 분노를 마구 쏟아냈다. 그런 다음에는 그들의 측은지심을 유발하고자 그들 어머니를 들먹거리며 애원을 하거나, 심지어 그들 앞에 무릎을 꿇고 빌겠다는 얘기까지도 서슴지 않았다. 하지만 그런 일에 이미 익숙해질 대로 익숙해진 그들이 아무런 반응을 보이지 않자 다시 주저앉아 떨리는 손으로 글을 적어나갔다. 펜은 말들을 뱉어냈다. '나는 여인들의 행복 백화점에서 레이스를 훔쳤음을……' 분노를 담아 세게 힘주어 눌러쓴 말들은 얇은 종이를 뚫어놓을 뻔했다. 드 보브 부인은 목멘 소리로 되풀이해 말했다.

"이제 됐나요, 무슈. 이젠 만족하나요. ……난 강요에 의해 쓴 것뿐이라고요."

부르동클은 집어 든 종이를 조심스럽게 접어 그녀가 보는 앞에서 서랍 속에 넣어 잠그면서 말했다.

"보시다시피 여기 이런 서류가 수북이 쌓여 있습니다. 당신네 여자들은 여기에 서명하느니 차라리 죽는 게 낫겠다고 말들은 하지만, 막상 자신들이 남긴 연애편지를 찾으러 오는 사람은 극히 드물죠. ……어쨌거나 이건 부인을 위해 잘 보관해두겠습니다. 이게 2천 프랑의 가치가 있다고 생각되면 언제라도 찾으러 오시면 됩니다."

흐트러졌던 옷매무새를 마저 가다듬은 드 보브 부인은 자신이 한 짓에 대한 대가를 치르고 나자 평소의 당당함을 되찾은 듯 보였다.

"이제 나가도 되나요?" 그녀는 간결하게 말했다.

부르동클은 벌써 그녀를 잊은 듯했다. 주브의 보고를 받은 그는 들로슈를 내보내기로 결정했다. 그렇게 빤히 눈앞에서 계속 물건을 도둑맞다니 그런 멍청한 작자가 어디 있단 말인가. 그런 판매원에게 고객에 대한 권위 있는 태도를 기대하기란 무리였다. 드 보브 부인의 거듭된 질문에 두 남자가 나가도 좋다며 고갯짓을 해보이자 그녀는 잡아먹을 듯한 눈빛으로 그들을 쏘아보았다. 그리고 그때까지 억누르고 있던 욕설 중에서 멜로

드라마적인 외침이 입 밖으로 튀어나왔다.

"천한 것들 같으니라고!" 드 보브 부인은 그렇게 소리치며 문을 쾅 하고 닫았다.

그사이 블랑슈는 부르동클의 사무실 앞을 서성이고 있었다. 안에서 무슨 일이 일어나고 있는지 모르는 상태에서 주브 감독관과 판매원 두 사람이 오가는 것을 지켜보며 혼란에 빠진 그녀는 헌병과 중죄 재판소, 감옥을 떠올리고 있었다. 그러다 화들짝 놀라며 입을 크게 벌리고 멍한 표정을 지어 보였다. 발라뇨스가 그녀 앞에 서 있었던 것이다. 결혼한 지 한 달밖에 안 되는 블랑슈는 아직 남편에게 편하게 말을 놓지 못했다. 발라뇨스는 기겁하는 그녀를 보고는 그 역시 놀라며 물었다.

"어머님은 어디 계신 거요? ……서로 실수로 헤어진 거요? ……이런, 말 좀 해봐, 사람 불안하게 만들지 말고."

그 순간 어떤 그럴싸한 거짓말도 떠오르지 않은 블랑슈는 절망적인 심정으로 속삭이듯 말했다.

"엄마가, 엄마가…… 물건을 훔쳤어요."

이게 대체 무슨 일이란 말인가! 도둑질이라니! 그는 마침내 사태를 파악할 수 있었다. 그는 아내의 부어오른 얼굴, 겁에 질려 창백해진 그녀의 얼굴을 보며 아연실색했다.

"레이스를, 이렇게, 소맷자락 속으로 집어넣어서요." 그녀는 더듬거리며 얘기를 계속했다.

"그럼 당신은 어머니가 그러는 걸 봤다는 거야? 그런데 그냥 보고만 있었다는 건가?" 그는 자신의 아내가 공범이라는 것을 느끼자 온몸의 피가 얼어붙는 것 같았다.

그들은 하던 얘기를 중단해야 했다. 지나가던 사람들이 흘끗거리며 돌아보았기 때문이다. 발라뇨스는 두려움으로 인해 머뭇거리느라 잠시 꼼짝 않고 서 있었다. 이럴 땐 뭘 어떻게 해야 하지? 그가 마침내 결심을 하고 부르동클의 사무실로 들어가려던 찰나 갤러리를 지나가던 무레가 그의 눈에 들어왔다. 발라뇨스는 아내에게 기다리라고 말하고는, 자신의 오랜 친구의 팔을 붙잡고 중간중간 끊어지는 말로 그에게 사실을 알렸다. 무레는 서둘러 자신의 사무실로 친구를 데리고 가서는 앞으로의 일에 대해 안심을 시켰다. 그가 이 일에 개입할 필요는 없다고 하면서, 앞으로 어떻게 일이 전개될 것인지에 대해 설명했다. 그는 이런 일이 일어날 것을 오래전부터 예상하고 있던 것처럼 조금도 놀란 기색을 보이지 않았다. 하지만 발라뇨스는 자신의 장모가 당장 체포되는 위기를 면한 것에는 안심하면서도 이 사건을 결코 담담하게 받아들이지 못했다. 소파에 몸을 깊숙이 파묻은 그는 이제 차분히 생각할 여유가 생기자 자신의 운명에 대해 한탄을 늘어놓기 시작했다. 어떻게 이런 일이 있을 수 있단 말인가? 그러니까 자신이 도둑놈 집안과 결혼을 했다는 말인가? 부친이 원하는 대로 서둘러 치렀던 어리석은 결혼의 대가가 이런 것이었다니! 무레는 자신의 감정을 통제하지 못하고 병든 어린아이처럼 흐느끼는 친구를 바라보면서 염세주의를 토로하던 그의 예전 모습을 떠올렸다. 그는 삶의 궁극적인 허무함을 강조하면서, 인생에서 그나마 조금이라도 흥미로운 것은 나쁜 짓밖에는 없다고 수없이 주장하지 않았던가? 무레는 친구의 마음을 풀어주기 위해 그에게 농담하듯, 이럴 때일수록 무심함을 잃지 말 것을 충고했다. 그러자 발라뇨스는 벌컥 역정을 냈다. 그는 위협받은 자신의 철학을 만회할 자신감을 완전히 잃어버린 듯했다. 그가 받은 부르주아적 교육은 그로 하여금 장모를 향해 의분을 터뜨리게 했다. 그는 자신이 평소 거리를 두며 냉소를 금치 않았던 삶의 아이러니를 직접 접하게 되면, 그 즉시 예의 과장된 회의주의자의 모습을 벗어버리고는 상처받고 고통스러워했다. 이건 너무나도 끔찍한 일이었다. 그의 집안의 명예를 진창 속으로 처박는 것과 다를 바 없었다. 마치 세상이 무너져 내리는 것 같았다.

"이런, 이제 그만 진정하게나." 친구를 측은하게 여긴 무례가 말했다.

"자네한테는 뭐든지 일어날 수도, 아무것도 일어나지 않을 수도 있다는 말 같은 건 하지 않겠네. 그런 말이 지금의 자네를 위로해줄 수 있을 것 같진 않으니까. 하지만 내 생각으로는, 이렇게 분개만 하고 있지 말고 드 보브 부인에게로 가서 그녀에게 자네 팔을 빌려주는 게 훨씬 더 현명한 처사일 것 같네. ……그런데 참으로 아이러니하지 않나! 하찮은 세상사 앞에서 냉정하고 경멸적인 태도로 일관하던 자네가 이런 모습을 다 보이다니!"

"그거야, 나하곤 상관없을 때나 그렇지!" 발라뇨스는 천진스레 외쳤다.

하지만 그러면서도 즉시 일어나 옛 친구의 충고를 따랐다. 갤러리로 다시 돌아간 두 사람은 부르동클의 사무실에서 막 나오던 드 보브 부인과 마주쳤다. 그녀는 당당한 태도로 사위의 팔짱을 꼈다. 그리고 무레가 정중하고 공손한 태도로 인사를 하자 한술 더 떠서 떠들어댔다.

"그 사람들이 내게 사과를 하더군요. 그런 끔찍한 오해를 하다니 정말 기가 막혀서 원……"

블랑슈도 그들과 합류해 뒤에서 걸어갔다. 그들은 서서히 인파 속으로 사라져갔다.

그러자 혼자 남은 무레는 생각에 잠긴 얼굴로 다시 백화점을 가로질러 갔다. 그의 마음을 찢어놓는 싸움을 잠시 잊게 해주었던 광경은 이제 그를 다시 끓어오르게 하면서 최후의 일전에 대한 마음을 다잡게 해주었다. 그러면서 머릿속에서 일련의 일들이 어렴풋이 서로 연관지어졌다. 가엾은 드 보브 부인의 절도 행각과 유혹자의 발밑에 쓰러지고 정복당한 여인들의 마지막 광기는 그에게 당당한 복수의 화신 같은 드니즈의 모습을 떠올리게 했다. 그녀가 의기양양한 승리의 미소를 지으며 구두 뒤축으로 자신의 목덜미를 누르는 광경이 떠올랐다. 그는 중앙 계단 꼭대기에 멈춰 선 채 거대한 중앙 홀에서 자신의 신도인 여성들이 부산스럽게 서로를 떼밀고 있는 광경을 한참 동안 지켜보았다.

이제 어느덧 6시가 가까워지고 있었다. 날이 점차 저물어감에 따라 갤러리 내부는 홀 안쪽부터 빛이 옅어지기 시작하면서 서서히 어둠으로 뒤덮였다. 그리고 아직 완전히 잦아들지 않은 빛 속에서 전등*이 하나둘씩 켜지기 시작했다. 불투명한 백색 전구는 멀리 떨어져 있는 매장의 판매대에까지 강렬한 빛을 쏘아 보냈다. 석양마저 가려버리는 창백한 별처럼 지속적으로 비추는 새하얀 빛이 보는 이들의 눈을 부시게 했다. 전등이 모두 켜지자, 군중의 환호하는 웅성거림이 들려왔다. 백색 대전시회는 새로운 조명 아래 찬란한 피날레를 이루며 몽환적인 화려함을 띠었다. 과도하게 넘쳐나는 백색마저 또 하나의 빛으로 타오르는 듯했다. 백색 노래가 새벽을 밝히는 새하얀 빛 속으로 날아올랐다. 몽시니 갤러리의 리넨과 캘리코에서는 동녘 하

*백화점의 전기 조명은 1880년경부터 시행되었다. 여기서도 졸라는 이 소설의 시대배경(1864~1869년)과 맞지 않는 의식적인 시대착오적 오류를 범했다.

늘을 밝히는 최초의 빛 한 줄기와도 같은 백색 빛이 뿜어져 나왔다. 미쇼디에르 갤러리를 따라 난 바느질 도구와 장식 천, 잡화와 리본 매장에서는 진주모 빛 단추와 은도금이 된 청동 장식, 진주 장신구들이 저 먼 곳의 언덕에서 전해져 오는 듯한 희부연 빛을 발하고 있었다. 하지만 불타오르는 것처럼 강렬한 백색을 노래하는 곳은 중앙 홀이었다. 기둥 주위를 휘감아 올라가는 백색 모슬린 주름 장식 리본과 계단에 늘어뜨려진 백색 바쟁과 피케, 깃발처럼 허공에 매달린 백색 담요, 공중에 길게 늘어진 채 흔들리는 백색 기퓌르와 다양한 레이스는 꿈속의 천상으로, 신비스러운 왕녀가 결혼식을 올리는 눈부신 백색으로 가득한 천국을 향해 날아오르는 듯 보였다. 중앙 홀의 실크 판매대 위에 백색 커튼으로 만들어진 장막은 그녀가 머무를 것 같은 거대한 규방이었다. 백색 거즈와 튈은 그 빛나는 백색으로 뭇 사람들의 시선으로부터 신부의 백색 순결을 보호해주는 듯했다. 그곳에는 오직 눈부신 백색의 빛만이 존재했다. 그것은 모든 백색이 하나로 녹아든 백색, 무수한 별들이 눈이 되어 쏟아져 내리는 듯한 백색 빛이었다.

무레는 백색의 향연이 펼쳐지는 가운데 자신의 여성 신도들을 계속 지켜보고 있었다. 희뿌연 배경 위로 시커먼 그림자들이 또렷하게 두드러져 보였다. 오랫동안 격류에 휩쓸려 기진맥진한 채 우왕좌왕하는 군중 사이를 빅 세일의 마지막 열기가 현기증을 일으키며 훑고 지나갔다. 이제 매장을 가득 메웠던 사람들은 하나둘씩 백화점 문을 나서기 시작했고, 풀어 헤쳐진 천들이 판매대 위에 여기저기 널려 있는 사이로 계산대의 짤랑거리는 금화 소리가 들려왔다. 약탈당하고 능욕당한 고객들은 혼란스러움을 느끼며 거리로 나섰다. 그들의 욕망은 충족되었지만, 수상쩍은 호텔 구석방에서 유혹에 굴복했을 때와 마찬가지의 은밀한 수치심 또한 느껴졌다. 그는 그런 식으로 여인들을 소유했다. 끊임없이 물건을 공급해 가득 쌓아두고, 가격 인하와 반품 제도, 대대적인 광고를 고안해내고, 그의 매력을 십분 발휘하는 식으로 그녀들을 자신의 뜻대로 좌지우지해온 것이다. 또한 엄마들의 마음까지 사로잡아 독재자처럼 거칠게 그녀들 위에 군림하며 그 변덕스러움으로 가정을 파괴하기도 했다. 그가 창조해낸 것들은 새로운 종교를 일으켰다. 그의 백화점은 흔들리는 믿음으로 인해 신도들이 점차 빠져나간 교회 대신, 비어 있는 그들의 영혼 속으로 파고들었다. 여인들은 공허한 시간을 채우기 위해 그의 백화점을 찾았다. 그리하여 예전에는 예배당에서 보냈던 불안하고 두려운 시간들을 그곳에서 죽여나갔다. 백화점은 불안정한 열정의 유용한 배출구이자, 신과 남편이 지속적으로 싸워야 하는 곳이며, 아름다움의 신이 존재하는 내세에 대한 믿음과 육체에 대한 숭배가 끊임없이 다시 생겨나는 곳이었다. 그가 백화점 문을 닫는다면 거리에서 폭동이 일어날지도 모를 일이었다. 고해실과 제단을 박탈당한 독실한 신자들이 절망적으로 외치게 될 것이기 때문이었다. 10년 동안 점점 더 화려해진 배경 속에서, 늦은 시각에도 불구하고 거대한 철근 골조 사이로, 공중에 걸린 계단과 다리를 따라 걸음을 지체하는 여인네들이 보였다. 맨 꼭대기 층까지 올라간 마르티 부인과 딸은 가구 사이를 헤매고 있었다. 아이들의 성화를 못 이긴 부르들레 부인은 잡화 매장 앞을 쉽사리 떠나지 못했다. 드 보브 부인은 블랑슈가 뒤따르는 가운데 여전히 발라뇨스의 에스코트를 받으면서 매장마다 멈춰 서서는 예의 당당한 표정으로 천들을 응시하는 대담함을 보여주었다. 욕망으로 들썩거리며 삶의 활기로 터져나갈 듯한 코르사주의 물결 속에서, 어느 왕녀의 대중적인 결혼식에라도 참석한 듯 저마다 활짝 핀 바이올렛 다발을 손에 든 수많은 고객들 중에서 마지막까지 무레의 시선을 붙든 것은 데포르주 부인의 평범한 코르사주였다. 그녀는 기발 부인과 장갑 매장에서 지체하고 있었다. 그에게 느끼는 원망과 질투에도 불구하고 다른 여자들과 똑같이 물건을 사들이는 그녀의 모습을 보면서 그는 다시 한 번 더 자신이 여인들의 주인임을 느꼈다. 휘황찬란하게 빛을 발하는 전기 조명 아래서, 그는 여인들을 자신의 재물을 불려주는 가축처럼 다루며 그녀들의 위에서 군림하고 있었다.

무레는 골똘히 생각에 잠긴 모습으로 서로 떼미는 인파에 몸을 내맡긴 채 기계적으로 갤러리를 따라 걸어갔다. 그러다 고개를 들자 새롭게 문을 연 모자 매장 앞에 와 있었다. 매장의 유리창들은 디스 데상브르 가를 향해 나 있었다. 그는 그곳 유리창에 이마를 기댄 채 잠시 숨을 돌리면서 백화점 출구 쪽을 바라보았다. 저물어가는 해가 새하얀 건물들의 지붕을 황금빛으로 물들였고, 이 아름다운 날의 푸른색 하늘은 순수한 숨결 같은 상쾌한 바람에 그 열기가 식으면서 점차 빛이 바래갔다. 도로 위로 이미 땅거미가 내린 가운데 '여인들의 행복 백화점'의 전등들은 지속적으로 빛을 뿜어내는 별처럼 멀리 지평선까지 빛을 비추었다. 하나둘씩 어둠에 잠기기 시작한 마차들이 오페라와 증권거래소 쪽을 향해 세 줄로 길게 늘어선 채 고객들을 기다리고 있었다. 아직 이따금씩 환한 빛이 반사되는 마차의 마구와 불 켜진 초롱, 은빛으로 반짝이는 재갈이 보는 이들의 시선을 끌었다. 제복을 차려입은 사환의 목소리가 울려퍼질 때마다, 삯마차가 한 대씩 앞으로 나와 객석 문을 열어 고객을 태우고는 이내 낭랑한 말발굽 소리와 함께 빠른 속도로 멀어져 갔다. 이제 줄이 점차 줄어들면서, 마차 문이 닫히는 소리, 채찍 소리, 마차 바퀴 사이로 넘쳐나는 행인들의 웅성거림이 뒤섞인 가운데 도로 한쪽 끝에서 다른 쪽 끝까지 여섯 대의 마차가 나란히 달려갔다. 마치 요란하게 수문이 비워지듯 백화점을 빠져나온 고객들이 다시 도시의 사방으로 끊임없이 퍼져 나갔다. 그사이, '여인들의 행복 백화점' 소속 마차들은 커다란 금빛 글씨로 쓴 광고판을 달고 하늘 높이 매단 깃발을 펄럭이며 붉게 물든 석양빛을 배경으로 여전히 강렬한 빛을 뿜어냈다. 비스듬한 조명 속에서 그 위용을 뽐내는 마차들은 광고의 괴물을 연상시켰다. 날로 그 규모가 확장되는 거대한 팔랑스테르가 멀리 떨어진 교외의 숲까지 파리의 온 지역을 집어삼키는 듯했다. 짙은 어둠에 잠겨 인파가 점차 줄어드는 거리를 서둘러 달려가는 마지막 마차들을 부드러운 거인의 숨결로 어루만지면서, 이제 저녁의 평온함 속에서 거대해진 도시, 파리의 영혼이 잠들려 하고 있었다.

한동안 멍하니 허공을 응시하던 무레는 엄청난 무언가가 그의 안을 훑고 지나가는 것을 느꼈다. 승리가 안겨 주는 짜릿함에 전율하면서 그가 집어삼킨 파리와 그에게 정복당한 여인들을 떠올리자 느닷없이 온몸에서 한꺼번에 맥이 빠져버리는 것 같았다. 굳건했던 의지마저 흔들리면서 그 자신보다 더 강력한 힘에 의해 내동댕이쳐지는 듯했다. 그것은 승리 속에서 정복당하고 싶어 하는 불가해한 욕구이자, 세상을 정복한 후에 한 어린아이의 변덕에 고개를 숙이는 전사 같은 엉뚱한 태도였다. 수개월 전부터 자신과 싸워왔던 그가, 그날 아침까지만 해도 자신의 정념을 마음속 깊이 묻어두겠노라고 맹세를 거듭했던 그가, 느닷없이 아찔한 현기증과 함께 그것에 굴복하며 그동안 어리석은 짓이라고 믿어왔던 행동을 할 거라는 사실에 행복해하다니……. 순식간에 내려진 결정은 시시각각으로 그 중요성이 더 커져가면서, 그로 하여금 이 세상에서 그보다 더 유익하고 절실한 일은 없는 것 같은 생각이 들게 했다.

그날 저녁, 마지막 식사 순서가 끝난 후 그는 자신의 사무실에서 기다렸다. 자신의 행복을 걸고 도박을 하는 청년처럼 바짝 긴장한 채 몸을 떨다가는, 가만히 앉아 있을 수가 없어 계속 문간으로 되돌아가 바깥에서 들려오는 소리에 귀를 기울였다. 각 매장마다 판매가 끝난 후 엉망으로 흐트러진 천들의 잔해 속에 어깨까지 파묻힌 판매원들이 물건을 정리하느라 분주한 손길을 놀리고 있었다. 어디선가 발소리가 들려올 때마다 그의 가슴이 쿵쾅거리며 빠르게 뛰었다. 그러다 어느 순간 동요하며 문을 향해 달려갔다. 멀리서 조그맣게 들려오던 둔탁한 발소리가 점차 가까워지고 있었던 것이다.

그것은 그날 거두어들인 돈을 들고 오는 롬므의 느린 발걸음 소리였다. 그날은 동화와 은화가 너무 많아 몹시 무거운 탓에 사환 두 명을 동반해야 했다. 롬므의 뒤로 조제프와 그의 동료가 마치 석고가 가득 든 것 같은 거대한 자루를 등에 매고 낑낑거리며 따라왔다. 롬므는 어음과 금화가 든 자루와 종이가 비집고 나온 서류 가방을 한 손에 들고 조그만 가방 두 개를 목에 건 채 맨 앞에서 걸어갔다. 그 무게 때문에 자꾸만 잘린 팔쪽으로 몸이 기울었다. 그는 백화점 안쪽에서부터 땀을 흘리고 헐떡거리면서, 점점 더 크게 환호하는 판매원들 사이를 느릿한 걸음으로 통과해 지나갔다. 장갑 매장과 실크 매장의 판매원들은 웃으면서 그의 짐을 덜어주겠노라고 나섰고, 나사 매장과 모직물 매장에서는 그가 발을 헛디뎌 매장들 곳곳에 금화를 뿌려주면 좋겠다며 농을 했다. 그는 한 층을 더 올라가 다리를 통과한 다음 또다시 올라가 철근 골조 주위를 빙 돌아갔다. 리넨 매장과 편물 매장, 바느질 도구 매장의 판매원들은 공중을 여행하는 엄청난 재물을 향해 황홀한 눈빛을 보내며 벌어진 입을 다물지 못했다. 2층에 이르자, 기성복과 향수, 레이스와 숄 매장의 판매원들은 마치 전능한 신이 지나가는 것처럼 일렬로 선 채 경건한 자세를 취했다. 그들 사이의 웅성거림이 점차 커져 가며, 마치 황금 송아지를 향해 경배하는 민족의 함성처럼 멀리까지 울려 퍼졌다.

그사이 무레는 사무실 문을 열어놓았다. 롬므와 그 뒤로 비틀거리는 두 사환이 보였다. 그는 몹시 숨차하면서도 아직 남아 있는 기운을 모아 큰 소리로 외쳤다.

"100만 247프랑 95상팀입니다!"*

마침내 100만 프랑을 달성했던 것이다. 무레가 오랫동안 꿈꾸어왔던 대로 단 하루 만에 100만 프랑을 벌어들였던 것이다! 하지만 그는 화가 난 것 같은 몸짓으로 짜증스럽게 대꾸했다. 마치 어느 성가신 사람이 그의 기다림을 방해하기라도 한 것처럼 실망스러운 표정을 지어 보이기까지 했다.

"100만 프랑이라, 수고했소! 거기 놓고 가시오."

롬므는 그가 그날 거두어들인 돈을 중앙 회계 창구로 올려 보내기 전에 책상 위에 모두 쌓아놓고 보는 걸 즐긴다는 걸 알고 있었다. 100만 프랑은 책상을 뒤덮으면서 서류를 찢고 잉크병을 넘어뜨릴 뻔했다. 자루에서 쏟아져 나오고, 조그만 가방

---

*백색 제품의 대대적인 판매는 1866년 봉 마르셰 백화점 총매출액의 반 이상을 차지했으며, 한 해 중 가장 중요한 상업적 사건으로 기록되었다.

이 뱉어낸 금화와 은화, 동화는 엄청난 더미를 이루었다. 고객들의 손을 막 떠나온 날것 그대로의 돈, 아직 생생한 온기가 남아 있는 돈 더미였다.

주인의 미적지근한 반응에 상심한 계산원이 물러나려고 할 무렵 부르동클이 경쾌하게 소리치면서 안으로 들어섰다.

"자! 드디어 해냈습니다! ······우리가 해냈다고요, 총매출 100만 프랑 달성 말입니다!"

그는 열에 들뜬 듯 골똘히 생각에 잠긴 무레를 보고 금세 상황을 파악하고는 흥분을 가라앉혔다. 그리고 순간적으로 얼굴이 환해지면서 눈을 반짝거렸다. 그는 잠시 침묵을 지키다가 먼저 얘기를 꺼냈다.

"드디어 결심을 하셨군요, 그렇죠? 오, 잘하신 겁니다! 전 진심으로 사장님의 뜻을 지지합니다."

그러자 무레는 느닷없이 그의 앞에 버티고 서서는 몹시 화가 났을 때처럼 무시무시한 목소리로 말했다.

"이런, 친구, 오늘은 지나치게 즐거워 보이는군. ······내가 그 속을 모를 거라고 생각하나? 자넨 내가 이제 끝났다고 생각하겠지. 그래서 음흉한 이빨을 드러내 보이는 게 아닌가. 하지만 결코 자네 뜻대로 되진 않을 걸세. 난 그리 호락호락 당할 위인이 아니란 말이네!"

뭐든지 알아맞히는 무시무시한 남자의 직설적인 공격에 당황한 부르동클은 더듬거리며 반박했다.

"무슨 그런 말씀을? 지금 농담하시는 거죠? 제가 사장님을 얼마나 존경하는지 잘 아시지 않습니까?"

"거짓말 말게!" 무레는 더욱더 격한 어조로 매섭게 쏘아붙였다.

"내 말 잘 들으라고. 우린 지금까지 어리석게도 결혼이 우리를 망칠 거라는 맹목적인 믿음에 사로잡혀 있었어. 하지만 결혼은 건강한 삶을 유지하는 데 꼭 필요한 힘과 질서를 부여해 주는 거야! ……그래! 맞아, 난 그녀와 결혼할 거야. 그리고 누구 하나라도 이상한 소리를 하면 모두 내쫓아 버리고 말 거야. 모두! 우선 부르동클 자네부터 창구로 가게, 지금 당장!"

그는 손짓 하나로 부르동클을 해고했다. 부르동클은 여인의 결정적인 승리로 인해 자신이 단죄되고 깨끗이 정리되었음을 깨닫고는 말없이 그 자리를 물러났다. 바로 그 순간 드니즈가 들어오자 무레는 당황한 얼굴로 깊은 존중심을 나타내듯 그녀를 향해 고개를 숙였다.

"아! 마침내 와주었군요!" 그는 다정한 말로 그녀를 맞이했다.

드니즈는 혼란스러운 심경으로 인해 창백한 낯빛을 띠고 있었다. 방금 마지막으로 겪은 슬픈 일 때문이었다. 들로슈로부터 그가 해고당했음을 전해 들었던 것이다. 그녀가 그를 위해 선처를 부탁해보겠다며 붙잡으려고 하자, 그는 끝끝내 자신의 불운을 들먹이며 그대로 사라져버리기를 원했다. 더 이상 머물러서 뭐하겠는가? 자신의 불운으로 행복한 사람들까지 불편하게 할 필요가 없지 않은가? 드니즈는 눈물에 젖은 얼굴로 그에게 누이처럼 다정하게 작별 인사를 했다. 그녀 역시 모든 걸 잊고 싶다는 생각을 하지 않았던가? 이제 모든 게 끝나려 하고 있었다. 그녀는 이제 얼마 남지 않은 힘을 모두 모아서 이별에 필요한 용기를 낼 수 있기를 바랄 뿐이었다. 잠시 후, 마지막으로 꿋꿋하게 자신의 마음을 안으로 숨길 수만 있다면 멀리 떠나 홀로 실컷 흐느껴 울 수 있을 것이었다.

"사장님께서 절 보자고 하셔서요." 그녀는 차분하게 말했다.

"그러지 않아도 그동안 베풀어주신 친절에 감사드리고자 찾아 뵈려고 했답니다."

사무실로 들어서자 무레의 책상 위에 쌓여 있는 100만 프랑이 한눈에 들어오면서 그녀의 마음을 또다시 아프게 했다. 그녀의 머리 위로는 마치 그 광경을 내려다보고 있는 듯한 금빛 액자 속의 에두앵 부인이 언제나처럼 환한 미소를 짓고 있었다.

"우릴 떠나겠다는 결심은 여전히 변함없는 거요?" 무레는 떨리는 목소리로 물었다.

"네, 사장님, 그래야만 합니다."

그러자 그는 그녀의 두 손을 감싸 쥐면서, 오랫동안 스스로에게 강요했던 냉담한 태도를 벗어던진 채 더없이 다정한 어조로 물었다.

"드니즈, 내가 당신과 결혼하겠다고 한다면 그래도 떠날 거요?"

드니즈는 즉시 두 손을 빼고는 크나큰 고통에 짓눌리듯 격렬하게 외쳤다.

"오! 사장님, 제발 부탁이에요. 그런 말씀일랑 하지 마세요! 더 이상 절 고통스럽게 하지 마세요! ……전 그럴 수 없어요! 그럴 수 없다고요. ……그런 불행한 일을 피하기 위해 떠나려는 걸 신께서도 아실 거라고요!"

그녀는 사이사이 끊어지는 말로 계속해서 자신의 입장을 옹호했다. 자신은 이미 백화점 직원들의 쑥덕공론에 충분히 휘말리지 않았는가? 그는 진정 자신이 다른 사람들과 그에게 행실 나쁜 여자로 여겨지길 원하는 것인가? 아니, 그럴 수는 없었다. 자신은 굳건하게 버티면서, 그가 그런 어리석은 짓을 저지르지 못하도록 막을 것이었다. 고통스러운 표정으로 그녀의 말을 듣고 있던 무레는 열렬하게 거듭 외쳤다.

"내가 원하는 거요. ……내가 원하는 거란 말이오."

"아뇨, 그건 절대 안 될 말이에요. ……그럼 제 동생들은 어떡하고요? 전 절대로 결혼하지 않기로 맹세했어요. 사장님한테 두 아이를 떠맡길 수는 없는 것 아닌가요?"

"그들은 내 동생이기도 할 거요. ……부디 날 받아주시오, 드니즈."

"아뇨, 안 돼요, 오! 제발 절 좀 그냥 내버려두세요. 절 더 이상 괴롭히지 마시고요!"

그는 점차 절망 속으로 빠져들었다. 마지막 장해물은 그를 미치게 했다. 어떻게 이럴 수가 있는가! 이 같은 제안에도 여전히 자신을 거부하다니! 3천 명에 달하는 직원들이 엄청난 재물을 두 팔에 하나 가득 안고 분주하게 움직이는 소리가 그의 귓가에 아득하게 전해져 왔다. 저기 놓여 있는 100만 프랑이 다 무슨 소용이란 말인가! 삶의 아이러니가 그를 비웃는 듯 그 돈은 그에게 고통을 안겨 줄 뿐이었다. 그는 당장이라도 그 돈을 모두 길가에 내던지고 싶었다.

"그렇다면 떠나시오!" 그는 흐르는 눈물을 주체하지 못하고 외쳤다.

"당신이 사랑하는 그 남자에게로 가버리란 말이오. ……그래서 이러는 게 아니오? 당신은 내게 이미 그 사실을 귀띔했었소. 진작 그걸 기억해서 당신을 더 이상 괴롭히지 말아야 했소."

깊이 절망하는 그의 모습에 충격을 받은 드니즈는 더 이상 아무 말도 하지 못했다. 가슴이 찢어지는 것처럼 아파왔다. 드니즈는 그에게로 달려가 어린아이처럼 그의 가슴에 얼굴을 파묻은 채 그와 함께 흐느끼며 더듬더듬 말했다.

"오! 그래요, 내가 사랑하는 사람은 바로 당신이에요!"

'여인들의 행복 백화점'으로부터 마지막 웅성거림이 들려왔다. 먼 곳에서 군중이 보내는 환호성이었다. 액자 속의 에두앵 부인은 여전히 환한 미소를 짓고 있었다. 무레는 책상 위에 흐트러져 있는 100만 프랑 더미 위에 털썩 주저앉았다. 돈은 이미 그의 안중에 없었다. 그는 드니즈를 꼭 안고 놓아주지 않았다. 미친 듯이 힘주어 그녀를 안으며 그녀의 귀에 대고 속삭였다. 그녀는 이제 떠나도 되었다. 한 달 동안 발로뉴에서 휴식하면서 소문을 잠재운 다음 그가 직접 그녀를 데리러 갈 것이었다. 그리하여 그 누구보다 강력해진 그녀를 그의 팔에 끼고 보란 듯이 당당한 모습으로 되돌아올 것이었다.*

---

*소설의 행복한 결말은 역사적으로도 그 전례를 찾아볼 수 있다. 쿠앵 드 뤼 백화점의 경영자인 라리비에르는 란제리 매장 수석 구매상과 결혼했다. 또한 1869년에 사마리텐 백화점을 세운 코냐크는 1872년 봉 마르셰 백화점의 정장 매장 수석 구매상인 마리루이즈 제이와 결혼했다.

여인들의 욕망과 판타지가 넘실대는 곳에서 꽃핀 동화 같은 사랑

박명숙(번역가)

현명한 소비는 현명한 생산보다 훨씬 더 어려운 기술이다.
_존 러스킨, 《나중에 온 이 사람에게도(Unto This Last)》

〈나는 쇼핑한다, 고로 나는 존재한다(I shop, therefore I am)〉
_바바라 크루거의 작품 제목

'루공–마카르' 총서와 《여인들의 행복 백화점》

《여인들의 행복 백화점(Au Bonheur des Dames)》은 스무 권으로 이루어진 에밀 졸라의 역작 '루공–마카르(Rougon-Macquart)' 총서의 열한 번째 작품이다. 작품 이야기를 하기에 앞서 먼저 '루공–마카르' 총서에 관한 간략한 설명이 필요할 듯하다.

19세기는 '현대사회의 거울'로서의 소설이 요구되던 시대였다. 독자들은 자신들이 살고 있는 시대를 사실적으로 그려내는 소설에 심취했으며, 스탕달은 소설이 한 시대의 사회적·정치적 현실을 있는 그대로 엄격하게 비추는 '거울'이 되어야 한다

고 주장했다. 졸라는 왕정복고기와 7월 왕정 시기의 사회 풍속
도를 그린 발자크의 '인간희극(La Comédie humaine)'에서 영감을 얻
어, '진실을 정확하게 아는 데서만이 좀 더 나은 사회가 탄생할
수 있다'는 믿음으로 자신이 살고 있는 제2제정 시대의 사회를
거대한 벽화 속에 담아내고자 했다. 하지만 그는 발자크나 스
탕달과는 달리, 유전과 같은 법칙에 근거한 순수한 자연주의자
이자 생리학자로서 글을 쓰고자 했다. 즉, 타고난 유전적 기질
이 환경에 의해 어떻게 변화되어 가는지를 보여주고자 했던 것
이다.

환경과 유전의 법칙에 따른 결정론을 주장하던 졸라는 1878
년 프랑스의 생리학자 클로드 베르나르의 《실험의학연구서설
(Introduction à la médecine expérimentale)》(1865)을 접한 이후 그 영향으
로, 작가는 '관찰자(observateur)'로서의 입장에서 한발 더 나아가
'실험자(expérimentateur)'로서의 역할에도 충실해야 한다는 주장을
펴게 된다. 결정론에 따른 유전의 법칙이 여러 세대에 걸쳐 이
어지면서 각기 다른 환경과 상황 속에서 어떤 식으로 발현되는
지를 보여주어야 한다는 것이다.

한편 발자크가 훗날 자신의 작품 전체에 '인간희극'이라는 총
서명을 붙인 것과는 달리, 졸라는 이미 오랜 준비 작업을 거쳐
'루공-마카르' 총서의 큰 틀과 내용을 미리 정해놓았으며, 총서
의 첫 번째 권인 《루공 가의 운명(La Fortune des Rougon)》(1871) 서문
에서 총서가 어떻게 시작되었는지를 다음과 같이 밝히고 있다.

나는 한 사회에서 소수의 사람들로 이루어진 한 가족이 열 명,
스무 명으로 점차 퍼져 나가면서 어떻게 변화해 가는지를 그려
나가고자 한다. 그들은 언뜻 보기에는 서로가 아주 달라 보이

지만, 면밀히 분석해보면 서로가 모두 긴밀하게 연관되어 있음을 보여주고자 하는 것이다. 유전은 중력처럼 고유의 법칙을 지니고 있기 때문이다.

'루공-마카르' 총서는 졸라가 어린 시절에 살았던 프랑스 남부의 엑상프로방스를 모델로 설정한 가상의 도시 플라상을 근거지로 하고 있다. '제2제정하의 한 가족의 자연사와 사회사'라는 부제가 말해주듯이, 이 총서에는 나폴레옹 3세가 지배하던 제2제정 시기(1852~1870년)를 배경으로 '루공'과 '마카르' 가족의 5대에 걸친 역사가 담겨 있다. 소위 말하는 적법한 가족인 루공 가가 나폴레옹 3세가 일으킨 1851년 12월 2일의 쿠데타에 편승해 권력을 잡게 되면서, 사생(私生) 가족 마카르 가가 가진 것들을 빼앗고 그들을 역사의 가장자리로 밀어내는 이야기로부터 시작해, 1870년 제2제정 붕괴에 이르기까지의 두 가문의 역사를 그리고 있는 것이다. 다양한 배경과 소재, 1200여 명에 이르는 등장인물로 이루어진 총서는 가히 19세기 후반 프랑스 사회의 벽화라고 해도 과언이 아니다.

졸라는 약관 28살이던 1868년경부터 구체적인 구상과 준비 작업을 거쳐, 1870년부터 첫 번째 이야기 《루공 가의 운명》을 〈르 시에클(Le Siècle)〉지에 연재하기 시작했다. 그리하여 1871년, 첫 번째 권이 출간되기 시작해 마지막 권인 《파스칼 박사(Le Docteur Pascal)》(1893)로 끝을 맺을 때까지 장장 22년 동안 20권의 소설을 펴냈다. 대략 사오백 쪽에 이르는 장편소설들을 평균 9개월마다 한 권씩 펴냈다고 하니 그 열정과 노력에 어찌 감탄하지 않을 수가 있을까.

졸라는 총서 집필을 시작하기 전 1868년과 1869년 사이에

이 장대한 역사의 밑그림인 '계통수(系統樹, l'arbre généalogique)'를 작성했다. 계통수는 그 후, 1878년과 1889년에 두 번의 수정을 거친 다음 《파스칼 박사》의 출간 시에 결정적인 버전으로 발표되었다. 계통수를 통해 독자들은 '루공-마카르' 총서에 등장하는 인물들이 서로 어떻게 얽혀 있는지 한눈에 파악할 수 있다. 이는 물론 졸라 자신의 작품 구상을 위한 토대가 되기도 했지만, 총서를 읽는 독자들을 배려하는 작가로서의 친절한 팬 서비스라고 보아도 무방할 것이다. 이 책에서는 한발 더 나아가 각 인물들이 총서의 어떤 작품들에 등장하는지 쉽게 알 수 있도록 따로 표기를 곁들여 독자들의 이해를 돕고자 했다(390쪽 계통수 참조).

《여인들의 행복 백화점》은 총서를 이루는 스무 권의 작품 중에서도 여러 가지 면에서 '유일함'을 지닌 소설이다. 무엇보다도 이 작품은 세계 문학 사상 아마도 유일무이하게, 백화점이 배경의 역할에 머무르는 것을 뛰어넘어 이야기를 이끌어가는 실질적인 주인공으로 기능하는 소설일 것이다. 《여인들의 행복 백화점》은 당시 《목로주점(L'Assommoir)》(1877)과 《나나(Nana)》(1880) 등의 성공으로 이미 대가의 반열에 올라 있던 졸라가 처음으로 사회의 진보라는 문제에 관해 적극적인 관심을 드러내며, 자본주의의 메커니즘을 소설의 가장 강력한 장치로 활용한 작품이다. 그리고 그의 소설들 중 유일하게 해피엔딩으로 끝맺을 뿐 아니라, 삶과 행위의 기쁨을 그리고자 하는 작가의 적극적인 의지가 반영된 작품이기도 하다. 이는 졸라가 주창한 자연주의 소설의 경향이나, 그의 작품 전반에 스며 있는 삶의 비참함과 빈곤, 우울함 등과는 궤를 달리하는 것이다. 그는 소설을 집필하기 전 작가 노트에 '철학의 철저한 변화'와 더불어 다음과 같은 의지를 기록해놓았다.

> 더 이상의 염세주의는 없다. 삶이 어리석고 우울한 것이라고 결론내리지 말자. 그 반대로, 삶은 끊임없이 움직이고 있으며, 강력하고도 즐거운 것을 탄생시키고 있음을 얘기하자. 한마디로, 행동과 정복 그리고 노력의 시대와 함께하면서 이 시대를 표현하도록 하자. 그런 다음, 그 결과로써 행위의 즐거움과 삶의 기쁨을 보여주도록 하자.

《여인들의 행복 백화점》은 졸라의 작품 중 가장 시의성이 강한 소설이다. 그런데도 지금까지 국내 번역은 물론 우리 독자들에게 거의 알려져 있지 않았다는 점이 놀라울 뿐이다. 고전이라고 일컫는 대부분의 작품들이 인간의 본질과 본성을 이야기하고 있음을 새삼 들먹이지 않더라도, 이 책을 읽는 독자라면 누구나 이 소설이 이야기하고 있는 것이 바로 오늘의 우리들이라는 사실을 인정하지 않을 수 없을 것이다. 소설의 배경 (1864~1869년)이 아닌 출간연도(1883년)를 기준으로 보더라도, 130년 전의 파리에 지금과 별반 다르지 않은 '현대적' 백화점이 존재했다는 점과, 그 속에서 벌어지는 일들, 인간 군상의 모습들이 지금과 거의 다르지 않다는 점은 그 사실만으로도 독자들에게 신선한 놀라움을 선사하기에 충분할 것이다.

작품의 구상과 집필 배경 : 새로운 세계의 탄생을 몸으로 체험하다

졸라의 '루공─마카르' 총서를 읽으면서 누릴 수 있는 호사 중의 하나는 총서의 시대 배경인 제2제정 시대의 사회와 삶의 한 단면을 마치 시간 여행을 떠난 것처럼 생생하게 그려볼 수 있다는 점이다. 우리에게 잘 알려진 졸라의 대표작《목로주점》과 《제르미날(Germinal)》(1885)은 각각 파리 변두리 노동자의 삶과 프랑스 북부 탄광촌의 삶을 현미경을 들이대듯 세밀하게 묘사하고 있다.《파리의 배 속(Le Ventre de Paris)》(1873)은 지금은 파리 외곽으로 옮겨간 '레 알(Les Halles)'의 거대한 시장 풍경을,《인간 짐승(La Bête Humaine)》(1890)은 초창기 철도 노동자들의 삶을 그리고 있다.

누구보다도 자신이 살아가는 시대의 삶과 그 혁신에 많은 관심을 기울였던 작가 졸라는 19세기 중반 무렵부터 하나둘씩 생겨나기 시작한 새로운 상업의 전당인 백화점에서 당시의 상업과 소비문화를 혁신적으로 바꿔놓을 수 있는 현상을 간파했다. 전 유럽이 사회개혁과 그에 대한 비전으로 들끓던 대변혁의 시대였던 19세기에 산업혁명과 맞물려 발전하기 시작한 백화점은 자본주의의 발흥에 따른 다양한 현상들을 집약적으로 보여줄 수 있는 사회의 축소판이었다. 그 속에는 고객과 판매원의 관계, 판매원들 간의 치열한 생존경쟁, 소비자이자 노동자로서의 여성의 역할, 부르주아 계층을 중심으로 하는 당시 사람들의 생활상과 유행, 패션과 소비문화, 광고와 건축 등의 다양한 삶과 사회의 면모가 포함되어 있었기 때문이다. 한마디로 백화점은 힘차게 태동하기 시작한 현대 사회의 모습을 한눈에 파악할 수 있는 얼굴인 셈이었다.

하지만 졸라가 어느 날 갑자기 백화점에 관한 소설을 써야겠다고 마음먹었던 것은 아니다. 그는 현대적 상업의 출현과 백화점이라는 현상이 아직 초기 단계에 있을 때부터 그 영향을 몸소 체험했다. 1858년, 엑상프로방스를 떠나 파리로 온 졸라는 당시 한창 진행되고 있던 도시 정비 사업으로 하루가 다르게 변화하는 파리의 모습에 깊은 인상을 받게 된다. 1853년부터 1869년까지 파리 지사를 지낸 조르주 외젠 오스만 남작은 나폴레옹 3세의 지시로 '오스만화(Haussmannization)'로 불린 도시 현대화 프로젝트를 탱크 같은 추진력으로 밀어붙였다. 그 결과, 도시의 상하수도가 대대적으로 정비되고, 복잡하고 불결했던 구 시가지를 허문 자리에 생제르맹 대로와 생미셸 대로를 포함한 대로들이 뚫렸으며, 개선문 광장을 비롯한 주요 광장들, 파리 오페라 극장과 센 강의 다리들, 도심의 공원 등이 만들어졌다. 그리하여 파리 건축물의 약 60퍼센트가 모습을 바꾸면서 오늘날 우리가 보는 파리의 모습이 완성되었던 것이다. 당시 발표된 수많은 소설들에 그 이야기가 등장했으며, 그러한 도시의 일대 변혁은 졸라의 《목로주점》, 《파리의 배 속》, 《쟁탈전(La Curée)》(1872) 그리고 《여인들의 행복 백화점》과 같은 작품들에서 소설의 배경 또는 그 이상의 역할을 하고 있다. 1852년 '봉 마르셰 백화점'을 필두로 한 현대식 백화점들의 출현은 무엇보다도 이 도시 현대화 프로젝트에 직접적인 영향을 받았다.

프랑스의 앙시앵레짐하에서는 소매업이 엄격히 나라의 통제를 받았으며, 왕정복고기(1814~1830년)까지만 해도 전형적인 소매점의 형태는 '부티크(boutique)'였다. 이 소설의 1장에서 보뒤는 드니즈에게 '여인들의 행복 백화점' 역시 처음에는 부티크로 출발했음을 설명하고 있다.

　들뢰즈 형제가 처음 저곳을 세웠을 때는 뇌브생토귀스탱 가로

겨우 진열창 하나가 나 있었을 뿐이었어. 조그만 벽장 같은 데에 사라사 두 점과 캘리코 세 점을 진열해놓으면 꽉 찼었지. 가게 안에서 몸을 돌리기도 힘들 정도로 작았다니까…… (1권 48쪽)

이러한 부티크의 모습은 발자크가 1829년에 발표한 짧은 소설 《털실 감는 고양이 그림이 있는 상점(La Maison du chat-qui-pelote)》과 1837년에 발표한 《세자르 비로토(César Birotteau, maître-parfumeur)》에 잘 나타나 있다. 당시의 부티크는 지금의 우리가 떠올리는 세련되고 화려한 모습의 상점이 아니라, 《여인들의 행복 백화점》에 등장하는 보뒤의 '전통 엘뵈프'처럼 어둡고 우중충한 곳에 얼마 되지 않는 물건들을 아무렇게나 쌓아놓고, 인근에 사는 소수의 단골들만을 상대로 비싼 값을 불러 흥정을 거쳐 파는 식으로 영업을 하는 곳이었다. 자연주의 작가 루이 데프레즈는 졸라가 1864~1869년을 배경으로 하는 소설에서 이처럼 1820~1830년대식의 상점을 등장시켜 백화점과 대립하는 모습을 그렸다는 점을 지적하기도 했다. 실제로 《여인들의 행복 백화점》에서 보뒤는 자신이 부티크 상인들의 전형적인 영업 방식을 고수하고 있음을 당당하게 밝히고 있다.

진정한 상인이 갖추어야 할 덕목은 많이 파는 것이 아니라 얼마나 비싸게 파는가 하는 것이었다. (1권 43쪽)

그러다가 왕정복고기 후반 무렵부터는 당시 유행하던 의류품을 주로 취급하는 '마가쟁 드 누보테(Magasin de nouveautés, 신상품점)'가 생겨나기 시작했다. 마가쟁 드 누보테와 훗날 '그랑 마가쟁(Grand Magasin, 백화점)'이 커나갈 수 있었던 것은 당시 섬유 산업의 발달에 힘입은 바 컸다. 천연 염색에 비해 월등하게 비용이 적게 드는 인공 염색기술과 직물 제조방식의 발전과 더불어, 급속도로 진행된 도시화로 인한 대도시의 발달과 철로로 인한 운송수단 덕분에 현대적 상업이 비약적으로 발전할 수 있었던 것이다.

또한 19세기 전반에 등장한 도시 건조물의 하나인, 아케이드형 쇼핑 공간인 '파사주(Passage)'는 마가쟁 드 누보테와 함께 새로운 형태의 상업을 이끌어내면서 앞으로 등장할 백화점의 잠재 고객과 소비 행태를 형성하는 데 커다란 역할을 하게 된다. 여기에 산업혁명으로 인한 급격한 공업사회로의 이행으로 제품의 대량생산이 가능해진 점, 기름등과 비할 수 없는 조명을 제공하는 가스등의 발명, 도시 현대화 프로젝트로 새로 뚫린 널찍한 대로들과 승합마차의 등장으로 인해 도심으로의 이동과 접근성이 좋아진 점, 백화점의 주 고객층이던 중상류 부르주아 계층의 경제력이 커지면서 잠재구매력이 증가한 점, 거기에 철도의 확장으로 지방과 파리가 연결된 점 등은 백화점의 발달을 더욱더 가속화시켰다.

그리하여 1852년에는 아리스티드 부시코가 세계 최초의 현대식 백화점인 '봉 마르셰'의 영업을 시작했고, 1855년에는 '루브르', 1869년에는 '사마리텐', 1893년에는 '갤러리 라파예트' 백화점이 차례로 문을 열었다.

또한 1840년경부터 대량으로 발간되면서 광고로 수입을 올렸던 값싼 대중지의 발달 또한 현대적 상업의 발전을 부추겼다. 1862년부터 4년간 아셰트 출판사에서 일하면서 발송 업무를 거쳐 홍보 책임자로 일했던 졸라는 신문을 가득 메우는 '광고의 범람'을 매일같이 접했다. 그리고 훗날 그는 그것을 소설의 주요 소재로 사용했다. 《여인들의 행복 백화점》에서는 카탈로그, 포스터, 신문 광고, 홍보용 풍선, 백화점 이름을 매단 배달용 마차 등 온갖 형태의 광고가 백화점의 힘을 과시하는 수단으로 쓰인다. 디스 데샹브르 가가 새로 뚫리면서 무레가 백화점 건물을 확장했듯이, 졸라가 근무했던 아셰트 출판사도 생제르맹 대로가 뚫리면서 건물을 확장해 나갔다. 이처럼 졸라는 현대적 상업의 발달에 중요한 역할을 했던 사건들을 가까이에서 접하면서 당시의 사회·경제적 변화와 축을 같이하는 거대 상업의 발달과 백화점의 메커니즘을 보여주는 소설을 쓰고자 마음먹게 되었고, 훗날 그의 소설에 자신의 개인적인 경험과 관찰의 결과물들을 적극 반영했던 것이다.

1880년 2월, 정기 간행물 《르 볼테르(Le Voltaire)》는 작가 졸라가 '최근 몇 년간 파리인들의 일상을 바꾸어놓은 거대한 현대적 백화점'을 소재로 하는 소설을 쓸 것이라는 계획을 알렸다. 하지만 그런 예고는 너무 앞선 것이었다. 그해 졸라는 절친한 친구 뒤랑티와 그의 문학적 멘토였던 플로베르, 그리고 그가 사랑했던 어머니를 차례로 잃는 슬픔을 겪었다. 게다가 《여인들의 행복 백화점》에 앞서서 주인공 옥타브 무레의 이전 삶을 그린, 총서의 열 번째 작품 《살림(Pot-Bouille)》(1882)을 써야 했다.
두 소설에서 옥타브 무레라는 인물이 공통적으로 등장하긴 하지만, 《여인들의 행복 백화점》과 《살림》은 서로 연관된 작품들이라기보다는, 각각 제2제정하의 신흥 부르주아 계층의 부정적이고 긍정적인 면을 보여주는, 동전의 양면과 같은 작품들로 보아야 할 것이다. 졸라는 1880년 한 해 동안 한꺼번에 겪었던 개인적인 슬픔을 떨쳐내고, 에너지가 넘치고 부와 번영을 이끌어내는 능력을 지닌 새로운 계층의 힘을 그리고자 했다. 이러한 작가의 의지가 반영되어 탄생한 옥타브 무레는 그의 염세적인 친구 발라뇨스와는 달리, 새로운 시대의 힘을 믿고, 모든 변화에 열려 있으며, 행동하는 즐거움과 삶의 기쁨으로 넘쳐흐르는 인물로 그려진다.

졸라의 다른 작품들처럼 이 소설 역시 다양하고 방대한 자료 수집과 치밀한 현장 답사를 통한 직접적인 관찰을 바탕으로 탄생한, 다큐멘터리적인 면모를 다분히 지닌 작품이다. 졸라는 그의 부인이 단골로 다니는 '봉 마르셰'나 '루브르' 그리고 '플라스 클리시' 백화점에서 한 달 내내 하루에 대여섯 시간씩 머무르며 자료를 수집했다. 계절과 시간에 따라 달라지는 백화점 안팎의 모습, 백화점의 혁신적인 건축 양식과 실내장식, 백화점 운영원칙과 다양한 부서들의 기능, 백화점을 움직이는 판매원들과 또 다른 직원들의 업무, 매장들의 분위기와 판매원들 간의 관계, 다양한 쇼핑객들의 모습과 고객과 판매원과의 관계, 당시 백화점에서 행해지던 각종 세일 행사 등이 모두 졸라의 작가 노트에 기록되어 있던 것들이다.

또한 그의 직접적인 관찰로는 알아낼 수 없었던 정보들은 '봉 마르셰'와 '루브르' 그리고 '생조제프' 백화점에서 일하는 매장 책임자나 예전 직원 또는 여성 판매원, 건축가, 변호사, 신문 등을 통해 다방면으로 수집했다. 그렇게 수집된 자료는 무려 384쪽에 달했으며, 그 정보들은 고스란히 대작가 졸라의 손을 거쳐 《여인들의 행복 백화점》이라는 값지고 흥미로운 소설로 탄생되었다.

욕망을 창출해내는 공간, 백화점 : '욕망의 대중화'를 이루어내다

"물건을 팔 줄 아는 사람은 자신이 팔고 싶은 걸 파는 겁니다!
그게 바로 우리의 성공 비결인 것이지요." (1권 130쪽)

무레는 '여인들의 행복 백화점'을 증축·확장하기 위한 자본을
확보하고 사업적 동맹을 맺기 위해 아르트만 남작을 설득하던
중에 이렇게 외친다. 무레의 말에는 당시 '필요의 경제'에서 '욕
망의 경제'로 이행하던 시대의 소비문화와 대중의 라이프스타
일이 역설적으로 잘 반영되어 있다. 그의 말은 뒤집어 생각하
면 즉, '소비자는 자신이 사고 싶지 않은 것을 사게 된다'는 의
미와도 같기 때문이다. 《백화점의 탄생》(가시마 시게루, 1991)이라
는 책에 보면 이런 대목이 나온다.

봉 마르셰의 취급품목이 이처럼 다양해진 것과 관련해 특히 주
목해야 할 대목은 공급이 반드시 소비자의 수요에 부응하는 행
태로 일어나지는 않았다는 점이다. 즉, 비단이라면 비단을 사
러온 여성 손님이 이를테면 장갑이나 망토도 사고 싶어 해서
그런 물건을 취급하는 매장을 만드는 식으로 일이 진행된 게
아니라는 얘기이다. 물론 정장 신사복처럼 사회적 수요의 증가
와 공급의 증가가 맞아떨어지면서 매장과 물건의 종류가 확대
된 예도 있다. 그러나 대부분은 거꾸로 장갑이나 망토가 놓여
있으니 그것도 사고 싶어지는 식으로, 먼저 공급이 있고 그에
따라 수요가 생겨나는 형태로, 늘 공급 쪽이 주도권을 잡고 욕
망을 발굴해내고 있었다.

《여인들의 행복 백화점》9장에서 여름 신제품의 대대적인 세일을 위한 준비 작업을 진두지휘하던 무레는 "자신이 생각해낸 매장 배치가 적절하지 않다는 것을 순간적으로 깨닫게 되었다. 하지만 그것은 완벽한 논리에 따른 배치였다. 한쪽으로는 천들을, 다른 한쪽에는 기성복들을 배치해 놓아 고객들로 하여금 혼자서도 얼마든지 찾아갈 수 있도록 해놓았던 것이다." 그리고 그는 직원들에게 느닷없이 모든 것을 뒤집어엎을 것을 지시한다. 이런 그를 이해하지 못하고 황당해하는 직원들에게 무레는 이렇게 설명한다.

"내 말 잘 듣게, 부르동클! 내가 왜 이러는지 설명해줄 테니까. ……첫째는, 고객들을 사방으로 정신없이 오가게 만들면, 사람이 더 많아 보이게 하는 효과와 함께 그들의 판단력을 흐려놓을 수 있다는 거야. 두 번째는, 예를 들어 드레스를 사고 난 후 안감을 사고 싶어 하는 고객의 경우, 백화점 끝에서 끝으로 이끌려 다니다 보면 우리 백화점이 세 배는 더 큰 것 같은 착각이 들지 않겠나. 셋째는, 그런 와중에 고객들은 스스로는 발을 들여놓지 않았을 매장들을 어쩔 수 없이 통과하게 되면서 충동적인 구매 유혹에 무너지고 말 거라는 얘기지". (2권 14~15쪽)

아! 백화점이라는 곳에 들어가서 충동구매를 한 번쯤 해보지 않은 여자들이 어디 있을까? 독자들이 《여인들의 행복 백화점》을 읽는 동안 다양한 쇼핑객들의 모습에서 자신을 발견하는 일은 그리 어렵지 않을 듯싶다.

비좁고 우중충한 공간에 오직 한 가지 상품만을 판매하던 부티크는 일단 들어가면 상인과 흥정을 거쳐 물건을 사지 않고는 마음대로 나올 수 없었다. 시쳇말로 바가지를 쓸 각오를 하고 들어가야만 했던 것이다. 위에서 언급한 보뒤의 말처럼, 부티크의 상인들은 물건을 비싸게 파는 것을 상인이 갖춰야 할 덕목이자 기술로 여겼다. 그도 그럴 것이, 얼마 되지 않는 물건을 몇 안 되는 고객을 상대로, 그것도 대부분 외상으로 거래하며 먹고살자면 되도록 이득을 많이 남겨야만 했을 터였다.

그러다가 왕정복고기 후반 무렵부터 생겨나기 시작한 마가쟁 드 누보테는 '폐쇄된 공간의 호사스러운 개방성'을 강조하며 널찍하고 개방적인 공간에 다양한 제품들을 갖추고, 정가제 실시, 현금 판매, 바겐세일 도입 등, 오늘날의 우리에게는 당연하게 여겨지는 것들을 도입하며 기존의 부티크와 차별화를 이루고자 했다. 하지만 마가쟁 드 누보테에서 파는 물품은 면제품과 나사를 비롯한 천들과 단순한 기성복, 여성용 장신구, 모피 등이 고작이었으며, 이곳도 일단 가게 안으로 들어가면 아무것도 사지 않고 나오기가 여전히 힘들었다.

백화점의 역사를 이야기하기 위해서는 '봉 마르셰 백화점'의 창립자 아리스티드 부시코를 언급하지 않을 수 없다. 《여인들의 행복 백화점》의 실질적인 모델이었던 '봉 마르셰 백화점'을 세운 부시코는 노르망디의 모자 행상인이었다. 열아홉 살이던 1829년 파리로 올라온 그는 바크 가에 있던 '프티 생토마'라는 마가쟁 드 누보테에 점원으로 취직했다. 그곳에서 영업 능력을 인정받아 매장 책임자가 된 부시코는 1845년 '프티 생토마'가 문을 닫자 실업자가 되었다가, 세브르 가와 바크 가의 모퉁이에 '봉 마르셰'라는 이름의 마가쟁 드 누보테를 연 비도 형제를 만나 그곳에 채용되면서 현대적 상업 방식을 마음껏 펼쳐 보이게 된다. 자유 입점, 정가제 실시, 박리다매, 반품제도, 세분화된 상품진열, 통신판매, 바겐세일 도입, 판매원들에게 매출액에 따른 수당 지급 등등, 사실상 지금의 백화점 영업방식과 조금도 다를 바 없는 것들이 이미 160여 년 전에 시행되었던 것이다. 부시코의 뛰어난 경영 수완에 매료된 비도 형제는 그에게 공동경영을 제의했고, 1852년, 지금까지 이어 내려오는 '봉 마르셰 백화점'이 창립되었다.

한편 1855년부터 1900년까지 다섯 차례에 걸쳐 개최된 파리 만국박람회는, 새로운 대량소비 사회에서는 몸의 욕구 못지않게 대중의 '상상력의 욕구'를 충족시키는 게 중요하다는 점을 일깨워주었다. 이러한 '욕망의 대중화'를 기치로 내걸고 가시화한 곳이 바로 백화점이었다. 프랑스어로 '싼 값'과 '좋은 거래'라는 의미를 동시에 포함하고 있는 '봉 마르셰(bon marché)' 백화점의 이름이 시사하듯, "많이 팔기 위해서는 싸게 팔아야 하고, 싸게 팔기 위해서는 많이 팔아야 한다." 이것은 백화점이 내세우는 가장 기본적인 판매 원칙의 하나였다.

그리하여 백화점은 앞다투어 경쟁적으로 여성의 마음을 빼앗고자 애썼다. 화려한 쇼윈도로 여성을 현혹시킨 다음, 사시사철 이어지는 바겐세일의 덫으로 그녀를 유혹했다. 그러면서 여성의 육체 속에 새로운 욕망을 주입시켰다. 그 모든 것은 여성이 필연적으로 굴복할 수밖에 없는 거대한 유혹으로 다가왔다. 처음에는 알뜰한 주부로서 구매를 시작했다가 점차 허영심이 발동하면서 마침내 유혹에 홀딱 넘어가고 마는 식이었다. 백화점은 엄청난 물량의 판매를 통해 호화스러움을 대중화시키고 무시무시한 세력으로 소비를 촉진했다. (1권 133쪽)

대부분 중상류 부르주아 계층(졸라 식으로 표현하면, '모자를 쓴 여인들')으로 이루어진 백화점의 고객들 중에는, 호화스러움을 싼 값에 사고자 하는 부유한 여성들과 '호화스러움의 환상'을 사고자 하는 중산층 여성들이 모두 포함되어 있었다. 이제, 쇼핑과 더불어 오락과 볼거리를 함께 제공하는 '스펙터클한 공간'으로 기능하게 된 백화점은 물질적 욕구와 상상적 욕구의 결합을 가능하게 하면서, 과거에 예술과 종교가 채워주었던 갈망과 욕구를 대신 충족시켜주는 '현대적 상업의 대성당'이자, 소비의 궁전과 신전으로서의 역할을 톡톡히 해냈던 것이다. 그들이 파는 것은 한낱 상품이 아니라 여인들의 꿈과 갈망, 소비계급의 대부분을 차지하는 중상류 부르주아 계층의 다양한 라이프스타일이었으며, 호화스러움의 구매를 통한 신분 상승에의 환상이었다.

그가 창조해낸 것들은 새로운 종교를 일으켰다. 그의 백화점은 흔들리는 믿음으로 인해 신도들이 점차 빠져나간 교회 대신, 비어 있는 그들의 영혼 속으로 파고들었다. 여인들은 공허한 시간을 채우기 위해 그의 백화점을 찾았다. 그리하여 예전에는 예배당에서 보냈던 불안하고 두려운 시간들을 그곳에서 죽여나갔다. 백화점은 불안정한 열정의 유용한 배출구이자, 신과 남편이 지속적으로 싸워야 하는 곳이며, 아름다움의 신이 존재하는 내세에 대한 믿음과 육체에 대한 숭배가 끊임없이 다시 생겨나는 곳이었다. 그가 백화점 문을 닫는다면 거리에서 폭동이 일어날지도 모를 일이었다. 고해실과 제단을 박탈당한 독실한 신자들이 절망적으로 외치게 될 것이기 때문이었다. (2권 323쪽)

여기서 한발 더 나아가, '여성 고객은 숄이 필요해서 산 것이 아니라, 무언가를 사고 싶어서 우연히 고급 숄을 골랐던 것이다'(《백화점의 탄생》 중)라는 말처럼, 여성들로 하여금 '무언가를 사고 싶게 만드는 것', '여자들의 욕망에 불을 지핌'으로써 구매욕을 창출해내는 것, 그것이 바로 무레가 원하는 것이었다. 《여인들의 행복 백화점》의 전략 상품인 '파리보뇌르'를 밑지고 판다고 불평하는 동업자 부르동클에게 무레는 자신의 의도를 다음과 같이 설명한다.

제품 하나당 고작 몇 상팀 정도 손해를 보겠지, 그래. 그런데, 그다음을 생각해봤나? 그로 인해 수많은 여자들이 몰려와서는, 산더미처럼 쌓여 있는 우리 제품 앞에서 넋을 잃고 정신없이 지갑을 열게 된다면, 그건 반대로 우리한테 축복이 되는 거라고. 결코 손해 보는 장사가 아니란 말일세. 중요한 건, 친구, 여자들의 욕망에 불을 지펴야 하는 거라고. 그러기 위해서는, 고객들을 유혹하는 미끼 역할을 할 대박 상품이 필요하단 말일세. (1권 71~72쪽)

결국, 백화점을 찾는 사람들은 상품이 아닌, 자신의 욕망과 환상의 충족에 대한 값을 치르는 것이라고 보아도 그리 틀린 말이 아닐 것이다.

《여인들의 행복 백화점》 속에 나타난 사랑과 에로티시즘

앞에서도 언급한 것처럼, 졸라는 작품을 구상하던 중 작가 노트에 《여인들의 행복 백화점》의 주제를 다음과 같이 규정지었다. "현대적 활동을 그린 시(詩). 행위의 즐거움과 삶의 기쁨." 그리고 이렇게 덧붙였다. "여자를 이용하던 옥타브는 결국 여성에게 굴복한다. 하지만 이 모든 것은 아주 경쾌하게 진행된다." "이 소설이 삶의 기쁨을 노래한다는 것을 잊지 말자." 그동안 진창 같은 삶의 황폐함과 절망만을 이야기한다는 비난과 험담에 직면해온 자연주의 작가 졸라는, 《여인들의 행복 백화점》을 집필하기 직전에 연이어 겪었던 고통스런 사건들과 쉼 없이 지속된 집필활동으로 지친 자신을 달래려는 듯, 기쁨과 즐거움, 삶의 적극적인 의지가 반영된 작품을 쓰기로 마음먹었다. 그리하여 그에 걸맞은 주인공들을 등장시키기 위해서 그간 고수해왔던 자연주의 소설의 법칙을 어느 정도 어길 수밖에 없었다. 말하자면, 자연주의 작가로서 일종의 반칙을 저지른 셈이었다. 그 사실은 무엇보다 이 소설의 두 주인공인 옥타브 무레와 드니즈 보뒤의 캐릭터에 잘 나타나고 있다.

우선, 앞에서도 얘기했듯이 옥타브 무레는 《여인들의 행복 백화점》 바로 이전의 작품 《살림》에도 등장하고 있는 인물이다. 《여인들의 행복 백화점》 1장에서도 언급되듯이, 그는 '여인들의 행복 백화점'이 아직 조그만 부티크에 불과했을 때 에두앙 부인 밑에서 부르동클과 함께 점원으로 일했다. 그러다 에두앙 부인의 마음을 사로잡아 주인인 그녀와 결혼하기에 이르렀고, 곧이어 그녀가 죽자 유일한 상속인으로서 막대한 재산을 물려받아 백화점의 주인이 된다. 그는 큰 키에 희멀건 피부, 그리고 벨벳처럼 부드럽고 오래된 금빛을 띤 눈을 지녔다. 또한 천재적인 사업 수완과 감각, 대담함, 사람들을 압도하는 매력을 지닌 남자였다. 게다가 "모든 여자들은 그의 손아귀 안에 있었다. 그녀들은 그에게 속했지만, 그는 그 누구의 것도 될 수 없었다"는 오만함까지 갖추고 여자를 우습게 보는 남자였다. 이쯤 되면 시쳇말로 '나쁜 남자'의 전형이라고 보아도 손색이 없을 것이다. 거기다가 그는 졸라 작품에 등장하는 대부분의 주인공들과는 달리, 신경증을 지녔던 그의 어머니의 유전적 결함을 물려받지도 않았다. 자신이 창조해낸 '완벽하고도 이상적인' 주인공에게 그러한 흠을 물려주고 싶지 않았던 졸라는 주느비에브와 같은 조연급 인물에게 그녀의 어머니에게서 물려받은 결함을 떠넘겼다.

이런 '나쁜 남자'의 마음을 쥐고 흔들며 그를 사랑의 포로로 만들었던 드니즈 역시 졸라가 창조해낸 이상형의 여자다. 동정녀 마리아처럼 처녀성과 모성을 동시에 지닌 그녀는 수많은 남자들의 이상형인, 아내와 누이, 어머니의 품성을 고루 갖추고 있다. 눈길을 잡아끄는 두드러진 미모의 소유자는 아니지만, 환하게 웃을 때마다 드러나는 은근한 매력과 온화함, 소박한 심성, 이성적인 사고력, 남의 고통을 외면하지 못하는 자애로움과 어떤 어려움에도 굴하지 않는 용기와 강인한 의지를 지녔다. 또한 세파에 찌들지 않은 순박함과, 백화점의 세속적인 화려함과 대조되는 야성미를 느끼게 하는 탐스러운 머리를 가지고 있다. 젊은 작가 루이 데프레즈가 출간된 소설을 읽고 졸라에게 편지로 밝혔듯이, 드니즈는 도무지 어떤 결함이라곤 찾아보기 힘든 지극히 이상적이고 완벽한 여성인 셈이다. 길거리와 일상의 삶에서 만날 수 있는, 작가의 관찰에 의해 탄생한 인물이라기보다는, 논리와 이상에 의해 구체화된 전형적인 인물인 것이다. 졸라가 훗날 연인 잔 로즈로와의 사이에서 태어난 딸에게 드니즈라는 이름을 붙여준 것을 보면, 자신이 창조해낸 드니즈라는 인물에 얼마나 애착을 가졌었는지 짐작할 수 있을 것 같다.

고아가 된 드니즈가 시골에서 상경해 백화점 점원으로 들어가, 어린 동생들을 돌보며 온갖 역경을 헤치고 백화점 사장인 무레의 마음을 독차지하고 백화점의 여왕으로 우뚝 서는 과정을 따라가노라면 얼핏 어린 시절에 접했던 캔디나 신데렐라 같은 캐릭터들이 떠오를 것이다. 또한, 요즘의 트렌디 드라마 같은 데에서 자주 접할 수 있는 현대판 동화 같은 러브 스토리와 겹쳐지기도 한다.

그런데 이 두 사람의 사랑에는 빠져 있는 게 있다. 바로 '관능'과 '에로티시즘'이다. 무레는 자신의 백화점에서 판매원으로 일하는 드니즈를 지켜보면서, 처음에는 동정심 정도로 여겼던 마음이 점차 연민으로, 그리고 애정으로 변해가는 것을 느끼게 된다. 처음에는 평범하기 짝이 없으며 나약하고 가냘픈 한낱 시골 처녀쯤으로 여겼던 드니즈가 어느 순간부터 여인의 향기를 풍기는 매력적인 여자로 느껴지면서, 그녀에게 연인이 있을지도 모른다는 생각을 하게 되고, 그러자 "자신이 가장 애지중지하던 새가 부리로 자신의 살을 쪼아 먹는 느낌"을 갖기도 한다. 그리고 드니즈를 간절히 원하면서 온갖 애정 공세를 펼치는데도 불구하고 그녀가 계속 자신을 거부하자 몸이 달아오를 대로 달아올라, "그녀를 자신의 방으로 들여 자신의 무릎 위에 앉힌 채 그녀의 입술에 키스하는 것", 그것만을 원하게 된다. 그가 평소에 여자들을 어떻게 대해왔는지 생각해본다면 이런 무레의 모습은 지극히 예외적이라고 볼 수 있다. 이런 그의 모습에서는 관능적 욕구보다는 한 남자의 '순수한' 사랑이 느껴지기 때문이다.

이 소설 속에 나타난 관능과 에로티시즘은 무레-드니즈 커플이 아닌, 여성 고객들과 상품들, 그중에서도 실크와 레이스를 중심으로 하는 화려한 천들, 그리고 백화점이라는 공간과의 사이에 집중되어 있다. 일종의 '페티시즘(물신숭배)'이 이야기 전체를 관통하면서 두 연인의 사랑에서 관능의 빛을 바래게 하고, 여자-남자의 애정구도가 아닌 여자-물신(物神)의 구도로 이야기를 이끌어가는 것이다. 여인들은 백화점의 남자 판매원에게는 아무런 이성적인 감정을 느끼지 못하는 반면, 그녀들의 판타지와 소유욕을 자극하는 수많은 천들 앞에서는 유혹을 이기지 못하고 마르티 부인처럼 가산을 탕진하거나 드 보브 부인처럼 도벽의 늪에 빠지기까지 한다.

실크 매장 역시 여인네들로 대성황을 이루었다. 특히 위탱이 진열하고 무레가 대가의 숨결을 불어넣은 내부 진열대 앞에는 진귀한 제품들을 앞다투어 구경하려는 여자들로 발 디딜 틈이 없었다. 홀 가운데 마련된 전시장에서는, 유리 천장을 받치고 있는 조그만 쇠기둥 주위를 감은 천들이 폭포수처럼 아래로 흘러내려 표면에 거품이 이는 물웅덩이를 이루며 바닥으로 넓게 퍼져 나가고 있었다. [……] 그들은 쏟아져 내리는 폭포수 같은 광경을 마주하면서, 그와 같은 화려함의 격류에 휘말릴 것을 두려워하는 속내를 감춘 채 다른 아무것도 생각지 않고 그 속으로 뛰어들고 싶다는 강렬한 욕망에 부대끼고 있었다. (1권 179~180쪽)

무레는 이러한 여자들의 속성과 욕망을 간파해내는 데 그치지 않고, 그 자신이 '여자'가 되어 "정중하고 세심한 배려로 여성을 취하게 한 다음, 그녀의 욕구를 부추겨 달아오른 욕망을 충족하게 만든다." 여성으로 하여금 "자신이 이룩한 백화점의 왕국에서 여왕으로 군림할 수 있게 하는 것", 그것은 여자를 "자신의 뜻대로 좌지우지하기 위한 그의 전략"이었다.

그는 여자였다. 여인네들은 자신들의 깊숙한 내밀함을 간파해내는 섬세한 감각을 지닌 그에게 온통 까발려지고 지배당하는 듯했다. 그리하여 그에게 매료된 채 기꺼이 자신들을 내맡겼다. 반면 무레는 여자들이 자신의 손아귀에 있음을 확신한 순간부터 거친 태도로 그녀들 위에 군림하면서 천들을 지배하는 전제 군주처럼 굴었다. (1권 146쪽)

"우린 고객을 사랑하니까요."
그곳에 모여 있던 여자들은 모두가 그의 말에 동의를 표했다. 그랬다, '여인들의 행복 백화점'에서는 끊임없이 여자들을 추어올리고 마음을 어루만짐으로써 그녀들에게 은밀한 성적 쾌감마저 느끼게 해주었다. 그런 숭배의 방식으로 가장 정숙하다고 자처하는 여인들의 마음까지도 움직일 수 있었던 것이다. 그의 백화점의 엄청난 성공은 바로 그런 거부할 수 없는 유혹에서 비롯된 것이었다. (2권 157쪽)

이처럼 그는 수많은 여자들 위에서 군림하며 그녀들의 "피와 살"로 이루어진 왕국을 세우는 데 성공했지만, 조그맣고 가냘프고 별 볼 일도 없어 보이는 한 여자의 마음을 얻지 못하자 그 모든 것이 무의미함을 느끼고 자신이 이룩한 승리에 혐오감마저 느끼는 지경에 이른다. 엄청난 부와 성공 앞에서 그 모든 것에 아랑곳없이 오직 한 여자의 사랑만을 갈구하는, 사랑의 포로가 된 한 남자의 모습을 어떻게 이보다 더 절절하게 표현해낼 수 있을까?

그녀가 여전히 그를 거부하는데 세상을 정복하는 게 다 무슨 소용이란 말인가. (2권 178쪽)

마침내 높다랗게 우뚝 서게 된 새 건물은 아이들이 쌓아 올리는 모래성처럼 작아 보였다. 도시의 끝에서 끝까지 건물을 확장하고 하늘의 별만큼 높이 세운다고 해도, 오직 소녀 같은 한 여인의 '네'라는 말만이 채워줄 수 있을 마음의 빈곳을 그것이 채워주지는 못할 터였다. (2권 215~216쪽)

하지만 그들의 사랑은 단지 두 남녀의 결합만으로 그치는 게 아니다. 처음에는 "그녀를 어린아이처럼 다루어오면서, 한 여자가 파리라는 도시에서 어떻게 성장하고 타락해 가는지에 대한 짓궂은 호기심과 그의 세속적인 노련함에서 비롯된 충고를 하기도 했던" 무레는 점차 그녀의 지혜로움에 이끌리기 시작했고, 그녀가 지닌 고귀한 것들, "그녀의 깊은 내면에서 우러나오는 매력과 멋, 그리고 오랜 경험을 통해 축적된 그녀의 폭넓은 영업 아이디어"에 매료되면서 드니즈를 자신의 실질적인 동반자이자 사업 파트너로 인정하기에 이른다. 그리하여 무레는 그녀가 백화점의 시스템과 운영 방식, 그리고 직원들의 복지에 관해 내놓는 개선책과 아이디어에 귀 기울이며 그것들을 적극 반영해 '여인들의 행복 백화점'이 인간적인 면모를 갖추도록 변모시켜 나간다. 여자들을 자신의 욕망을 이루기 위한 수단이

나 도구쯤으로 여기던 남자가 자신의 패배를 인정하고, 여성을
탐욕의 대상이 아닌 자신과 동등한 동반자로 인정하는, 진정한
사랑에 눈뜨기 시작한 것이다. 이처럼, 파리의 거대한 현대식
백화점의 주인으로 대변되는 자본가와 그 백화점의 판매원인
한 여성 노동자 사이의 결합은 단순한 동화 같은 사랑을 넘어
서는 지극히 '현대적'인 로맨스다.

이제 그들의 사랑은 '여인들의 행복 백화점'에서 대대적으로
펼치는 '백색 대전시회'에서 활짝 피어나면서 소설의 피날레를
화려하게 장식한다.

> …… 불타오르는 것처럼 강렬한 백색을 노래하는 곳은 중앙 홀
> 이었다. 기둥 주위를 휘감아 올라가는 백색 모슬린 주름 장식
> 리본과 계단에 늘어뜨려진 백색 바쟁과 피케, 깃발처럼 허공
> 에 매달린 백색 담요, 공중에 길게 늘어진 채 흔들리는 백색 기
> 퓌르와 다양한 레이스는 꿈속의 천상으로, 신비스러운 왕녀가
> 결혼식을 올리는 눈부신 백색으로 가득한 천국을 향해 날아오
> 르는 듯 보였다. 중앙 홀의 실크 판매대 위에 백색 커튼으로 만
> 들어진 장막은 그녀가 머무를 것 같은 거대한 규방이었다. 백
> 색 거즈와 튈은 그 빛나는 백색으로 뭇 사람들의 시선으로부터
> 신부의 백색 순결을 보호해주는 듯했다. 그곳에는 오직 눈부신
> 백색의 빛만이 존재했다. 그것은 모든 백색이 하나로 녹아든
> 백색, 무수한 별들이 눈이 되어 쏟아져 내리는 듯한 백색 빛이
> 었다. (2권 322쪽)

'현대적 상업의 대성당', '소비의 신전이자 궁전'인 백화점에서
펼쳐지는 백색의 향연은 '여성성에 바치는 숭배의식'이며, 가

톨릭 의식에서 순결한 처녀성을 상징하는 백색의 세속화 의식
이다. 그리고 뭇 여인들을 대표해, 온통 백색 실크와 레이스로
장식된 거대한 규방을 차지하게 될 여성은 이제 당당히 백화점
의 여왕으로 군림하게 된 드니즈라는 데에 아무런 이견이 없을
것이다. 졸라는 당시 종교적, 문학적 도덕성이라는 미명 아래
'육체'와 '욕망의 충족'을 금기시했던 가톨릭 교단과 문단을 비
웃듯, 화려하고도 서정적이며, 강렬하고도 은밀한 메타포와 이
미지들을 마음껏 구사하며, '종교와 욕망의 세속화'를 담은 이
야기를 한 편의 미려한 산문시로 창조해냈다. 마치 하나의 백
화점이자 만물상처럼, 당시 사회와 삶의 모습들을 고루 그려낸
졸라의 '루공-마카르' 총서 중에서 《여인들의 행복 백화점》이
우뚝 돋보이는 또 하나의 이유가 바로 거기에 있다.

행동하는 작가 에밀 졸라를 존경하고 그의 작품 세계를 사랑하
는 불문학 전공자이자 번역가로서 작품을 기획하고 번역하는
내내, 그의 숨겨진 보물 같은 작품 '여인들의 행복 백화점'을
국내 처음으로 번역하여 독자들에게 소개하는 것에 대한 무한
한 자부심과 보람, 그리고 책임감을 느꼈다. 이 책이 독자들로
하여금 에밀 졸라라는 대작가와 그의 작품들에 관심과 애정을
갖도록 하는 계기가 될 수 있다면 역자로서 그보다 더한 보람
은 없을 것 같다. 또한 이처럼 소중한 작품을 단번에 알아보고
번역·출간할 수 있게 해주신 시공사와, 귀한 도판과 함께 꼼꼼
하고 정성스런 작업으로 멋진 책으로 세상에 나올 수 있게 해
주신 편집부에 깊은 감사를 드린다.

에밀 졸라
연보*

4월 2일 파리에서 이탈리아인 토목기사 프란체스코(프랑스 이름: 프랑수아) 졸라와 가난한 직공의 딸 에밀리 졸라(결혼 전 성: 오베르) 사이에서 출생.	1840
가족과 함께 엑상프로방스로 이사. 아버지가 댐과 도수로 건설 공사를 맡음.	1843
아버지가 폐렴으로 사망하여 극심한 생활고에 처하게 됨.	1847
✝2월 혁명으로 루이 필립의 7월 왕정이 종식되고, 루이 나폴레옹 보나파르트의 제2공화국이 수립됨. 루이 나폴레옹 보나파르트가 프랑스 최초의 대통령으로 선출.	1848
✝12월 2일 루이 나폴레옹 보나파르트가 황제가 되기 위해 쿠데타를 일으킴.	1851

*당시의 시대상과 밀접한 관련이 있는 작품인 《여인들의 행복 백화점》의 이해에 도움이 되는 사건이나 에밀 졸라의 생애와 관련이 있는 사건들은 ✝표시를 하여 연보에 추가하였습니다.

엑상프로방스의 부르봉 중학교에서 장 바티스탱 바유와 폴 세잔을 알게 됨. 빅토르 위고와 알프레드 드 뮈세에 심취하기 시작. ✝아리스티드 부시코가 세계 최초의 현대식 백화점 '봉 마르셰'를 세움. 12월 2일 제2제정 선포. 루이 나폴레옹 보나파르트가 나폴레옹 3세가 됨.	1852
✝1853년에서 1869년까지 나폴레옹 3세의 명을 받은 파리 지사(知事) 오스만 남작에 의해 오늘날 파리의 모습을 갖추게 한 대대적인 도시 정비 사업이 단행됨.	1853
✝알프레드 쇼샤르가 '루브르 백화점'의 전신인 '갤러리 뒤 루브르'의 영업을 처음 시작함. 샹젤리제에서 첫 번째 파리 만국박람회가 개최됨.	1855
프로방스를 떠나 어머니가 있는 파리로 감. 가난으로 힘겹게 생활하며 생루이 고등학교에서 학업을 계속함. 바유, 세잔과 편지를 주고받음.	1858
8월과 11월 두 차례 연이어 대학 입학 자격시험인 바칼로레아에 실패한 후 학업을 포기.	1859
일거리를 찾지 못해 어렵게 생활함. 세잔과 함께 화가들과 친분을 쌓음. 몰리에르, 몽테뉴, 셰익스피어, 상드, 미슐레 등을 탐독함.	1860 ~ 1861
프랑스 국적 취득.	1861
아셰트 출판사의 발송 부서에 취직. ✝오페라 극장의 건축이 시작됨. 생미셸 대로가 개통됨.	1862
신문에 처음으로 콩트와 기사 발표. 저널리스트로서 활동하기 시작.	1863

아셰트 출판사의 홍보 책임자가 되면서 출판사와 관련된 신문사 사람들, 작가들과 다양한 친분을 쌓게 됨. 스탕달과 플로베르에 심취함. 사실주의 작가들, 화가들과 가깝게 지냄.《니농에게 주는 이야기》발표. ✝런던에서 최초로 '국제노동자협회'가 결성됨.《여인들의 행복 백화점》의 이야기가 시작되는 해.	**1864** 《니농에게 주는 이야기》
리옹의 〈르 프티 주르날〉과 〈르 살뤼 퓌블릭〉에 정기적으로 사설을 기고함. 자전적 중편소설《클로드의 고백》발표. 연극을 위한 습작을 함. 훗날 아내가 될 가브리엘 알렉상드린 멜레를 처음 만남. ✝쥘 잘뤼조가 '프랭탕 백화점' 개장.	**1865** 《클로드의 고백》
아셰트 출판사를 그만두고 시사평론가, 수필가, 평론가 등으로 활동. 〈레벤느망〉지의 사설에서 마네의 예술을 열렬히 옹호. 평론집《나의 증오》와 예술론집《나의 살롱》, 소설《죽은 여인의 소원》을 발표. 세잔을 비롯한 화가들과 벤쿠르에 머무름.	**1866** 《나의 증오》 《나의 살롱》 《죽은 여인의 소원》
최초의 자연주의 소설《테레즈 라캥》과 연재소설《마르세유의 신비》발표. 센 강 좌안의 바티뇰에 정착. ✝파리 만국박람회 개최.	**1867** 《테레즈 라캥》 《마르세유의 신비》
서문이 추가된《테레즈 라캥》재판 출간. 소설《마들렌 페라》발표. 공화파 신문인 〈라 트리뷘〉에 기고. 샤를 르투르노의《정념의 생리학》과 프로스페르 뤼카스 박사의《자연 유전의 철학적·생리학적 개론》을 읽고 훗날 '루공-마카르 총서' (부제: 제2제정하의 한 가족의 자연사와 사회사)의 마지막 권《파스칼 박사》의 영감을 얻음. 라크루아 출판사와 '한 가족의 역사'라는 가제를 붙인 열 권짜리 루공-마카르 총서에 대한 계약을 맺음. 발자	**1868** 《마들렌 페라》

크의 작품을 다시 읽고 다양한 과학서를 탐독하면서 총서 집필 준비를 해나감. 마네가 자신의 예술을 옹호해준 답례로 졸라의 초상을 그려줌(370쪽 참조).

루공-마카르 총서의 첫 번째 권《루공 가의 운명》집필 시작. 플로베르와 친교를 맺음. ☥《여인들의 행복 백화점》이야기가 끝나는 해. 디스 데상브르 가가 개통됨. 세브르 가에 '봉 마르셰 백화점' 신관 건축이 시작됨. 오페라 구역의 '라 페 백화점' 오픈. '사마리텐 백화점'이 영업을 시작함.	**1869**
가브리엘 알렉상드린 멜레와 결혼. 여러 군데의 공화파 신문에 사설을 기고함. 신문 창간과 행정 참여 등의 뜻을 품고 마르세유와 보르도로 떠남.《루공 가의 운명》이 〈르 시에클〉지에 처음 연재되기 시작함. ☥ 보불전쟁의 발발과 스당 전투의 참패로 제2제정이 무너짐. 제3공화국이 선포되고 국민방위군 정부 성립.	**1870**
파리로 돌아와 여러 신문에 파리 코뮌에 관한 글을 기고함.《루공 가의 운명》출간. 〈라 클로슈〉지에 총서의 두 번째 작품《쟁탈전》을 연재하던 중 검열 당국에 의해 중단됨. ☥ 파리 코뮌(3월 18일~5월 28일). '피의 일주일'이라고 불린 시가전 끝에 코뮌이 붕괴됨.	**1871** 《루공 가의 운명》 (루공-마카르 1)
공화파 신문들에 왕정주의를 반대하는 기사들을 기고함. 루공-마카르 총서의 내용을 추가하여 판권을 샤르팡티에 출판사와 새로운 조건으로 다시 계약함. 투르게네프, 알퐁스 도데와 친분을 맺음.《쟁탈전》출간. ☥ '봉 마르셰 백화점' 신관 개장.	**1872** 《쟁탈전》 (루공-마카르 2)
《파리의 배 속》발표.《테레즈 라캥》을 각색, 상연하였으나 실패함.	**1873** 《파리의 배 속》 (루공-마카르 3)

	1874	《플라상의 정복》
《플라상의 정복》과 《니농에게 주는 새로운 이야기》 발표. 희곡 〈라부르댕 가의 상속자들〉 실패함. 마네 덕분에 알게 된 말라르메, 모파상과 가까이 지냄.		(루공-마카르 4) 《니농에게 주는 새로운 이야기》
《무레 신부의 과오》 발표. 투르게네프의 소개로 상트페테르부르크의 잡지 《유럽의 메신저》에도 시사평론을 기고함.	1875	《무레 신부의 과오》 (루공-마카르 5)
《외젠 루공 각하》 발표. 과격한 성향의 공화파 신문 〈르 비앙 퓌블릭〉에 《목로주점》 연재 시작되나 6개월 후 중단됨. 문학잡지 《라 레퓌블리크 데 레트르》에 다시 연재 시작함.	1876	《외젠 루공 각하》 (루공-마카르 6)
《목로주점》 출간. 출간 즉시 센세이션을 불러일으키며 엄청난 상업적 성공을 거둠(3년 후 100쇄 돌파). 폴 알렉시스, 레옹 에니크, 앙리 세아르, 모파상, 위스망스가 트라프 레스토랑에 졸라와 에드몽 드 공쿠르, 플로베르를 초대함으로써 자연주의 학파의 탄생을 알림.	1877	《목로주점》 (루공-마카르 7)
《목로주점》의 대성공으로 파리 근교의 메당에 저택을 구입. 그때부터 파리와 메당을 오가며 대부분의 작품을 그곳에서 집필(현재 그 저택은 졸라 박물관이 됨). 《사랑의 한 페이지》 출간. ✝ 파리 만국박람회 개최.	1878	《사랑의 한 페이지》 (루공-마카르 8)
《목로주점》을 각색해 랑비귀 극장에서 상연해 대성공을 거둠. 〈르 볼테르〉지에 《나나》 연재 시작.	1879	
《실험소설론》, 졸라와 알렉시스, 에니크, 세아르, 모파상, 위스망스 등이 참여한 자연주의 작가들의 소설 모음집 《메당의 저녁》과 《나나》 출간. 절친한 친구였던 뒤랑티와 플로베르 그리고 어머니가 연이어 세상을 떠나 깊은 상실감에 빠짐.	1880	《실험소설론》 《메당의 저녁》 《나나》 (루공-마카르 9)

평론 모음집 《자연주의 소설가들》,《연극에서의 자연주의》,《문학 자료들》 발표. 소설 집필에 전념하기 위해 더 이상 신문 사설 등을 쓰지 않기로 함.

✝ '프랭탕 백화점'이 화재로 불탐. 즉시 보수 공사가 시작되어 1882년에 완성됨.

1881	《자연주의 소설가들》《연극에서의 자연주의》《문학 자료들》

《살림》 발표. 〈르 피가로〉지에 발표한 시사 평론을 모은 《캠페인》, 단편집 《뷔를르 대위》 발표. 친구인 폴 알렉시스가 졸라의 전기를 출간하여 더욱 유명해지고 작품들이 외국에까지 점점 더 널리 알려짐.

1882	《살림》 (루공—마카르 10) 《캠페인》 《뷔를르 대위》

《여인들의 행복 백화점》이 〈질 블라스〉지에 연재, 출간됨. 연극으로 각색된 《살림》이 상연되어 대성공을 거둠.

1883	《여인들의 행복 백화점》 (루공—마카르 11)

《삶의 기쁨》과 단편집 《나이스 미쿨랭》 발표. 광산 노동자들에 관한 소설을 쓰기 위해 1878년 광산 노동자들이 파업을 했던 앙쟁 광산에서 자료 수집을 함. 〈질 블라스〉지에 《제르미날》 연재 시작.

1884	《삶의 기쁨》 (루공—마카르 12) 《나이스 미쿨랭》

《제르미날》 출간. 평단으로부터는 걸작이라는 찬사를 받았으나 검열 당국은 소설의 연극 상연을 금지함.

1885	《제르미날》 (루공—마카르 13)

《작품》 발표. 졸라의 오랜 친구 세잔은 소설의 주인공이 자신을 모델로 한 것이라고 생각하고 졸라와 절교 선언. 다음 작품 《대지》를 준비하기 위해 보스 지방 여행.

1886	《작품》 (루공—마카르 14)

《대지》 발표. 도데와 공쿠르 형제의 은밀한 부추김을 받은 자연주의 성향의 젊은 작가 다섯 명이 〈르 피가로〉지에 졸라에 반대하는 공개서한 형식의 '5인 선언서'를 발표함. 그들은 졸라의 작품이 저속하고 진지함이 결여돼 있으며, 졸라가 돈벌이를 위해 똑같

1887	《대지》 (루공—마카르 15)

은 것을 계속 우려먹는다고 비난. 졸라는 이 일에 대응하지 않음. 언론은 대부분 그를 옹호함. 이 일로 공쿠르 형제, 도데와 졸라는 서로 소원해짐.《쟁탈전》을 각색한 5막짜리 연극 〈르네〉가 초연됨.

《꿈》 발표.《제르미날》이 검열 때문에 순화되어 무대에 오르고 이에 기분이 상한 졸라는 연극 상연에 참석을 거부함. 레지옹 도뇌르 슈발리에(기사, 5등급) 훈장을 받음. 침모로 들어온 스물한 살의 잔 로즈로에게 반해 연인 관계가 됨. 이 무렵부터 사진에 지대한 관심을 갖기 시작해, 1900년 파리 만국박람회를 면밀하게 촬영한 르포르타주를 비롯해 19세기 후반의 귀중한 기록이 되는 사진들을 남김.

| | 1888 | 《꿈》 (루공-마카르 16) |

잔 로즈로가 졸라의 딸 드니즈를 낳음.

| | 1889 | |

《인간 짐승》 발표. 아카데미프랑세즈 회원으로 처음 입후보함. 그 후, 1897년까지 여러 차례에 걸쳐 입후보를 거듭하지만 끝내 회원으로 받아들여지지 못함.

| | 1890 | 《인간 짐승》 (루공-마카르 17) |

《돈》 발표. 문인협회 회장에 만장일치로 선출됨. 그 후 1900년까지 거듭 피선되며 저작권 보호를 위해 힘씀.《꿈》이 알프레드 브뤼노 작곡의 오페라로 각색돼 성황리에 초연됨. 잔 로즈로가 아들 자크를 낳음. 아내 알렉상드린이 졸라의 외도를 알게 돼 불화가 심해짐. 하지만 절대 가정을 버리지 않겠다는 졸라의 말에 상황을 받아들이고, 훗날 졸라 사후에 두 자녀를 졸라의 호적에 올림(알렉상드린과 졸라 사이엔 자녀가 없었음).

| | 1891 | 《돈》 (루공-마카르 18) |

《패주(敗走)》 출간, 엄청난 판매부수를 기록함. 8월과 9월에 루르드와 프로방스, 이탈리아를 여행함.

| | 1892 | 《패주》 (루공-마카르 19) |

《파스칼 박사》출간. 불로뉴 숲의 샬레 데 질에서 루공−마카르 총서의 완간을 축하하는 성대한 연회가 열림. 당시 교육부 장관이던 레이몽 푸앵카레는 졸라에게 레지옹 도뇌르 오피시에(장교, 4등급) 훈장 수여. 하지만 1898년 드레퓌스 사건으로 1년 형을 선고받음에 따라 훈장 수훈자 자격이 정지되고 다시는 복권되지 못함. 단편소설 〈방앗간의 공격〉이 브뤼노의 음악으로 오페라 초연.

3부작 '세 도시 이야기' 중 첫 번째 권 《루르드》 발표.
✝프랑스 육군 대위였던 유대인 알프레드 드레퓌스가 간첩이라는 누명을 쓰고 종신유형을 선고받음. 이듬해 그는 강제로 불명예 전역된 뒤, 프랑스령 기아나의 '악마의 섬'으로 유배당함.

'세 도시 이야기' 두 번째 권 《로마》 발표. 소설 집필에 전념하기 위해 사설 등을 기고하지 않겠다는 다짐을 깨고 당시 사회에 팽배했던 반유대주의에 반대하는 '유대인들을 위하여'를 비롯한 글들을 차례로 〈르 피가로〉지에 기고.
✝피카르 대령이 드레퓌스가 무죄이며, 에스테라지 소령이 진범임을 알아냄.

드레퓌스의 무죄를 확신한 졸라는 사법 당국의 잘못을 밝히고 드레퓌스 사건의 재심을 요구하는 언론 캠페인을 벌임.

진범인 에스테라지가 형식적인 재판을 거쳐 무죄로 풀려나는 것을 본 졸라는 〈로로르〉지에 당시 대통령이던 펠릭스 포르에게 보내는 공개서한 형식의 〈나는 고발한다〉를 발표. 이로 인해 대중이 사건의 전모를 알게 되고 프랑스 전역이 정치적·이데올로기적 논쟁에 휘말리게 됨. 국방부로부터 명예

1893	《파스칼 박사》 (루공−마카르 20)
1894	《루르드》
1896	《로마》
1897	
1898	《파리》

훼손죄로 고발당하고, 여러 차례 재판을 거쳐 베르사유의 최고법원으로부터 1년 형과 벌금형을 선고받고 런던으로 망명. '세 도시 이야기' 세 번째 권《파리》출간.

11개월의 망명 생활을 끝내고 다시 프랑스로 돌아옴. 새로운 연작소설 '네 복음서'의 첫 번째 권《풍요》발표.
✝드레퓌스 사건의 재판이 재기되어 드레퓌스는 또다시 유죄선고를 받지만 사면됨.

1899	《풍요》

✝드레퓌스 사건과 관련된 모든 사실에 대한 사면법이 공포됨.

1900

'네 복음서'의 두 번째 권《노동》출간. 좌파와 프랑스 사회당의 장 조레스를 비롯한 평단의 열렬한 찬사를 받았으며, 여러 노동자 단체들이《노동》의 출간을 기념하는 연회를 베풂.

1901	《노동》

메당에서 여름을 보내고 9월 28일에 파리로 돌아와 다음 날 가스중독으로 사망. 반(反)드레퓌스 파에 의한 암살이라는 설이 분분함. 10월 5일에 거행된 그의 장례식에서 아나톨 프랑스는 아카데미프랑세즈의 이름으로 "그는 한때 인간의 양심을 대표하는 인물이었다"라는 조사를 읽음. '네 복음서'의 마지막 권《정의》는 초안 상태로 남게 됨.

1902

드레퓌스 사건에서 영감을 받은 '네 복음서'의 세 번째 권《진실》이 사후 출간됨.

1903	《진실》

✝드레퓌스 무죄 선고, 복권되어 육군에 복직함.

1906

졸라의 유해가 국립묘지 팡테옹으로 이장됨.

1908

[왼쪽 위] 아버지 프란체스코 졸라, 어머니 에밀리 졸라, 어린 졸라로 이루어진 졸라 가족의
초상. 작자 미상, 1846년, 메당의 졸라 박물관 소장.
[왼쪽 아래] 열여덟에서 스무 살 무렵의 청년 졸라.
[오른쪽] 1870년 루공-마카르 총서를 시작할 무렵의 졸라.

1868년 마네가 그린 졸라 초상화. 1865년 살롱전에 〈올랭피아〉를 출품한 마네는 관람자들과
비평가들에게 저급한 나체화라는 격렬한 비난을 받았다. 이때 졸라는 유일하게 그를 지지해
주었는데, 후일 마네는 이에 대한 답례로 졸라의 초상화를 그려주었다. 졸라 뒤로 일본의 풍
속화인 우키요에와 문제의 그림 〈올랭피아〉가 보인다.

〔왼쪽 위〕 1874년의 알렉상드린 졸라(졸라의 아내).
〔오른쪽 위〕 만돌린을 켜는 잔 로즈로(졸라의 연인).
〔아래〕 졸라와 잔 로즈로, 딸 드니즈와 아들 자크.

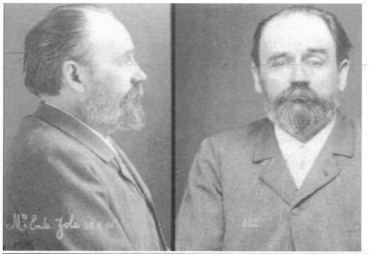

〔위〕 1898년 드레퓌스 사건 때의 졸라.
〔아래〕〈법정을 나서는 졸라〉. 드레퓌스 사건으로 베르사유 최고법원에서 1년 형과 벌금형을
선고받고 법정을 나서면서 군중에게 수모를 당하는 졸라의 모습을 벨기에의 상징주의 화가
앙리 드 그루(1866~1930)가 그렸다.

[위] 1902년 졸라의 장례식에서 아나톨 프랑스가 조사를 읽는 모습. 그는 이렇게 말했다.
"에밀 졸라는 우리 모두에게 이 시대의 양심이 무엇인지를 보여주었다."
[아래] 클리시 광장을 지나는 졸라의 장례식 행렬.

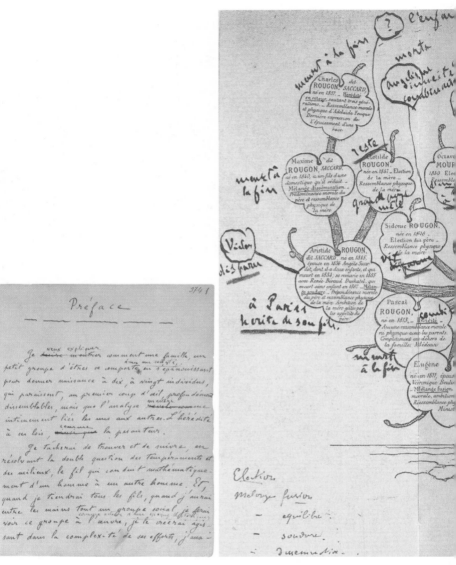

〔왼쪽〕 1871년 루공-마카르 총서의 첫 번째 작품《루공 가의 운명》에 실린, 총서에 대한
졸라의 자필 서문.
〔오른쪽〕 1892년에 작성된 루공-마카르 가문의 계통수.

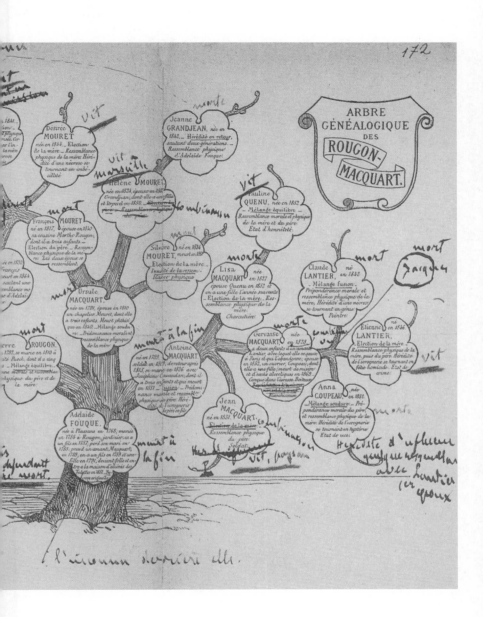

부록 375

307.

Étalages

—

Des jupons pliés montrant la broderie. Des faveurs bleues qui les tiennent. Grande étiquette sur papier gris-bleu 7 fr. 50. —

Article de voyage. —

Les pendus, sont retenus par une barre de cuivre. — Grande étiquette.

En bas des pièces d'étoffe, des lainages de couleur, sont posées debout : un ruban de papier glacé les tient. Dessus au dessus des carrés d'étoffe bouillonnée, font miroiter la couleur. Des pièces debout, des pièces en long. —

Les robes mi-confectionnées sont dans des boîtes plates, posées debout. La robe pliée montre la broderie ou le plissé. Des rubans ou des faveurs la lient. La gravure est dans l'angle à droite, en haut —

Toujours de grandes étiquettes sur les étoffes. Une profusion de grandes étiquettes.

[왼쪽] 《여인들의 행복 백화점》 육필 원고.
[오른쪽] 졸라가 직접 그린 '여인들의 행복 백화점' 매장 구조도.

376

〔위〕건축 중인 오페라 극장의 모습. 1864년.
〔왼쪽 아래〕공사 중인 오페라 대로.
〔오른쪽 아래〕공사 중인 오페라 대로.

'여인들의 행복 백화점'의 모델이 되었던 봉 마르셰 백화점에서 발간한 수첩의 머릿그림. 1911년. 위쪽은 창업자인 아리스티드 부시코, 마르그리트 부시코 부부의 모습. 아래쪽은 1863년, 1873년, 1910년 백화점의 전경을 나타낸 것.

VUE GÉNÉRALE DES MAGASINS DU BON MARCHE

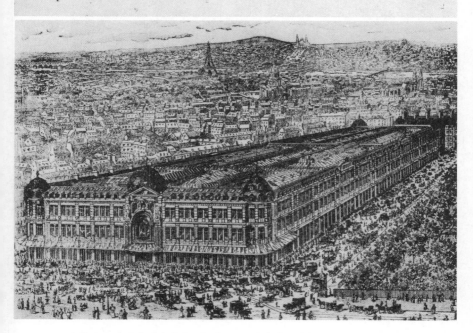

〔위〕 1888년 판 수첩의 머릿그림. 양쪽으로 길게 뻗은 백화점 건물과 몰려드는 군중으로 인해
혼잡을 이루는 광경.
〔아래〕 1896년 판 수첩의 머릿그림. 파리의 스카이라인을 왜소하게 보이도록 만드는 거대한
백화점 전경.

[위] 봉 마르셰 백화점 초기 모습.
[아래] 라 페 백화점 광고 포스터. 1875년.
[오른쪽] 신축된 봉 마르셰 백화점의 중앙 계단을 나타내는 석판화. 1878년.

〔왼쪽 위〕 봉 마르셰 백화점 백색 대전시회 기간의 풍경. 1887년.
〔오른쪽 위〕 봉 마르셰 백화점 백색 대전시회 카탈로그 표지. 1914년.
〔아래〕 봉 마르셰 백화점 실크 갤러리 풍경. 1879년.

[위] 봉 마르셰 백화점에서 열린 겨울 콘서트. 1887년.
[왼쪽 아래] 봉 마르셰 백화점 독서실 풍경. 1907년.
[오른쪽 아래] 봉 마르셰 백화점 직원들을 위한 주방과 식당 풍경. 1901년.

[위] 봉 마르셰 백화점 통신 판매 부서 풍경. 1887년.
[아래] 봉 마르셰 백화점 판매원들의 모습.

루브르 백화점 지하에 위치한 물품 창고를 그린 판화.

〔왼쪽〕 루브르 백화점의 엘리베이터를 묘사한 석판화. 1877년.
〔오른쪽〕 당시 봉 마르셰 백화점의 경쟁 상대였던 마가쟁 드 누보테 '오 파라디 데 담'의 광고
포스터. 1856년.

플라스 클리시 백화점의 광고 포스터. 1880년.

〈여인들의 행복 백화점〉. 소설에 나오는 봄철의 빅 세일 광경을 그린 알베르 로비다(1848~1926)의 풍자화.

[왼쪽 위] 아돌프 도베르뉴가 묘사한, 프랭탕 백화점에서 물건을 고르고 있는 여인들. 1890년.
[오른쪽 위] 〈봉 마르셰〉. 펠릭스 발로통의 1898년 작품.
[아래] 플라스 클리시 백화점의 백색 대전시회 광고 포스터.

루공-마카르 가문의 계통수

졸라는 루공-마카르 총서를 쓰기 전인 1868년과 1869년 사이에 두 가문의 혈연관계를 보여주는 나무 형태의 '계통수'를 작성했다(375쪽 참조). 그 후 몇 번의 수정을 거친 다음 1893년 총서의 마지막 작품을 출간하면서 계통수의 최종본을 발표했다. 이 도표는 계통수를 알기 쉽게 정리한 것이다. 루공 가와 마카르 가 인물들에는 붉은색 숫자로 루공-마카르 총서 번호를 병기하여 어떤 작품에 등장하는지 표시했다.

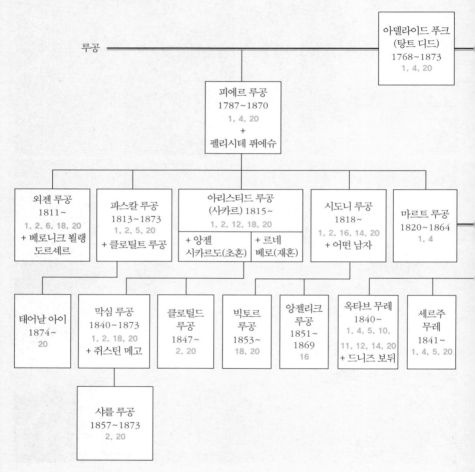

루공-마카르 총서

1 《루공 가의 운명(La Fortune des Rougon)》(1871)
2 《쟁탈전(La Curée)》(1872)
3 《파리의 배 속(Le Ventre de Paris)》(1873)
4 《플라상의 정복(La Conquête de Plassans)》(1874)
5 《무레 신부의 과오(La Faute de l'abbé Mouret)》(1875)

6 《외젠 루공 각하(Son Excellence Eugène Rougon)》(1876)
7 《목로주점(L'Assommoir)》(1877)
8 《사랑의 한 페이지(Une page d'amour)》(1878)
9 《나나(Nana)》(1880)
10 《살림(Pot-Bouille)》(1882)

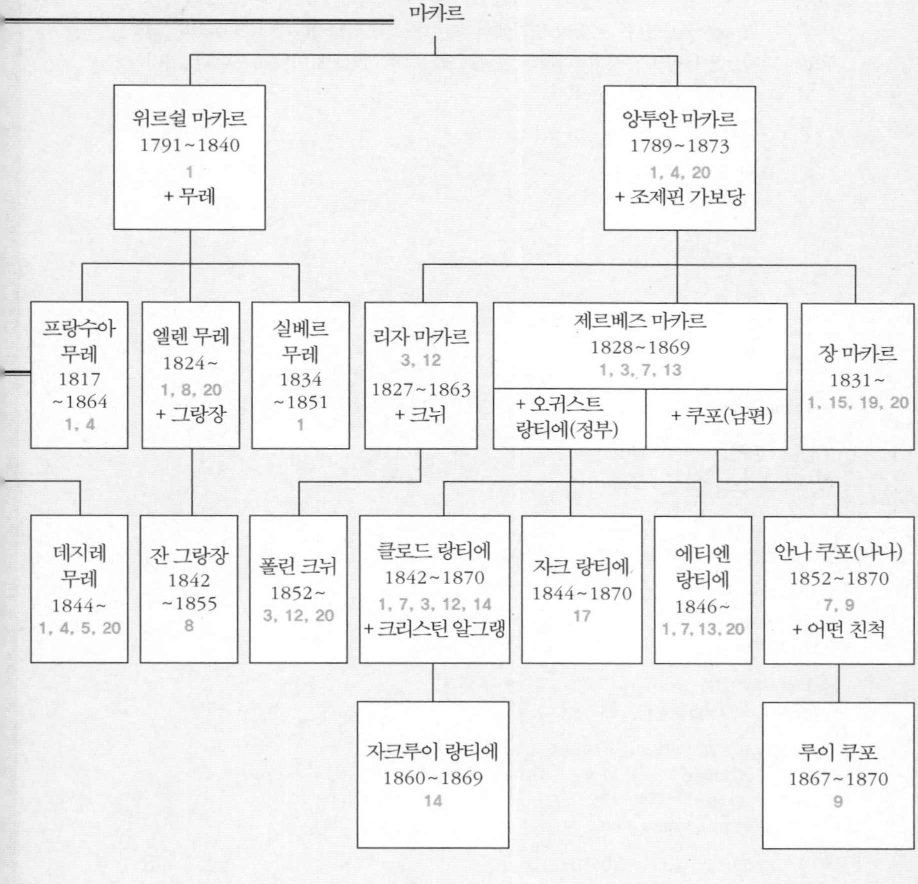
마카르
위르쉴 마카르
1791~1840
1
+ 무레
앙투안 마카르
1789~1873
1, 4, 20
+ 조제핀 가보당
프랑수아 무레
1817 ~1864
1, 4
엘렌 무레
1824~
1, 8, 20
+ 그랑장
실베르 무레
1834 ~1851
1
리자 마카르
3, 12
1827~1863
+ 크뉘
제르베즈 마카르
1828~1869
1, 3, 7, 13
+ 오귀스트 랑티에(정부)
+ 쿠포(남편)
장 마카르
1831~
1, 15, 19, 20
데지레 무레
1844~
1, 4, 5, 20
잔 그랑장
1842 ~1855
8
폴린 크뉘
1852~
3, 12, 20
클로드 랑티에
1842~1870
1, 7, 3, 12, 14
+ 크리스틴 알그랭
자크 랑티에
1844~1870
17
에티엔 랑티에
1846~
1, 7, 13, 20
안나 쿠포(나나)
1852~1870
7, 9
+ 어떤 친척
자크루이 랑티에
1860~1869
14
루이 쿠포
1867~1870
9

11 《여인들의 행복 백화점(Au Bonheur des Dames)》(1883)
12 《삶의 기쁨(La Joie de Vivre)》(1884)
13 《제르미날(Germinal)》(1885)
14 《작품(L'OEuvre)》(1886)
15 《대지(La Terre)》(1887)
16 《꿈(Le Rêve)》(1888)
17 《인간 짐승(La Bête humaine)》(1890)
18 《돈(L'Argent)》(1891)
19 《패주(敗走, La Débâcle)》(1892)
20 《파스칼 박사(Le Docteur Pascal)》(1893)

옮긴이 **박명숙**

서울대학교 사범대학 불어교육과를 졸업하고 프랑스 보르도 제3대학에서 언어학 학사
와 석사 학위를, 파리 소르본 대학에서 프랑스 고전주의 문학을 공부하고 '몰리에르' 연
구로 불문학 박사 학위를 받았다. 서울대학교와 배재대학교에서 강의했으며, 현재 출판
기획자와 불어와 영어 전문번역가로 활동 중이다. 파울로 코엘료의《순례자》, 에밀 졸
라의《목로주점》《제르미날》《여인들의 행복 백화점》《전진하는 진실》, 오스카 와일드의
《거짓의 쇠락》《심연으로부터》《오스카리아나》《와일드가 말하는 오스카》, 조지 기싱의
《헨리 라이크로프트 수상록》, 플로리앙 젤러의《누구나의 연인》, 티에리 코엔의《나는
오랫동안 그녀를 꿈꾸었다》, 프랑크 틸리에의《뫼비우스의 띠》, 카타리나 마세티의《옆
무덤의 남자》, 장 필리프 투생의《마리의 진실》《벌거벗은 여인》, 도미니크 보나의《위대
한 열정》등의 책을 우리말로 옮겼다.

세계문학의 숲 018

여인들의
행복 백화점 2

2012년 3월 19일 초판 1쇄 발행
2018년 5월 25일 초판 5쇄 발행

지은이 | 에밀 졸라
옮긴이 | 박명숙
발행인 | 이원주

발행처 | (주)시공사
출판등록 | 1989년 5월 10일(제3-248호)

주소 | 서울 서초구 사임당로 82(우편번호 06641)
전화 | 편집 (02)2046-2869 · 마케팅 (02)2046-2800
팩스 | 편집 · 마케팅 (02)585-1755
홈페이지 | www.sigongsa.com

ISBN 978-89-527-6471-3(04860)
        978-89-527-5961-0(set)

001 베를린 알렉산더 광장 1, 2
알프레트 되블린 | 안인희 옮김
제임스 조이스의 《율리시스》에 비견되는,
독일어로 현대를 묘사한 가장 중요한 작품
*노벨연구소 선정 최고의 세계문학 100선

003 어느 영국인 아편쟁이의 고백
토머스 드 퀸시 | 김석희 옮김
아편 방울에 담아낸 19세기 영국 문화의
낭만적 트라우마

004 차가운 밤
바진 | 김하림 옮김
격동하는 중국 현대사를 관통하는, 중국 3대
문호 바진 최후의 역작

005 인간실격
다자이 오사무 | 양윤옥 옮김
전후 일본 문학사에 1천만 부 판매라는 경
이로운 기록을 남긴 놀라운 고전
다자이 오사무 평론가 오쿠노 다케오 해설 전문 수록

006 나사의 회전
헨리 제임스 | 정상준 옮김
독자의 사고마저 조종하는 교묘한 서술 기
법이 빛나는 헨리 제임스의 대표작

007 아서 왕 궁전의 코네티컷 양키
마크 트웨인 | 김영선 옮김
마크 트웨인의 탁월한 상상력과 대담한 유
머가 돋보이는 미국 문학 사상 가장 위대
한 풍자소설

008 방문객
콘라드 죄르지 | 김석희 옮김
헝가리 현대문학계의 살아 있는 거장, 콘
라드 죄르지의 대표작

009 개들이 본 세상
미겔 데 세르반테스 | 박철 옮김
근대소설의 개척자 세르반테스의 작가정
신과 결출한 이야기꾼으로서의 면모를 보
여주는 단편 선집

010 밤으로의 긴 여로
유진 오닐 | 김훈 옮김
오랜 슬픔을 피와 눈물로 써내려간, 미국
현대극의 아버지 유진 오닐의 자전적 희곡
*노벨문학상 수상작가
*1956년 퓰리처상 수상작

011 생사의 장
샤오훙 | 이현정 옮김
중국의 대문호 루쉰이 인정한 천재 여류작
가 샤오훙의 대표작

012 독일, 어느 겨울동화
하인리히 하이네 | 김수용 옮김
독일이 배출한 가장 우아하고 대담한 예술
정신, 하인리히 하이네의 진면목
*연세대학교 선정 고전필독서 200선

013 지옥변
아쿠타가와 류노스케 | 양윤옥 옮김
압도적인 재기와 선명한 필력으로 완성한
아쿠타가와 류노스케 단편문학의 정수

014 페르미나 마르케스 국내초역
발레리 라르보 | 정혜용 옮김

《젊은 예술가의 초상》을 있게 한, 20세기 청춘소설의 효시

*20세기 전반기 가장 위대한 소설 12선

015 굴뚝 청소부 예찬
찰스 램 | 이상옥 옮김

영미 수필문학의 최고봉 찰스 램이 들려주는 빛나는 생활인의 예지

영미문학연구회 선정 최고의 번역자 이상옥 교수 편역

016 오만과 편견
제인 오스틴 | 고정아 옮김

사람들이 사랑하고 결혼하는 한 영원토록 사랑받을 고전

버지니아 울프의 〈제인 오스틴론〉 수록

*국립중앙도서관 선정 청소년 권장도서 50선
*미국대학위원회 선정 SAT 추천도서
*서머싯 몸이 선정한 세계 10대 소설
*노벨연구소 선정 최고의 세계문학 100선
*BBC 선정 영국이 가장 사랑한 책 2위

017 여인들의 행복 백화점 1, 2 국내초역
에밀 졸라 | 박명숙 옮김

백화점을 둘러싼 다양한 인간 군상을 완벽하게 그려낸 에밀 졸라의 숨겨진 걸작

019 동물 농장: 어떤 동화
조지 오웰 | 권진아 옮김

권력과 인간 본성에 대한 근원적 탐구로 이루어낸 20세기 정치풍자소설의 고전

《동물 농장》의 출간 비화를 밝히는 조지 오웰과 T. S. 엘리엇의 편지 수록

*BBC 조사 '지난 천 년간 최고의 작가' 3위
*타임 선정 20세기 100대 영문소설
*모던라이브러리 선정 최고의 영문소설 100선
*미국대학위원회 선정 SAT 추천도서
*한국 문인이 선호하는 세계문학 100선

020 이방인
알베르 카뮈 | 최수철 옮김

출간 자체로 하나의 사회적 사건이 된 알베르 카뮈의 대표작

소설가 최수철의 번역으로 새롭게 소개되는 《이방인》

*노벨문학상 수상작가
*연세대학교 선정 고전필독서 200선
*미국대학위원회 선정 SAT 추천도서
*노벨연구소 선정 최고의 세계문학 100선
*르 몽드 선정 20세기 100대 명저 1위
*조선일보 101 파워클래식 선정도서

021 베르길리우스의 죽음 1, 2
헤르만 브로흐 | 김주연 신혜양 옮김

로마 최고의 시인 베르길리우스 최후의 순간을 통해 삶과 죽음, 예술과 인생의 관계를 재조명한 유럽 모더니즘의 걸작

023 댈러웨이 부인
버지니아 울프 | 이태동 옮김

시처럼 아름답고 투명한 문체와 존재에 대한 비범한 탐구, 20세기 영미문학의 신기원을 이룬 탁월한 소설

*타임 선정 20세기 100대 영미소설
*노벨연구소 선정 최고의 세계문학 100선
*뉴스위크 선정 세계 100대 명저

024 슈테른하임 아씨 이야기 국내초역
조피 폰 라 로슈 | 김민란 옮김

《젊은 베르터의 고뇌》에 영감을 준 독일 낭만주의 소설의 효시

025 적지지련
장아이링 | 임우경 옮김

《색, 계》의 작가 장아이링이 섬세한 시선으로 포착한 격동의 중국 현대사

026 내 책상 위의 천사 1, 2
재닛 프레임 | 고정아 옮김

재앙과도 같던 젊은 시절에서 길어올린 20세기 가장 위대한 자전소설, 뉴질랜드의 국민작가 재닛 프레임 대표작

*1989년 커먼웰스상 수상작

028 크리스마스 캐럴: 유령 이야기
찰스 디킨스 | 정은미 옮김

산타클로스, 크리스마스트리와 더불어 크

리스마스의 상징이 된 디킨스의 대표작

*BBC 선정 영국이 가장 사랑한 책 100선
*BBC 조사 '지난 천 년간 최고의 작가' 5위

029 젊은 예술가의 초상

제임스 조이스 | 장경렬 옮김

《데미안》과 어깨를 나란히 하는 20세기 최고의 지적 성장소설

*모던라이브러리 선정 최고의 영문소설 3위
*국립중앙도서관 선정 고전 100선
*서울대학교 권장도서 100권
*국립중앙도서관 선정 청소년 권장도서 50선
*미국대학위원회 선정 SAT 추천도서

030 미래의 이브 국내초역

오귀스트 빌리에 드 릴아당 | 고혜선 옮김

인조인간과의 사랑을 본격 소재로 하여 펼쳐지는 SF의 전설적인 고전

031 비전

윌리엄 버틀러 예이츠 | 이철 옮김

노벨문학상에 빛나는 위대한 시인 예이츠의 오랜 꿈과 예언이 담긴 마지막 걸작

*노벨문학상 수상작가

032 미친 사랑

다니자키 준이치로 | 김석희 옮김

일본 탐미주의문학의 상징 다니자키 준이치로의 대표작

033 제7의 십자가 1, 2

안나 제거스 | 김숙희 옮김

반파시즘과 반독재의 상징이 된 기념비적 작품이자 사회주의 리얼리즘의 걸작

035 귀여운 여인

안톤 체호프 | 김규종 옮김

세계 3대 단편작가 안톤 체호프의 문학을 한눈에 조망할 수 있는 걸작 선집

036 열두 개의 의자 1, 2

일리야 일프 · 예브게니 페트로프 | 이승억 옮김

유쾌한 두 천재 작가의 만남으로 탄생한

소비에트 문학사상 가장 통쾌한 소설

038 밤은 부드러워 1, 2

F. 스콧 피츠제럴드 | 공진호 옮김

집필 기간 9년, 17번의 개고를 거쳐 탄생한 피츠제럴드 문학의 결정판

*모던라이브러리 선정 최고의 영문소설 100선

040 마음은 외로운 사냥꾼

카슨 매컬러스 | 서숙 옮김

고독 속에서 사랑을 갈망하는 이들의 쓸쓸한 초상, 20세기 미국 문단의 기적 카슨 매컬러스의 경이로운 데뷔작

*타임 선정 100대 영문소설
*모던라이브러리 선정 최고의 영문소설 100선
*오프라 북클럽 선정도서

041 목신 판 국내초역

크누트 함순 | 김석희 옮김

혁신적 미학으로 20세기 소설의 새로운 장을 연 노벨문학상 수상작가 크누트 함순의 대표작

*노벨문학상 수상작가

시공사 세계문학의 숲은 계속 출간됩니다.